永田和宏作品集 I

NAGATA Kazuhiro

＊目次

メビウスの地平 …… 17

II

疾走の象 19
いま海進期 20
風に研ぐ 22
海 へ 23
あの胸が岬のように 26
噴水のむこうのきみに 27
橋の孤独 29
手に重き旗 30
海の髪 31
あざみ失踪 32
Au Revoir 34
泉のように 35
火の領域 36
オルフェの夏 38
胸までの距離 39
影を脱ぐとき 40
崖 42
聖 痕 43
風の背後に 44
わが胸のなかに 46
更値一年秋 47

I

夏序奏 49
青銅期 50
風刑抄 52
緑月抄 53
海蛇座 54

黄金分割 …… 57

I

黄道光 59

みくろこすもす 60
無水珪酸 62
翼 痕 63
流 離 64
夏の燠 66
岬は雨 66
麒麟抄 69
崖のひるがお 70
紅 炎 72
向日葵 74
古典力学 75
みみずくの肉 77

II

血の夏——キクチサヨコに—— 80
逆光の夏 83
鞦 韆 87
吃水を越ゆ 88
首夏物語 90

無限軌道 …………………… 99

I

饗庭抄 101
一条戻橋 106
山 猫 108
きみ問わば 109
肉体の思想 —マルセル・マルソー頌 113

II

初夏の死者 114
帆 115
反挽歌〈火〉 116
カリブの真珠 —ELVIS! ELVIS! 119
戻 橋 120
落下点 121
時空隧道 122
屈折率 125

さよなら三角 126

III

時　間 128
駝　鳥 132
帽子とパラソル　―三度のカノン（I） 133
無限有限　―三度のカノン（II） 135
弩　―二進法雑記帳 139

やぐるま 145

魔法陣――あるいは遺伝学について 147
笑止の螢 149
迷　宮 152
韻律学――あるいは恋唄 153
荒神橋 154
露点つゆけし 156
許容量 157
針穴写真機 158
身体論――午后のヴァリエーション 160
不思議 164
定　家 166
直叙法 167
夕暮の橋 168
成層圏のみずぐるま 170
野の水 172
駱駝宇宙 174
紙芝居 176
父 177
無為無策 179
湖岸の桜 180
煤硝子 182
天　秤 183
敵 185
西都原三層の虹 186
あとがき 188

華氏……193

I

時差 195
凹凸 196
終なる夏 198
メリーランド歌稿 199
鷹女 203
遠き火傷 204
メリーランド・四季 206
"WANTED" 210
秋の哄笑 211
波寄する国雲過ぐる国 213

II

にんまり 216
謎 218
女は雨 219
ぐらぐら 220
めざめの力 222
心電波形 223
風を待つ 224
あきらめて 226
眠い晩夏 228
皂莢通り二丁目 229
性欲 230
なまける 232
芒の光 234
躁の日 236
粗大ゴミ 238
否《ノン》 240
ナッシュビル 243
冬虫夏草 244
流れ・断章 246
トトロ 247
時間の表情 249
きのこを栽培するありの話 251

微　量　254
あずさゆみ　256
都会のライオン　257
歩　幅　259
南半球水をたたえて　260
普賢・文殊　263
春日忙忙　265
泥　鯰　267
夢の三叉路　269
葉　桜　270
「天国と地獄」　273
かの春の髭　275
綿　虫　276
陀羅尼助　277
川に沿って　278
After Dark　280
氵《さんずい》　偏　282
屋根裏　284
まだ秋は、　285
雲に乗りたい　286
晩夏のひかり　287
あとがき　289

饗　庭　293
比叡の肩　295
鬱のかわうそ　296
叱　声　298
草井戸　299
因数分解　300
蹠　301
レンズ雲　303
屋根裏　304
清荒神節分祭　305
たかさぶろう　306
消えのこる雪　308
銹を流す　310
うきくさ　311

春の喪 312
ウシガエル 314
蛍の肺 315
橋 316
ショウゲンジ 318
可《べら》坊《ぼう》 319
遺伝子 320
ゴヤ駅 321
唐津・その他 323
老人病院 324
去就 325
廃村八丁 327
雨舌 328
ヴィーナスの腕 329
いさなとり 332
莎草《かやつりぐさ》 334
雨水瞑目 335
旧姓 338
茂吉 340
春愁 342
土踏まず 343
蛤御門 345
行きどまり 346
マンホール 349
記憶領 350
昼顔 353
ねむいねむい 354
水辺 357
島の猫 358
空を刷く雲 361
脳の扉 363
百足屋質店 366
あとがき 367
荒神 369
からすうり 371
クレソン 374

早　春　375
尺取虫　376
鳩　尾　377
鬱の虫　378
草紅葉　379
湖　北　380
気圧の谷　381
先生が来た　382
雪の米原日の暮れやすし　384
パスワード　384
飛行船　386
渋谷のカラス　389
体内時計　391
はつなつ　392
ふ　395
だれかただちに　396
夏越し　398
ギリシア火　401
掃除機　402
千代田区一番　402
雲　梯　403
歳　月　404
浮　力　406
息　子　408
雪の川　410
饂飩屋　413
朽木《くつき》のすもも　414
凹　415
三方五湖　416
ほうき星　417
浅草六区　418
ぎやどぺかどる　419
河童忌　422
学　位　423
窓　424
時　間　424
吊　橋　426
椋の木の庭　428

牛膝《いのこずち》 429
あとがき 431

風位

風位 433
一九九八年
亀眠る 435
声帯 437
百円均一 441
西冷印社 442
切株 444
桜 444
教会の長椅子 446
凧の重心 448
ギガからフェムトへ 449
雲畑《くもがはた》 450
次郎 452
柩の耳 454
最後の晩餐 456
一九九九年
薩摩の男 457
午後の講義 459
からすのとんび 462
バンダナ 464
縁取り 465
ふくらはぎ 466
朝顔 468
二〇〇〇年
ひとり笑い 470
食の文化 472
母ふたり 473
茄子型フラスコ 474
免疫療法 477
嬰児 478
駄目な奴ほど 480

百万遍界隈

一九九九年

二〇〇〇年

朝を疲れて 539
癌家系 540
異　郷 541
祐天寺 542
楕円の石 543
オヤニラミ 545
はだかの螢 547
亀の退屈 548
南半球 550
嘘 551
レンタサイクル 552
固有名詞 554
男女群島 555

二〇〇一年

髭の漱石 557
某 558
旧　道 559
『帰　潮』 561
矛　盾 562
選　歌 564
アメンボ 565
あとがき 567

後の日々 569

椋　鳥 571
ガウディ 573
図子小路 576
賞味期限 579
肺活量 580
解　禁 582
耕　衣 583
日常断簡 584
ウルムチ 591
焚　く 592
自転車 593
かわうそ 594

どぢやう 595
雌日芝 596
風もあらぬに 597
一重山吹 598
死者たち 600
二年前 601
どこでだって死ぬことは 602
長　女 605
師団街道 606
白膠木 608
高橋和巳 610
カズヒロ 611
初診カード 615
犬　蓼 616
くぬぎどんぐり 619
広隆寺 620
蓬　萊 622
阿毘羅吽欠 623
あとがき 625

日　和 627

平成十五年（２００３）
山の桜 629
春の雪 630
ひよむき 631
亀 632
ソフトボール大会負傷骨折 634
うさぎ走る 635
骨軟骨腫 636
ベルリンその他 637
眠　剤 640
平成十六年（２００４）
飯　屋 642
ダメだ 644
雪 645
駱駝を飼おう 646

三月の雪 648
梵天と花 649
浮　力 650
麦と火の見櫓 651
河童征伐 654
ためし書き 655
臨死体験 656
兜率の合歓 657
尾のない木魚 659
星条旗 661
心電図 662

平成十七年（2005）

猫日和 664
蟲を彫る——李賀「南園」に寄す 666
秋田・黒湯温泉 667
「路上」100号に寄す 668
馬鹿ばなし 671
野紺菊 673
田中榮を悼む 674
羽黒山五重塔 676
蝸牛日和 677
御破算 678
人　体 680
ホムンクルス 682
ムカシオオミダレタケ 684
歌声喫茶 685
熊　蟬 687
ヌメリガサ 690
たたら製鉄 691

平成十八年（2006）

日付変更線 693
学生支援所 695
亀日和 696
百　年 697
泣いて記憶す 698
明治神宮献詠 699

賀茂曲水の宴（旧かな） 699
めし 700
三椏 702
ブラインド 703
先生 704
馬穴 705
父と母 706
定年 707
ライバル 709
絮 711

平成十九年（2007）

爆発物 713
本草学 714
顔真卿 716
おとしぶみ 719
フィボナッチ数 720
ダブルブッキング 721
昭和 723
トンボ 724

あとがき 726

年譜 730
初句索引 752

永田和宏作品集 I

メビウスの地平

fugit irreparabile tempus

一九七五年十二月十日
茱萸叢書刊
Ａ５変形判函入一六八頁
定価二二〇〇円
装幀・口絵　建石修志

Ⅱ

疾走の象

音楽へなだれんとするあやうさの……闇の深処に花揺らぐまで

楡の樹に楡の悲哀よ　きみのうちに溶けてゆけない血を思うとき

水のごとく髪そよがせて　ある夜の海にもっとも近き屋上

〈とおりゃんせ〉くらきアーチをくぐるときわが阿修羅には邂わざるものか

自らを撲てねば筋肉《にく》の熱ければシャドウ・ボクシングの青年の背よ

半球の林檎つややかに置かれいるのみ満身創痍・夜のまないた

疾走の象《かたち》しなやかに凍りつきよもすがらなる風よ　木馬に

いま海進期

わが愛の栖といえばかたき胸に耳あてており　いま海進期

くれないの愛と思えり　星摑むかたちに欅吹かれていたる

曇天に百舌鳥《もず》去りしのみふるふると風の眼に逢えりしばらく

かくれんぼ・恋慕のはじめ　花群に難民のごとひそみてあれば

盗まれし雲雀の咽喉の火事現場　少女の唇の草匂うかな

〈虫くい算〉さわやかにわが脳葉に展がりゆける火の秋の空

言うなかれ！　瞠る柘榴の複眼に百の落暉を閉じ込めきたる

おそらくはきみが内耳の迷路にてとまどいおらんわが愛語はや

肩車にはじめて海を見し日よりなべてことばは逆光に顕つ

山巓の夜毎の風に崩れつつはるかなりケルンは奈落の星座

雪来れば鳥となるべし　屋根わたる風のかたみはケルンと呼びき

惑星の冷たき道を吹かれくるあざみ色なる羞しさの耳

翔けるとき蕭条として風ぬける鳥の内部の日暮れぞ恋し

風に研ぐ

痛みのみは確かにわれのものなれば湯に沈むときあざやけき痣

サーチライトに雪生まれつつくだつ夜を人は耳より死ぬと思いき

闇に弧を描きし焔が地にひらけばむしろ美し錯誤なす蘂

駆けぬけてきたることより……はずみつつ雪は一樹にまつわり舞えり

始発電車はわれひとりにて　むなしさのたとえばズボンが破れしことも

コーラ二本提げて見舞えり　ああ二月風が虫歯にしみていたるよ

雪きしませて帰り来たりき　闘いの声は秀つ枝の風に研ぐべし

海へ

ぼくら二人はなぜ樹でないか、一つの樹皮に包まれた
同じ体温　同じ色
そして二人のくちづけが、唯一の花の樹でないか
——J. Cocteau

あなた・海・くちづけ・海ね　うつくしきことばに逢えり夜の踊り場

きみに逢う以前のぼくに遭いたくて海へのバスに揺られていたり

流木のきしきし並ぶ河口まで赤く染まりぬ　慕情と言えり

撲ちおろす一瞬しなやかに閃めきて水のごとくにくずおれにけり

カイン以後　瞋りは常に有《なだ》められ羆とわれがむかいあいたり

銹におう檻をへだてて対き合えば額に光を聚めておりぬ

われを獲る空欲しきかな　野鳩よりしたたかに血は鎮めおくべし

凍りたる炎は星座　きみのうちに占めて確かなわが位置なりき

茶房〈ＯＡＫ〉　厚きテーブルの木目の渦に閉じ込められし海さわだつを

〈太陽がいっぱい〉なればはつ夏の乳房のごとく風はらむ帆よ

おお空の汗よ！　したたる瞬時みぎわべに海月となるを見た者はいないか
脱出したし　われとともに吹かれていたるポスター〈ゴダールの秋〉
ブランデーを舌に転《まろ》ばせいたりしが　かなしみはだがコーラで割れぬ
ガソリンのにおう青年と隣りあいはつ夏のわが結膜炎
どんぐりのごとき孤独と思いつつコーラ呑む咽喉を見られていたり
静脈注射うたれきたればアーケードに卵なまなまと積まれてありき

あの胸が岬のように

あの胸が岬のように遠かった。畜生！　いつまでおれの少年
まだ眠りきれない耳＊＊＊の夕闇に漂うごとく咲く月見草
ステージの光錐《ライト・コーン》に獲《と》えられ彼も海へは還れぬひとり
鋼のごとく撓いたるまま楽終り若きプリマの生薑《はじかみ》色の脚
醒めぎわを花あぶ不意と消えしこと。どわすれのようなまぶしい硝子
剝がれんとする羞しさの——渚——その白きフリルの海の胸元

——ダリに

ゆるみやすき指の繃帯　昴ぶりの鎮まりてよりしんしんと夏

蚯蚓腫れのアスファルトの坂くだりつつかろうじて神にはとおきはつ夏

耳もとの蚊を打ちそこね　瑕持たぬにんげんの掌よ闇でもひかる

少女母となる日を知らず　森閑と森に狂気ととなりあう緑

わが胸に敷かれし草の匂うまで見凝めいたるを、決意にとおし

噴水のむこうのきみに

噴水のむこうのきみに夕焼けをかえさんとしてわれはくさはら

傷つかず逢いいたる日よしなやかに耳の岬に風研がれいる

抱擁には長すぎし腕――逃亡と言うなチムニー攀じゆける腕

あざやかに焼きつけられしわが影の小さき円を出られぬわれか

何にむきはやるこころぞ駆けおればば胃酸鋭く口中に充つ

どこまでもスポットライトに追われゆく青貝色に倒るるまでを

噴水のささえる小さき曲率の視界に蒼き太陽の痣

窓さえ飛びゆきたそうなゆうぐれ……は、木蓮よりもさとき耳あれ

橋の孤独

花の闇軋めるほどの抱擁よ！　見事に肉となった泥たち
弓なりに橋さえ耐えているものをどうしようもなく熟《みの》りゆく性
犯さざりしわれの草地よ口惜しく夕焼くるとき母と呼びたく
曲面鏡にくびれんとする耳　とりかえしつかねばせめて美《は》しく截ちたし
この野郎！　揺れいる猿がしたたかに見上げていたりわれも淫らか

手に重き旗

一つずつ扉とざされゆく道の疾風《はやて》の午後を手に重き旗

傷つかぬ論理は擲《す》てよと言いしことも鹹《にが》し錆色に向日葵は立ち

たとうれば腹話術師ののどぼとけ　醜きものは自在に動き

硝子窓のむこう木椅子のO脚が締めつけている　冬の落暉を！

錫色にすすきが揺れるもはやわれと刺し交うべき影はもたぬを

あんず・すもも・りんごその他咲きつぎて還らぬ季ぞ・花スペクトル

海の髪

重心を失えるものうつくしくくずおれてきぬその海の髪
雑木林をぬけくる風の彫深き表情にもう騙されている
妹よ　髪ひきあげし水の裏に夕焼け青く展がると言うか
抱擁の帆のようなこのあやうさを意識す・ジークフリートの背
抱擁など知らざればなおうつくしく鼓動の谺となるチェスト・パス
葡萄を咽喉に撃ち込みいたりわれのみが常に口惜しくかばわるること

火の蟬のやがて還らん日もあるかきみの額のおさなき創に

背を抱けば四肢かろうじて耐えているなだれおつるを紅葉と呼べり

森がまだわれには見せぬ表情を唄いつつ流れゆくオンディーヌ

あざみ失踪

泣くものか　いまあざみさえ脱走を決意しかねている春の野だ

昏睡の真際のあれは湖《うみ》の雪　宥《ゆる》せざりしはわれの何なる

カーヴする機関車ほどの淫らさも振り捨てがたくひのくれかえる

花埋むごとく肉もて塞がれし胸すこやかに肋を欠けり
失踪の結末と言うな脱ぎ捨ててあるスリッパの緋の人魚印《マーメイド》
断ちがたき執着ひとつ　ああ奴をなめるように陽がおちてゆく
遠雷の坂駈けており……追いつめよしかと怒りは発火点まで
煽られて鳴る窓　まして翼なきわれに野あざみほどの軽さを
「夏がおわる。夏がおわる。」と書きいたりかつてはわれのものなりし夏
冬の崖に脈うてる血よ　抱擁のこのしなやかな四股のきりぎし

Au Revoir

はぐれたる影のかなしみ溶暗の鏡にかえる風を聴きおり

奪いたきゆえことばあやうく殺しおり風の背後に臥しゆけば――秋

塔のごとやさしき逢いの記憶すらうすずみの苑サルビアも枯れ

てのひらの一点熱し独楽まわる、まわるときのみのひとりだち

鉄棒に逆さに揺れて見ておればしだいにかなし　茱萸に鬱血

掠奪婚など欲りしもとおしまっさきに腕よりほどかれゆくセーターも

追憶＊＊＊は、緑けぶれる探し絵の森にひとりを見失う……まで
てのひらの傷に沁む塩　はじまらずおわりしものを愛とは呼ぶな
Au Revoir!　まさにわが夏　坂ゆけばとんぼめがねの青年に遭う

泉のように

泉のようにくちづけている　しばらくはせめて裡なる闇繋ぐため
花びらのように抱き合いしばらくは眠らんかきみのかなしみのため
動こうとしないおまえのずぶ濡れの髪ずぶ濡れの肩　いじっぱり！

ひとひらのレモンをきみは　とおい昼の花火のようにまわしていたが

鏡の奥に百舌鳥燃えている邃《ふか》きこの視線の崖に愛追われ来し

少年と青年の間《あい》くきやかに乳首火薬のごとき痛みを

月光に立つ真裸の少年のごとき菖蒲《あやめ》よ　酔いてかがめば

しなやかな重心となり還りくるきみに岬のたけなわの夏

乳房まで闇となりつつねむりいんれんげ野に母を残し来たりき

火の領域

翳りつつこころの秋を遁れゆく　愁とは火を擦りきたる風

翼あればわれをいかなる風透る火の夕ぐれを駈けぬけるかな

はがれやすき日暮の影がともすれば比喩的に血を流しいたりき

昼顔のごとく夕日をはさみきて脇にかかえていたる旧約

きまぐれに抱きあげてみる　きみに棲む炎の重さを測るかたちに

雨ののち……も晴れずむくめる運動場《グラウンド》に行先不明の足跡ばかり

とぎれたることば視線にからみつつ火の領域に立てりあやうく

とりとめもない明るさよ驟雨すぎし街に一つずつひらかるる窓

髪切りし理由に思い及ぶとき視線の崖を風なだれゆく

オルフェの夏

渚よりずり落ちてゆく足跡はふりかえるなかれ　真夏のオルフェ

耳二つに挟まれ何に耐えている顔か　鏡は視線のこだま

眉間・鳩尾　青年らまだ標的となりうるものをもちいたり　夏

胸分けてゆく思想などあらざれば芒野いちめんに揺らぐ錫色

口惜しき話題は避けて歩みおり歯の間《あい》あわく韮においいる

つゆくさ色の相似の痣に気づきたる日よりはげしく父とへだたる

面影のひしひしとして顕つ昼を未婚の窓の彼方ゆく秋

ふりむけば裸婦あかあかと噴水に濡れていたりき　還れユリディス

胸までの距離

桜よりかすかな冷えのいちはやくひとにきざせしのちの夕闇

雑踏をぬけ来し陽気な耳がやや戸惑いぎみに聞いている嘘

たわむれが不意に陥ちゆく沈黙のいま息づける胸までの距離

背後より抱けば再び匂わんかピアノの前の忘れられた夏

駆けてくる髪の速度を受けとめてわが胸青き地平をなせり

一列にぽぷら吹かるる　かなしみを頒たんと告げしあかときの窓

朝の百舌ほのおを横切り飛びにきと告げき　あえかに過ぎしかな愛

没り際を赤く膨るる太陽を凝視《み》ており未練と言うならば言え

影を脱ぐとき

炎天の短かき影を脱ぎ捨てて入り来るときにひと若きかな

喫茶〈オルフェ〉冥府のごとき炎天とうす墨硝子一重を隔つ

虚空より花束つかみ出しし手が残りおり暗転ののちも虚空に

曳光弾のごときかなしみ夢にまた目覚めて傍にきみが眠れる

椎よ椎びしょ濡れの椎　罵しらぬ汝を思わず撲ちすえしこと

触れあいて氷韻けり傾けてグラス揺る指冷たからんよ

耳立てて秋の獣のゆきしあと無慙に明るく窓夕映えぬ

鏡の中いまはしずかに燃えている青貝の火か妻みごもれり

花びらにくちびる触れてねむりいん子のこと未生の仄明き闇

ツァラトゥストラ思えばはるかゆうぐれと夜のあわいをのぼる噴水

崖

崖のようにひとりの愛を知りしかば腕にあつまる血の重きかな

水の裏よりかなかな鳴けるピアニシモ　夏逝くときのうひとに告げにし

なおも夕映え　両生類のごと淡く息つめておりひとりのまえに

かつて灼かれし翼の痛み　飛込板の先に赤銅の背が揺れている

かなしみを追うごとひとの飛び込めば水中に夏の髪なびきたり

撲ちし痕が花びらのように美しくむしろ罰せられているのは俺か

灯を避けて密殺のごと抱きしかば背後の闇ににおうくちなし

さやさやと秋の鏡にほほえみは楽想のごと忘れられいん

昏れやすき背を抱き敏き肩を抱きあやうきものは崖と呼ばれき

聖痕

幼子が昼を眠れるてのひらのその聖痕《スティグマ》のごとき花びら

花の内部に月光あふれ少年にあらざる脛のふと冷えやすし

かすかなる銹のにおいよ　かなしみを量るごと鉄棒に身をつりあげる

雪やがて来ん空に光あまねくてふりむけば睫毛に虹捌《は》かれにき

わが窓を日暮れは森に開け放つ　かなかなよ夏の雫のごとし

わがためにみごもりしなどと思わねど眉間に夏のしんと冥しも

むきあえば半ば翳れる汝が頬よ　告げざりしわがかなしみの蝕

風の背後に

風の背後に火は煽らるるわれよりも若き死者らのため駆けんかな

みずからの悲鳴にも先を越されつつ墜死とう死の悔しからんに

くやしさに少し遅れて駆けゆける秋のランナー背より昏れつつ

やすやすとまた許されてゆうぐれを石投げておりむこう岸まで

バー越えて夕陽を越えてみずからの影に嵌絵のごとく沈みぬ

硝子器に蟻飼われいる　兄妹の熱き視線の夏を越えつつ

森閑と冥き葉月をみごもりし妻には聞こえいるという蟬よ

わが胸のなかに

ほおずきの内部にひっそり胎されてほのお以前の火のほのぐらき
おもむろにひとは髪よりくずおれぬ　水のごときはわが胸のなかに
韻くごと窓は夕日を湛えいき　触るるなかれしばし汝がかなしみに
巨いなる樹は投影す硝子窓に冬のほのおのごときは燃えつつ
蠟燭のほのおの内部にうつくしく幽閉されていしほほえみよ
炎《ひ》を隔てひとつの過去に対いいき　かえらぬものは〈夏〉と呼ぶべし

更値一年秋

秋の扉《どあ》に刺さりしナイフさやさやと冷えいたり背後に森閉ざすゆえ

柘榴みのれる下横切りたる後姿の寡黙の秋の背は帰らざれ

鏡その視線の邃き峡越えて追えば去りゆく背のうつくしき

打ちおろすたびに火花は石工の胸に星座のごと刻まれき

酔わぬまま、否、酔えぬゆえ荒れにしをあわれ撲たれつつ汝が見ておりぬ

翼なき少女が窓を開け放つそのうつくしき飛翔のかたち

しずかにしずかに開かれし眸よくちづけののちを樹のごとわがたわみいき

「更に値《あ》う一年の秋」水湛え遠ざかるのみの背は夢に見し

I

夏序奏

饒舌の呼び寄せる夏　めくらむばかり向日葵の群揺れやまず

青春の証が欲しい　葉鶏頭《かまつか》の焔残して街昏れゆけり

みずからが光発するごとく眩し　時を忘れて渇ける日時計

スローモーションの画面を駆ける走者《ランナー》の歪める唇が夏を吐きおり

一瞬を太陽に埋没するボール　八月は円錐形に落ちきたる

葉鶏頭妖しく夕暉に照らさるる　ラジオ告げいし異常乾燥来む

青銅期

超然と檸檬が一個置かれいる　いつかナイフを刺さんと思う

ふつふつと湧くかなしさよストローより檸檬炭酸《レモン・スカッシュ》舌刺し貫けり

身をよじる全裸の青年をつつみつつ緑こそわれらが錯誤のはじめ

緑濃きアダムの像は雨に濡れわれも濡れいてあふるる緑

青銅《ブロンズ》のアダム像も腐蝕していん　醒めいて夜の枕は熱し

粉雪が風の死角に降りしきる　熱き素足は傷つけたくて

充血する眼のごとし　病む昼は柘榴の種子にたじろぎている

悪意なき殺意もあらん工房の昼マネキンの裸の乳房

＊

砂浴みする鶏の眼の鋭きを見てより昼は母が恋しき

風刑抄

雪割草咲く野に少女を攫《さら》いたく夕暮るるまで風を集めぬ

草に切れし指を吸いつつ帰り来れば叫びたきまでわが身は浄し

赤錆びてゆらゆら陽を浴む駅にしてひとひらの蝶の運ぶ微睡《まどろみ》

棒高跳の青年一瞬カインのごとく撓えり　夕映えのなか

何を夢みんためかかく鋭き瞳《め》をもつ青年ダビデは羊飼《シェパード》いなりき

わがためにに髪を乱せし少女ゆえ君夕光《ゆうかげ》の瞳を持てしばし

耐えるべきことのみ多し塀の上かっと明るき辛夷がある
責めんとして不意にせつなし汝が髪が節くれ指にからみてやさし
髪なびかせゆらりと丘に立つ君が攫われそうに赫き夕映え

緑月抄

蔓巻きし痕なまなまと幹を彫り　彫りて欲るべき愛の形象《かたち》よ
樹幹筋肉のごと盛り上がりかつて鞭打たれし青年の裸身
ポプラアに今し五月の風あふれカインのごとく浄き額よ

麦熟れてさながら光となる畑激しきものがわれをとらえつ

つづまりは相譲らざる位置なれば向日葵のごとき顔していたる

朝焼けの崩るる際に生まれたる嬰児抱けば父となる腕

胎内に繋がる冥さ　萌黄なすCd《カドミウム》光に掌を翳しつつ

紫陽花の百の肺胞に血はあふれそのことのみに母となりたり

緑月《りょくづき》の昧爽にわれを産みしかば母の虹彩《イリス》に揺るる若葉ら

海蛇座

かなしきというにあらねどゆうぐれの空にむかいて咽喉あらいおり

ミキサー車風ひきずりて走り去り暮れてしばらく熱吐く川面

鉄塔をすべり落ちゆく陽にひとりしつこく顔を染められていき

くり抜かれ影吸う眸を持てるゆえ踊り出したき夜の埴輪ら

吊り上げられ激しく撓う鉄筋とわれといずれが飛びゆきたかる

見抜かれていたることすらさわやかにかなかなの鳴く夕暮れなりき

いだきあうわれらの背後息あらく人駈けゆきしのち深き闇

言い得ざる言葉のつづき・風が吹く　やや憂鬱に揺るる垂り髪

火急なる愛かもしれぬ立ち上がりざま吐けばアメーバ形に展がる唾《つばき》

海蛇座南にながきゆうぐれをさびしきことは言わずわかれき

Quod Erat Demonstrandam

黄金分割

一九七七年十月一日
沖積舎刊
A５判函入一五八頁
定価二五〇〇円
装幀　辻　憲

I

黄道光

窓に近き一樹が闇を採みいたりもまれてはるか星も揺らぎつ

月光の柘榴は影を扉におとす重き木の扉《どあ》なればしずかに

苦艾《にがよもぎ》なども売らるる雑踏の孤独なる〈背〉をひとり知るユダは

脚攣《つ》れて胸よりど、う、と倒れ込む　口惜しも激しくにおい立つ草

クロロフォルム微かににおうわが午後を茫茫と窓にいしも見られつ

壜詰の帆船白し嵐受くることもなきその巨いなる帆

透明の林の彼方を一滴の、午後の焦点《フォカス》となるとおき窓

秋天を撃つ啄木鳥《きつつき》の発火点！　謳うな傷つきやすき性《さが》など

黄道光なおも残れる　影となりはるか地平を揺るるゆうすげ

みくろこすもす

色盲検査紙　眩暈の彼方に陽を浴びて巨いなる葵の花ひらく見ゆ

見上げ過ぐ暗きまなこをつぎつぎに吸いて柘榴のみのれる疾し
打ちのめされて日暮れ帰れば……ようやくに熱きかな太陽神経叢のあたり
かなしみが夕映えのごとふさふさと身に相応《ふさ》うまで誘われてゆけ
屈折率同じほど人のかなしくて抱けばとおくゆうすげ騒ぐ
赤熱の硝子を吹けりわが肺の秋は膨らむ　ミクロコスモス
林檎の花に胸より上は埋まりおり　そこならば神が見えるか、どうか
昇天の成りしばかりの謐《しず》けさに梯子の立ちている林檎園
われを狙う眼もあらばあれ！　風を擦り胸熱からん滑翔の鷹

凝固熱　地上にかくも荒涼とさびしき熱あり結氷の湖

無水珪酸

晩夏光硝子棚《ケース》におよびつつ結晶冷たし無水珪酸

わが秋の寡黙を鎖す漆黒の扉《と》に肉厚き北辺の材を

逢えば飲み酔えば唄いて別れんか〈身は転蓬《てんぽう》に消て悲し〉とも

海鳥の海ゆく翼の照り翳り　酔いて夜一夜《よっぴて》なお痛み増す

血の沈む迅さ重たさ腕垂れてひとつことばは告げなずみにき

翼痕

わが死後も夕映えていん欅かと窓にむかえば浄まりていつ
かたくなな一人に疲れゆく街のいずくにも美しく硝子撓める
生《あ》れざりし胎児らひそひそ笑みかわす明るき雨の紫陽花の影
大き蛾が頭上を横切《よぎ》りきらめきて鱗粉はしずかに降りはじめたり
抱き寄するとき掌に触れて汝も持つ翼捥《も》がれし痕か鋭く
係累すべて絶ちたき夜半も窓越えて冷たき地上に繋がるアース

酔うためにのみ飲むごとき夜幾夜、子あり妻ありゆきずりのごと

性格の違いと言いて打ち切りしそれより長く争わざりき

わが窓の日暮れの一部を占めて立つ欅よ寡黙に幾日を経し

流離

決壊寸前のある感情に耐えいたり　掌に夕焼けのごと炎《ひ》を囲い

頒ち得ぬ創あらば創はさらすべし一夏《いちげ》の果を立つさるすべり

かろがろと自《し》が影離れ飛びしとき見しや地上の愚しき夏

フラスコに満てる秋冷　戦ぎ合うものらひぐれの球の内部に
水族館《アカリウム》　水に映れるわが前をはるかなる〈時〉へよぎる洄游魚
阿修羅とはならざりし父が子に伝え、酔えばはつかなるつゆくさの痣
夜にうつる疾さはつかに紅はさざなみのごととおき森の上
水底にさくら花咲くこの暗き地上に人を抱くということ
寝息かすか――妻には妻の夜がありて告げねば知るはずもなきさびしさは
驟雨たちまち街に埃のにおいたつからくも耐えて来し怒りはや
ふとさむきわが青春のきりとおし　リューリと風の吹きしや否や

夏の燠

首の長さゆえ幼らに愛されてキリンは高き柵に囲わる

人間に涙とう透明の膜ありて少女はみひらきしまま聞きいたり

呼びとめん思いにからくも耐えて来し雁来紅《かまつか》燃ゆる　わが夏の燠

岬は雨

〈差し向かいの寂寥《ツワイ・ザアムカイト》〉さもあらばあれ透明の花器に夕日が静かに充つる

罪人《つみびと》のごとく浄しも忘れられいま夕映えの中の木の椅子

夕闇の安楽椅子に座りいて頭より他界へ入りゆく母よ

跨ぎたるときゆくりなくまばたきのごときは見たりゆうぐれの水

ゆうぐれの水より出でし影のありて身震いしかば葉はこぼれたり

夢のごと駆けるキリンよかろがろとわれも振り捨てたきものもつを

さりさりと晴れし朝に雪を食むとおくいてのみ人はかなしく

弾道の愛、思わざるささやきに冬の林のとめどなく明るし

みずうみを越えてゆうぐれ　とおき死は花やぎに似て伝えられつつ

蟹食いておりし蛤、もろともに食らいつつ灯のなかの家族ら

水面に鳥肌立てり雨降ればとおきこころを一つの傘に

夏逝くと渚の波のアルペジオ　いまは甲斐なき愛には触れず

足裏を砂は流るる肉体とう重さ負いつつ汀に立てば

ラクリモーザ流るる窓よ窓と言えどときに劣情のごときは兆し

くもりたる硝子ぬぐえば闇を濃くなしつつとおき沼に降る雪

岬は雨、と書きやらんかな逢わぬ日々を黒きセーター脱がずに眠る

ふりむきて泳ぐようなるまなざしのしばしわがことをのみ思いいよ

麒麟抄

気化熱というやさしさにつつまれて驟雨ののちを森ははなやぐ

諍《いさか》いの部屋を抜け来し昼ふかく鳥は目蓋を横に閉ざせり

川岸の処女の胸にくちづけて乳飲みしとう釈迦を想えり

闇にわが顔を探りし掌のありて草のかすかに匂いいしこと

いきどおり鎮むるごとく抱きしかば見抜かれて　汝が背後のさくら

窓の下まで繁りし羊歯に月光は爬虫類のごとく照りおり

天球というは架空のものながら極北に星の一つあること

呼びかけて届く距離にもあらざればリフトに虜囚のごと運ばれき

雪の斜面《なだり》を屈折しつつ影ゆけばときにけものの足跡も越ゆ

乳鉢のやさしき窪みに磨られいる硫酸銅や菫や血など

紫外線ランプすみれの花のごとともりて春の夜の無菌室

夕風にキリンは首の重からん　われら未遂の死をもつことも

崖のひるがお

吊されし貝殻草の渇きゆく風に立ちわが罪の深しも

追われつつ来しにあらねど道ここにようやく尽きて　崖のひるがお

人を抱くこともなければリゾールの眠るときまでかすかに匂う

海棲のとおき記憶もみごもりてときにしずかに笑うことあり

採血の終りしウサギが量感のほのぼのとして窓辺にありし

泳ぐごとき視線がわれにとどまりしつかのまなれど生きていし眼が

くちびるに死はいちはやく兆しいつひるがお色にかすか開きて

曼珠沙華花の乱れを吹き来たる風の背後に母も戦げり

わがうちにのみ母として居給うか無蓋貨車とおく野をよぎりゆく
わが前にとどまりしかば不意に親しく　ヤンマや風やそして死者たち
割れし鏡のひとかけらついに見つからぬ雫のごときかそのひとかけら
思えばふと怖しきかなわが床《ゆか》を天井としてひと生きいるは
わが眠るあたりを視線の漂いて耐えいんか階下に長く咳込める
わが胸を撲てる拳に力失せゆくころおおいなる月が森に

紅　炎

人の渡りしあとを明るくゆうぐれの橋は虚空へ引き絞らるる
驟雨過ぎて紅炎《コロナ》まとえる遠き森　たわむれに似て死にたり、奴は
奴のため集まればまた飲むほかはなく冷えつつ汗はシャツに滲めり
ふりむけば炎天に風めくれおりかすかなる飢えの兆し始めつ
失踪もならざりしかばゆうぐれの気圏の底に罌粟は揺れいつ
羊歯などの暗き葉群も戦ぎいん　X線は背より透りき
透視カメラの前にて腕をひろげたるかたちかなしき抱擁に似て
レントゲン撮られ来しかば欅らの裸形も見えて昏き夕映え

髪に指入れて抱けばはろばろと草いきれたつ夜の髪ゆえ

笑いおさむるきっかけに思いは及びつつ人に遅れてわれも笑えり

やがて発光するかと思うまで夕べ追いつめられて白猫膨る

ふりむける所作さえすでにしらじらと見えしが闇に濃く匂う椎

夜の窓に撓みて水のごとき樹々　ことばやさしくわが拒まれぬ

水に棲むものら涙の無きものら、ろんろんと霧の湧く沼に来つ

向日葵

向日葵は影となりつつ灼けざりし胸むざむざと夏果つるかな

またひとつ怒りとはならざりし悔しさの向日葵畑を行く遠まわり

梨の花吹雪ける午後を群雲のおもいしずめて逢いたきものを

撒水車わがかたわらを過ぎゆきぬ真昼間なれば喪のごとくひそと

古典力学

おみなえし空ににじめりふりむけばわれより遠ざかりゆくものばかり

倒影の塔も撓えり夏果てしプールにもどり来るやさしさは

スバルしずかに梢を渡りつつありと、はろばろと美し古典力学
肉体は残されにけりかなかなの声の懸垂いずこに消ゆる
狭湾《フィヨルド》をおおえる暗き空ばかりのグラビアを閉じ茫茫としばし
心臓穿刺ののちゆわゆわとふくらめる白きねずみを掌につつみたり
硝子壜に沈みし小さき脳葉が宝石のごと秋の陽を浴ぶ
紅葉《もみじ》一葉はさみて返し来しからにひえびえと夕闇のなかの図書館
紅葉《こうよう》は世界を覆い汝をおおいふとも抱けば火は匂うかな
唇を洩れしあやうきかずかずの、あやめもわかぬ闇……ぞ、わが胸

曼珠沙華地より噴きいつ兵たりしとおき日を語る背にも噴きいつ

火を盗りし孤独を今に受けつぎてつね逆光の中の男ら

窓際の天秤がかすか揺れつづく夕陽と釣合うまで長きかな

キリンの死にしニュースもありて休日の朝の肺腑に雨やわらかし

誰に告ぐべき嘆きならねど風ぬくき夜の河口まで来てしまいたる

みみずくの肉

ずぶ濡れの肺二つもち雑踏に紛れゆくべしあぎとうごとく

痛きまで月光充てりみみずくの少量の肉ともるがに見ゆ

しかしなお思想は肉に換え得ると燐光燃ゆる月夜みみずく

いきどおりためつつ寒き月光に夜毎研がるるみみずくの耳

問いつめることなさざりし悔しさの、窓に吊らるるすすきみみずく

ハンミョウを追い来たりしがいつのまに黄櫨《はぜ》の黄葉《もみじ》は四囲を閉ざせる

櫟原に踏み迷いたりひしひしと冷たき黄葉の脈搏に触れ

わが腕を起ちたる気配にめざむれば身は冷えびえと黄落の底

風巻きて雁来紅《かまつか》燃ゆる一区画いま抱くための女が欲しく

水際近き茶房の古きテーブルに関わりもなき夕日と対えり

手鏡に笑いは封じ伏せ来しが醸されていんやがて醜く

天窓の青き光のおよぶとき魚のごと息衝きいたりし裸身

自動オルガン鳴りいきまこと他界より暗き響きの漏れいるに似て

紅葉《もみじ》黄葉《もみじ》陽にひるがえり落葉は点滴のごと森を鎮むる

蛇口にて水ふるえおり遠雷はいましも水源の空を過ぎしか

珪砂にてレンズ磨かるる美しき費消の果てに光は撓む

II

血の夏――キクチサヨコに――

傷ついてゆくほかはなきのちの日々に、知りき少女を巡る血と夏
草いきれ、否、困憊の少女よりかすか匂いて血の夏は来る
身を支うるための脚まして腓なれどときにし一すじの血は伝い落つ
なかんずく血はくらきかなほたほたと落ち継ぐ花は淵を埋めき

肉はこころを措きて熟れゆくかなしみの、塩もて夏の咽喉を洗う

真裸のサヨコ追いたる夏川の昔を今に吹け風ぐるま

血に太る藪蚊打たれき　夏川に踞める腿の紅の花

夏草にひかりは遊ぶ穂のそよぎ　あわれ少女の血の高さまで

少年の岸と女の汝が岸を幾度点りて螢は越ゆる

穢れしにあらず、あらねど、さはあれど、わが夏くらきシャガの花群

線香花火朱の滴りが水に爆ずせつなき怒りは背を駆け登り

灌木に蛇皮戦ぎおり女など帰れと肩をつきはなちしが

水出でて濡れたる足に立つ少女眩しき光は真上より降る

しの竹の鞭に薙ぎゆく曼珠沙華　識るは識らざることより良きか

負いたる少女の胸とわれの背を隔てて汗まみれなる粗き布

血を怺え寡黙に少女負われゆく海へなどつづくはずなき道を

陽炎のなかの汽罐車、　血はわれらを隔てかなしき夏果てんとす

すぎゆきは楽しきばかりにはあらね錆びし軌条は夏草に紛る

見しことのもうどうしようもなき夏は、　暗き葉月は息つめて越す

＊

見ることの罰と見らるることの罪　地上あまねき蟬声に満ち

逆光の夏

陽に耀《せ》りて高き蜀葵《あおい》の花群に見えて隠れて海までの距離　（I）

ひっそりと若き死者らが泳ぎ過ぐ晩夏の潮に身は浮かべいつ

今年あたりわが少年は背に乗せて泳ぎやらんに　もし生《あ》れいなば

ねむい晩夏の耳がとらうる風のひびき……鱶の餌となるさんたまーりあ

「遠い夏」と書きやりしのみうつし身はうち砕かれて逆光の海

水浴びしごと霽ればれとふりあおぐ嘘も許して遠き稲妻

（Ⅱ）

自らの声を垂直に昇りつめ五月雲雀の肉重からん

火の額を甲もて拭うシジュフォスの暗き傾斜を内にかかえて

皮袋に獣の乳はじわじわと固まりはじむ死後の初夏

わが頭蓋の日だまりに黄の揺れやまぬ金雀枝よあっけらかんと人逝き

自らの内の穢れを吸うごとくゆうぐれの水に唇近づけぬ

（Ⅲ）

フォルマリンの中なる胎児雪の日は雪の翳りを身に映しいつ

血友病《ヘモフィリア》は血の止まらざる病にして夕光に無数の傷もてる窓

みるみるに死さえ相対化されゆける短かき刻を曼珠沙華燃ゆ

ドライアイス石もて砕く昇華とう美しき死を持たざるわれら

微笑さえ肉に彫らるるほかなきを刀葉林の夜のしずり葉

以欲媚眼　上看罪人　作如是言。念汝因縁
我到此処。汝今何故不来近我。何不抱我。

(Ⅳ)

裏返る不安というも……死後なれば桃の皮剝ぐごとく頭皮は

いくばくの罪の記憶も残りいん頭蓋の内部に綿湿りゆく

稲妻は走りて白き部屋に消ゆ縫合されて屍となりし肉

血の匂いわれを離れぬ日の果てを花屋の闇に花ら睡れる

（V）

昼顔が憔悴の花閉ずるころ稀釈されつつ血は配られき

何もなき夕暮れなれど身構えて猫はひそめり枇杷の木の下

許されし限りの草を食み尽くし日暮れは山羊も汚れてありき

わが蝕としてあれ夜の噴水の飛沫《しぶき》に濡れし髪を抱き寄す

頸骨脱臼今日幾匹を殺めたる掌は覆う夜の乳房など

わが肋いずこの土に紛れしか深き疲れに肉は重ねつ

炎昼の街を横切りし救急車　一量の水は咽喉を墜ちたり

鞦韆

うしろの正面……誰もいる筈なき闇に言い当てられしわが名その他

半跏思惟像闇に見て来し眼を流す紅葉の風やさやさやと過ぐ

肉に即《っ》く愛うべなえり膨れつつ瞼を閉ざす風中の鳥

ひらひらと狂いたき夜の掌が握る鎖もて虚空より吊らるるブランコ

吃水を越ゆ

なにげなきことばなりしがよみがえりあかつき暗き吃水を越ゆ

とめどなき後退を己れに許しつつ強いて抱けば腕洩るる声

いちはやく煥となる藁　哄笑は秋の光に輝やきて過ぐ

身の内に滅びしものは告げざるを肉はきりきり風に吹かるる

かんかんと赤啄木鳥《アカゲラ》は秋の幹打てり呼びて応うるものすでに無く

寒風を衝《つ》きてわが行くオートバイ　友として奴《やつ》を撃つ論も研げ

門灯に夜のヤモリの透けいたりいくばくの血はわが身をめぐる

今言わば――、否言わざればキャラメルの箱に天使はにこやかに堕つ

噴くごとき悔しさを身に閉じ込めて瞑ればば髪膚を風掠めゆく

憎しみに変る瞬時をまざまざと銀杏もみじの秀に陽は射せり

憎しみに憎しみ重ね塗るごとく日陰の壁を打つ蔦紅葉

水涸れし川原《かわはら》を蜥蜴走りたり隠れようもなきわが肉の量《かさ》

丈高き夏草の葉の輝きに紛れて見えぬわがヨブの背も

首夏物語

胸の首夏・心の晩夏こもごもに愛の終りを推り合いつつ

一、

エホバ、アベルと其供物を眷顧《かへり》みたまひしかど
も、カインと其供物をば眷《かへり》み給はざりしかば…

向日葵を焚けば地平は昏みつつ故なく憎まれ来し少年期

地に滲《にじ》むごとしんしんと鳴き沈む蟬――垂直に怒りこそ立て

霽《は》れやかに汝が捧げいる心臓はまだ搏てり血にどきどき濡れつ

鷲摑み汝が捧げいる内臓の、愛さるる者にのみ血は潔からん

返り血に穢れし腕を嘉したる暗き妬みに思い至りき
忿怒はやさざなみのごと身をめぐる足吹かれつつ天を仰げば

汝何ぞ怒るや何ぞ面をふするや　汝若善《もしよき》を行はば挙《あぐ》ることをえざらむや　若善を行はずば罪門口に伏す　彼は汝を慕ひ汝は彼を治めむ

おとうとよ、どうしておまえを憎むことがあろう
てのひらに噴く一茎の彼岸花
青空の彼方の闇に、エーテルのように笑うのは誰だ
顔を伏せることは、おれの存在を賭けた怒り！の表現でなければならぬ

戸口より野に続く罌粟待ち伏せているかもしれぬ罪の眩しも
炎《ひ》のごとく内へうちへと捲れ込み楽しもよ憎悪の核熟りゆく
涸川をよぎりすばやき蛇の影、燦燦と陽に炙らるる罪
日ざかりを草隠りゆく蛇を追うあくまで怒りの元区《もと》を求めて

空に噴く水よ怒りの照準に象なしくるものありて　首夏

二、

発端はつね軽やかに、絮飛べる野に誘いき口ずさむごと

かげろうの中遠ざかる後姿に注がれて邪視《モヴェー・ズユ》のごときわが眼か

草陰の泉にすでに来ておりし蛇にも見透かされつつ飲めり

血を頒くということ苦し炎天にわが影を刈れ！　鮠《はや》色の鎌

狂暴の思い掠めて吹きし風　アレチアザミハオレノテデオル

汝が脛にひらめきし蛇も打ち殺しかの夏まぶしかりし草の穂

わが名短く呼びて水際を駆けゆきしおとうとよ、汝が逆光の髪
岩塩を嘗めつつ語る横顔に草の穂の影戦ぎて暗し
獣脂火に爆ぜて輝く横顔の悲鳴に近き愛しさは告げず
撓うごとふりむきしのみしんしんと夏寡黙なる汝が変声期
陰画《ネガティヴ》の向日葵燃ゆる　走り去る背の輝きを呼び止めかねつ

三、

ふりむきし額までの距離測るごとむしろ静かに振りおろしたり
ふりむきし刹那を髪の耀きし　死してわがものとならんおとうと

のけぞりし咽喉の彼方の白日に星一つしんと燃えていたりき

気の狂うほどの長さよ揺蕩《たゆた》いてくずおるるまで腕ひらきおり

放電のごと一瞬を撓いしが残されき地に肉体のみは

波打てる胸を胸もて押さえいぬ関わりもなく過ぎし草嵐

ひくひくと水飲むごとく攣るる咽喉、美しければさらばわが夏

おとうとの血は蕁草《いら》にぬぐうべし棘の蟻酸の痛みは奔る

地を這えるくらきわが影屈折し屈折しつつ汝が血へ延びる

昼顔を敷きつめし上に横たうるようやくわれに帰り来し汝を

怒り悲しみ所詮死者には関わりもあらず項は花に明るむ

夕闇に瞠かれたる眼を吸えり　かの夕星の一滴の光

岩壁を夕日のすべり落ちゆくと脈搏のごときは掌より伝わる

地に噴ける稲妻の脚　われよりも愛されて汝は容易く死ねり

風渡る草の穂の影乱れつつ日射しより夏は衰えはじむ

四、

ゆうすげが地平に影となるまでを見てもどり来ぬ残されしわれは

麦熟れて喘ぐがごとく戦ぐなか身を伏せて何より逃れんとせし

枯草に蛇皮戦ぎおり抜けゆきし自在なるものの行方羨しも

悔いは無《な》……けれど夕ぐれ野を駆けるあざみよりわが耳の切なく

血を吸いて喚びやまぬ地よ　まっ青な夕焼けが肺にまでなだれ込み

うつし身は足裏熱しはるかにもわが名呼ばれぬ昼の稲妻

汝何をなしたるや　汝
の弟の血の声地より我
に叫べり　されば汝は
詛《のろは》れて此地《このち》を離るべし
此地その口を啓きて汝
の弟の血を汝の手より
受けたればなり

もう嘆くまい、おとうとよ
気圏と水圏の接線を飛ぶ岩つばめ
その軌跡の彼方になお笑う唇のあることも、もう気にはならぬ
青春はすなわち晩年と、しかし
眩しすぎる額の一筋の傷も
いまはむしろ誇らかに彷徨ってゆこう
御覧、野はアレチノギクの花ざかりだ

地より血の喚ぶが聞こゆと問う声に応えん、愛の内なる憎悪

こめかみに血は押し寄する　おとうとを殺せしは神、神にあらずや

褶曲の地層あらわなるきりとおし地にも苦しき日々のありしか

狂うこと、殺さるることならぬ身の額は灼けつつ悔いなき夏ぞ

逃るべき地もあらざるを闇に透きて流木はふと流れ寄りたり

てのひらに柘榴は残りこののちは並べてを計れ　汝が血の重さ

＊

地平までわがものされど逃水の逃れのがれてノドははるけし

無限軌道

一九八一年十一月二十日
雁書館刊
A５判カバー装一七四頁
定価二三〇〇円
装幀　高麗隆彦

I

饗庭抄

一

カラスなぜ鳴くやゆうぐれ裏庭に母が血を吐く血は土に沁む

尋ねたきことの数かず乾反葉《ひぞりば》の吹き寄せられし万のくちびる

手刀に薙げば飛び散る曼珠沙華　身を責めて朱は空に放たん

幼らの輪のまんなかにめつむれる鬼が背後に負わされし闇

わが裡に闇ともわかぬ沼ありて髪の類が靡いておりぬ

砂蹴りて炎天に鶏あらそえり死ぬことのなき淫らさにまみれ

水面に立てる釣糸　わが過去の何の痛みかときに騒げる

立ちしまま浮子《うき》流れゆく流されて思えばわれに無き少年期

抱かれし記憶持たざるくやしさの、桃は核まで嚙み砕きたり

二

鶏頭の花の肉襞　夏を越え母に胸部の翳ひろがりぬ

呼び寄せることもできねば遠くより母が唄えり風に痩せつつ

人の眼を盗みてわれを抱きしことありやコスモス乱れてひぐれ

薬もとめて町ゆく父の若き背を追い抜くは風か戦後か　寒し

夢と現の境ほのかにうち光り螢はゆけり　母見あたらぬ

父の手が取りし白布の下白き闇ほっかりと口開きいし

肉体の死にやや遅れ億の死の進みつつあり　Tubercule《ツベルクル》 bacillus《バチルス》

死にしのち人らおもむろに集い来る、集うは常に賑いに充ち

ふたたびは帰ることなき道なれば遠雪道を静かにゆけり

いくばくの雪もろともに降ろさるるいたく静かな底までの距離

残されて父と眠ればはてしなく夜夜遠ざかりゆく壁・襖

ずぶ濡れの母がかなしく笑いつつ辛夷の闇に明るみいたる

単線の鉄路に待ちしわすれ草　さがしてよ誰か、母を売る人

枇杷多くみのる近江の初夏の風　風のうわさに母の来ること

おびただしきしかも時代の典型の死の一つかも、言ってしまえば

三

ささくれて世界は暮るる　母死にし齢に近く子を抱きて立つ

樫の実の音立てて降る身震いて身軽にならん術などあらぬ

噛みもどす何の苦さかゆうぐれを汚れし牛がわが前をゆく

顔の形かすかとどめて石は立つ　常顔《かお》として見られ来し石

自らの唇に唇つけ飲む水の野の水なればその底の空

＊　＊

ひるがえる風に揉まれて消えし蝶　伝えよ世界の裏なる紅葉

一条戻橋

京都一条戻橋。堀川にかかるその橋で、かつて源頼光の四天王の一人、渡辺綱が美貌の女に遭遇した。送ってくれと綱に頼んだその女が実は鬼であり、格闘の末、綱は鬼の片腕を切り落とすのであるが、この鬼＝女と綱という男との関係を、もっと身近な一対の男女の葛藤として膨らませてみたい、と久しく考えていた。
毎朝傍を通り過ぎる戻橋の柳の芽吹きも、もうすぐである。

もどり橋・花降りくらむ昨日より追いすがる声のありて鋭し

⁂

疾風きて狂う矢車狂えとぞ首にやさしく手はまわされぬ

愛憎の此岸・彼岸をわたりつつせつなく狂えわが夕疾風《とかぜ》

腕欲らば腕を与うるかなしさの噴きいずるごと汝紅葉す

君の死もかく淡あわとかなしまん眠れる胸に置くわが腕

夏は渚にたつ陽炎のゆらめきを身は委ねつつ口走りたる

われを奪いて見下ろす酷き瞳の中に光滅びしその後の夏

髪洗う背より女は無防備になりつつ風媒の風か地を擦る

憎しみに変る刹那をいきいきと若武者の首に絡めわが髪

霜置くと伝えし人も日々もおぼろはるか愛宕の頂しぐる

断念の甘きを唇の端《は》に嚙みて言えばことばに零る忘れ霜

⁂

失わんよりは殺《と》りたきわが性をはや鬼と呼ぶ声・もどり橋

山猫

マフラーせし山猫も本を読みいたり熱病《や》めば秋の硝子戸の内

海へ墜つる夕日さえぎり立てる背よもの思《も》わぬ夏の短く過ぎし

潮風に荒れたる髪を抱き寄する零《こぼ》るるは夏の砂か光か

憎しみの理由は深く問う勿れ　絵皿の裸婦の上に肉切る

空しさはときに気狂うほどなるを遠き欅は夕映えを抛《う》つ

きみ問わば

＊「ペンローズの三角形」的対位法の試み

1……!

やさしさはやさしさゆえに滅ぶべし　夕ぐれの野を漕げる野あざみ

銃音が長く尾を曳き消えしあと野は暮れ愛恋のことおぼろ

弾道は野に尽き確かめようもなき愛なるや　もうその先は言うな

2……だから

めつむりて駱駝は座る砂ぼこりつきつめて襤褸のごときはこころ

逆光の沖へ漕ぎ出す一艘にこころ即《つ》く無《な》くかたくなに飢う

断念とうことばのひびき四五日を噛みもどしおり　苦しかりッ・コリッ！

3……まさか！

きりきりと時間たわめて来しゆえに取り残されき集団論理

口惜しさは拭わず汗は拭いつつ黙しおりただに身過ぎと言わん

睡り足りることなき日々の窓越しに泰山木の花銹びやすし

4……まして

藤の房四囲を閉ざせりふり捨ててことば半ばに出で来しものを

赤熱の硝子しずくとして落ちぬ　汝があゆみ翳れわが知らぬ汝の

傾きて帆船は向きを変えんとす風に軋るは愛か、それとも

5……ところで

追いつめてゆく楽しさの　夜明けまで仮説の谷に降り昏らむ雪

草色の重き鉄扉を開きたり死者ありて死臭なき部屋のあかるさ

遠き日の複素積分　水滑るアメンボの輪を傷むるなかれ

6……しかし

柑橘の大いなる実のたわたわと揺れて逡巡とめどもあらず
昼花火の音はけだるく遅れつつのっぴきならぬ岐路も見えつつ
ことここにいたればましてとりかえしつかねば……背後をなだるる紅葉

7……そして

ともに陥つる睡りの中の花みずききみ問わばわれはやさしさをこそ
勝たばなべては赦さるるとや　未明の森の髪顫うがに鳥翔び立ちぬ
夏せめておろおろ溺るべき胸もあれしろがねの穂は風に奔れる

肉体の思想　―マルセル・マルソー頌

あふれくるかなしみを身に塞きとめて肉は樹を成す火や石を成す
ことばなき詩に降る霜ぞ撓いつつ背は美しき滅びを刻む
肉は血の、思想のそしてことばなき血の包絡線　マルソーの肉
肉体は動詞、孤独のマイマーが跳ぶ怒る泣く、笑う叫ぶ……死
暗転ののちも笑いは凍りつき死ぞ凄まじきLe fabriquant de masques

＊仮面作り

Ⅱ

初夏の死者

なめらかに水の上赴《ゆ》く蛇照れるついに会えざりし初夏の死者

蟬のごと小さくなりて死にたりと遠き電話のむこうのたそがれ

得んものや、まして失わんものや何　川幅広き橋渡り終う

うしろ手に諍《いさか》いの扉を鎖したり目の高さまで降りきたる蜘蛛

傾きて立てるものらがいっせいに花やぎ夕陽の坂昏れはじむ

鏃《やじり》もろとも化石となりし獣骨に夕光低く窓より射せり

われはわれのため生きゆかんはだけたる胸をためらいがちに風過ぐ

帆

くやしきはくやしきままに溜《た》めおかん凄然と葉を落とす春樟

振りあげし刹那にすでにしらじらと冷えたる手こそさびしきものを

狷介にあらん思いを嚼みもどしかみもどしおり夕暮の橋

さりげなく黙殺すれば済むものか……河口をゆるゆる芥が溯《のぼ》る

帆船の風はらむ帆のやさしさをことばに籠めてたれか尋ねよ

夜の窓に浮く顔疲れしわが顔の裏にびっしり闇が息衝く

〈一期は夢〉ならずさりとて空しさのやらん術なく犬蓼揺るる

とりかえしつくやつかぬや鶏頭が刈られしのちを切に紅かり

反挽歌〈火〉

火より火は、肉より肉は生まるると無明長夜のわが酔深し

***

かなしみを言う嘘まして怒る虚偽見えて朝《あした》の水渡る蛇

むらむらとわれに怒りの幾秒の過ぎて晩夏の窓明るめる

うつむきて人ら並べる喪の露地に氷いきいきと截られゆきたり

眼開かぬことの不思議さ遠ざかり近づき蟬は耳底に狂う

水銀のごとなまぐさく水面照る傷つかずわれら人を送りき

しろがねの穂に風は立ち死者たちの高き笑いの中帰るかな

ついに一つの生命も成さず逝きしこと雁来紅《かまつか》燃ゆる季近きかな

歌うまい所詮生者の傲慢にすぎねばたとえば君が死の意味

きりとおしまがればまともにあう落暉　汚れてわれはしばらく生きん

言葉鋭く人をなじりて帰り来ぬ水底の泥ほかりと浮けり

一つまみの塩を振られて家に入る　許さばかなしみはすべてとならん

ずたずたにわれらさびしく眠る夜を遠く鳴きおりはぐれふくろう

夏樹々の幹あらあらと油照る美化されてたちまち遠ざかる死者

あふれんとする血の包絡線としてダビデは風に苛まれ立つ

貧しさのいま霽ればれと炎天の積乱雲下をゆく乳母車

カリブの真珠　―ELVIS!　ELVIS!

ドラム激しく吾《あ》を駆り立てる倒すべき敵持たぬ四肢の弛《たる》みがちなる
熱狂の寄せては返すこの渦の最中に立ちてわれのみが冷ゆ
群衆を欺くは己れあざむくより易くわが唇を奪いあう千の唇
カーテンコール熄まねば再びスポットにがんじがらめの身は笑いつつ
なべて断念したる男が歌うゆえ恋もうつくしカリブの真珠
アイドルと呼ばれ怠惰な日常に放し飼いの駝鳥が振り向きしなり

戻橋

戻橋越えていくたび遭うもみじ　問えば直截のことばぞ酷き

曇天の雑木林をくぐり来しからからカランと風はた女

りゅうりりゅうと高き吊橋響《な》りいたりいずこあかるき秋の哄笑

バッハ低く流るる窓をひたひたと打つ蔦もみじ　闇をこそ打て

雫のごとき銀杏もみじの中の窓　許さん許してなお飢うるべく

落下点

ハンマー投げの男おのれを軸としてまわるよ中心なる孤独はや

接線を截りて放たれしハンマーに尾ありけだるく顫えやまざり

地を走る影と空飛ぶハンマーとあやまたず地表に重なりしかな

落下点を目測しつつ立つ時に不意に死までの〈時〉透けて見ゆ

地に鈍く落下するまでを見届けよ　生・老・病・死　加えて八苦

とり残されて男は円を跨ぎ越ゆ秋の夕陽も跨ぎ越えしか

自らは飛ぶことあらぬ腕垂れて落下点まで歩を測りゆく

夕闇を落ちくる紅葉落ちながらはや人界の黝《くろ》をこそまとえ

時空隧道

密雲小さき町を圧《お》しいる冬の窓バッハ晩年のミサ響りはじむ

見下ろすは見上ぐるよりもさびしくて空中茶房の夕日に対す

対岸の男叫べる　裂れぎれに聞こえきて母音のみくきやかに

水銀色の湖面昏れつつ大袈裟に悲しみし嘘を少し愛せり

何も持たぬ手をポケットに遊ばせて聞けりまっかな嘘に充つる愛

雑木林はやさしき嘘に充ちながら光は風にあふられながら

語尾つたなき拒絶に邂えり雪どけの水音近き春の山くぼ

馬柵《ませ》越えて吹雪に紛れしは馬か　つかのま現像液の中の胸郭

明暗くきやかなる巨き月登り追儺の鬼ら闇に尿す

遠い記憶に燃ゆる篝火　どの影も口嗤《わら》いつつ踊り過ぎたり

死より逆算したる時間のたゆたいを許さば……茘枝煮られて苦《にが》し

謀ること謀らるるより辛からんあわれ湖氷を辷りゆく雪

敵として立たん覚悟のさしぐみて汗の鳩尾、壮年の坂

許し合いつつ擦れ違いたり夕闇を離れゆく歩の距離を吹く風

「平安《シャローム》あれ！」の一語は甦《かえ》るはればれと飛行機雲空にほどけつつあり

——山本雅男に

眠るとき爪も乳房も蛍光すしなやかに寒き匕首のごと

われのものにはあらざる長き髪が落ちぬ無菌灯下の培養の隙

殺されしことより真裸なりしことの悔しかりしかアガメムノーン

肩の肉厚きダビデの肩越しに血紅の雲藍靛《らんじょう》の空

廻廊に陽は縞をなす風と百舌《もず》とわれと戻れぬ時空隧道《タイム・トンネル》

屈折率

倒立し皆一様に笑いおり蛇腹写真機の中の青空

疾風はわが体熱を奪いゆく　肉を否まば滅びんか愛も

水の上に水盛りあがる夜の泉　抱き寄せて糺すべき愛ならざるを

かきあげし髪がつかのま吹かれたるおぼろ記憶の中のほほえみ

帰るすなわち新たな飢えの光源へ岬をゆるく巡りゆくバス

わが肩にもたれ眠りし汝が髪に海のものなる塩は乾きいつ

生は死に連なる杳《くら》さふりむけばみずたまりどれも瞬きており

石を打つ音のみ響く廻廊に青年ダビデの睾丸重し

さよなら三角

彼がなぜおれの尺度だこんなにも夕日がゆがむフラスコの首

手を入れてウサギの腹より摑み出すげに一連《つら》のものなる臓器

Nieder noch　さもあらば……あるな！　あふられて発火寸前の葉鶏頭

波動論こそ親しけれ壜あまた並べる窓の晩夏の光

さよなら三角また来て四角敷島の岡井隆を医師とし見れば

Ⅲ

時間

一鶴

動物園に行くたび思い深まれる鶴は怒りているにあらずや　伊藤一彦

雷とおく渡れる街をおのもおのも人間は身を垂直に歩む

石に石打つ音響くかなあかがねの有史以前へ時間たわませ

方形より球形さびしフラスコの中に晩夏の照りかげる街

水打ちて水ほとばしる午過ぎのあわれきりもむごとき性欲

心滅びしのちにか抱かん　凍鶴は翼を碇《いかり》のごと支え舞う

静謐に狂うとうことありや曇天に首のべて眼の雲丹色の隈

「猫の目のイチ！」と幼なが数えたる　猫の目に炎のごときゆらめく

—T夫人に

さむざむと怒り溶けつつ日暮れ浅き眠りの上を蛾の過ぎゆけり

蔵い来し微量のウラン月光の窓辺の壜にて発光しいん

わが降《お》りしのちも零には戻らざる深夜の秤　測らるる闇

傷つきしなどと言わねど冬草に簓《ささら》夕日の光《かげ》あわく射す

日射しじりじり後頭を射る　中立的立場とう卑怯はすでに見えつつ

＊

集団を厭うと書けば打ち返し鳴かず飛行《ひこう》の極まりの鶴

二　梅

泡立てるわが感情は春雪に梅紛るるとのみ伝えんや

冬空の晴れ・蚯蚓腫れの飛行雲　肉に届かぬ愛など淫ら

鶯よ男ひたすら泣きし夜の明けて降り敷く雪とこそ思え

知らざるやこころ滅びて毳立てることばとよ肩に触るる風花

〈刹那滅《クシャニカ》〉とうことばかなしも晴天に雪舞いて梅も雪も紛るる

舌を打ち指鳴らしわが忘れんか　六十五刹那行き迷う愛

せりあがる梅花前線列島の咽喉首徐徐に締めあげられつ

チェンバロの旋律の間を漂いて未婚の冬を妹は痩す

未婚とう酷き時間の堆積に降るはなびらのそれぞれの紅

誰か流す水音激し夜半壁に仕切られてそれぞれの憂鬱の中

胸二つ隔つる闇を締めあげてさびしき腕か　街灯《ひ》に生るる雪

三　桜

ゆうぐれを泣きやまぬ子よ　背後なる　全山しんと桜闌けおり

鬼の子が幹に顔寄せ数うるをつつみつつ闇に花沈みゆく

夕ざくら花は吹雪けりこの世なるひかりは落つる暗き水の上

駝鳥

ぼろぼろの駝鳥が砂を撥ね上げる　強いて退路を断たんかなわれも

アノヤロウ、　タダオクモノカ迸る蛇口の水に髪打たせいる

触れいたる夢の乳房よなまなまと一日わが掌はわがものならず

おれは繁りおまえは熟《みの》る惑星の地表に秋の水あふれたり

雪撥ねてもどりし枝が枝を打ち唄うごと汝は断念を強う

さばかりのことをと汝の言い捨つるさばかりぞわが肺腑に沈む

抱き寄せて女わがものとなるまでの時間《とき》長きかな窓を打つ雨

帽子とパラソル　―三度のカノン（I）

形態が機能を統べると君は思うかたとえば風に転がるパラソルのような

酔眼を据えて据わらぬ夜の檻にほろほろ鳥の身なる縦縞

われのみを責めて明るき声ひびく晩夏の水は空に噴きおり

蛍光のはかなさを数値にて測りいきたとえば時間の函数として

雷遠く渡れる午後の窓際に帯電しつつ白猫膨る

橋の裏まで光羞《やさ》しくおよべるを追いつめて汝に何失いし

蛍光理論読みなずみおり月光が岬のごとくわが脚に伸ぶ

想念のまたとりとめもなき午後をケーニヒスベルクの橋渡る風

憔悴のかの夏ひかり翳りつつわがため胸を開きし人よ

議論けだるく峠を越せり　蔦紅葉《もみじ》とおく悪寒のごと照り翳る

肝に四葉、肺に五葉のあることの思われて茫茫と午後を疲るる

いつわりはいつわりのまま愛すべし凌霄花《のうぜんかずら》の陽のこぼれ花

全宇宙的視野をというような思考の愚かしさに掛けおけ帽子

ある角度に夕日射すとき現われて窓、網膜のごとき傷の幾すじ

鏡面にひかり波立つ　性愛を遠ざけて澄む生となさんや

無限有限　—三度のカノン（Ⅱ）

神武・綏靖・安寧・懿徳云々の聖武用いし水時計いかに

大陸より吹かれし黄砂降りつもる　民族というこの萌黄の分母
扉《と》は常に決断を強う人の掌《て》の何に汚れし真鍮の把手《ノブ》

コンパスの針を廻《めぐ》りて円成れり寂しきかな真央《まなか》にし聳つということ
始点終点遭いてめでたき辻褄のコンパス思考というんだよそれは

深更におよびて遂に断念す思考の吐瀉のごときけざむさ
駆けぬけるごと束の間の睡眠に沈まん空白の早緑格子

断念と執念の差のさもあらば……風ひびくかな失速の槍
槍投げの槍顫えつつ視野を過ぐ試しみる刎れ神のごとくわれを

うねるすすき野・〈時〉の鬣　有限もて無限を割りしニーチェの場合

函数の無限発散・収束不可　飛行雲まで夕映えながら

デデキントの無限分割　〈孤〉を綴り雪野はるかに消ゆる枕木

〈死〉を意味の過剰にて飾ること刎れくっきりと影の央《なか》に聳つ樅

塩《えん》少し含める水にて洗いおる腹腔という闇濃き部分

風体をまずは測りぬ揺れ長くあやうきを風の重さと言わん

赤熱の硝子もて硝子を截ることの恋慕のごとき愛《かな》しさと言え

雄馬の若き胴締めて駆けゆけば掠奪とう語もかぐわしく吹く

月光に溺るるごとき逢いなりき駅構内の狭き踊り場

吸収されし光の量を測りいき春の夜かすむ紫外領域

星までの距離を測れる友は静か　眼鏡を丁寧に拭き終りたり

距離を測るに時間をもって為すことの視線やさしく潤《うる》める昴《すばる》

暗黒の中にほのかに点《とも》りいるこの水球のなみだぐましも

藪椿水に落ちたり　試練とうことばに長く淫しいしかな

炎天の石よりヤンマの浮き上がる　一瞬を遅れて影の無念は

叙述唱《レシタティーヴ》なかばにて風の巷《まち》に出づ　難きかな抽象を嚙みもどす業《わざ》

羽顫わせて孔雀は立てり怒りすら共有《とも》にせざれば羞しきものを

静電気わが指先に放電す　痛み鋭し人を責めいつ

逆上の刹那美しき表情に夕映えは来て汝はわがもの

雪原にすすき素枯れて吹かれいつ赦せと言わば赦さんものを

たんぽぽの絮、中空の球なせる　ようやくに汝のすべてを容るる

弩　――二進法雑記帳

鉄塔の秀《ほ》が紅を点じたる薄暑薄暮の身のおきどころ

晩夏地上はあまねく乾き刈られたる鶏頭肉片のごと積まれいる

＊＊＊

カーヴして闇に没する軌条見ゆ　荒野、欲望と等しからねど

銀灰色《しろがね》の穂は靡くかな奔《はし》るかな性欲とどめがたきその星月夜

＊＊＊

ヒマラヤ杉はなまなまと大き実を掲ぐ不逞に生きてわが肩の雪

父であり子であり夫であることの、否、……ねばならぬ飲食《おんじき》の間《かん》

＊＊＊

びっしりと実験室に盈ちている月光を踏み毀すまでの二三歩

汚れたる白衣吊さるる　一本の釘に吊られて血の数滴も

⁂

肉挽器にウサギの筋肉《きん》を塡めておりて肉摑む指のすばやさは見よ

灯に照らす子の扁桃腺は動きいつ直截にして肉色の肉

⁂

窓のなき積木の家に封じしは子の何ならん長く壊さず

色重ね子は塗りておりて塗り込めし中なる花も水も暗しも

⁂

葉鶏頭風煽《あお》りおりさしあたり耐うることのみ身に強いんとす

引き絞り放つことついになき弩か　声なくてこそ耐うるとは言え

⁂

公式的立場に拠れるもの言いがまこと無力となるまでを見よ

論駁の一歩及ばぬくやしさの　乳房斜めに截られしトルソー

⁂

傷つけんための一語はかろうじて塞きおり口中に唾あふれつつ

中枢を発して行き場失える怒り燃えおり　逆光の耳

⁂

線香花火の雫なす火は膨れつつ泣いて女は身軽になれり

追いつめし一語かなしく寄せかえす水際はるかをゆくオートバイ

やぐるま

一九八六年十一月二十日
雁書館刊
A5判カバー装一六〇頁
定価二五〇〇円
装幀　高麗隆彦

魔法陣——あるいは遺伝学について

日盛りを歩める黒衣グレゴール・メンデル一八六六年モラヴィアの夏

配剤とうことばありしか配剤をなせし一つの手を憎むなり

死を告ぐることの是々非々水照りして橋裏明るく揺らめきいたる

人も猫も帯電しつつ膨らめる午後、週末の雲迅きかな

＊

草原に汽罐車ありき鉄塊は錆びて臓器のごとくやさしき

試薬壜あまた並べし棚の彼方秋の陽は落つ歪みつつ落つ

回転扉薄暮の街に吐き出だすいずれ襤褸のごとき幾群

透明はむごきかなかの王の服も、さっきから蜂が衝突している窓も

＊

星覗くべくはずされし眼鏡なれどその球面を流れしひかり

微小の火口なす口内炎熱もちて半顔重たき午後をこもりつ

みずたまりより跳ねて小さく駆けまわる影あり月の夜の魔法陣

星空のごときパネルを前にしてわが駆るは真夜の一発光体

病廊の隅々暗しいずかたよりぞ砕氷の音は続ける

＊

笑止の螢

もの言わで笑止の螢　いきいきとなじりて日照雨《そばえ》のごとし女は

汝が眼もて世界見たしと告げられしかの夜のさくらかの湖の色

乳房まで濡れとおり雨に待ちいたる　捨つるべき明日あまつさえ今

石の上《へ》に蜥蜴の腹の冷たからんわれは追い立てらるるごと生きて

＊

石段に影ジグザグと灼けいたり　怒りて寒き棒立ちの脚

黒き庖丁斜めに水に浸されて今宵静かに砂を吐く貝

電球の真下に貝の舌見ゆる、愚かに生きんわがわれの生

微かなる溜息に似てくらやみの厨にときおり貝身じろげる

＊

土壇場で論理さらりと脱ぎ捨てて女たのしもほろほろと笑む

埒もなき憎しみに身をさいなみて寂しかるべき髪や、流るる

あきらめて得《う》る平安と人は言えど、われも思えど、樹々を揉む風

魔法壜とう不思議の容器、封じ込めし中に諍《いさか》いの声ありや否や

＊

雪降れり　積らぬほどの雪ながら子らよろこべばわれもよろこぶ

はてはいかに、はてはいかにと呟ける黒き頭巾よ降る雪の中

馬の面《つら》に雪流れおり肩濡れて帰らば子らがわれを待つらむか

かの日歌わずいまは歌えぬ数々のせつせつとして雪降るを見よ

迷宮

沫雪《あわゆき》のことば消《け》ぬがに零《ふ》りしかど左半球今日とのぐもり

わが耳の秋、迷宮《ラビュリントス》に消えゆきし悲鳴のような哄笑のような

歩幅小さく女ら跨ぎゆきしのち静かに閉ずるゆうぐれの水

将来を未来に賭けて待つべくも銹《さび》つつ虚空に朴《ほお》しずもれる

真上より人を見下ろすさびしさの、鳥にあるいは神にはいかに

鏡の奥に雪降り昏らむ　水仙とわれとほのかな家族を残し

目の前の女人が不意に声もらしあけびのごときあくびをひとつ

疑問符を振りつつ蛇の立ち上がる春の夕べの銀笛哀慕調

韻律学——あるいは恋唄

さくらばなひらかむまえのはつかなる　恋うはさやさや率《い》ても離《か》れても

わが肋欲しくは獲りてもみよ被さりて水のさくらは花重きかな

背後より触るればあわれてのひらの大きさに乳房は創られたりき

アネモネが夜を螢光すわが死後も妻たらむとして人微笑めり

見上ぐれば高きに花は咲き満てり辛夷の空の昏れはやきかな

のびあがり駝鳥が首をめぐらせるのっぴきならずわが肉の量《かさ》

ひと言に止《とど》めを射して立ち上がるとき篠懸《すずかけ》の万の鈴振ゆ

顫えいむ槌骨《マレウス》・砧骨《インカス》・鐙骨《ステイプス》　ほとほと困《こう》じてわが韻律学《プロソディ》

断念と執念の差のいざと問わば、いざと答えよ Dr. März

荒神橋

広告燈に天使火点《ひとも》り堕ちんとすあわれやさしさは人を傷つけぬ

落ちし葉の波紋しずかにおよびつつそこなる人は何か呟きぬ

とりとめもなき感情の午後の襞　荒神橋《こうじんばし》を絵日傘ゆけり

言いつのる声術なければはるかはるか鳴滝あたりに逢う雲見ゆる

大いなる切株に薄陽の当りおり北に急なる年輪の渦

汚れても孔雀は孔雀さりながら何に怒りて我も孔雀も

朝ごとに塀の上より見下ろして笑うこともなきこの猫よ

抗体価微熱のごとく昇りいん家兎は飼われて遠雷の窓

〈大爆発《ビッグ・バン》〉宇宙の太初《はじめ》にありしかば……爆《は》ずるまで耐えいしか宇宙も

露点つゆけし

銀河とうこのかりそめの空間に露点つゆけく朝明けて来ぬ

あわれ昨夜のこだわりのまま出でんとす舌に絡まる牛乳の膜

首級のごときを抱えてどうと倒さるる泥のラガーを寒く見て立つ

硝子の口を硝子の栓をもて封ず強き酸の幾許をわが蔵うとき

精神の岬灯《ひ》ともし怺えおるゆえ願わくば迂回されたし

許容量

前略、わが許容量《キャパシティ》をいささか上まわるゆえ今回は辞退いたしたく
説得へ移る語調のくやしくも翻筋斗《もんどり》うって夜へなだれつ
逆さまに干さるる壜の内くもり許せぬ嘘もしばらくは措く
サルビアの花群ゆ来し風めくれめくれて暗き切口も見ゆ
囃されて百舌かなしいかさびしいか世界へのめり込みざまの雨

針穴写真機

悪口雑言いきいきとして艶めくに思えばおまえになき喉仏

水呑み鳥が窓に水呑む　悪評を数え上げつつ愉しきか午後

水槽の底に時折身じろげるひとでかなしも昼ひとを抱く

あぎとうごとく少女のびあがりくちづけす渡り廊下のどくだみの花

干《ひ》上がりし川底の罅かぎりなく蜥蜴の青き背は横切りたり

むこうむきに女尿《ゆまり》す黄の花の揺らげる闇にわれを待たせて

たそがれの橋きりきりと反るばかり此岸彼岸にわれ呼ばう声

〈屈伏点〉とう術語術《すべ》無み風の橋撓みて耐えよ、屈伏点まで

啼きながら過ぎたるものを数うれば荒神橋にガス燈ともる

架橋とう希い辛《から》きか両岸は思い思いの灯りに濁る

書架の間辿りゆくときふと凜《さむ》き淵ありて淵に澱める時間

〈貧〉と〈貪〉誤植されたる科学誌のわが幾行をあわれみにけり

笑うとき泣くときことに際立ちて美醜鋭く女を分かつ

筋子《すず》・鱈の子　議論の間《かん》に男らは好みて無数の卵《らん》食べおり

〈妖霊星《よろぼし》を見ばや〉月下を息白く白衣の群が駆け過ぎにけり

川口よりもぐもぐと水を押しかえし夕べみなぎる海の手力《たぢから》

深酒をあわれまれつつ湯にひとり己がふぐりを摑みて浸る

針穴を透り逆さに揺るる街臓腑のごとく雲夕焼けて

内黒く塗られし箱に映したる鵙は声のみとなりて消えつ

身体論——午后のヴァリエーション

1　肉

貝の肉ちろちろ燃ゆる窓あらば怒りさながら燃ゆる肉あらば

大いなる樽炎天をみしみしと転がされゆけり遠きサイレン

経緯《たてよこ》に地球を絞むるアイデアの十六世紀的日溜りに居り

およそ人体に馴染めるもののみだらさに自転車の鞍《サドル》夕陽に並ぶ

一筆啓上、のぞき趣味的親切の尾がちらちらとしてなりません

2 脳

単純に単純にと系を組み替えて成しし思考の限界や如何に

掌に取れば脳やわらかし遠き森に幾筋の束なして光は落つる

硝子と硝子擦り合わせつつ壊したればとろりとわずかなる脳の体積

襞たたむ脳葉を壜に封じたり天霧らう冬の日の昼つ方

放射性物質《アール・アイ》わが日常に乱るれど感性毳立つばかりにて候《そろ》

3　死

ああスバル梢を削りゆく秋をなべて嘆きは母音にてなせり

樗《おうち》濃く匂える下を過ぎたりき許さば君はいまただの死者

死者も生者も〈死〉にとり残されし家中《ぬち》の喪の明るさに低く咲く朴

かき抱き女らは哭《な》けりなんという同じ形ぞ悲しみというは

水の表を現実《うつつ》と呼べば水面を擦りてかすかに火の香運ばる

4　血

月光にさながら溺れ欄干とわれとかたみに身を支えあう

父の泣けるを子は廊下よりのぞきおり入り来てしかと見よ父なる涙

つながれる血といえるこそ詮無けれしぐれ霜月父は語らず

夜毎酔いてもどれる父の荒涼に触るることなし冬の噴水

じわじわと狂わばそれも愉しからむ春に降る雪水含む雪

5　髪

昔風に言えば五尺八寸の髪膚を楯として風中に立つ

しばし間をおきてゆっくり傾きぬ糸引けば凧は寒風の中

一条の水顫えつつ崖を落つ　垂直と鉛直の差のいかばかり

もぐらたたきのもぐらがどれも笑いいて風の八衢なにを焦《あせ》れる

髪と炎の定かならざるけじめさえ羨しも冬の不動明王

不思議

あいまいに腕《かいな》を解きて出でしより腋のしめりを午後にもち越す

求めつつ舌あらそえり目を閉じてこのべらぼうなさびしさに居つ

壁を脱ぐごとくゆっくり立ち上がり男がくらくらくらく笑えり

夕陽ぬくとき壁より剝がれきてわれは、猫のごとおもむろに身ぶるいひとつ

暮れ迅き秋の硝子扉われひとり長く笑いを続けていたる

笑い長く納めざりしよひとりなれば酷薄の相くぐもりいたれ

露店にて売らるる木魚、木魚とう名の不可思議や形の不思議

炎天に鉤もて氷運ぶ手のいま片方は何をささえて

ひばりひばり空垂直に駆け上がりさびしや失踪をわがこととせず

定家

酔はさめつつ月下の大路帰りゆく京極あたり定家に遭わず

なまぐさき雪と言いしはいつの夜のことなりしかな火明りの胸

魚のごとかすか螢光をまといいる人らを見おり窓越しの雨

うながして死へ発ちゆきし結末の離れず街路に雨脚飛沫《しぶ》く

尾灯《テールランプ》脈うつごとくつらなれる物集女《もずめ》街道夕闇に陥《お》つ

直叙法

電話音めざむる際にとぎれたりザムザむざむざ生に淫すな

いきいきと話題さがしてあげつらう風の便りという直叙法

背のびする危うさのまま抱きすくめ立つときわれのカオスか雄か

寄せきたる波を潜りて帰る波わがくるぶしにしばし遊べる

足裏を砂流れおりいまさらに扱いかねている肉の量《かさ》

夕暮の橋

夕暮の明るさのなか橋を越ゆ三十半ばのこのたゆき反り

曇天は紫陽花の上に膨らみて鬱期の猫をこもらしめたり

鬱として入りし真昼のスクリーンに緋牡丹ひらく女人の背中

ひとつずつあきらめて身軽になりゆくか霽《は》れば橋をユリカモメ越ゆ

灯を列《つら》ね塔は虚空へせりあがる聳《た》つことのよんどころなき恥しさ

雷帯びし雲と窓辺に吹かれいる猫とこもごも縁《へり》輝ける

桐の実はつぶつぶと喬きに照れるかな朝は朝光、夕べは夕光

ウシガエル太く鳴きおりその巨いなる気道を出づる春の夜の呼気

おのずから植物には植物の熱ありて夕暮人語の絶えし温室

温室の硝子くもれる殖えながら羊歯植物の夜の息づき

紫陽花を沈めし桶に水落つるつやつやと水に罅あらざりし

星雲と星雲の間《かん》吹きゆける風ありほの明るみて戦ぎて家族

十文字に林檎割られてさてもさても家族といえる最小単位

このあたりで場面転換コマーシャル、などなくて気まずく向かいあいおり

ゆくりなくゆえなき笑いはじけたりみひらきて人はかすか怯《ひる》みき

蚊を打つと祈りのごとく合わせたるてのひらに一点の朱ぞさされたる

かたつむり緑の血もて朝光の紫陽花の葉を透きつつゆけり

煤硝子炎《ひ》もて作れる　日の蝕をまざと肉眼に映さんがため

外光の及ばぬ暗き直土《ひたつち》に病めるキリンは首延べて寝る

成層圏のみずぐるま

はるか廻る成層圏のみずぐるま矢車をくらき風過ぎにけり

くろがねの熊蟬発ちぬ発つと言わば夏さざなみのごと昏るるべし

子午線を蟻わたりおり午前より午後にいぶせき日暈《ひ》がわたりおり

人体は無数の螺旋閉じこめてときに伝うるとおき潮鳴り

耳たぶほどの固さに捏ねよとうこねおれば部屋枇杷色の夕陽に満つる

光もて魚族らは身を鎧いいし容赦なき手が剝げる銀鱗《いろくず》

血を洗い流せしあとをいきいきと濡れて俎板の縦横の傷

肉刻むその単純のおのずから成せし凹みに水光りおり

雑踏恋し　肉の流れの淫らさに紛れゆかんか昼の月見ゆ

乱るると思えコスモス秋ざくらあまつさえ子であり夫なることの

仰向きて顔に激しく水打てる汝が怒り幾許《いくばく》をわれに関わる

意地も我《が》も捨てて生きたしひた思《も》えば牛乳の膜舌に絡《から》めり

級数の涯《はて》はるかなれ水滑るアメンボが太陽の輪に入りて消ゆ

Mt.Sinai《マウント・サイナイ・ホスピタル》病院より届きたる羊皮紙色の葉書一通

雁来紅《かまつか》を吹くたび風はめくるるを現われし蝶ふたたび消えよ

野の水

凹凸の微妙なる差に従いて撒かれし水はしばし地を這う

人間の起伏を闇にたどりいしてのひらにくらく海騒げるも

ある角度に夕日射すとき盛りあがり水銀の粒《りゅう》のごとき野の水

一個ずつ光子数うる機器統べて漏らさば神の溜息のごとき

板書するわが髪長きを言うらしき春潮騒のごとき少女ら

〈決定〉の動かしがたきに抗《あら》がえばやさしく盗み見るごとき視線のいくつ

昴じゆくほどに一人の浮きあがる終りに近き会議静けし

駱駝宇宙

一

土ぼこりつもらせ駱駝は瞑想す天下国家の秋暮れやすき

東《ひんがし》にいましも月を押し上げる山塊のこの凝れる力

絞めすぎし繃帯に血が脈打てり馬酔木の森を月越えきたる

草陰に少し吐きたり夜というこの巨いなる半球の闇

旋頭歌を擬して二首

菫色の粉末をゆるく擦り合わせおり乳鉢とう乳房の裏のごとき凹みに

乳鉢に鶏頭色の粉末を少量、擦り合わす晩夏の光はやや過剰目に

二

二百億年前の宇宙が仮に君の乳房くらいの大きさだったとして

高きより雲夕映えて放心のときぬれぬれと唇はいざなう

粘膜はいま外側にめくれつつ貝の剝身などを呑み込めり

胸乳も膝も浸らぬぬるき湯にあればざっくり折れて脚も明日《あした》も

再び旋頭歌二首

線虫の持てるは卵巣と消化管のみ、生命の意味単純にして人を脅やかしむ

累々と泡のごと卵《らん》は視野を占む、月の夜の土中に卵を吐く線虫《ネマトーダ》

紙芝居

橋月光にさながら濡れて、駆けゆくは新撰組にあらぬ一団

天を仰ぎてなす嘆きにもあらざれどのっぺらぼうの月渡りおり

眠りたるを負いて帰れる道遠し月光の重さを子は知らざらむ

自転車を風追いぬけるきりとおしとどまらぬもの風と呼ばれて

自転車の荷台に扉ひらかれて今日もあやうし笛吹童子

つねに未完の黄金バット風暗き路地に水飴練りつつ見たる

陽炎《かげろ》いて死者のごとひそと過ぎゆけりキャンデー売りは簾のむこう

水色の木箱より雫しつつゆくキャンデー売りの麦わら帽子

あっけなき空手チョップの死ののちをぼくら Hero とう言葉を持たぬ

父

ヒドラ再生学におそらく一生《ひとよ》関わるのであろう一人と酒飲みている

百余り文献をタイプに打ちており読み読みてわれの加うるわずか

噴きあげる髪は炎となりて消ゆ冬の不動よ、われに怒りを！

こののちも父のため為すなにも無し焚火の囲りにびっしりと闇

あるときは枝として子がぶら下がるゆさゆさと葉を繁らせてわれは

無人駅のひるがおの辺に待ちおればあわれ〈時〉こそ満身創痍

月光のスカンジナヴィヤをひた走るあわれ旅鼠《レミング》死へ前のめり

“How to die”　父のわずかな本棚にありて西日は埃に濁る

折りかえす一生思いて飲むゆえにしばしばも思い父にたゆたう

鬼灯ほどの灯をともしたる暗室に呼び戻されし微笑ゆがむ

無為無策

眠りいる猫の〈の〉の字の無為無策、無力を楯としてこののちは生きむ

出奔せし猫のゆくえを尋ねゆく花が曇りを濃くなせる午後

曇天を桜ふくれてありしかば花を支えて内部《うち》黒き枝

ユリカモメみぞれの中に浮きいしがまたたきのごと春は来るべし

言挙げて女人二人が攻めのぼりくる夜愉しも酔に逃げつつ

橙色の灯は橋上に靄いつつ飲むため越ゆるのみのこの橋

両腕が首より伸びて踊りいるジャワの更紗のなかの女ら

頭の折れし錆釘なれば打ち込みて古机《こづくえ》をまた窓際に寄す

飛車角を抜きて子と指す春の夜のほれぼれと正しき父親である

湖岸の桜

ミラーハウスのうす蒼き闇に踏み迷うあわれ尿意の耐えがたきまで

光冷たく四囲をとざせりとざされて子は尻ポケットを強く摑める

鏡もて作りし迷路を風ぬける限りなくわれの向き合えるなか

ソフトクリーム風に溶けつつ日曜の家族らの舌の愛すべき騒がしさ

手をたたきお辞儀などまでしてみせるアシカ寒しもただに寒しも

猫を呼ぶ女の声の遠ざかりしあと曇天に桜花膨るる

こころ狂わぬため肉体は錨《いかり》なす涙ぐましも湖岸の桜

郵便貨車ひと息に夜の駅を過ぐ光は闇をひきずりながら

〈歌〉ゆえに無言の批難身を縛むる花は揉まれて夕風の中

煤硝子

滋賀県高島郡饗庭《あいば》村字五十川《いかがわ》にわれは生まれて母は死にたり

村ごとに小高き丘を墓地となし雲の影迅し雑草《あらくさ》の上

単線の江若鉄道いまは無く母無くかの日の父と子もなし

さやさやと光は肩に触りつつ万余のおのれが振りかえりたり

大時計コトリと〈分〉を跳び越えぬ人の淀みのはるか頭上を

煤硝子炎《ひ》もて作れる　惑星に惑星の影射せるまひるま

惑星の影はしずかに地に射せり一塊の肉立ちつつ見上ぐ

星の一生《ひとよ》を子に教えつつ〈一生〉とう時間の長さのみ伝わらぬ

受話器邪慳に置けばすなわち匂いきて椎はかなしき感官を揺る

駆けることもはやあらねば終日《ひねもす》を花浴びいたれ日本の犀

天秤

聞きながし受けながしつつさしかかる近江大橋湖上のしぐれ

傾斜ゆるき湖岸の町の祝祭日アドバルーンはみな湖へ向く

屋上の檻に孔雀はぼろぼろの羽ひろげたり　さむきかな日本

横柄に道を尋ねてドサドサと男は風を引きつれて去る

天秤は天の秤と書くならばいま揺れている果実のひかり

天秤は神のてのひら秋の陽の密度しずかに測られいたる

〈一国の科学を担う〉集団がエレベーターのなか押し合える

先生と呼びて侮蔑のあらわなるこの小賢しき手長猿めが

おのずからうわさは一人に集中し旅の一夜の酒尽きんとす

一触即、不発不燃のさびしさは皀莢《さいかち》坂のむこうとこちら

無瀉苦瀉と女恋しく女憎くラズベリーヨーグルトのひとすくい

憎しみは妻に発して子におよぶ子なれば妻なればその夫なれば

むんずとばかりひきちぎられし芳一の耳は月夜茸のごとひかりしか

胃はまことごった煮の釜あおむきて太田胃散の粉末を呑む

ゆうぐれの焚火小さく燃えいたり闇の底いを小さき炎は撫ず

敵

敵ばかりわれには見えて壮年と呼ばるる辛《から》きこの夏のひかり

圧しあげる怒りにことばはつきゆかぬざくりと髭をなでて黙しぬ

なになして来し年齢にあらざるをときに教師のもの言いや、いかに

ぼうぼうとレンズは捉う列島に泡だつ雲を雲の彼方より

羊皮紙色の光の中に眠りいるたとえば芙蓉のごとき眠りか

西都原三層の虹

にこやかにわれの時間をかすめゆく「できれば」と言い「ぜひ」と重ねつ

ネモ艦長にいまもあこがれいるらしきわが少年の春風邪の床

川岸は雪に覆われおりしかば雪より出でて葦の吹かるる

臨終のわが身に菌糸をのばしゆくツキノヒカリタケ思うは愉しからずや

スクリーンにおぼろおぼろと白き月女男の股間を覆いけるはや

水たまり跨がんとして羞しさは長く媾いをなさず過ぎにき

荒縄に束ねられあまたにんにくの吊されいたるに月かげは射す

悪口雑言およそ楽しき男ばかり行けば西都原《さいとばる》三層の虹

死にぞこないし浜田康敬氏また太りどさどさと驟雨の西都原を駆く

あとがき

『メビウスの地平』『黄金分割』『無限軌道』につづく、第四歌集である。昭和五十六年から五十九年にいたる四年間の作品、二百五十余首より成る。このあと、私は二年間アメリカで研究生活を送ることになるのだが、その直前で切った。『つゆじも』が当然頭の隅にはあった。

数首を削除し、数首を少し直したほかは、この期間に作った全ての作品を、初出とほぼ同じ形で収めたことになる。初出一覧を眺めてみると、この期間も、ずいぶんヴァラエティに富んだ雑誌に発表の機会を得た。各誌の編集の方々の好意を改めてありがたく思っている。

私のこれまでの歌集につきあっていただいた読者は、本集を手にとって、おや？ と思われたかもしれない。歌集名のイメージが、これまでとずいぶん違っている。おまけに、過去、歌集に関しては一度も書いたことのない、「あとがき」までついている。

歌集のタイトルには、いつも苦しむ。今回も例に漏れず、初校を終え、宣伝が出るという段になってもなお決まらず、冨士田元彦をやきもきさせたようだ。

タイトルでいえば、第一歌集『メビウスの地平』は気に入っている。第二歌集『黄金分割』のとき、本当は《非ユークリッドの昼下り》というのを考えていた。第三歌集『無限軌道』は、銀河鉄道のイメージといえば、当たらずとも遠からずである。歌集が出た直後だったと思うが、トラックで運搬中のブルドーザのキャタピラがはずれ、横にいた乗用車の上に落ちて怪我人が出たというニュースを聞いた。うかつなことに、そのときはじめてキャタピラを無限軌道というのだということを知って、ひどくがっかりしたことだった。

今回最後まで迷ったのは〈π〉である。パイと読む。円周率であり、3.14159……とつづく無限小数であることはだれもが知っている。πの数値を計算することに一生を費し、何百桁だったかまで求めたが、実際にはそのはるか以前に計算を誤っていた数学者の話など、無限であるゆえのロマンにもこと欠かない。

ごく最近岡井隆が『αの星』を出したこと、〈π〉だけではちょっと無理で、「π（パイ）」とルビを振らねばならないだろうこと、そして、既刊三歌集につづいてまたしても読者の敬遠しかねない、なにやら難解そうな名であること、などが踏みとどまらせた。

それなら、これまでと全くちがったイメージにしてみるのもおもしろいかもしれない。いずれにせよ、イメージが固定してしまうのは、ありがたいことではない。そうして決まったのが『やぐるま』である。

詩集の題名は、おおむね凝っているという気がする。歌集のタイトルは、思い入れの強い凝ったものと、逆に、ことさらぶっきらぼうな平凡なものとの二方向を感じる。

形態学（!）の観点から見ると、漢字ばかりのもの、なかでも漢字二字がもっとも多いだろう。次に多いのが「……の～」形式のものである。どちらも安定感のあるところが好まれるのだろうか。私の簡単な統計では、現在に近くなるほど、「……の～」形式が目に見えて多くなる。ひらがなだけというのは、意外に少なく、漢字二字の十分の一程度であった。

長さという観点からみると、漢字だけの場合、二字が圧倒的に多いことは先に述べたが、三字がこれにつづき、四字、一字、五字の順になる。面白いことに、漢字だけで五字以上というのは（「……歌集」は除いて）見つからなかった。このあたりが限度というべきか。ひらがなになると、もう少し長い側にシフトするのは、実感的にもうなづける。ひらがな一字だけという歌集は、あるのだろうか。可能性があるとしたら「ん」くらいのものだろう。

トータルの長さも、時代により流行がある、タイトルの長さにはどこか相関がないだろうか。時代の〈熱さ〉と、あるいは、もう少し積極的に時代を反映しているようにも思われる。時代の〈熱さ〉と、タイトルの長さにはどこか相関がないだろうか。「土地よ、痛みを負え」「行け帰ることなく」「直立せよ一行の詩」などは、文字通り熱いタイトルだろうし、「森のやうに獣のやうに」「バリケード・一九六六年二月」「やさしき志士達の世界へ」など、いずれもいかにも第一歌集らしいタイトルだ。そして、これらは、なぜかいま（一九八六年現在）の時代的ではない。

美と思想・抒情の論理・さまよえる歌集・慰藉論・詩の荒野より
あたらしき長城・奔馬・魯迅伝・散華・飛花抄・みずかありなむ
メビウスの地平・天唇・瞑鳥記・エチカ・群黎・コクトーの声

いずれも三枝昻之『暦学』中の歌（?）である。出来映えを云々する作品ではもとよりなかろう。作者がタイトルにこめた思い入れを、読者が、どのような自己の思い入れによって切り取ってくるか、そのような文脈の中で読まれるものであろう。

『天唇』はいいタイトルだ。いかにも村木道彦らしく、透明で、淡くそしてどこかかなしい。いいタイトルをつけたい、とはだれもが願うことだろう。凝ったり凝らなかったり。凝りすぎて失敗したり、ぶっきらぼうで平凡になったり。それが〈名〉である以上、時間とともに、いずれしっくり感じられてくるのは、いつの場合も同じだ。しかし、歌集に名をつける際の苦しみを文章にしたものを、私はいまだかつて読んだことがない。

安永蕗子は、処女歌集以来、一貫して漢字二字を貫いており、その意志力というか計画性も、また見事だという気がする。性格的に整合性を好むということなのだろうか、漢字四字を通そうかとも、考えた。いかにも固いと思った。このあたりでイメージ・チェンジという思いが強かった。

私がこれまで関与した歌集名の中では、河野裕子の『はやりを』が、一番気に入っている。強くて、しかも固くない。二四目のどじょうというわけではないが、ひらがなに固執した。

〈やぐるま〉という花は好きである。少し暗い風の中に吹かれているのがいい。矢羽根の風ぐるまが、はるか高いところにからからとまわっているのもいい。これを吹く風も、暗い気がする。〈やぐるま〉という語感はやさしい。だが、やさしい中に、どこか狂気の影をうっすらと漂わせていると感じるのは、私だけなのだろうか。そう悪くはないような気もする。

『やぐるま』に決まって、一番頭を抱え込んだのは、装幀の高麗隆彦のようだ。「あいつなら、こんな線でくるだろうという、予測があるじゃない」とは、彼の弁。そこが当方の思うツボ、ということでもある。どんな装幀になるのか、楽しみにしている。そういえば、彼の手になる四冊目の本ということになる。

冨士田元彦、小紋潤両氏とのつながりも、ずいぶん長くなった。著者と編集者という以上に、友人としてのつきあいであった。そのような友情の中から本ができていくことの幸せを思う。

女房は、まだ『π』に固執している。πか。それもよかったかもしれない。

一九八六年十月八日

永田和宏

華氏

一九九六年十二月十二日
雁書館刊
A5判カバー装二五二頁
定価三〇〇〇円
装幀　小紋潤

I

時差

七月二十九日。夕刻日本より電話あり。「高安先生が……」と言って、妻絶句。

夕映えがしずかに搏動をつづけいる受話器を置きてながく見ていし

梢梢が光彩《フレア》となりて燃ゆるとき燃えしめて逆光の森しずまりぬ

高安国世氏の死去は、七月三十日午前五時十二分。ひとり待つその時刻までの、ながい夜。

朝と夜をわれら違えてあまつさえ死の前日に死は知らさるる

君が死の朝明けて来ぬああわれは君が死へいま溯りいつ

折りしもオリンピックの最中。

星条旗歓呼のなかをうち振らる小さき画面を見て飽かざりき

決して間に合わないことはわかっていながら、ただなんとなく来てしまったのは……。

つぎつぎに鍋とり出して意味もなく磨きいたりき眠らざりにき

なにか忘れているのかもしれぬ滑走路のみなぎろう光のなかよぎる蝶

時間の窪みにとり残されて、京都の夏の暑さばかりを思っていた。

ひとり酔いひとり吐きいるわが夜にかかわりもなく棺出づる頃

炎天に集いいん人らを思いおり困ったような師の顔も並びて

なにひとつ触るる具体のあらざるをいつよりか君を死者と思わん

凹凸

砂色のオコゼは砂に身を埋むあわれ酷かりしはその若さゆえ

まこと女とう曲面多きいきもののその凹凸があわれ嘆くも

夕映えに浸されて湖のある頃かねむられぬ夜の地球の真裏

不意に握手を求めきたれる黒き手の大きてのひらの内の桃色

いずくよりか日本語聞こゆ語尾するどき会話の渦に陽だまりのごと

イタリア語と英語幼くあらそいいしがイタリア語が英語の頭《ず》を叩きたり

終なる夏

従いて遊びし記憶の数かぎりなきしかも終なる夏を隔たる

終なる夏をともにせざりし口惜しさの唇汚れつつ肉くらいおり

君を知る誰ひとりなき雑踏を歩みいき赤き風船は売らるる

晩年の君の時間のいくばくを領したるゆえ君を越ゆべく

倣慢を許し怠惰をまた許し終の日会うを君は許さず

一年ののち帰るべき国をおもう名のみとなりし君と君が家

待ちくるる誰かれのなかに君あらぬひぐれは閉ざす萱草の花

メリーランド歌稿

九月九日〜十二日。学会のためボストンへ。家族を連れて往復千六百キロの車の旅。

娼婦らがときおり来てはやすみゆく堅き木の椅子木の高き椅子
スカートの裂《きれ》ふかく女が石段に吹かれおり北の国境に近く
妻子率て行き迷いかつは行き暮るる娼婦らを立たする古石だたみ
臓《もつ》の匂い低く流れ来、昏れてよりにわかに生き生きと場末中華街
石造はついに朽ちねばボストンの裏町凄然と媒けたる

ボストン美術館。
隆々とファロスを立つる男らを描き連ねて古代チグリスの壺

ハリケーンは、なぜ、いつも女性なのか。
帰路はるか南に誘い北に駆く追わば愉しも彼女ダイアナ

十月三日。テレビに天皇を見る。
天皇が階段を登りきるまでを丹念に追いて画面変われり

エンペラー・ヒロヒトがもごもごと言いいしは何ならん早口の英語が伝う

十月十五日。はじめての雹。
日本語の悪態愉し早速に息子《こ》に多すぎる喧嘩友達

Nさんの車でハーレムへ。
とらえどころあらぬ視線のたむろせる朝ながら解《たゆ》き陽だまりを過ぐ

〈玉砕〉の染めぬきがゆくステップを踏みて陽気な背は群れてゆく

十月二十八日。子供らのいう"Jack-o'-lantern"は、カボチャのちょうちん。

原点を通らぬグラフにいらいらと四・五日がほど、ハロウィーン近し

くりぬかれカボチャの内部ともりおり何まちがいてこの国に生く

十月三十一日。ハロウィーン。

からからと明るき怪は夕暮れの戸口戸口を叩いてぞ去る

"Trick or treat?" 夜の窪みに残されて小さき魔女のまだ泣きやまぬ

十一月四日。近くの森へ、野生鹿が二頭、車の前を静かに横切った。

湖をめぐり北の黄葉《もみじ》は燃え立ちぬ燃えてめくれんとするほどに燃ゆ

強いてやさしきもの言いをせよ裸木の林に明るく陽は射しはじむ

感情のある紆余に似てわがまえに青銅の蛇ゆらりと下がる

十一月五日。小紋潤より手紙。『感傷賦』出版記念会の案内同封。

一人の女人のために弁護せしことのなりゆき春の夜の酒

もぞもぞとボストンバッグをさぐりいし及川隆彦酔止め薬をくれたりき

落葉降る日向にきょうも眼つぶれる猫のメルツは英語にて呼ぶ

膝にいる猫がときおり眼をひらきわが頷《あご》を舐む頷はひげ痛からん

十二月八日。一軒家に引越し。

一匹の蛾を発たしめてやや赤く濁りし月が窓を占めおり

少し汚れし月の光とおもうなり溺れてあれよいましばらくを

正論に与し来たりぬ夕つ方膝まで濡れて車道《みち》駆けぬける

科学史の座標に己れを透かし見る気負い羞しく逢い初めし頃

よく笑う少女と初め記憶せしかの日のごとく笑い捩《よじ》れて

呼び捨てに呼びいし頃ぞ友は友、春は吉田の山ほととぎす

鷹女

モルモットを海猽と呼び天竺鼠と訳したる日本近代の暁紅《モルゲン・レーテ》

引用されていたる名前に思いあたる茂吉に厳しかりしか呉秀三先生

茂吉食いし赤黄《あかき》の茸何なりしゼノア十月五日の夜更

小さき灯にわれとむかいて老猫が身を舐むるなり鷹女を読めば

さしあたり一枚の図の足りぬこと怒れる妻の辺に思いおり

突然変異株《ミュータント》を択ぶ作業の単純が夜半《やはん》におよべば溺るるごとく

むさむさといくばく髭ののびしかば髭を濡らして水飲みにけり

わが意迎えてなすもの言いにいらいらと雪軋ませて駐車場まで

彼がまた彼がいまごろ読み蓄《た》めていんものいかに真夜中の実験室《ラボ》

おのずから四十を射程に入れてなすもの言いや靴の下に鳴る雪

遠き火傷

われは峠　夏雲が肩をかすめ過ぐいつの日越えんわが少年は

ようやくに華氏で暑さを感じいるこの頃赤きTシャツを好む

俗語《スラング》も混じりいるらし聞きとれぬ南部なまりの輪の中にわれは

抽象の論の滾《たぎ》ちはさりながら湧き水のごとき睡りこそ欲れ

花が木を、光が花を縁どれる季《とき》うつうつとただ鬱々と

秋の日の鉱石ラジオあの頃か母なきことにようやく慣れて

遠き日の火傷は足に残りつつかすかに母はわれにつながる

午後の風暗く匂える海港に笊《ざる》を単位にカニ売られおり

メリーランド・四季

1．夏

太さ変えつつミミズが体《たい》を運びゆく光あかるき午後通う風

さかさまに吊られて君を見ていたる夢にして単純の夢ならぬかも

君亡きとなおも思えず海原をふくらませつつ月のぼりきぬ

チェサピーク湾より釣船で約三時間。

大西洋の深き藍より釣り上げしいろくずは甲板を跳ねやまざりき

子供たちは、ヴァージニアとウエストヴァージニアのそれぞれのキャンプ地で一カ月を過ごす。

貝の化石一つ届きて少年のはにかむごとき夏の消息

振り落とされし馬の記憶を語りやまず少年にすこやかな食慾のありて

娘の友はクリスチナ・ムーン中国移民にして中国名を何と言うらん

2．秋

あらかじめ議論のおちゆく先見えて秋日だまりに身を舐むる猫

ゲンチアナ・ヴァイオレットとう紫に染められて朝の切片透ける

遺伝子の配列を読む単純に曇りて長き午後をこもれり

ジョージタウンのフィリップス・コレクション。

美術館地下の茶房に人声はしずかに満ちて午後の遅き光

いつの夜のことなりしかな月光の腐臭を告げき嘆かしめにき

3．冬

ウィリアムズバーグのクリスマス。

曇《くもり》より冬日洩れきてもこもこと羊の群は動きはじめつ

拘禁具の変遷もつぶさに見て出でし古き狂院の粗き石壁

十八世紀狂院跡に午後遅き陽は射せり高く小さき窓より

雁食わんために雪野のゆうぐれを駆けおり湖岸の村も過ぎつつ

銃音は雁の落下を追いゆけり雪原なだらかに湖面につづく

ふっさりと袋のごとく積まれたる雁を見て佇つ子と妻とわれと

やや斜めに地軸をささえおる力思ほゆるまで冬の月冴ゆ

4．春

ゆわゆわと頭蓋のふくらめる感じにて今日見し桜昨日見し桜

木の花にめぐり明るむ春の夜のわが名を呼びし声の主はも

不機嫌な妻子を措きてまたもどる夜半《やはん》を灯しおきしわが実験室《ラボ》

わが指示を書き留めている鉛筆が描けるは花のごときアラビアの文字《もんじ》

地下鉄の回数券もおおかたを余して発たん日は近づきぬ

木の花は順序もあらず咲きみちてこの春やことし限りの春

"WANTED"

言い訳を用意して入る空想のかなしきとのみいうにあらねど

せっぱつまりて捨てんとしたるあけがたの夢のその後のはかなかりける

憎しみに己れ縛りて生きるなよ　海よりの風雪を交えつ

立ちしとき椅子が背後に倒れたることも怒りをまた深くする

紙のコップ次第に小さく折り重ねいつまではぐらかすつもりなるらん

かなしみて来し獣園にあらざれど襤褸のらくだ瞑想をせり

水かきを持てるものらのやさしけれ暈《かさ》を重ねてこの夜半の月

WANTEDの似顔絵が雨に濡れいたる壁際にて傘がなかなか開かぬ

たばこ葉を束ね吊るせる納屋多く続きてここは北ヴァージニア

秋の哄笑

負けてはならぬあの場面にてもどかしく探しあぐねていし一単語

雨の日の水族館《アカリウム》より出できたる身はほのぼのと螢光をせり

骨が揺れ眼《まなこ》が揺れているのみの硝子魚《グラス・フィッシュ》という魚かなしまん

緯度にして五度ばかり車を駆りしのみ夕べふぶける州境の町

がくがくと衝撃は後方に移りつつようやく長き貨車動き始む

わが子なるこの少年が聞きとれぬことばもて友と笑えるは何ぞ

泣くなかれ俯くなかれ迷い多き父とし対しいるに応えよ

思ほえず飛びしわが手よ息子《こ》の中に吾が透けるゆえ見えすぎるゆえ

子らを経て怒りは直接妻に向かう圏《わ》の中の月うるみはじめつ

口惜しさは口惜しさのまま溜めおけといつかことばはおのれにむかう

どうでもいいやという気になればいずくにか秋の林に哄笑起こる

波寄する国雲過ぐる国

五月一日〜五日。サンフランシスコからヨセミテ国立公園。

霧の夜は霧の奥より鳴る滝の地を打つ力に耳伏せて寝る

撮るといえば切株の上に寄りて立つわれの左右に二人と一人

なにゆえにやや身構えて入りゆける日本人街日本語の渦

五月六日〜八日。ネバダ砂漠、ラスベガスを経てグランド・キャニオン。

行き行きて行き暮れんとす星に近くはるか灯ともすあれは町かも

しばらくを共に走りてゆっくりと砂漠の奥へ道岐れゆく

天に近きフリーウェイをいくたびも襲いて雲の影迅きかな

アリゾナをよぎりネバダをかすめたるきのう今日ただ逃水を追いて

縦列のかなしきまでにゆっくりと驢馬は断崖をはるか降りゆく

五月九日〜十二日。ロス・アンジェルスより日本へ。

はるかなる高層のビル昏れなずむ空の明るさは地上のくらさ

隣席に飯食う女をさまざまに批評して愉し異言語の間《かん》

ハングル文字この一画にあふるるを見つつわれらに帰る国あり

世界地図の端に小さくゆがみつつめだたぬ国よわが帰る国

鍋や皿、残りし米もなべて捨て身軽になれば明日は日本か

理論的にかつて憎みしこの国を去りがたくして今朝のうすき月

＊

夕ひかり衰うる頃見えきたる波寄する国雲過ぐる国

II

にんまり

ぴちぴちと微小の電気を感じつつ窓辺の猫はただ眠るなり

飲み残されしコーヒーカップに晩秋の光は射せり量感をもちて

つくねんと温める石に尻置きて見ておれば洛陽の日暮れのごとし

夜の雲の明るき雲の行き迅し声はげまして人を否めり

水面に鳥肌立てり　時雨れつつようやくわれに敵多きかな

訳のわからぬ絶交をわが悲しめば遠雪嶺の裂《きれ》朝に深し

瘤ひとつ肩にかかえし夕富士をゆるくまきつつ西指《さ》して去《い》ぬ

モナ・リザの前に立ちしがモナ・リザの寄り目はわれを見ておらぬなり

ジーンズの尻にて掌を拭き出でたるをほのぼのと笑みて女過ぎにき

にんまりと昼を点して入りきたる〈ひかり〉の鼻は雨に濡れける

謎

ずずずむと砂袋を少しひきずりて秋天深くアドバルーンは撓う

しばらくを〈銀河〉と並び走りおり歯磨く人と窓を隔てつ

月光の及べるところすべすべと犇めきて豚は貨車の上なり

髪の油は窓に浮きいつ一日の境を越えてゆく終電車

十二時を越えてもガラスの靴のまま残りし謎は謎のままなり

生意気の女の胸を鷲掴む一部始終は娘に見られいつ

娘の前に妻を怒鳴りて出でし道駅までの道のしらしらとせる

ドア蹴って朝出でたりしわが庭のぬばたまの闇にすべり入らんとす

罐ビール並べ歌書く旅宿の赤き蒲団はかなしきものを

かきかた鉛筆2Bをもて埋めゆく枡目夜明けはさらに乱れて

傘傾けてみぞれ木屋町急ぎゆく敵意鮮やかなる京言葉

女は雨

女は雨と何思いけんゆうぐれの**ゆ**の字を分けてあらわるるかな

「おおきに」と粘れる声が背後にて扉《と》を閉ざしたり氷雨木屋町

まこと自然に腕をからめてくる仕草少女と乙女の差ぞいかばかり

ぬばたまの夜の大いなる〈零記号〉定家を呼びている遠き声

しろがねのつばな穂に立ち穂の揺らぐ　ジーンズのうち鬱勃として

湖岸《うみぎし》の葦に漕ぎ入る木の舟の声ひそめ言う性のさざめき

いつ見てもいたく退屈に背のびする**大**の字がありわが窓に近く

ぐらぐら

〈湖にわたすひとすじの橋〉ここに来て君亡き日々の一日憩う

旧道が国道に交差せるところ合歓ありて暗く風を立たしむ

見のかぎりつばな穂に立つ輝きを走らせて風の襞も見するよ

頭《ず》の隈に見知らぬ坂のあらわれて傾斜増しゆく頃われは危険なり

まことささやかな喜びなれど夕茜あかるきうちに帰りきたりぬ

いたく静かに身の上を語る学生と昼深き頃こもる無菌室

とげとげともの言う妻よ疲れやすくわれは向日葵の畑に来たり

向日葵が数本庭に咲きたれば椅子置きてわれは昼を眠れり

不意のわが死をまこと本気に怖れおる妻に隠れて書くべくもあるか

月は雫のごとく映りて窓枠に置かれし眼鏡の透明暗し

めざめの力

ゆうやみにひと叢そよぐこともなく葉鶏頭あり余熱のごとく

前肢より絞るごとくに尾に移る背のびする猫のめざめの力

睡る猫の〈の〉の字がおもむろに背のびして〈へ〉へ移るまでの退屈

どの路地にも猫多しおおよそは眠りいて海辺の夏はもうすぐ終り

手を口に当てて呼ぶ見ゆ人が人を呼ぶとうことのやさしさ見ゆる

心電波形

ずんずんと雲押し分けて月球は空渡るかな夜の向日葵

さみどりの心電波形うちなびくわれに微小の電気は流れ

強いて言わば遊びにも似て遺伝子の切り貼りぞわが生業《なりわい》のうち

紫外線とう見えざる光に浮き出づる通草色《あけびいろ》なる遺伝子ほのか

用のなき電話は君の鬱のとき雨の夜更けをもう帰るべし

風を待つ

深き井は真昼の星を映せりと、簡潔にして怒れるごとし

書架の間《あい》に椅子引き入れて半日をこもれり暗き時間の淵に

陽の陥つる前をしばらく華やげる坂に木木らの影立ち上がる

〈片手落ち〉なる言葉も禁じ公共の活字体系ただに明るし

音楽に合わせて噴水の踊るさま不思議なる景の前に立ちおり

足もとの闇を押しつつ下降するエレベーターにわが身体浮く

おし黙り運ばれていつエレベーターは底なる闇を押し縮めつつ

若きらにもの言うときの端端のおのずからなる構えを思え

ひたひたと間を詰めきたる幾たりの若きらの名は記憶せんとす

セーラー服とひまわりが踏切に立ちいたる一瞬過ぎてまた睡りゆく

友の父は明るきうちに帰り来《く》と、さりげなき口調に溺れんとする

スポーツ紙の裏の裸体を鼻先に押しつけられている終電車

車の鍵実験室の鍵その他もち歩きわが家の鍵というを持たざり

尾を振るは気嫌の悪きしるしにて抱かれし猫がうすく眼を開く

重心高き歩き様《ざま》にて歩みおりし晩夏の猫は　ふと消ゆ

ふさふさと猫は太枝に戦ぎつつ乗るべき風を待つごとくいる

あきらめて

戸口戸口に日の丸かかげこの町はわが知らぬ町きみと住む町

途中より影に入る坂　下りつつ見る遠街の輝やけるかな

フルートを吹けるキツネのTシャツを奪いて妻はいずこへ行きし

バーボンをわれは好みて鬱の日のけざむき雨は見えながら降る

のどかなる顔して息子は眠りおり押入れ上段に猫とこもりて

動物極より静かに卵《らん》は壊すべし胎児の頸に気をつけながら

製材所の樹を伐る匂い流れ来る見知らぬ街のはずれまで来て

オーレル・ニコレ金のフルートをかかげたりフルート吹きの猫背は見ゆる

言い返しまた母親に負けて来し息子が牛乳を一息に飲む

頭《ず》より尾へ撫ずれば毛並は手になじむ安く購《か》い来し野兎の皮

腹に力の失せゆく頃はあきらめて一首未完のままに眠りぬ

眠い晩夏

柿の木に陽当たりながら盛り上がるもぐらの塚は踏みくずされぬ
こんなにも眠い晩夏の夕暮れを義父はもぐらの塚壊しいる
笑いつつ地中に穴を掘りつづくモグラを思えり　疲れているか
その名ガスパと呼びいし遠き担任は黄ばめる写真の中央《なか》に笑える
柿の木の根方まで来てとだえたるもぐらの道に簓《ささら》陽の射す

皂莢通り二丁目

らりるれろ言ってごらんとその母を真似て娘は電話のむこう

招かれて来たるワルシャワ軍管区音楽隊はソーラン節を奏したり

マグレガーさんの畑とわれら名づけたりマグレガーさんに会いしことなし

透明な秋のひかりにそよぎいしダンドボロギク　だんどぼろぎく

天気図の見方・助動詞活用形トイレの壁の賑わいきたる

戸を閉めぬ猫を叱れば戸を閉むる猫は化猫と大山令彦《はるひこ》言いぬ

訪ね来し皂莢《さいかち》通り二丁目は駐車場なりき猫眠りおり

性欲

性欲も淡くなりしか秋の日の焚火のごとく老けゆくらしも

とろとろとわが汽車は行く対岸に肩尖《と》がらせている冬の比良

鑿《のみ》の刃に込めし力を思わせて雪の稜線見れど飽かぬかも

襞《ひだ》深き雪の比良見ゆ湖《うみ》が見ゆいましばらくは眠りゆくべし

目川探偵の大看板が笑いおる下にて長く乗り換えを待つ

夕暮れの路上に残る人形《ひとがた》の白墨《チョーク》は男女の別を記さず

この幾日ジグソーパズルの占拠せる食卓の隅に「ふゆくさ」を読む

三三五五集まり来たる言の葉を五七へワープさせる時の間

ざくざくといちご氷の山壊しかの日のごとく君は答えず

母を知らぬわれにあるとう致命的欠陥を君はあげつらうばかり

継母とうことば互みに懼れたる母とわれとの若き日あわれ

父がためわが為すついに何もなし川遠く照りて油のごとく

なまける

日に幾度笑いて笑いとまらざる妻と呼び慣らわしているこの女

吾と猫に声音《こわね》自在に使いわけ今宵いくばく猫にやさしき

生ゴミを夕暮畑《ゆうぐればた》に埋めながらぐらりぐらりと妻は傾く

寒の夜を頬かむりして歌を書くわが妻にしてこれは何者

部屋違《たが》え歌書きながらときおりは偵察のごと往き来するなり

歌作りおりしか夜明けのわが夜具に冷たき膚をすべらせきたる

惑星のおもてに秋は水満ちるなまけてあれば午後ゆたかなり

ジャム煮ゆる甘き匂いの部屋に満ち休日の午後は猫もほどける

ゆうぐれの大煙突より立ちのぼる煙見えれば左折して五分

伯母の死（五首）

湯灌《ゆかん》とう不思議の儀式甥たちに課せられて多く町より戻れる

わが知らぬ母に繋がる亡骸《なきがら》をアルコール綿《めん》もて夜半清めゆく

わが生れし日よりわれを知る伯母なれど小さくなりて棺に座れる

足折りて納めてみれば小さかりき紐に通せし銭も持たせやる

貧しかりし村の記憶の座棺にて歳時記を持たせ棺の蓋打つ

人事ひとつ決まらぬ会議に見ておれば避雷針にどっと夕闇が来る

後頭に落ちいる羊歯の葉の影の重くてわれは疲れいるなり

飲み終る頃にし気づくいつよりかわれより若き者たちばかり

子の帰り来べき頃なりとろとろと遠き夜汽車のひびきは伝う

ああ今宵かくも陽気な父なるを吾娘《あこ》は髪さえ触らせてくれぬ

暗きより出でゆきたるは釣りらしき今日はいずこの寒湖のほとり

芒の光

冬の日の曇を抜きて高層は湖岸の風を研ぎつつ立てり

夕ひかり低き角度に射し入れば輝やけるものみな輝やけり

昼近き光およべば屋根屋根に雪照れり蜜をかけられしごと

するするとわが前に来てドアを開《あ》く夢の電車は芒《すすき》の光

大いなる土管埋めて塞がれし道路を人も犬も行き交う

黒き斑《ふ》は窓を流れて雪の日を体温高く眠れるか猫

躁の日

水戸黄門をビデオに採りてわが父に時間はほぐれてゆくのだろうか

ことば短く応えて二階へ行く吾娘のこの頃父を厭えるらしき

対岸にキリンは首の見えいたり時間ゆるやかに戦がせながら

精神科病棟壊されしあとの明るくてこの明るさに舞う土ぼこり

雪を得て鋭くなりし対岸の比良にしばらく沿いて走れり

アリナミンの匂いの懈《たゆ》く立ちのぼる尿を終えて玄関を出づ

学会誌論文審査

掲載不可の理由短く打ち終えて躁の日はわれがポストまで行く

口臭激しき男がなおも顔寄せてわれの噂を伝うるあわれ

今日もわが躁なれば黄の傘さして廊下をずんずんと部屋まで来たり

裏道を抜け渋滞を避けてゆく悲しいといえば悲しい技術

徹夜して拾いしデータ直線の一点を埋めて眠らんとする

大の字の肩のあたりを雲は覆い受話器に遠く言いつのる声

二、三ミリ血管に沿いメスを入るる家兎《かと》耳外側《じがいそく》静脈分肢

木の名草の名なべては汝に教わりき冬陽明るき榛《はん》の木林

不機嫌の妻の理由のわからねば子と犬と連れて裏口を出づ

口内炎の小さき火口熱もてり妻の沈黙今日も続ける

鉛のエプロン肩に重けれ一日を籠りて地下のＲＩ室

大学院選抜試験、口頭試問

われよりも英語なめらかに答えくる張君陸軍軍医学校教官

力溜め一気に抜けばよれよれの鼻毛は指に自立せり

粗大ゴミ

榛《はん》の木の林にひかり落ちいたりほほえみに象《かたち》あらしむるごと

榛の林を見ておればが妻が消え子が消えてわが老後も見ゆる

歳古りし杉の朽根は祀られて道を大きく曲げいたりけり

合格者名簿娘の名にならび西村桃花鳥子とう名あり何と読むべし

放課後の眠い晩夏の陽の光はるかなりフレミングの右手左手

＊古典電磁気学にフレミング右手の法則、左手の法則あり。

気分少し幼くなりて月出づる縁に足垂れしばらくおりつ

ベートーベン「田園」の中にさえずれる小鳥三種は聞きわけがたし

ミドリガメや石鹸になりたいという子の話聞きつつ飲めりわが子はモグラ

眼鏡わずか下にずらせて人を見る高野公彦ますます頑固

おそらくは早死にをすと人は言う吾《あ》もしか思う長く生きたし

あおむけに草凹《くさくぼ》に寝て見ておれば雲はあい寄りほぐれてゆくも

為すことの無くて在るごと草凹の陽だまりに足裏温もりており

こんなにもほのぼのと凹地にいるわれは仕事捨て来し人のごとくに

ゴキブリの神経繊維を扱いいし男わが学生となりよく眠る

組長となりたる妻は日曜の朝を出でゆく粗大ゴミ回収日

否《ノン》

忘れいし何かを憶い出しそうで夏草に一輛の貨車置かれいる

風暗くコスモスを吹きて渡れるに体育の日の遠く鳴る楽

もういいよもういいよなどくりかえししどろもどろのつくつく法師

いちじくのジャム煮る匂い流れくる日曜はかなく午後にめざむる

この町にいまもなじめぬわれを率《い》て妻は器用に路地を抜けゆく

実家が近くあるゆえ妻は怒るたびいちじくの実を捥ぎに出かける

いちじくをあまた食いたるねばねばの指で触るのはよせったら

大きなる紺風呂敷を抱え来し海賊屋はまず汗をぬぐいたり

本名を知らぬ我らが海賊屋サンと呼べば彼にこやかに応う
大正十一年九月十七日維也納にて茂吉の見しはタマゴタケならん
維也納にて茂吉の成せし小実験「重量感覚知見補遺」の退屈
利害擲《う》ち合う会議の席に黙したり黙すはすでに敗北に似て
つぎつぎに視線はわれを掠め過ぐ敢えて投じし一票の〈否《ノン》〉
利害のみを尺度となして譲らざる一教授またそれに和する者
青二才はなにゆえ二才なにゆえに青、憎まれおらんわれの発言
柿紅葉を透る光は裏庭の父と娘を寡黙ならしむ

いずくよりチェロ聞こえくる夕暮れの学生寮どの窓も開きいる

粒子荒き晩夏の街よおのもおのも己《し》が影の上《へ》を踏みて渡れり

ナッシュビル

地磁気はつかな電流となり流れいん秋の宙航《ゆ》く候鳥のうち

レスピーギ〈ローマの松〉に鳴きいしは赤しょうびんかさにあらずかも

話すように歌作りいしわが子らは上の子のまずなずみ始めつ

フォンタナの画布の裂目を思わしめ鏡台の奥・一穂《すい》の光

草原に空を指す矢印ありき矢の先のナッシュビルとはいかなるところ
いくつもの樽夏草に積まれいるナッシュビルより北十マイル
ジャックダニエルかの春われに髭濃くて瞋りを呷《あお》るごとく飲みいき

冬虫夏草

大いなる硝子の球は積まれおり雲ははるかに重なり合いつ
おのずから陽あたる側に列なして風のホームに人ら黙せる
煙突はさびし聳ゆることさびし煙を吐かぬとも吐きているとも

冬虫夏草をわれに呉れたる中国の女子留学生この頃見えぬ

缶ビール少し多めに買い込んで休日の午後留守を楽しむ

三分がおよそ限度と思わせる男がなおもわが前を去らず

削り削りて遂には汝の残ること東京に来て思いいたりき

座り悪きカボチャの尻をつくづくと見れば南瓜の裂《きれ》多き尻

わが生活をあわれみて妻の言う声のくり返す声は唄えるごとく

あからさまなる追従《ついしょう》なりき曖昧に笑い許しき夜半憤ろしき

流れ・断章

ベルヌーイの定理思い出されず対岸の欅紅葉にうすく陽が射す
理想流体とうあり得ぬものを仮定して解きいし運動方程式とはいかなるものか
夕闇に没せんとしてさやさやと自転車ありき銀杏の根方
乗り越して降り立つ空の曇りより昼のサイレン遠遠に鳴る
桜紅葉を流して夕べひそかなる疏水に沿いつつながく語らず
荒神橋流れを越えて通う日日いつよりか激しく恋うるものを持たず

猫の会議のおもいおもいの位置とりて音楽部員は川原に吹く

その昔酔いはわれらを駆り立てて月光踊る川を渡りき

ひた待ちにラップランドからの返信を待ちいし頃の子らとわれらと

天皇在位六十年

父の呉れし金貨は使う術あらず茂吉全集の前に立て置く

町よりの土産の玩具あっけなく壊れしかの夜の父を哀しむ

トトロ

柿色のライトをともし夕陽坂降り来るバスに鼻ありし頃

けもの臭き闇は納屋より這いだして柿の根方にたゆたいいたる

燃え上がる炎を持たざれば籾山は夕闇に暗き火の色沈む

雪の野に一軒の家灯をともす灯に枯葦の揺らげるが見ゆ

雪降れる範囲を灯りは囲いつつバス停留所トトロは来ない

引込み線に入りてたちまち没したる雪のレールを月光に見き

こののちはもう来ることのなき島か告別終えて船を待ちおり

タイヤ焼く匂い流るる町はずれいずこにか赤子の泣く声聞こゆ

夕映えは流れんとして高層に滅びし愛の顚末を聞く

新墾筑波の学術研究都市にきて道を尋ねたり　誰も答えぬ

時間の表情

締切をとっくに過ぎいし原稿の書けざりし夢、象を立たせて

切りそろえほだぎ積まれてあるところ郵便配達の自転車は来る

なすこともなく縁側にいる我にうっそりと柿の影伸びいたる

雲の縁、朙の縁それぞれに輝きて冬の朝の空騒がしき

立体に見るべく眼鏡をかけて観る立体とはすなわち遠近の謂《いい》

針金を窓から塀へ懸け渡し捉えしかの日の短波放送

ヒトとなる過程に体毛を失いて、人の赤子が湯に浮かさるる

小児科病棟取り壊されて新しき土を濡らせり通り雨過ぐ

冬の陽にしおしおと大根の葉は乾く望まざれども敵増えゆくか

生卵抜きたるあとに蠟《ろう》塡めて赤きキャンドルを娘は作りたる

乳母車を押して坂道のぼりくる老婆らはみな顔あげず過ぐ

何の小説であったか納屋に放火をしてゆける男の心わからぬでもなし

きのこを栽培するありの話

足元をゆっくりと陽は廻りゆく冬の陽射しのはかなきゆうべ

医学部の古き廊下に陽は射せり眠れる爬虫類のごとく湿りて

ほのくらき星雲のごときがたむろせるフィルムをかざし窓近く寄る

曇り日の高き窓より乗り出して弔旗をかかげいる朝の人

追悼の文といえどもほのぼのと３４２と打ちて三四二と変換《なお》す

懐中時計に蟻住まわせしスペインの画家ならぬ画家死にたりしかな

「舌平目の肉のごとき機械的な時間という鮫」に呑まれゆきしか

応接に午後の時間の過ぎ早しふっさりと梅の量感ともる

寂しさをもてあましいつ梅の木に洗いざらしの光はきざす

古武士のごとく花をかかぐる梅の木の根方に雪の消え残りおり

なにもなき黒土畑やわらかく光あつめて梅の古木《こぼく》は

思いだしそうで思いだせないいつかもこんなに梅の光のぬくとかりしが

発掘現場は青きシートに覆われて春の雨水のたまりいる見ゆ

いくたびも風吹きすぎぬ春くらき小さき水たまりをめくらんとして

その人の陰《ほと》の翳りを思うときあやまたず我が苦沙味は出づる

早春は路地路地にくる風やさしいつもどこかに花匂いつつ

笑いいる少女うつくしふと思《も》えば肉よりぞ硬き歯は生えいたる

わが子色弱、辿りゆくとき我が妻に茗荷のごとき濃き家系あり

パスカルの原理をさらうわが少女光を繭のごとくまとえる

巣の中にきのこを栽培するありの話　子を叱りたるはずみに思う

微量

どこの石か思い出されず座り悪き茶色の石が本棚にある

夕光《ゆうかげ》に身をなむる猫のざらざらと寂しき音は硝子戸のうち

表情のたゆたいの如きが残りいる雑木林を犬連れて行く

春の雨ひかりつつ降るやわらかくコシモ・イル・ヴェッキョの髪を濡らしつ

町中《まちじゅう》の避雷針はもそばだちて遠くある雲の裏に陽は射す

カリフォルニアより遺伝子届く遺伝子は微量、花粉のこぼれたるより

ゆれいたる数字しずかにとどまりて微量の砒素ははかりとられき

染色液の青に汚れし指もちて学生は説く説きやまぬかな

つゆくさ色に指染め白衣染めながら真夜植物の性に寄りゆく

たんぽぽのわた飛べり　交差点をＵＦＯのごと微笑みのごと

こんなところにもう蕨　もぐもぐと春の堤防ふくらみはじむ

フロッピイのこわれて消えしわが歌の二十幾首は輝きていよ

電気カミソリのいつも剃り残す一本はやや太く顎に横ざまに生ゆ

暗証番号思い出せないわが背後《うしろ》をゆっくりと行員はゆきもどりする

あずさゆみ

舫《もやい》とけし一艘の船をみちびきてしずけき水は湖《うみ》につづけり

口数の少なくなりし少年の耳より漏れている小比類巻かほる

おのずから組みし論理に諭しいる寂しさは父のものにて寂し

整然と諭せる己が父親を哀れむごとく息子《こ》は黙《もだ》しおり

たちまちに怒りは萎えて説得に移りつつあるわが語気あわれ

揺り起こしたる息子の表情そのままに蛙はうすく眼を開きいる

あずさゆみ春一番は吹き過ぎる煙突掃除夫の自転車の傍を

美しき涙はありて傾斜深き陽は卓上の水に及べる

「喫茶去」という言葉あり癌を得し癌研究者の遺稿届けり

都会のライオン

密度濃き桜の空の圧しくるにあわれ都会のライオンは老ゆ

インクラインの傾斜ゆるやかに水につづく百年前につかりたるまま

夕されば膨らみゆける花の木を情事のあとのごとく眺むる

眠いようなひざしのなかをおちてゆく桜はなびら　日本の扉

サイドミラーを蟹の目のごと光らせて夕陽にあまたしずまる車

砂色の眼を立て砂に動かざる鯊《はぜ》はわれより寂しいさかな

とろとろと水門越ゆる水照りて水なめらかに継ぎ目のあらず

三角フラスコ、丸底フラスコそれぞれの形に沿いて春雪流る

〈お父さん大嫌い〉とう口癖を楽しむごとく娘はいでゆけり

とまらなくなりし笑いを押し殺し娘が向こう向きに読みいるは何か

教室をつぎからつぎにたずねゆく夢にして月光の廊下しずもる

北米よりあるきはじめて南米にたどりつく夢、この頃幾度

優しくなき我が見ている自意識の過剰に君の傷つける冬

若き日の妻のノートに繰り返し書かれし住所の青薄れおり

歩幅

のったりと山椒魚の眠りいるひだまりを恋えり疲れているか

仮説は仮説としていましばらくは楽しまん浮雲はぐれ肩にあそべる

対岸の桜のうえに見えながら首寂しけれキリンの首は

坂道をゆっくりゆっくりのぼりゆく男は雲をたちのぼらする

どの合歓も花閉じいたれ振り返り振り返り行く犬に苛立つ

もの言わぬ妻の理由にさしあたり触れず娘の数学を解く

補助線の一本を探しあぐねおり娘《こ》の幾何《きか》、円は三角を囲う

論理などめちゃくちゃな汝が怒りにて裸形の怒りが顫えておりぬ

君が歩幅を考えず歩きいたる頃せっぱつまりしように恋いいし

南半球水をたたえて

南半球水をたたえて君よりの便り短く結婚を告ぐ

対岸の桜紅葉にしんとして陽は落ちており麒麟舎の裏

寝不足の眼に痛きかなこの朝の芒は一本一本までも光りて

きのこ狩りに信州へ（二首）

コスモスコスモスコスモスばかりの信濃道笑いやまざる妻を率てゆく

ときおりは呼びかわし位置を確かむる秋の林に家族は散りて

帰り遅き妻待つすさびに手に触れし女性論とはむずかしきなり

垂直に壁をつらぬく管あまたうす青き天然瓦斯というは流るる

FAXを扱いかねて茫然と電話の向こうに義母《はは》座れるか

母を知らぬわれが母とし思いきて黒が似合えり黒を好めり

ただひとりの母とおもうにあわれあわれかくおずおずとものいいたまう

息子など持たざりしかば時折はわが髪なども撫でて安らう

溝蕎麦の花みしみしと埋めいる川原《かわはら》におりて母は嘆くか

むかしむかし、おそらく君を娶る前、義母に送りし一本の扇

羊雲《ひつじぐも》高きはすでに夕映えつ　われらに母ありいま鬱を病む

風呂敷の小さきを下げて帰り行く風におさるるごとくはかなく

山芋も柿、セーターも一箱に送りこし義母《はは》の寂しさは透く

鎖もて桜の根方につながれし自転車の輪の静けき光

しろがねの線ばかりなる自転車に心寄りゆく疲れているか

登り坂か降《くだ》りかとふと疑えば夕陽のなかより人現わるる

普賢・文殊

思えば木に登ることとなく過ぎしかなこの四半世紀　あと四半世紀

北よりの雪音もなく去りしかば羞しきひかりは山を縁どる

寒の風遠く鳴りいつ原子炉に普賢・文殊のあわれ別あり

まろき頭のあれは文殊かクレーンのゆるき傾斜に灯のともる見ゆ

こしゃくなる学生奴《め》がと思いつつ議論の崖に追いつめており

殺到と言わば言うべく我をめがけ殺到し来る雑用の束

翻訳に苦しみ夜を明かしたり朝刊簡潔に君が死を報ず

申請書書きつつ午後の過ぎ迅し工事現場にとおく灯ともる

人間の遺伝子をもつ白ねずみ白きねずみはわが掌の上に

夢半ばに目覚めはかなくおりしかば速達という声は聞こゆる

春日忙忙

月光のおよべるところはつかなる折り目影さす地図置かれあり

遠街はひびけるごとく昏れはじむ無為にして高層にあること良けれ

みぞれ雪重き日暮れを訪ねしが青木繁は移されいたる

食えと言い、寝よと急かせてこの日頃妻元気なり吾をよく叱る

頭から疲れていると決めつけて有無を言わせぬ妻に従う

才能のことには触れず説きいしがこの青年の目は悲しめる

研究に向かぬと告げて不意に湧く怒りはわれの言葉を覆う

告ぐる酷、告げざる罪を測りつつ日差しはかなき部屋に説きおり

医者として医に帰りゆく学生を惜しみ悲しみやがて怒りぬ

議論する喜びをともに分かちしと思いいたるは我のみにして

騒がしき英語の群を率て来れば見て見ぬという視線集まる

いくつもの胸像ならぶ解剖の廊下に午後の遅き陽は射す

中庭に花は気配として充つる夕べ手早くセミナーを終う

古き鉄扉《てっぴ》を押せば寂《しず》けき夕桜法医学教室中庭に入る

曇天に光を吸いてしずもれる桜ますます性愛おぼろ

難破船の船長の目と名づけたるいつもの猫が塀に眠れる

泥　鯰

盛り上がる水面《みのも》押しつつ白鳥の胸汚れおり春の夕暮れ

幽霊のうわさもこの頃聞かずなりし深泥池《みどろがいけ》に丸すぎる月

ほうれん草がむやみに好きな奴だった溺れて死にき中学の頃

椎の花の匂いにどっと包まれる精神科中庭を横切らんとして

泥鯰《どろなまず》のごとく返事をしておればあきらめて娘《こ》は二階へゆきぬ

裸にて髪すく妻の　見らるるを意識せぬ背を少しさびしむ

風の夜を猫が大事に見せに来しもぐらは小《ち》さき影のなかに死す

もうわれを叱りてくるる人あらず　学生の目を見据えて叱る

草田男を引きてしまいし羞しさに中途半端な説教を終う

ゆっさりと疏水を覆う夕桜　母方父方ともに早死

南蛮はおそらく赤髪《あかげ》に由来せる我がため南蛮《なんば》を植えいたる祖父

＊南蛮＝とうもろこし

漢学を村の若い衆《しゅ》に講じいき財食いつぶし肝病みて死にき

夢の三叉路

輝ける空より雲をつきぬけて雨の羽田に滑り入りたり

この下は雨の土曜日午後三時眩しく厚き雲の上をゆく

自動ピアノ片隅にして鳴りいたり北のホテルに「つきかげ」を読む

時折は指に撫でいつポケットの小さきボルト由来を知らず

今日われは疲れているか講義しつつわが鼻ばかり見ゆるさびしさ

闇という手触り濃ゆきを撫でながらためらうごとしハビロガシワは

呼び止めんその名はついに思い出せず夢の三叉路合歓咲きいたり

ただ一度手を振りしのみあっけなく出国ゲートの向こうへ消えぬ

娘の発ちしあとをひっそり飯を食う団欒という時の短かさ

耳のあらぬぬいぐるみよと発ちゆきし娘の部屋に来て感傷をしぬ

葉　桜

満開を過ぎし桜の膨らめるしたに小さき一家族寄る

とりあえず靴をさがそう　泣いている夢にて夢のわれはつぶやく

応用へ応用へと話題を移しゆく記者にいらいらと答えおりしか

国世忌

炎天に立ち尽くしたる葬の日を羨しく聞けり聞きて飲みにき

小説を読まぬ時間の堆積にエーハブ船長の義足かひびく

スーザンがいつよりスーに変わりしか　語の短さは距離の短さ

いっせいに樟の落ち葉は吹かれゆく　長生きをせん長生きが勝ち

長崎より象を率て京の花に会う天正八年信長若し

重心低くハンドルを握り行く堤　帰りそびれしユリカモメ浮く

髪うすくなりこしかなと湯船より立ちあがるとき声は憐れむ

何もせぬと決めて朝よりビール飲む　つつましきかなこの喜びも

吹き寄せられて羽毛毛髪おのずから軽《かろ》きは舞えり昼の踊り場

うど掘りに帰れとう意味ほの見えて宅急便は独活《うど》を届けぬ

小便の音の激しさ少しずつ息子に押されゆくばかりなる

ペンだこをずらせて握る鉛筆の行きのけだるさ春のゆうぐれ

来年のカレンダーはも赤き丸ちらほら妻の不機嫌のもと

脛長く息子《こ》は眠るなり押入の上段よりぞ脛を垂れつつ

たんぽぽとおなじ高さにみておればチェルノブイリか春のかげろう

「天国と地獄」

丘の上の白き家ゆえ憎みしと、山崎努貧の良かりき

曖昧な記憶なれども桃色の煙のぼれり結末に近く

貧しさが人を動かしいし頃の映画をすでに子は理解せず

ポンペイ（四首）

一列に石柱残りベスビオの肩は優しくきれぎれに見ゆ

女郎花ここにも咲きて垂直に立つものばかり残れる廃墟

網の目の緑劇しくひからせて蜥蜴が前をゆく石畳

プリアポス永遠に若けれ天秤もて己がファルスを量れるところ

さしあたり用なきひと日日比谷公園首かけいちょうの下にたたずむ

大文字の大の大きさこの窓に眺め来し十年この窓を去る

簡潔にイエスかノーかを問いきたるファクシミリはも海越えて秋

ゆりの木の喬き黄葉《もみじ》に射しながら秋ちりちりと陽の沈みゆく

輝きをあつめてゆりの木は没《しず》む中庭を白衣の人過ぎにけり

窓際に受話器を曳きて聴きいたり汝がわがままはかつてのごとく

かの春の髭

液晶を膝に抱《かか》えてこもりおり不機嫌な影は背後に延びて
月の光　どこかの乗り換え駅らしき待合室はストーブの燃ゆ
振り向かぬ遺失物係に呼びかける声の哀れさ　夢の木の駅
青空がそこにひろがるというように猫は押入を見上げては去る
灯を消して語れば不意になまなまと声のみは老いずせつなきまでに
かの春にたくわえいたる髭《ひげ》の暈《かさ》　間奏曲《インテルメッツォ》の気安さかあれは

うたびとうたびとの妻ゆうぐれのごみをあつめて燃やしいたれば

急行の通過を待てばゆうぐれの雨域は湖《うみ》にそして駅舎に

綿虫

燃えるゴミ燃えないゴミを分けている妻のせなかは冬陽になじむ

かけ声をかけつつ妻がなすことの多くして湯呑に茶をそそぐにも

綿虫の浮く夕暮れをよろこびてなにか言いたり数歩先にて

耳たぶのちいさき妻よとおもいつく旅の鏡に髭を剃りつつ

我をみつけ駆け寄ることもなくなりし息子としばらく本屋に並ぶ

小さき橋をへだてて住めば日にいちど郵便夫は来る橋をわたりて

荒れている妻を離れて子と作るありあわせとうむずかしき技《わざ》

そういえばいつ頃からかスピッツは戦後の原に行方知れずも

量《かさ》低くなりたる髪をあわれみてうたびとのひとりふたりみたりは言えり

陀羅尼助

とろとろと春雪おもき傘のなか寡黙なる娘は腕を組みくる

「くわうじん」と刻まれし橋を渡りつつ橋に流れに雌雄のあらば

顎ふかく湯に沈めたりこの家を買うか買わぬかこの二、三日

おぼろなる月の光のみなぎれる晩春の橋　誰《たれ》か尿《いばり》す

これまでと黙《もだ》したるよりなまなまと川音は身をせりあがりくる

まだすこし寒い風よと陀羅尼助の大き看板見上げつついる

指触れて眠りし幾千の夜ははるか高層にひとりの時を過ごしつ

川に沿って

木蓮はつねに不意打ち不機嫌にいつもの角を右に曲がれば

朝な朝な桜に沿いて通う道川端通りは川に沿う道

子らの居ぬ日曜なれば君が誘い我はしたがう　ふくろうとして

着ぶくれてまえをゆく妻はなやげりひとつかね午後の時間をきみに

ことさらに明るき今日の妻の辺に崩《く》えいるもののありと言わなくに

あのころは歩き疲れるまで歩き崩れるようにともに睡りき

After Dark

観潮楼をさがしてゆけば坂いくつ路地いくつ梅の花を咲かせて

鷗外の頑迷ひとつ罪として「日本脚気史」簡潔に叙す

キーにしばらく手を触れないと、コンピューターの画面はさまざまな絵を送り始める。

導入にまた苦しみているわれに画面は雨を降らせはじめき

トースターが羽ばたいて闇を駆けるころわが減張《めりはり》はメリになだれつ

君がいつか死ぬということを思わざりき思わずきたり黄あやめのはな

とろとろととろろあおいの花ゆるる暑のくるまえの空をなでつつ

風中にとどまりいたる銀やんま取って返すというごとく消ゆ

はんのき林は木と木の間が親しくて大夕日さえうっとりとせる

石蹴りてしばらく歩く灰緑の小さき石の転がれるまま

永田君歌を作れとくりかえし書きし寂しさ　高安国世

君亡くて七年　君の名を残す講演会に人はあふれき

部屋の灯を消してテレビを見る家の多かりしかなあの頃のテレヴィ

中年と今を呼ぶなら九十歳《きゅうじゅう》の夏の朝顔茄子紺の花

氵《さんずい》偏

くたくたと雨つづきおり閉じぬまま「チャタトン偽書」は窓辺にありぬ

みどり濃き深泥池《みどろがいけ》の湿原に消えつつ雨は光を降らす

みしみしと壁を押しつつ降る気配ぬばたまの夜の闇に降る雨

大切の生ゴミ畑にこまごまと妻の運べるものをし知らず

わずかなる石の凹《くぼ》にはわずかなる水たまりおり椿花首《はなくび》

わたしわたし　私がそんなに大事なら夕陽の壁に鋲でとめおけ

河馬になることもできねば月光に押し開かれている風呂の窓
もうどうにでもなってしまえと、こんな夜は自動販売機など抱きて眠りたし
蛍にも耳あるとせよ　幼らの声の波間を点《と》もりつ消えつ
ケーブルカー雑草《あらくさ》なかを登りゆく垂直に身を保てる人ら
音は環《わ》をなして伝うと思うまで池のめぐりにかなかな沈《し》ずく
握りつつもの考えるに適当な大きさ手触りキウイの重さ
もうそこが秋だというように気圏のかなたかすかに水の流るる

屋根裏

屋根裏は不思議、隠《こも》れば本棚の向こうにドアの笑えるごとく

O'KEEFFE《オキーフ》の大きひなげし壁に貼り眠い屋根裏眠ってしまおう

湧くように泥動きいるぬかるみを重心高くひと帰りゆく

顎織く尖りて立てり少年期終らんとして赤き月の下

進学のことに苦しむ息子《こ》が今朝は蛍光ピンクを着て出てゆきぬ

向こう山の影伸び来たる窓に掛けおまえはなぜそんなに勉強が嫌い

蟬のようにとまるのかといえばあなたは笑うのみわが肩にまだ小さくとまり
曼珠沙華あまた折り来て机《き》に飾る今夜の妻の雲行きを見る
肩少し落として大の字は見ゆる人に会いたくなき午後の窓

まだ秋は、

夕暮れをかなかな鳴けりかなかなは空に滑車をまわすと鳴けり
振り返り見しはなにゆえなにゆえとあらねど麩屋町　紺の朝顔
馬場あき子芙蓉のごとく若かりき昼の花火はひらくかの夏

夕暮れのドラム罐よりたちのぼる炎《ひ》のうえにふる雨のすじ見ゆ

この頃は髪も、肩さえ触らせてくれぬ娘を本気で憎む

白鳥の胸につゆけきぬばたまの〈石炭袋《コール・サック》〉か　まだ秋は、まだ

＊石炭袋は白鳥座暗黒星雲のニックネーム

まだ重き瞼のように山際の少し明るむ　秋はまだ、秋

雲に乗りたい

切札として死を思いいし頃のやさしさは人を虞れしめしか

近すぎてうしなうこともあるものを雲に乗る歌その嘘くささ

四谷駅向いホームに太りたる黛ジュンを見しはいつの頃

取り残されてどんどん小さくなってゆくいくたび夢の広場に立ちし

飛ぶ雲の比叡の肩をかすめゆく水の近江に母を忘れつ

晩夏のひかり

縞馬《しまうま》の縞の始点も終点も見たることとなし晩夏のひかり

死ぬことを思わず人も樹も立てりさびし立つこと影濃き晩夏

墓原《はかはら》をかなかなの声渡りおり辿《たど》り来て母の墓を探せず

声は声を追いかけながらかなかなの夕暮れの声谷に沈めり

壮年と呼ばるる季《とき》のいくばくか残りて昼の月浮かびおり

あとがき

『やぐるま』につづく第五歌集である。

前歌集をだしてから十年。この間、一九八四年から八六年まで、家族とともに合衆国のメリーランド州で生活することになった。客員准教授という名目で連邦政府から給料をもらい、国立癌研究所で研究をすることになったのである。

帰国してすぐ、研究室を主宰する立場になってしまった。あと数年はのんびり研究をと思っていたのだが、自分の研究以外の雑用に時間をとられることが多くなった。

そうこうするうちに、「塔」の代表ということにもなった。両方で多忙となり、なかなか歌集をまとめることができないままに、いつのまにか十年という次第である。

渡米してすぐに、師である高安国世先生が亡くなった。この歌集の冒頭に師の挽歌を置かなければならなくなり、これが、歌集をまとめるのをなんとなく遅らせた、もうひとつの理由であるかもしれない。

高安先生の死は、自分には十分予測し得たことであり、渡米前にある程度の覚悟はしていたのだったが、あまりにも早く、しかも劇的な（としか思えなかった）形で伝えられることになった。

冒頭の一連にあるように、時差の関係で、実際に亡くなった時刻よりも、十数時間も前に、その死を知らされることになってしまったのである。一晩をかけて、先生の死の時刻へさかのぼっていくのだと気がついたときの、奇妙な浮遊感を忘れない。

この二年間の作品が、歌集の前半部を構成するが、作者としてはかならずしも海外詠といった風には読んでいただかないほうがありがたいという気がしている。出かけたのではなく、生活していたという気分である。

いまは、帰国以降の作品により愛着が深い。滋賀に住み、やがて京都の北、岩倉にもどってきた。小学生だった子供たちが、大学生、高校生へと成長していった時期でもある。

前歌集までと較べて、家族詠の多いのに、あらためて驚いている。

作品の制作年は、一九八四年から九二年の一部をふくんでいる。この間の約千余首から、六〇〇首をえらんだ。これまでの歌集の二倍以上の作品を収録しており、読んでいただくのも大変だろうと、申し訳ない気がするが、歌数を抑えるためにこれ以上前のところで切ってしまったのでは、気のぬけたビールのようになってしまうので、しかたがなかろうと思っている。

歌集のタイトル『華氏』は集中の一首より採った。〈華氏〉は、温度の目盛りで、創始者のドイツの物理学者ファーレンハイト氏に、中国で華倫海と漢字を当てたところから、〈華氏〉と呼ぶようになったという。書物の燃える温度『華氏四五一度』は、レイ・ブラッドベリの小説のタイトルでもある。

どうしてアメリカなどでは、不便きわまりない〈華氏〉をいまだに使っているのか理解しにくいが、向こうで生活していたときには、たしかに〈華氏〉で温度を感じていて、さほど不便を感じなかったのだから、慣れというのはおもしろい。少しなつかしい気もするのである。

前歌集につづいて、雁書館の冨士田元彦、小紋潤両氏のお世話になった。歌集として、お二人にお願いするのは三冊目である。とくに今回はじめて小紋氏の装幀で歌集が成ることになる。お二人に感謝しながら、久しぶりの歌集ができあがるのを楽しみに待ちたい。

永田和宏

一九九六年一〇月一九日

饗庭

一九九八年九月一日
砂子屋書房刊
菊判カバー装二〇六頁
定価三〇〇〇円
装幀　倉本修

比叡の肩

やわらかき春の雨水の濡らすなき恐竜の歯にほこり浮く見ゆ

大いなる伽藍のごとく吊られいる骨の真下を見上げつつ行く

恐竜の骨組みにおつる陽のぬくさボルトもて骨は繋がれていつ

ミイラ並べる地下より出でて夕光の深き角度はやや不安なり

通り雨過ぎたる坂の石だたみ　無人の坂は立ち上がる気配

土まだら草生まだらに濡れている西より日照雨《そばえ》の脚はやく去る

愛宕より雨押し渡る東《ひんがし》の比叡の肩に雲をあずけて

川端丸太町西岸に来てふりかえる比叡の肩に雨雲は垂る

アスレチックジム枇杷色の窓に見ゆ蜥蜴のごとく躍るひとがた

鬱のかわうそ

今夜われは鬱のかわうそ　立ち代わり声をかけるな理由を問うな

獺は子規の号でもある

うつうつと本を立て並《な》めかわうそはうつらうつらと酒を舐めおる

雨雪に左の肩は濡れながらきのうの嘘をなおあたたむる

昨日《きぞ》の夜の酔はぼろぼろ　脈絡の何処《いずこ》に君の笑いいし声

傷を癒すために来るのが京都ならみぞれ冷たい芯までつめたい

馬印の燐寸《マッチ》つらつらかの頃の燐寸の馬は笑っていたか

動物舎の匂い中庭を渡りくる雨近きこの夕べの匂い

あっけなく扶養家族をはずれゆきし昼ねむる息子の眠り山椒魚

あおむきて蛇口の水を呑まんとす水の穂先に口をすぼめて

蛇のごとく光は闇をさしのぞく　エクボノナカヘミヲバナゲバヤ

叱声

身構えている学生に説く声のただ音として過ぎゆくことば

悔しかりし経験もまじえ語れるをうなだれて聞くただ聞けるのみ

嘘ひとつ人を傷つく文学のためと言うならなお寒きかな

これまでとあきらめてわが向かう時この若者は、不意に欠伸《あくび》す

がむしゃらにならねばついに到るなき喜びなどと説くさえ空し

交差点に擦れ違いたる老教授放心のさまに行く背老いたり

頭ごなしに叱りとばして師も弟子も疑わざりしかその頃の昔

報告書打ちあぐねいつ対岸に空手部員ら空を蹴る見ゆ

草井戸

夏井戸のめぐりの猛き雑草《あらくさ》を刈れる人あり誰か死にしか

枇杷の実の貧乏くさき実が成れる路地をまがれば葬式に遭う

行く先を赤く灯せる終バスの曲がりきたるが人の見えずも

爬虫類は腹冷たくてぬばたまの夜の硝子扉に動かざりけり

枯れ蔦の根がびっしりと覆いいる洋館点《とも》り脳髄のごとき

くらげ様に膨らんでいるこの朝の頭蓋を載せて階段くだる

目を見ずに話すのは止せ葉桜の美しき季《とき》たちまちに過ぐ

辛き酒含《ふふ》みて夕べの窓による敗れ神はた人嫌い神

因数分解

茶の花のほのかな気配　遠く在りし人は死ののちくきやかに顕つ

土間越しに中庭の強き陽は見ゆる丸く小さき背の老婆見ゆ

おびただしき石群立《むらだ》てる斜面《なぞえ》より黒き布振るごとく鳥ら

雨霽《は》れて午後おそき陽はさしはじむ路上影濃き人体の行き

うつむきて言葉をさがしあぐねいる少女にいっぴきの蚊がまつわれる

声低く兄いもうとが解きいたる真夜の隣室因数分解

水紋のようにしずかにひろごれる夕べかなかな声の濃淡

蹠

水鳥の水走る間の蹠《あしうら》のこそばゆからむ笑いたからむ

ぐわぐわと石榴を揺する夕暮れの息太き風は路地より来たる

輪郭の緩《ゆる》みきたるという声の吾妻《あづま》が声の容赦なかりき

つぎつぎに首断ちて肝《かん》を剖《ひら》きゆく少女寡黙なり　夕暮れのラボ

階上の動物舎より来る匂いしったりしるく雨は近けれ

ロシアよりきたる依頼はさりげなく研究費乏しきを末尾に記す

行方知れぬ東藤大輔無骨にていつもよごれて歌下手なりき

三里塚のピーナッツもちて子を抱きて東藤大輔現れてみよ

しじみ蝶萩より発ちてたちまちに奥の社殿の丹に紛れにき

枝付きの柿が届けり形わろき不揃いの柿はふるさとの柿

レンズ雲

背伸びして蠟梅《ろうばい》を嗅《か》ぐもどり来てその人はまた蠟梅に寄る

はしはしと頰に空気を割りながら馬鹿が馬鹿がとうつむきて行く

にんげんに窪多きかななかんずくおんなの窪に射す光《かげ》やさし

茂吉全集の並べる上を住処とし色薄き猫がとろとろ眠る

釣り堀の背はみな猫背偏平の冬のひかりを薄く溜めいつ

レンタカーに無きもののひとつ霊柩車その内側をわれはまだ見ず

風強き日のレンズ雲　雨山に抱かれるように中学校ありき

屋根裏

おぼろなる月の光のみなぎれる晩春の橋　誰《たれ》か尿《いばり》す

餌袋を首に掛けたる馬は来て広場中央に大尿《おおいばり》せる

屋根裏はわが部屋にして梁《はり》に噴く松脂《やに》も親しつぶつぶと噴く

屋根裏に電気もつけず読みふかす夕ひかり黄色く濁りゆくまで

父親をあだ名に呼べるいまどきの娘といえど楽しきものを

相寄りて歌が話題とならぬことこの貧しさの会に耐えおる

清荒神節分祭

愛宕山巓かすかなる灯のともる見ゆ冬朝空に山近く見ゆ

電光掲示板みぞれのビルの肩を走る見上げつつサダムに心寄りゆく

一《ひと》巡り二《ふた》巡り三《み》巡りまでを見上げいきみぞれのビルの壁面の文字

大仏《おおぼとけ》小仏《こぼとけ》越えてわが人は珈琲の不味きをなおもよろこぶ

清荒神《きよしこうじん》節分祭の赤き幟におびかるるごと橋をまた越ゆ

たかさぶろう

フロントグラスを雲は流れて昼下がり眠る女の顔が見えない

曇天の低く垂れいる空の腹に埋もるるごとく爪は動かず

どのビルも屋上に水を蓄えて淡く浮きおり灯ともし頃を

荒神橋より北を見るとき鴨川の股のあたりを冬時雨過ぐ

弁慶の肩をはつかに濡らしつつ冬時雨過ぐ橋の上川の上

カーソルを走らせ一気に消したりき、悲しみ深き一行は歌

隣にて小便をする男不意にわが歌の批評を始めたり

わが歌をときには読みているらしき学生たちのコーヒータイム

眠りいる聴衆の数を目で追いてそろそろ論をまとめにかかる

たかさぶろうの花教えくれぬたかさぶろうの花はどうしても覚えられない

ステテコを履きいし頃は男らに鳩尾という汗の路ありき

遺伝子の進化を言いてスライドの四五枚がほどとつとつと渡る

終速度となりて雨滴のおつることとはるか計算式に降る冬の雨

硝子店の硝子の壺を見ておればゆららと顔は壺のかたちに
駱駝のような日溜りにいる日溜りに草枯れて草は尻に温《ぬく》とし

消えのこる雪

消えのこる川原《かわはら》の雪に降《お》り立ちて歩幅小さく鷺は歩める
臘梅にいささかの雪積みたれば雪の間より臘梅匂う
黒土の畑の向こうにほっかりと梅はひかりの籠を掲ぐる
大鍋を両手に抱え神官も急げる梅花祭の裏口

雪原にとぎれとぎれの砥《と》のひかり夜の川面はただにしずもる

薩摩切子の小さきグラスを携えし夜の無頼は魯西亜《オロシャ》を云う

緑濃き薩摩切子は掌に馴染み持ち重りすと人に伝えよ

東西南北この枯原に雪積みて川幅満たす水ゆたかなり

雪を得て野ははなやげり川幅を自在に変えつつ野の川は行く

輪郭は雪積みて不意に顕わるる池にひっそり盛りあがる水

葉牡丹かなにかのように街燈の灯の境目に猫ら坐れる

風邪熱にはかなく妻が立ち居する雪にまぶしき朝の厨房

さしあたりひとつ挫折を先に送る脚長き子を危ぶみ目守る

演技《しな》多き女に疲れ池の辺を行くとき樫の実の二つ三《み》つ六《む》つ

風船のごとく自分のことばかり喋りつづけている女はも

屋根裏のそこなる扉《ドア》にうっとりと冬陽射すゆえしばらくは居つ

子らの背丈の伸びを刻める屋根裏の小さき扉《ドア》に冬の陽は射す

銹を流す

北斗の杓より水こぼれいつ否と言いて去りゆくものは去らしむるべし

水が見たい　ただそれだけのために来るそれだけのためという楽しさに

水滑る水鳥の航《あと》ゆっくりとほどけゆくまで君とただ見る

ほしいままにミモザは窓を覆いたり住まなくなりし家ははかなし

なにを掛けし釘かを知らず裏木戸の大いなる釘銹を流せる

うきくさ

萍《うきくさ》の吹き寄せられている岸に嘆き言いしはなべて忘れき

春の水うきくさの間を流るるをああと漏れしはわれかわが声

うきくさは水に平の草と書くうきくさゆまろきロあらわれぬ
時計塔に灯ともり春はようやくに微熱のごとき風を送り来
椿象《かめむし》の匂いにこの頃敏感となれるわが娘がまた見つけくる
よく見ればモーニングを着ているようでもある椿象の五角形の背が動かざり
霧の夜は霧を押しつつ鈍色《にび》のヘッドライトが橋を行き交う
葦の火の湖を囲める夜を来て逢いたしされど逢ってどうする

春の喪

喪の幕を張りめぐらせる路地の口幕越えて桜の花枝《はなえだ》は垂る

若き笑顔に頭を下げて出でくれば花は不意打ち　春の喪の家

行く人のあらぬ傾斜に花盈《み》ちて道幅をゆっくり渡りゆく猫

滅茶苦茶の〈茶〉の意味わからずうろうろと午後を籠ればこの午後楽し

完璧な退屈こそが贅沢とうたえるリゾート案内を閉ず

漲《みなぎ》ろう電波つゆけし夕焼けに共鳴しているのは耳かどこかそのあたり

あおによし楢茸《ならたけ》をしも見いでたる蛤御門はゆうべ暗けれ

どう切っても西瓜は三角にしか切れぬあとどのくらいの家族であろう

朝食の卓にまでどうどうと聞こえ来て息子は尿《いばり》までいまいましけれ

ウシガエル

振動としてつたわれるウシガエルの呼気のぬくとさ夜の沼に来て

ウシガエル肺の中までぬばたまの夜をみたせり肺は濡れつつ

カーテンの風ふくらめる部屋中央の椅子に人無し永久に人無し

凌霄花の花をこぼせる塀を過ぐ人生半ばの夏のある朝

昨日からの小石はまだ靴の中にある橋半ばもう帰らんと思う

君を知らぬことのたとえば仰向きて寝るときのその乳房の重さ

牛頭馬頭《ごずめず》が呼ばえるは確かにわが名ならんと思いおりしがそのままに覚む

想念は直截にしてぬばたまの草生おもえば嚔《くさめ》ぞ出づる

螢の肺

立葵の揺れあえる辻を振り返りけり行く先などはどうにでもなる

段ボールをつぎつぎ投げて春の火を育てておりぬ伽藍となるまで

体表の触覚として足音を感じいる鯉か春のなま水

吸い込みて息吐くときに光るならば螢の小《ち》さき肺のつゆけさ

水の裏より螢は光るいましばらくの家族として草の川岸をのぞく

ルシフェリン・ルシフェラーゼと言いたれば理科系人《びと》は嫌われたらむ

＊ホタルの生物発光は、ルシフェラーゼ（酵素）によって、発光物質ルシフェリンが酸化されることによる。

橋

つまらなそうに小さき石を蹴りながら橋を渡りてくる妻が見ゆ

かなしみて君帰り来る橋のたもと地蔵の首は陽に灼けいたり

日に一度郵便夫が通い来る橋の小さき橋を日照雨《そばえ》濡らせる

堰落つる水がとらえてはなさざる白きボールの踊れるを見つ

白を刷きて光を立てよと言いたれば娘の絵に草のひかり毳立つ

ロープにて囲われしなか掘り出されたる地の凹凸を遺跡とは呼ぶ

遺跡なればわずかな窪にもうなずきて人ら巡れりロープに添いて

遺伝子を釣るなどと言いて疑わぬわれらの会話は聞かれていたり

年々《としどし》の教室写真の真んなかに我のみが確実に老けてゆくなり

死者としてこの橋を渡る日はあるかはみ出して影は川原に落つ

ショウゲンジ

曼珠沙華の首の切られてあるところ夕風を恋いて歩み来たれば

曼珠沙華折り来し指がうすく匂う夕べ電話の受話器とるとき

ゆらゆらと犬あらわるる引き込み線に陽炎たかくたてるむこうより

枕木に打たれし無数の釘の頭の油照りして犬を行かしむ

体表を飾りいしものら吹かれおり踊り場の隅に髪も羽毛も

ショウゲンジつくつくとつくと秋山の日当たる斜面に頭を出せる頃

可《べら》坊《ぼう》

とにかく、と打ち切るごとく立ちしかば午後の日差しは部屋隅に伸ぶ

雨の日は雨打つ音の直截《せつ》を屋根裏に読む楽しみとする

寝室より妻がしきりに笑う声のとぎれとぎれに雨のこの夜

片手を壁に添わせてゆけばいつか迷路は抜けられると言う可坊《べらぼう》な話

アリナミンの黄色き粒の三粒ほど朝朝に妻は我の掌《て》に載す

顔以外で笑えることを喜んでいるかのように犬が尾を振る

まっぷたつに切られし百足はいそがしく這いつつ徐々にふたつ離れ行く

蛭のように唇動くと見惚れたるところより対談はちぐはぐとなる

窓に凭《よ》り向いの席に本を読む君を恋人の頃の名で呼ぶ

遺伝子

敵としてその妻にまたその子らにわれはいかなる男であるか

人をたのむことなくなりて人にあうことのいくばく楽しくもあるか

努力、一途、頑張りなどに溺るるな励ますごとく切り捨てている

前髪を楯のごとくに垂りいしがようやく楯の煩わしきか

耐えがたく恥ずかしきことと思いおりしが時には髪をあげて出でゆく

鼻梁とうもっとも脂濃き部分を近づけてなす議論いつまで

遺伝子を切り貼ることも日常の一部となりぬ朝顔の紺

低血圧低体温のゆらゆらと菱沼聖子はまだ学位がとれぬ

ゴヤ駅

——スペイン・アンダルシア

どこまでもどこまでも向日葵畑どこまでもどこまでも枯れて立つ向日葵の花

水を買い水をぶらさげ炎天の古き中庭《パティオ》にただ立ちている

告解の窓に寄り行く男あり遠く見て炎天のぐらぐらに出づ

ユダヤ教会改修中の廻廊に立てばぐいぐいと鳴ける夏蟬

——マドリッド

文庫本『帰潮』を読めりマドリッドの濃き影の下石のベンチに

さりげなく視線そらせてすれ違う日本人は日本人の前を

ゴヤ駅とベラ､スケス駅が隣りあえるダリ駅ピカソ駅はいまだあらずも

美人はもうつくづく見飽きたと思いながらマドリッド夕べの雑踏にいる

——バルセロナ・オリンピックをマドリッドで観る

夜の淵にはるかに君も見ていんか有森裕子抜き去られたり

唐津・その他

唐津へと向かう電車に読み終る『惜身命』は初冬のしぐれ

——上田三四二著『惜身命』

学会を抜けて着きたるこの町は茂吉の飯《いい》の故に親しも

天守閣を風吹き通る夕暮れの雨の唐津を寒く見おろす

ポケットに手を入れたまま見おろせる唐津の城は、三方に水

ファックスに季語あらば秋、ユリの木の黄葉《もみじ》濡らして時雨さばしる

びりびりと背伸びして猫の立ち上がる秋の縁側まだ眠そうに

みどりの火小さく灰の中に立つなに燃えのこる秋の夕暮れ

空欄のその日はわが為に残しおく誰がなんと言ってもその秋の日は

老人病院

湖岸《うみ》の老人病院水道の管破れいる脇より入る

どのベッドにも光なき眼が天井を見上げておりぬ天井のしみを

表情とは生者のためにある言葉　母の兄なる人を見おろす

眼《まなこ》のみ生きてみひらくわかるかと問えば眼をまたたきにけり

口元に耳ちかぢかと寄せたれど言葉とならぬ息は匂えり

通じざる言葉悲しみ目守《まも》れるを不意に大きくあくびをしたる

「おしめを替えますから」と言う声を救いのごとく部屋抜けて来し

通じねば時間短く出できたる冬湖風《うみかぜ》に襟立てながら

去就

はじめての雪は比叡に薄く積みすでに去就はわがものならず

むなしさは唐突にきていぶかしむ視線のなかを少し嗤えり

白き息を鼻で押しつつすれちがう極寒の朝飼犬の列

ほかにどんな生き方ができるかと橋半ばまで来て見上げたり

材木を積めるトラック尻あげて動きはじめき春雪のなか

春雪に傘おもたけれのびやかな語尾を愛すと告げてそののち

寒の夜に歌選びおり蒲団かぶり手をあぶる定家の猫背は見ゆる

悩むひと定家を愛す歯の痛みこらえて御所の辻を曲がれり

春の川ふたつ出会えり川上の染め屋の紺は片流れせる

雷雲が空に押し合う夕暮れを広き窓辺に立ちて見おろす

昼寝より醒めて蕪村の呼ばわりし名は流れ藻の水撫ずるまで
怒るごと笑える声は階下より聞こえつつ蕪村の妻の名知らず
雪の間を水は輝《て》りつつ流れゆく隠されし名は隠されしまま
フェール・メルエールの法則春の川淀に水立てり光を色に砕きつ

廃村八丁

ひったりと沼息衝けると思うまで壁にもたれて壁を感じおり
廃村八丁　朽ちたる家の土間暗くオルガンありき蓋開《あ》きしまま

この家の暗き土間にてオルガンに最後に触れし指を思うも

村人らの村捨てしのち幾たびの夜半を鳴りしか柱時計は

もうこの辺でいいでしょうかというごとく柱時計も死にたるならん

百葉箱は朽ちつつ立てり明るすぎる光のなかに村は滅びて

雨舌

樹は水をしまいてたてり味爽《まいそう》のはじめてのひかりは梢におよぶ

あかき眼をしてわがよぎるときどの花も凌霄花は塀より垂るる

橋なかば告げなずむときうすずみの北山ゆ厚き雨舌《うぜつ》は垂るる

聞き取れざりし語尾を質せば不可思議な微笑のなかに沈みゆきたり

ひりひりと頭皮も帯電するばかり夕べの雲の縁のかがやき

にんげんの遺伝子をもちて生まれこしマウスは眠るおが屑のすみに

わが見つけわが名付けたる遺伝子をもてるマウスを手の窪に載す

ヴィーナスの腕

欲望へ渡るあやうさひたひたと膝越えて春のぬるき池水

はなみずき一列に咲く医学部中央大通り見知らぬ学生に呼び止めらるる

空気抜けたる自転車をもて急ぐかな何年ぶりの教養講義

ワイルド的シニシズムを今宵の楯として家族のなかに一人し沈む

女偏の文字ひしひしと並ぶごと北陰《きたかげ》に咲くどくだみの花

屋根裏は屋根打つ雨の直截の愉しと言いて読み籠りおり

水無月の空低きより垂れているまぶたのごとき雲を見ている

ヴィーナスの腕の形の研究を聴きつつ飲めり午后のテラスに

失われたる腕を語りて語りやまぬポンティオ・ピラトにやや似し男

ようやくに日陰となりしテーブルにまだヴィーナスの腕を語れる

スズメ刺しより穴ぐま狙い何のことかわからぬままに棋譜を辿れる

長考ののち穴ぐまへもぐりゆく米長の玉《ぎょく》　午後のひだまり

あさひさくらとまともありてなかんずくびわこ銀行はその先の角

コンピュータネットワークがつなぎいる五月晩秋のシドニー郊外

とりあえずリセット押して暴走を乗りきらんとす騒だつ画面

教科書の線右頬に刻まれて娘は熱き湯をかぶりにゆけり

いさなとり

幸せの木と言える木を接ぎ木せるこの太き幹は何の木ならん

直線に水を馴《な》らして街という平面はつやつやと夕照りをする

旧仮名のをんなといえる風情にて日傘が橋をわたりくるなり

鼻長きバスはいずこに行くならん乗客わずか皆眠りおり

ボストンよりニューハンプシャーへ、七月

おおかたは鼻欠けいたりエジプトよりギリシアへ移る廊下明るし

耳のある蛇が陽気に右を向くヒエログリフの前去りがたし

幼き日娘の怖がりしエジプトの墓ある部屋にながくとどまる

ファロスバードといえる不可思議の鳥もいるアテネ赤絵の壺にかがめり

日本の選挙を短く語りつつシャワールームの向こうとこちら

鯨魚取《いさなとり》海に鯨のいし頃の大没陽《いりつひ》を見て帰らなん

家族とすらも頒《わか》ちがたかり帰り来てひとりの旅の写真を蔵う

性愛をめぐりさびしく諍《いさか》えり窓には夜の沼ひろがれる

凌霄花は塀より下がり自意識にがんじがらめの人をさびしむ

楽しみのために歌集を読むことのこんなに少なくなりし日の暮れ

ついに見つからぬ歌集一冊地下室ゆとうもろこしの花見えていつ

莎草《かやつりぐさ》

ばかばなしばかりして来し野の道はふた別れしてともに夕暮れ

眠い晩夏の飴いろの光が射している卓に組まれてうごかざる指

のどぼとけあらぬ喉《のみど》をなでている指の腹とはさびしいところ

硝子戸のむこうシャワーを浴びている柔らかき背よ月は上《のぼ》るか

きのうより小さき嘘がくるぶしを咬みおり咬んでいるゆえ愉し

夕光《ゆうひかり》の微粒子に部屋つつまれしかばハナムグリの愉悦を理解す
陽に灼けぬふくらはぎゆけりわが前を莎草《かやつりぐさ》にさやりつつゆけり
鼓膜をひっぱりだそうとでもするような熊蟬の声朝よりつづく

雨水瞑目

千年の昼寝のあとの夕風に座敷よぎりてゆく銀やんま
シーソーの端くぼめるにたまりたる雨水はるかな瞑目は見ゆ
空き瓶のひとつひとつに陽が射して退屈は人を酷薄に見す

ひとかたに光はなびく茅花《つばな》なびく抱きたしとただ直截《せつ》にして
汗ばみていたるうなじを唇にたどりつつ聞くことば羞しも
枇杷の皮を剝ぐがに撫ずるしずかさにひとは身じろぐ腕より指へ
体毛を持たざるゆえか窪多き人体に射す影の濃淡
指はその陰《ほと》にほのかに触れながら世界の鼓動を聴くごとくいる
夜の沼に見えざる雨は落ちていつ沼を呑まんとしてわれは立つ
どこまでも自由になれる沼の雨ただあきらめてさえいれば、ただ
静原より見れば肩幅たくましき比叡となりぬ雲をとまらせ

鞍馬街道くもりの午後を鬱々と来れば生木を挽く香ただよう

葉ざくらの雨の桜の幹黒しあきらめて身軽になれという声

水になじむまで泳ぎきてほかほかとことばは君の息とともに出づ

洗面器に顔浸しおりへこみたる顔の形の水となじみて

百年の恋も冷めると笑われて抜きそこないし鼻毛の痛さ

長崎大学医学部を出て歩きゆく爆心までの曇天の坂

コインランドリー真夜を点《とも》しつつ青年が読みつつ時にひとり笑いす

きゅるきゅるとおたまじゃくしの頭《ず》の並ぶ午後の畦道温水《ぬるみず》のなか

旧姓

水吐くをやめしライオンの口のあたり葉の影それぞれの濃淡揺るる

ぼろぼろの表紙の裏につつましく旧姓はありぬ茶の英和辞書

うずうずと中島みゆきに溺れいる午後をこんなにもてあましつつ

うさを晴らすため外に出て呑むというそんな優雅な生活もあるか

大蟹を家族らの指がほぐしゆく明るすぎる光は部屋を寒くす

飛び出してゆきたる息子飛び出して行きたいわれが背後より怒鳴る

若さゆえの息苦しさか行く先も告げず息子が夜を出かけゆく

息子へと傾斜してゆく妻の声怒鳴られてまたはなやぎを増す

水を抱くように水面《みのも》に降りきたるオオハクチョウの胸のゆたけさ

あきらめて優しくわれはあるものをやさしくあれば人はやすらう

強いてやさしく振舞うことはたやすけれ夜の桜ははなびらを流す

つづまりは性にかかわる行き違い触れざるは思わざるというにあらねど

まっすぐに背筋を立てよ立てていよと疲れしわれをわれは励ます

やがてにくみあわんまでのみじかきときをひとよ目をつむりたまえ

少しずつ空をせばめてゆりの木の芽ぶきさみどり窓際を占む

茂　吉

木漏れ日に茂吉確かに笑いたり胸像の丸き眼鏡のあたり

馬を飼う匂いながるる辻を過ぎ茂吉生家はもうこの辺り

雪を踏みて歌碑をたどれり茂吉の見し蔵王の角度を確かめながら

小《ち》さき女性の足跡ひとつまっすぐに茂吉の墓に行きて戻れる

わが生れしその日茂吉は狼石におきな草など描いていたり

浅草に行きしことなし浅草にどじょうをおごると君は言うとも

玉音を理解せし者前に出よ　白泉

前に出よ前に出よとぞ声がする擲たるるための一歩の遠さ

書きなずむわが目の隅《くま》も映りいつ画面またたくカーソルのみどり

赤道上空は静止衛星墓場とぞ春の月靄《もや》をひきつつわたる

東京電力柏崎刈羽原発見学二首

原子炉の炉心真上に立ちているわが肩のさや腕のさやさや

いくつものドアをくぐりて空気すこし濃くなると思えば炉心に近し

親不知抜くため午後を来てくれし陳さん母国を語りつつ抜く

マンホールとはもと「人の穴」、月光に濡れたる蓋を誰か押し上げよ

裸木の桜の枝にほのかなる紅《こう》刷くほどの春は来にけり

いっせいにしかもはじめて開く日の木蓮の花朝光のなか

小《ち》さき耳に小《ちい》さき穴をあけきたる妻はかなしも厨に立てば

夕暮れの水のおもてを滑りゆくひとに告ぐれば嘆きたるのみ

沈丁花の匂える角を過ぎてより無口の人は歩をゆるめたり

送られて出づる甃《いしみち》春の夜の祇園の坂は光に濡るる

春愁

抱く腕のなかにしだいに繭となるかなしき夢よ汝を知りてのち

水の面を濡らししずかに滑りゆく春のあかるき雨をよろこぶ

沼のようなぼんやりとした睡魔なり人事に関わる会議続ける

研究室と病室のさかい萌黄色の鉄扉しずかに閉じられにけり

磨硝子のむこうにひっそり湯を浴びる妻には妻の言い分があり

土踏まず

右のペダルは踏むとき泥鰌《どじょう》の鳴くごとき音たつ砥光《とびか》りのゆうべ坂道

おのが視界の真中《まなか》につねに角《つの》見ゆる犀の自意識澄み透るまで

地下鉄の階段に深く陽は射して枯野の匂いただよいはじむ

木の暗き長き廊下を渡るとき廊下はすこし伸び縮みする

部屋隅に椅子倒れおりしどけなき午後の光をまとわせながら

アジアンタムに霧吹きいたり汗あえてすることなどは何もなかろう

曇天のそこ喉首かコスモスは村の出口を淡く縁どる

西へ西へと一群の雲は雲を追うあきらめるなよいまだしばし

土踏まずすこし湿らせ立ちているながき弁解にうなずきながら

蛤御門

上京《かみぎょう》は水打たれたる石畳明かり乏しき路地を辿れる

鴨川はまた風の川、立ちつづく四条大橋風中《かざなか》の僧

柳馬場《やなぎのばんば》をまっすぐ北へ突き当たれ闇の牝牛のような御所まで

蛤御門《はまぐりごもん》のうちにかすかに点れるはあれはあれ機動隊員のくわえ煙草

法然院の裏道にして霾のごとく剃りあと若き僧すれ違う

焚火の熱を背中に溜めて立ちいたり言えば言葉はどれもみな嘘

感情の起伏をなだめ鞣めしつつ家族のような顔をしていつ

缶ビール片手に朝のピザを焼けりバジリコを振るは焼香のかたち

この人はわが死をいかに知るならんたんぽぽの球風に崩れつ

こしゃくな若造めがとう視線の二つ三つなるべくゆっくり着席をせよ

水の面《も》を裏より舐むる魚を見上ぐ雨寒き日の水族館に来て

とりあえず休むことです簡潔な指示と云えどももとより空し

行きどまり

——ヴァチカン四首

われかつてこのように抱かれしことなし恍惚と死に溺るるイエス

羨ましければかすか憎悪の兆せるをヴァチカンの闇に浮きたつピエタ

その母を嘆かすることなきわが死などはもうとうにつまらなし

油のような妬ましさもて立ち尽くす人頭《じんとう》はるかに抱かるるイエス

午後の光に見る乳房こそかなしけれ硝子を押して夏嵐過ぐ

焦るごと性愛を想う廃駅のホームを割りて咲くきりん草

長崎の交叉点には巨大なる銀のサキソフォン地より噴き出づ

支那街に混血をとめ見ざりけり坂多き町に茂吉をおもう

死者のため小さき窓は作られて棺は斜めに運びこまるる

消えてしまえ消えてしまえというごとく手を振れり測量士は筒を覗きつ

子午線を行きてもどれるはるかなる振子、あなたは笑い続ける

微妙なる肉のよじれかさあれその笑いは不意に泣き顔となる

右京よりひと訪ね来し右京には今日かすかなる紺のかざはな

水雪を跳ねつつ車の行きしのち橋はあかるき翳に沈めり

雪の中より白菜三玉抜ききたる義母《はは》は小さくなりにけるかな

むかしむかしそんな小槌の欲しかりき鬼やらいの夜の砂利を踏みゆく

なめらかに時間区切りて応接を重ねし夕べ口臭うかな

もう一軒つき合えと言う月光の石塀小路《いしべいこうじ》、角《かど》のつわぶき

川なかの石に積みたる雪を思えと書き来て問に応えざりにき

たれもたれもたれも同じ裸身を包みつつ西陽影濃き車内に眠る

行きどまりはほらもうそこに見えている春、鷹ケ峰漆黒の坂

マンホール

みずすまし池を抱くかと腹這いに見ておれどまだ三月のはじめ

自転方向にこんなに歩いてきても春の睡さは崩れるばかり

みずうみのように膨れて寝ておれば跨ぎゆくなりカラスのごとく

夜盗蛾《ヨトウガ》の細胞に発光遺伝子を導入したり　夜が静かなり

ついにいっぽん歯がぐらつけり廃園に梅はほこほことひかりを掲ぐ

よるべなくマンホールの上に立っているようにエレベーターに運ばれてゆく

マンホールの蓋てらてらとただよえる頃の西日は残酷なり

記憶領

一本の欅を容れて窓際の甍に静かな夕風は立つ

乳鉢《にゅうばち》や天秤のありし頃のとろりとやわらかき夕日をさがす

扉《ドア》の向こうが海だとでもいうように君はもたれおり昔も今も

老い呆《ほ》けし人のごとくにうつむきて来たればイヌフグリがなつかし

土壁に桜は影をにじませつかすか揺るるとひとは寡黙なり

花に膨らむ高遠城趾に立ちて想う京都府立嵯峨野高等学校非常勤講師伊藤博氏

小さき脳をスライスにして染めているこの学生は茂吉を知らぬ

記憶領海馬《ヒポキャンパス》は染められてすみれ色濃き脳中央部

「つ」と染まり「く」とあざやかに染まりたる海馬　若さはそれだけで恥

まっさきに記憶領より死にゆくか月見草の道に下駄捨てられて

ＣＴに透かし見るとき脳底に柿の木ありき日溜りありき

液体窒素に蔵いおくべく胎児の細胞にわが釣りし遺伝子を導入す

牛乳瓶をならべて小さき蠅を飼う初夏《はつなつ》少女の汗光りつつ

みずすましのように屋上より見ておれば黄に濁りおり街の西つ空

なめらかに誉めあげて短く締めくくる推薦状の季節鬱々

いきものの歯の痕四囲に浮かび出《い》づ早春の林を夕日浸すとき

渡りくる人なき橋は日に灼けて地蔵も灼けて目鼻もあらぬ

もう月があんなに黄色くなっているのに車内には人らみんな眠れる

円《まろ》き口が円き水を吐きだせり池底に黝き鯉は動かず

水面に一本の浮子《うき》立ちており墓原に墓の鎮もれるごと

昼　顔

夏蟬が幹を摑みてしぼりたる力は殻を縦に裂きたり

昼顔の花巻きのぼる　病院に中庭ありてリヤカーは錆ぶ

湿りたる腋《わき》の羞しさ影ゆれて吊らるる羊歯に根はあふれいつ

襞多く持つ人間のおおよその襞は湿れるゆうぐれの窓

権兵衛橋源助橋を過ぎて来よ目無し地蔵のすこし上流

縄おおく軒に吊せる村を過ぐカァーンと静かな村の真昼を

夏の終りは喪の家多し葬列という列行きしことなき街路

雨粒をひたと抱えてせまりくる夕黒雲は愛宕の方ゆ

ねむいねむい

動物園の正面玄関しずかなる真水がまるく囲われていた
フランス式庭園を行けば丸い水四角い水また楕円のみず
影を脱いでしまったきりんはゆうぐれの水辺のようにしずかに歩む
美術館の夜の中庭に月みちてデルヴォーの裸女歩きはじむる
朝顔の咽喉《のみど》のような、否、朝顔のような咽喉がくく、く、と笑う
莎草《かやつり》の丈が足らぬと言いながら捩じ伏せてなまなまとしている力
強《こわ》き毛に指は遊びつひまわりはアンダルシアのひまわり畑
ねむいねむい廊下がねむい風がねむい　ねむいねむいと肺がつぶやく

水流に撫でられながら動かざる鯉の膚《はだえ》のくろがね濡るる

流されるならそれもよしやわらかに鯉をつつめる水流の襞

白き鯉赤き鯉赤白まだらの鯉尋常ならざるものを人は好めり

池の端にしゃがみておれば木漏れ日に黒き鯉まだらあなたもまだら

アメフラシの憂鬱をひきうけているような君の今夜の沈黙である

瞋《いか》るというは体力気力に余裕ある人の贅沢　ただに黙せり

はめころしという殺し方「おもしろくない」親父は天窓として

エレベーターに乗り合わせたる一組の男女が背後に蛍光始む

男山八幡にエヂソンの碑の立つは鱧《はも》と水仙ほどにも奇妙

水辺

沼と岸のけじめもあらぬゆふぐれの水辺といふはただしんとして

草の上に光はかなくとどまれり不意に泣く顔の笑えるに似つ

引き込み線は雑草《あらくさ》なかを草隠りゆけり昨日のこだわりはまだ

影なべて押しつぶされて真昼間の街がしだいに傾きはじむ

いつのまにこんなに老けて柿紅葉柿の木畑に陽が射しており

母あらばその母をなんと呼ぶだろう四十歳《しじゅう》半ばを過ぎし口髭

透明の花器に幾本の茎は見えて遊びのごとく手は伸びるかな

けもの道を辿れるような顔をしておればデパートに夕日が盈《み》つる

船岡山より見れば手に手に火をかかげ夜盗走りし道かこの道

島の猫

市庁舎の天井高し都市計画課河川係に扇風機まわる

キーホルダーに束ねられいるいくつかの扉《ドア》より扉《ドア》へ日々動くのみ

夕暮れの把手《ノブ》ははつかに濁りいつ〈どこでも扉《ドア》〉などどこにもあらぬ

しゃぼんだま街に流るるひらがなのひとつふたつと消えゆくように

——ローマ・ヴェネツィア六首

夏の夜のこの古代都市レーザーがなめゆく空に凹凸《おうとつ》は見ゆ

老人と猫とこもごも眠たくて島の広場の影に寄り合う

とろとろと島の猫らが溶けてゆく昼下がり老婆は迅《と》うに燃えいつ

昼暗きガラス工房に男らは練り飴のようなガラスを吹けり

帰り道わからぬローマの町はずれ Brunello di Montalcino 80年を購う

寡黙なる性器のごとし、イスラムの波打ち際にひたひたと塔

雪汚《よご》れ残れる湖北姉持たぬことを不思議と思わず過ごしき

歳月の淀みに人を忘れつつ象皮のごとき夕暮れは来る

父に似ぬところはおそらくわが知らぬ母に似たのであろうと思え

飴色の蠅取りリボンがひらひらと揺れいし頃よ　夏しずかなり

夕暮れにしか目立たぬものを思いおりすこし前ならば火の見櫓なども

老眼鏡をゆっくりとかけるこの感じがとりあえずいまは好きなのである

ヒメジオンとハルジオンの違いをさりげなく聞けばたちまち機嫌をなおす

ハルジオンは頭《ず》を下げて咲くと来年もここにきて君はまた言うだろう

家族の犠牲になっているという不満妻にありて薬湯《やくとう》のさみどりに首まで浸る

どうでもよきことの基準がそれぞれにずれているなり　また諍《いさか》える

空を刷く雲

左京より若狭に抜ける峠路のなつかしき名のいくつを越える

薄き陽が紅葉の山に射すときにもぞもぞ山はもかゆがりている

風渡るたびめくられて色変える谷の紅葉は人を沈ませる

せつなさは不意に襲いて池底《いけぞこ》の鯉の口より出入りする砂

湿球と乾球の差のはろばろと戦後と呼べる日だまりありき

一列に人が並ぶということのせつなし左右にもまた前後にも

鞠小路《まりのこうじ》を猫横切れり仁丹のかの制服の兵士のゆくえ

カーテンに濾過されし光のやさしさを告げてふさふさ汝はやすらう

わき水を汲まんと来たり峠より花背へつづく芒たてがみ

油のように水はべたつく顔洗い午後の会議にまた呼び出さる

わが躰《からだ》ついに厚みのなくなるまでベッドに沈むどっと疲れて

ひと抱えの水たまりとして消えてしまわば、今し消えなば、空を刷《は》く雲

脳の扉

雨の日に電話かけくるな雨の日の電話は焚火のようにさびしい

陀羅尼助《だらにすけ》の大看板に時雨来てどろんどろんと人ら行けるも

終《しま》い天神時雨のなかにもう咲ける冬至梅《とうじばい》あり絵馬堂の裏

撫でられて天神さんの黒牛の目鼻はおぼろ日の暮れおぼろ

うつむきて絵馬に書く背《せな》ひとなかにあればはかなく薄きその背《せな》

父としてもうしばらくはつきあわん絵馬吊るし来て娘ははにかめる

だれかわれを呼ぶものがいる呼ばれつつ暗き廊下を行けば炎天

脳に開かぬ扉《と》のすこしずつ多くなり日向のように老いてゆくらん

裏山が靄のようにぞ漂える頭の芯がまだまだねむい

自意識は芙蓉のごとく緩むなり鳰《にお》の海わがふるさとの湖《うみ》

怠けたし怠けて山毛欅《ぶな》を見にゆかん近江朽木《くつき》の旧道を抜けて

一列にならべる蛇口に射す夕日夜に入るまえの蛇口光れる

こんな朝焼けをみたことはあったのだろうか出て行きしおまえの部屋の窓硝子閉ず

ゆさゆさと髪揺らせつつむこうより痩せて般若のごとく息子来《く》

ヘルメットのなかに短く返事して街に出会えり子は早く去る

まずひとり抜けし息子が用もなき電話かけくる向こう側のジャズ

カーペンターズ流るる夜のやさしさは兄去りし部屋を娘が灯しおく

三角定規ふたつ重なり置かれある机上ほのかに夕べの翳り

チェチェンとう聞きしことなきその国に雪来たり男らは外に戦う

大きければそれだけで悪、 とりあえず今夜は妻の結論を容る

ヒューズがとんだようにどこかすっきりせしゆえに今日はこれまでもう歌はできぬ

百足屋質店

梅の木のさびしき光にまた出会う海馬第三領域のあたり

やわらかき気配のみ降る春の雨つげ義春の若書きを読む

上の句がまだ見つからぬ春の雨百足屋質店の看板濡るる

酔っていることのみ告げて切れしかば夜の受話器はとろりと重い

あとがき

前歌集『華氏』につづく第六歌集ということになる。一九九一年から九五年までの五年間の作品のなかから、四八〇首を選んだ。

四〇歳代後半の日々ということになるだろう。研究室では若い大学院生たちに恵まれ、もっぱら研究にのめり込み、楽しんでいた時期である。

私のやっているのは、細胞レベルでの生体防御機構を担っているストレス蛋白質という蛋白質の機能。環境からの種々のストレスに対して、防御的に働く蛋白質であるが、一九八六年に私が見つけた新しいストレス蛋白質は、肝硬変や脳虚血の際にも重要な働きをしていることがわかってきた。

「塔」には若い仲間が多く集まるようになり、彼らから常に刺激を受けていられるのはありがたいことである。感性という奴は年齢とともに鈍磨していくのはやむを得ず、若い感性の作品に現場で接していられるのは幸せなことだと思っている。

歌集名『饗庭』は私の故郷の名でもあり、そこでは「あいば」と呼び慣わしているが、「あえば」と読むのが正しいだろう。ここは旧かなで「あへば」と表記したいところだ。愛着の深い地名であるが、滅びようとしている名でもある。

琵琶湖の湖西地方、比良山系が尽きて、なだらかに北につづくあたりが饗庭野である。『日本書紀』によれば、天智天皇は蝦夷《えみし》に対して御饗《みあへ》を催したことになっているが、それが地名の由来ではないかともいう。父も母も、そして私も、山が湖に接するように迫るこの饗庭村に生まれた。「饗庭村」はもうなくなってしまったが、私は、四、五歳頃までその地で育った。饗庭野演習場から移動する戦車の列が、もうもうと砂ぼこりをあげながら家の前を通って行くのをよく眺めていた。琵琶湖の夕景をバックにして、単線の江若鉄道が灯をともして夢のように通り過ぎていくのを眺めていたのは、いつの頃だったのだろう。

母はこの地で、結核で死んだ。二六歳。ストマイが出はじめた頃であった。第三歌集『無限軌道』で、「饗庭抄」なる連作を作ったこともある。そろそろ娘がその年齢にさしかかろうとしている。

前歌集『華氏』では六〇〇首を収載し、今また四八〇首。一冊の歌集としては歌数が少し多すぎるのかも知れないが、あまり手軽な形では出したくないという思いもある。本人としては、後半のやや沈潜気味の作品群に、今は愛着が深い。途中で投げ出さないで、どうか最後までお読みいただきたいと切に願うのである。

砂子屋書房の田村雅之氏のお世話になった。年来の友人であるが、「現代歌人文庫」や評論集を除いて、歌集をお願いするのは初めてであり、なんだか不思議な気さえしている。そう言えば、装幀の倉本修氏にはじめて会ったのも、砂子屋の社屋であった。その時以来、是非装幀をと頼んでいたのがようやく実現することになり、ともにうれしいことである。お二人に感謝しながら、今回も本ができあがるのを楽しみに待つことにしたい。

一九九八年七月二四日

荒神

二〇〇一年八月二十三日
砂子屋書房刊
菊判カバー装一七二頁
定価三〇〇〇円
装本　倉本修

からすうり

ゆらゆらとたつのおとしごは子を産めりおなじかたちのたつのおとしご

海の陽に灼けし背中を痒がりているときアメフラシのような孤独が

海を航く鳥に地磁気の影射して鳥の脳《なずき》は凛《つめ》たからんか

砥《と》の色は夕闇の野に浮きいでて川なまなまと伸び縮みする

川幅はすなわち水の幅の謂《いい》　昏れきらぬ水が鈍く膨らむ

ミトコンドリア・イヴを語りて行く道の畦道暗し萱草の花

もとめて人を抱きたるのちの夕闇にからすうりは白き花をなげうつ

下京に風強き日や「湯葉」と書く吊り看板の重き木揺るる

今日よりは昼が短くなりゆくと逆さ向きつつ風呂を洗えり

柿の木の素直ならざる枝の影歳《とし》をとったとつぶやく声す

石座《いわくら》神社の神馬というは引かれきて川半ばにて洗われはじむ

「勧学守護」の札灼けいたり出てゆきし子の部屋に低く西日射しいつ

五十歳《ごじゅう》への坂喘ぎつつ振りかえり思わばただに眠かりし日々

芙蓉のように脳ゆるらかに萎えゆくか日向の猫のように老いるか

ぼうぼうと記憶かすみて生きる日のわれを思うか否思うべし

とりあえず結論は明日に持ち越せり夕日が電柱を共鳴せしむ

犬の影ポストの影も蒸発し行き先おぼろとなりて歩めり

鹿ヶ谷法然院町椎の木の闇に抱かれて墓しずもれる　川田　順

寂と寥ふたつ寄り添う山陰《やまかげ》に隣のひとはくさめをしたり　谷崎潤一郎

夕闇のもっとも早くくるところ椎の木下にひとをいざなう

クレソン

ひとところ雪融けていつクレソンを葶藶《ていれき》と歌いし土屋文明

雪降れば雪が覆いてクレソンのありしあたりの雪盛り上がる

この家にまだ死者を持たず死にゆける猫にかがみて娘はただ撫ずる

二度三度くさめのごとく息吐きてわが手のなかに猫死ににけり

みひらきて死にたる猫の目を閉ずる猫の瞼は下から上へ

ウエファースのような骨なり愚かなる猫よと撫でいしこの頭蓋骨

昨日まで猫の居りたる南側二階の廊下に毛は丸く舞う

早春

たんぽぽのロゼットは地に濡れながらふたりとなりし妻とわたくし

くりかえしわれの不在を嘆き言う歌うように言う妻という人

はじめてのコンタクトレンズを入るる指娘《こ》の人差《ひとさし》し指の点れる如し

夕光のある角度にて浮く影は磨崖佛そのまなこのあり処《ど》

わずかなるくぼみに光たまるゆえこの制多迦のかなしきまなこ

貧しかりしかの夜われを追いつめしひとつ言葉は燠として飼う

尺取虫

樹の影も雲の影さえきょうはなぜかねばつくようだわたしはねむい

午後四時ともなればあからさまなる意図持ちて影が水飴のようにのびゆく

尺取虫《しゃくとり》はわが窓にきてゆっくりと人という字を崩しつつ行けり

追いかけて追われて雫の遊ぶ見ゆ連翹の枝窓近くあり

生者を朱く塗ることだれが始めしか新規分譲墓地に雪降る

鳩尾

足裏に砂は流れてずむずむときみに押し入るごとき羞しさ

鳩尾《みぞおち》のあたりが灼けて中年へなだれつつあり隠れもあらず

碕《さき》の湯は日本最古の湯と伝う有馬皇子もわれも浸れり

海岸の露天風呂にはわらわらと輪郭ゆるめる男らばかり

いまならばまだ間に合うか哄笑は刀葉林の夜の彼方より

なぜ抱かぬかという声にふりあおぐ刃となりて鈍く照れるしずり葉

鬱の虫

誉めながらけなす女のながばなし青白き月窓を逸れゆく

父と子のわかれといえる設定のいまいましけれまた涙ぐむ

ぴちゃぴちゃともの食うな揚子を使うなと娘うるさくなりにけるかな

炎天を猫車ゆくゆらゆらと猫車は義父を率《い》てよぎるなり

出てゆきし子の自転車は梅雨越えて錆吹きはじむ瘠せし肩より

就職の決まらぬ息子が夜を来て子持ちかれいの身をせせりおり

もうひと頑張りというところにて届かざるわれを見ておりこの子のなかに

歌詠みという一筋を尺度としまた価値としてひとゆるがざり

長かりし恋の顛末ようやくに立ち直りゆく歌を読みいる

草紅葉

桜紅葉、櫨紅葉また草紅葉　草の紅葉を蝶くぐり行く

ひと恋うはひと憎むよりあやうくて足裏さむく木の廊を行く

川向こうの欅にどっと夕映えが押しよせ暗くあるこちらがわ

枯野とうかの舟夕べはいかばかり涼しかりけん百舌が来て啼く

右手より左手にまた持ちかえて老婆はながく葉牡丹を選《え》る

湖北

足指にはさみてしじみを採りし浜今津浜ながく伯父は臥すなり

霜月の暗き湖北の湖ぎわにすべてを忘れし伯父は臥すなり

対岸の長浜あたり夕映えてただ死を待てる伯父を置き来ぬ

母につながる最後のひとりもうわれを見分けぬ伯父と短く逢いぬ

草土手の草の葉のみな霜に濡れ地に貼りつけるどれも名を知らず

雪はだら残れる湖北の空低し　変ロ短調　梅の木ともる

気圧の谷

記憶より呼び戻しおりコンプトン効果一題娘のために解く

人伝《ひとづ》てという間接に聞こえくるわれの噂や　卯の花くたし

人間はDNA《遺伝子》の器にしかすぎぬと思えばなんで泣くことがあろう

気圧の谷とう谷見ゆるらしこの友が明日《あした》の雨にかける確信

原色のプリント柄に染められて胎児臓器はどれもほがらか

グリニッジ時の午前四時より呼び出せば妻は歌会に行きたり不在

マダム・タッソー蠟人形館の地下の壁妻を塗り込めんとしている男

排除すべき危険分子として死にしイエス、すべてはその後のこと

ミュンヘンの銅像男金色のまぶたふるわせ寒風に立つ

先生が来た

竹馬やいろはにほへとちり〴〵に　久保田万太郎

日曜の朝のゆきさきちり〴〵に鍵は最後のわれが掛けおく

老眼鏡が意外に似合うと言われたりわれも然《しか》思う赤まんま摘み

浜松を過ぎしあたりでバッテリーの切れたればさてあとは眠らな

画面慌てて変えたることには知らぬふり　さてどうやっていじめてやろう

「先生が来た」というソフトがあるらしい

眉太きわが似顔絵も貼られおりタコ部屋と呼ぶ部屋の入り口

わが首に鈴つける相談をしているぞ夜半も灯《ひとも》るタコ部屋の卓

シドニーの雨を伝えて簡潔に電子メールの萌黄ともれる

雪の米原日の暮れやすし

雪原《ゆきはら》の雪降るなかに見えいたり仁丹の兵のその怒り肩

湿りある声に麦酒をたのみたる隣の男　米原は雪

ゆりかもめの尻一列に吹かれおり欄干を雪は横ざまに越ゆ

葶藶とクレソンは同じであるか

クレソンに雪積み雪は消えのこり一月の川はばひろく照る

パスワード

パスワード知らねばただちに舞いもどるＮＡＳＡのホームページに降る雪

宇宙飛行士《アストロノート》募集要領その注意ひととおり見て舞いもどるかな

わずかずつの金の出入りは記されて子の通帳が送られてきぬ

親不知抜けたるあとをいくたびも舌は辿れり　勝たざれば負け

雪丸くそこのみ融けてマンホールの黒く濡れたる蓋光りおり

幹の股枝の股多く雪残し駅までの距離が透明である

百舌のようにそ知らぬ顔を決めこんで裏木戸の釘が、など言いおりぬ

歩測するひとのごとくに顔あげて荒神橋をなかばまで来し

老婆ひとり奥へ引っ込み時計屋の昼のしじまに取り残さるる

猫を入れしバスケットの腹をさっきからしきりに撫でてわが前の男

南無阿弥陀空也の唇より踊りつつ逃げゆく仏ら如月の堂

夕暮れの空より降れる綿虫は馬の燐寸のまだありし頃

飛行船

怒るならば垂直にわが怒るべしまだ彗星の見える三月

左大原右岩倉のわが家へとつづける道がきょうはもう春

ふらんす堂夕爾句集の黄の耳がのぞいているよきょうのわたくし

横隔膜のあたりかすかに盈ちてくる水はにおえりジュラ紀の湿り

處女はげにきよらなるものまだ售《う》れぬ荒物店の箒のごとく　森林太郎「沙羅の木」

「まだ售《う》れぬ荒物店の箒」ゆえ眼鏡は丸く光らせて来る

試着室のカーテンあげて顔を出す木漏れ陽のような鼻のそばかす

広辞苑第二版には人妻にあらざりし日の君が押し花

世界の夕暮れそのかたすみのゆうやみに膨らみて桜の輪郭おぼろ

おんおんとゆうべの桜ふくらめり重力に浮力のつりあえるまで

かすかなる股間の圧を楽しみてさくらの幹に手を遊ばせつ

飛行船の影がしずかに覆うとき桜はひとつ深呼吸する

窪おおきおんなのからだ窪にさすひかりやさしき午后なりしかな

自動ピアノが退屈そうに弾いているサティ真昼の銀行の椅子

広場中央の大時計に夜が来るだれかが梯子を立て掛けしまま

昼の酔いはこめかみあたりを圧していつ屍室より萌黄の男らは出づ

玄室を出で来しごとく男らは解剖衣の袖すこし汚せり

蝌蚪あまた水底にかたまりいる上を萍《うきくさ》の影がゆっくりすべる

渋谷のカラス

たんぽぽの絮《わた》がしずかによこぎれる窓はわたしの鼓膜のようだ

窓硝子がこんなに動悸していると告げなんとして夕日に向かう

「みぎおほはらひだりくらま」の古石に雨ふれり四月のやわらかき雨

誰ぞこのゆうぐれ滑車をまわすもの村のはずれの桃はなざかり

踏み跡に黒くあつまる水見えて春の落葉の降りたまる道

単為生殖さびしき性をくりかえしシロバナタンポポ鉄路を辿る

苜蓿《うまごやし》のいきれに近く腹ばえばみごもりし頃の顔をしている
サーカスの旅立ちし朝駅裏の広場にあまたの水たまり光る
ポケットに蛙をいつも入れていた息子あの頃丸めがねして
マンホールのおもてしずかに灼けいたり〈どこでもドア〉はどこにもなくて
そういえば三角定規のまんなかに穴はありたり何のためにか
ハンガーで巣をなすことをおぼえたる世田谷のからす渋谷のからす
人類の滅びしのちのある朝のごとく路上をカラスらは歩く
なにかが脱皮していったと思うまで昨夜《よべ》の議論のピーナツの山

わが歌をこの頃読んでいるらしき学生ととる遅き昼食

待たされて長くもあらぬをいらいらと今日のペニスの位置定まらぬ

羊歯繁る湿りをひとに嗅ぎしよりわたくしごとはもはらかなしも

閃きし瞬時に滝はたちあがる春雷みじかし滝を立たせて

折れまがる枝さしかわし椎の樹は椎であるべき闇を抱ける

体内時計

体内時計の遺伝子はふたつ学生らと読みおれば部屋に陽は深く射す

べつべつの映画のあとを待ちあわす娘《こ》の買いきたるハンバーグふたつ

落葉のように冷たく背中に貼りついてサロンパスはいつも昨日のにおい

つくねんと乳母車のこる公園の公孫樹黄葉の下の夕闇

はつなつ

〈ん〉ではじまる言葉少なし日のぬくみ保てる石に尻《いさらい》を置く

かば園にかばの太郎が昼寝する日溜まり神は人にかも似る

吊られいる骨と骨とがかすか揺れ全体としては恐竜である

「色欲も無所畏《むしょい》無所畏《むしょい》」と口の端にくりかえしゆけば夕べはなやぐ

われ学生群に向き色欲も無所畏無所畏と言ひたるあはれ　斎藤茂吉

クラインの壺のように女が泣いている　窓を背にして

もぞもぞとわが尾のあたりが痒くなるハルノノゲシは下むいたまま

この家にあなたは住んでいないという言葉短しくりかえし責む

隣家より嚔とおくきこえくる真夜いますこし灯しおくべし

体内に時間を刻む遺伝子のありとし読めり猫は欠伸す

敬虔な気持になりて講義せり学生として娘の混じる部屋

にんげんの手が磨きおり墓石となるまでをただ磨かれており

炎天の影の小ささ墓石のおもてもうらもまだ字を持たず

「人類はみな兄弟」と日に二本バス通いくる停車場に立つ

ビル街に欅はことに好まれて土の見えいつマンホールほどの

女医若し持ちきてわれに示したる父の一部でありし胃の壁《へき》

父の胃であることをやめし泥色の襞を指さし言う声のしずか

雨の日はことに石榴の花朱し胃を切りて父の若がえりたる

ほろほろと月のぼりきてにわかにも桂《ケイ》と角《カク》との飛び交いはじむ

立ち食い蕎麦の麺のさきよりワイシャツにはねたる雫地下駅を出づ

写真館のショーウインドーに灼けいたり花嫁は永遠に緊張をして

ふ

黄の線に沿いて行けとぞ不機嫌に告げて門衛はテレビに向かう

裏門よりまわれば病理の入り口に枇杷色の灯のさびしきひかり

ヒアリング終えきたる身を遊ばする不忍池に鰻供養碑

足音は触覚として体表を擲ちしか鯉は身を沈めたり

まかれたる**ふ**はただよえり漂える**ふ**を見るわれの背も見られいん

一度二度ためらうごとく出入りしてふは大いなる口に吸わるる

水の面にふをまく我に背後より男呼びかく「おがませてください」

だれかただちに

髭に顔を埋めて過ごせしかの冬の三十代は迷いなかりき

聴きとれざりし語尾を質《ただ》せば不可思議な微笑のなかに沈みゆきたり

連れ立ちて学生ふたり出てゆきぬ裏門に凭れ煙草吸う見ゆ

赤牛に緋の涎れ掛けを寄進せし人はかなしめ薄暮のひかり

門扉より上半身を見せたりきアウン・サン・スーチーそのほつれ髪

朝霧に新樹の幹は濡れながら耳のみとなりし馬あゆましむ

夜の新樹幹をしずかにのぼりゆく水あらば水は人と聴くべく

折り目なき蛇しなやかに泳ぎゆく水のむこうの黒土の土手

だれかただちにそのおしゃべりをやめさせよ春の曇りを浮く飛行船

叱らねばと思いおりしが寝不足のきのうもきょうも学生を避く

眉毛濃きねずみの漫画が貼られいて「踊る永田くん」とはどいつが描いた

暑苦しき顔と思えり交差路の硝子に映りて眉ばかり濃き

鳥の巣や火焔太鼓と呼び換えて学生らわが髪を楽しむらしき

夏越し

竹とんぼの尾は光りつつゆっくりと川越えてむこうの草に着地す

鉄銹《かなさび》は水のおもてに浮きいたり出口なき水を囲う貯水池

ハンドルのみ見えて自転車は沈みおり運河づたいのどこか死者の家

捨てるため椅子運びきて裏庭に石榴の花をしばらく見あぐ

思い立って急に高野山へ（五首）

たった一度のこの世の家族寄りあいて雨の廂に雨を見ており

僧房にひと夜宿りをせんと来てみしみしと梅雨の雨降りこむる
ケーブルに重心細く運ばるる木天蓼《またたび》の白き葉は見えながら
石垣にホタルブクロは花垂るる四十代ぼうぼうとねむかりしかな
水の面のもやえるなかに卒塔婆をあまた立てたるところを過ぎき
フェンス越えて立葵うすき色に咲く四十代最後の夏に入るべく
夏蜜柑に重曹を振りて食うべいしあの頃の父の齢さびしも
ははそはの母を知らずに五十年生き来たり合歓に添いてゆく汽車
二十代最後の夏は職を捨て東京を捨てかなしまざりき

火は低く野を舐めゆけり仁丹の兵士に髭のまだありし頃

四十代をすっぽり覆う歌どものなかに過ごせり花虻のごと

ぼうぼうと人を忘れて老いゆかんこの鬼灯は去年の鬼灯

名東区極楽二丁目いささかの恩義のありていくたびも書く

篝火に若やぐ人を率て来たり夏越しの空に水みちわたる

影となりしあまたの影がくぐりゆく茅の輪のなかに汝が影を見つ

夏の視界にすずしきキリン中年と呼ばれて中年になりゆくわれら

ギリシア火

四百年に三日の誤差を許さざりし法皇グレゴリウス死の二年前

水のおもてに燃えひろがりしギリシア火は帝国東ローマの首都を救いき

分度器をかかげて見ればゆうぞらの六十度あたりを木星が往く

三角や円や四角を含みつつ人体はありき立体派《キュビズム》の頃

掃除機

ゆうぐれの廊下を這える掃除機は孕める猫の行くごとく行く

生活のほこりというは圧縮し捨てやすくしてから捨つるべし

あやまって吸い込んでしまったのは妻だったろうかとホースをしまう

消しゴムを吸いてしきりに噎《む》せている猪八戒《ちょはっかい》ほどの胴をふるわせ

千代田区一番

直角に水を曲げつつ夏邃《ふか》し千代田区一番水に囲わる

濠という動かぬ水の入口も出口も知らず夏しずかなり

執務室より日々見下ろしていたる頃マッカサーに髭はなかった？

東京の内なる外部炎天の橋のむこうに門扉しずまる

〈繭の中に住むエンペラー一番地〉

地下鉄路線図色を重ねてひっそりと抱ける繭の真中暗しも

雲梯

十月の風と光がはかなくてわれに澄みゆく時の針ふたつ

雲梯《うんてい》は雲のきざはし逃げ出せるほどのことなら嘆くのはよせ
あめんぼうを支えて水の裏側ゆ夕日に水の力は盈つる
円錐にちいさく塩の盛らるるをまたぎて閉店の店を出できつ

歳月

消えるべき時をうつうつ測りおりしが歩《ほ》はみちびけり流水の縁《へり》
ひとすじの水に遅速の見えながら水の上の落葉水の底の落葉
くぬぎ林に簓《ささら》冬陽の降りいたれのっぴきならず退路を思えば

顎の線弛みはじめているわれはこの頃説教をすること多し
誘《いざな》いて飲む赤ワイン歳月は過ぎこしかたをのみいう言葉
あるいは泣いているのかもしれぬ向こうむきにいつまでも鍋を洗いつづけて
人妻と人は呼ばれて被所有のおのずからなる甘き香は顕つ
湯あがりの女は立てり月光の水より滝を立たするごとく
「長田橋を渡って右手、半地下に本のあふれる家が見えます」

浮力

左京と右京交互に住みて薄墨《うすずみ》の北野白梅町初冬のしぐれ
しどろもどろと眠りて過ごす日曜の妻と娘の出かけたるのち
紙風船手になじみくる吹き入れし息のかそかな重さを載せて
ビル街に風はあふれてしなやかに風圧《お》しかえしいる硝子窓
段ボールの家々ならぶ地下街を視線硬くして通り過ぎんとす
頭《ず》は重きものなりければこの頃のわが首痛し首を意識す

昼を来て蕎麦で麦酒を呑みにけり片隅という場所の安けさ
開店を待つ男らがひっそりと煙草吸いおり日溜まりのごと
広場は風の結び目噴水を立ち上がらせており　人の死を聞く
死は気配として部屋にただよう柿の木の葉のなき枝に透く昼の月
いつよりかポストを撫でて道渡る癖このポストはも時雨に濡るる
荷台なき空《から》のトラック帰りゆく謂《い》われなき我がエリツィン嫌い
はじめからわれらには死語〈亡命〉という語転《ころ》がし空《から》の荷車
東京の地下を煌々と灯しゆく男も女も睡らせながら

糸をもて世界の裏とつながるか池端に寒き男の背中

窓際の席にノートをとる吾娘《あこ》とわれとこもごも視線を避ける

担当講義「細胞生物学」

帰り来て今日の講義の出来を言うこの辛口はたぶん本当

冬の川痩せたり酔いのさびしさに誰か投げ込みし自転車あらわる

天井を上限としてとどまれり窮屈ならん風船に浮力

息子

「今日も犬あしたも犬」と屋根の上スヌーピーの耳真下に垂るる

チェシャ猫に画面喰われていたるなり書きなずみいて顔をあげれば
もうともに住むことのなき息子なり太刀魚どさりと下げつつ来たる
この家に住みし七年子がひとり出てゆきひとりがまだ住めるなり
訪ねくる人とはなりてヘルメット提げたる息子がのっと入り来
「中京区壬生朱雀町」子の住める町の名みぞれの窓につぶやく
みぞれ雪重く濡らせる午後を来て高安国世の墓の小ささ
明朝《みんちょう》に刻まれし歌の清潔さわが師の病を知りて渡りき
わが知らぬわが母、娘の知らぬ祖母、雪の饗庭に子を伴いぬ

蛤は浜の栗なりはまぐりの肉に透けつつ蟹赤く死す

寡婦のように昼月浮かぶ招かれて家見つからぬ新興団地

不意に発言を求めきたれり山猫のように孤独を被りていしが

つぎつぎに気根垂らして太りゆく榕樹《ようじゅ》のような論理跋扈《ばっこ》す

雪の川

東京駅に夜着けば雪　東京の雪は濡らせり堀のうちそと

子の書きしページを開きそのままに棚にもどさず本屋を出づる

記者となりし息子の記事を急ぎ読みホームへの階段を駆け上がりたり

蒸留水と息子がわれを批判せしとうれしそうなり妻の口ぶり

「この家にあなたは住んでいない」と不意にしずかな声に言いたり

出てゆきし息子の椅子があまりおり猫眠る椅子帽子置く椅子

親父と呼び親父と呼ばれようやくに馴れて来しなり子と飯を食う

二十年君の父とし生きてきたもういいだろう梅があかるい

楊枝一本見当たらざれば依頼状の葉書の角も重宝をする

雪積めば輪郭はことに際立ちて猪苗代湖を機上より見つ

自然には直線あらず雪原をゆるく流るる川はるか照る

風上へ湖面を走る白鳥の尻の重たさ風に浮くまで

丹念に雪は疎林をうずめゆく午後遅くより重く降る雪

遺伝子の複製を娘《こ》に教えいしがさびしき妻は早く眠りき

人間国宝茂山千作すこし跳びすこし舞いたり眠れるように

雪の畝あみだのようにのびており転移巣かも父の言えるは

興味深い症例という報告のおおかたはすでに死者を扱う

饂飩屋

琵琶湖より山越えて疏水は北上す水の深さは水のしずけさ

般若心経のごとく降り込む雪ありて君の背後に雪を見ている

手のひらが手のひらとして知っているこの凹凸を闇に辿れる

二十四色王様クレヨン金色はいつも残りき使い惜しめり

顎のあたりに肉厚くなり羞しさのふさわぬ齢になりいるらしき

きつね・たぬき・かわうそなどと饂飩屋の短冊つたなき文字のにぎわう

朽木《くつき》のすもも

ここはまだ早春の峡やわらかく繊《ほそ》き光を差し交わしいつ

子を挟みかつてのように山を行くがかつての息子がそこにはいない

父の父わが知らぬ祖父の生《あ》れしとう朽木《くつき》の村に山毛欅《ぶな》は芽ぶきす

足利に生まれし裔《すえ》らの隠れ棲みし朽木曇天すももも霞む

錨草《いかりそう》の花を囲みてのぞき込むすでにひとりの欠けたる家族

意地のごとく息子とわれを比較する妻のこの頃好きとは言えぬ

この頃は塩素の匂いのしみつきし娘《こ》のジーンズが遅く帰り来《く》

凹

臘梅が垣根の向こうに咲ける見ゆ早春の花どれも黄の花
さらさらの冽《さむ》き光にほっつりと白梅《しらうめ》一木の明るさともる
酔いつつぞ帰れば夜半の月光におとし湯の湯気濃く立てる見ゆ
凹面鏡の凹面を磨くしずかなる手がありき光が雫となるまで
頭《ず》よりまず錆びし大釘納屋の壁に犬の鎖も帽子も錆びる

俎《まないた》は真魚《まな》の板にて歳月の凹《くぼ》みに射せる影ほのかなり

三方五湖

話すようにに書くとうことのむずかしさ春の仁王はまだまだ眠い

山茱萸《さんしゅゆ》の花咲けるした裏がえしバケツ乾さるるブリキのバケツ

とろとろと眠き水なり万作《まんさく》のしたたに溜まれる小さき水は

投げつけし皿の破片をのろのろと片付けており真夜の流しに

女人の影の濃く射す歌のいくつかをこの壮年の歌人《うたびと》に読む

虎耳草《ゆきのした》さらさら貴船の石垣に君を伴い来しこと幾度

三方五湖《みかたごこ》に梅見にゆくと約したりき約することのやさしさをこそ

ほうき星

箒星《ほうきぼし》去りたる空にさらさらとこの夕ぐれの桜揺れいつ

医化学教室取り壊されて夕暮れの桜ただようううすずみの花

蘂《しべ》の紅著《こうしる》く見えつつ下辺より桜は衰えゆくと思いき

ここよりは単線となる夜の駅いつものように駅員無口

ここよりは単線となる夜の駅水盤に黄菖蒲《きあやめ》の影うすく射す

浅草六区

二眼レフの箱型カメラに映りいし洗いざらしの戦後の桜
箱型のカメラをいつも首にさげ父の戦後はいつまでも白い
笑わねばならぬと思いいし頃のわれか黄色の家族の写真
せいいっぱい笑えるわれがなかにいて家族写真の背後の桜
昼歩く浅草六区悲しかりビニール袋が風に転がる

浅草はいまも浅草うまくなき電気ブランをまた注文す
William《ビル》 Welch《ウェルチ》電気ブランに酔いたりき日本乙女と写真を撮りき

ぎやどぺかどる

浜辺には老いたるばかりひそひそと歩みいたりき文殊の方《かた》へ

プルトニウムは冥王、原子番号94

冥王を閉じ込めている丸屋根にたらりたらりと春の陽は射す
否みつづけてすむものならば、風吹きて胎蔵曼荼羅《たいぞうまんだら》百年寒し
なにがなんでも悪《あく》とう論理に与し得ず文殊円屋根を雲の影はしる

缶ビールの缶をくしゅんと折り曲げてのびあがり見る文殊と普賢

わが友の樋口覚《さとる》は酔えばすぐ喧嘩をするぞその早口よ
『三絃の誘惑』に三島由紀夫賞

人の名を思い出せずに苦しみし茂吉の齢を渉《わた》らんとする

笛吹けるショウペンハウエル思うとき大ガガンボが障子に止まる

ぎやどぺかどる背を干す亀の千年の退屈を思えぎやどぺかどる
注　ぎやどぺかどる＝Guia do Pecador・キリシタン書、罪人を善に導く

堰越ゆる水滑らかに継ぎ目なし死までの時のひとつながりよ

なつかしいさびしさが来ぬ水の上の杭にしずかに止まる蜻蛉《せいれい》

若くしてわれら葬りしひとついのち　思うとき冷蔵庫は息ひそめたり

断念は人を強くも卑《いや》しくもするものなるか言い募《つの》りくる

不遇なる立場をもちて鎧いたるこの一人《いちにん》にことば届かず

たんぽぽが窓をよぎれり不機嫌に留守番電話に吹き込みおれば

人生に補注というを許すならぬかるみに置く一足の靴

カリエスを子は理解せず吾も知らず子規庵に五月の雨細く降る

実験書徐々に増えゆく娘《こ》の部屋にあわれ歌集も積まれつつ殖ゆ

娘《むすめ》より去年《きょねん》のノートを借り出して徹夜翌日講義安直

台所、屋根裏、二階と棲み分けて歌つくりおりまことに不気味

河童忌

エンドレスにして流しておくマーラーの四番に夜の雨が重なる

年に一度官職官位を知らせくる辞令とう紙が抽斗《ひきだし》にたまる

ワンカップ大関を娘は買い来たる明日の実習のビーカーとして

ぬるき水を脱ぐようにぬるりとひきあげられて釣り堀の鮒

河童忌にわが提げ来たるカミツレが嵩低くなりて窓に吊るさる

窓枠に手をかけていつ青銅の肌透く女を描きしデルヴォー

振り捨てがたき卑しき部分わがうちのいずこにかありて分明ならず

天瓜粉に頸白くかがむ輪のなかのそのひとりはも母を知らざり

わずかなる残高記せる通帳の送られきたる子の去りしのち

学位

学位には届かず去りし学生の幾人を思うゆりの木に花

努力だけでは生きてゆけぬと言い渡す悲しみ言えば怒れるごとし

罐珈琲の熱きをポケットに放りこみ論文抄読会《ジャーナルクラブ》の夜の会に行く

窓

水たまりをあまた残して雨霽《は》れぬ窓とこもごも瞬《また》き合える

遺伝子の梯子《ラダー》をフィルムに透かし見る窓にいつもの守宮《やもり》は居たり

窓は人を寡黙《かもく》にさせるか腰掛けて君は見ており中庭の藤

時間

家族とう単位小さくなりながら今の家族が見ている花火

萱草の群がり咲けるひとところ抱き上げてやる子はもうどこにもおらず
ふたりよりやがてふたりにもどるまでの時の短かさそののちの長さ
萱草はねむたき花ぞふたり来て老いし夫婦のようにかがめば
竹の葉の降る音かすか人の世に捨てられぬものの数のさびしさ
スプーンのちいさな窪みにとどまりて唇はやや開かれしまま
継ぎ目なき人体に照る月のひかり舐《なめ》されて汗のほのかに暗し
朝顔の青薄き花ひらきたりこのまま死なばさびしすぎるぞ
谷崎と谷崎の妻、石として死後をあまたの手が撫でゆける

相寄れるふたつ墓石、妻なればややに小さきを人うたがわず

風巻景次郎の墓過ぎて小野竹喬にいたるまえようやく人は口をひらきぬ

いくたびもひとりの医師を呼びたつる院内放送昼深きかな

さりげなくわが発音を訂正しひとは話題をつぎに移せる

宇宙の年齢議論されおり誤差としての五十億年　人ぞさびしき

刹那より劫までの長さをこまごまと記して仏教の理路杳《はる》かなり

吊橋

どくだみの匂う近道疲れやすくなりたるひとは疲れつつ来る

はみだした尾がひとりでに笑っているだろうオフィスに午後の陽が射している

自分勝手に子を作ってはいけないと冷蔵庫に今日も水を与える

寄宿舎《ドミトリー》に白き歯ブラシを忘れ来し秋立つ風の寄宿舎の窓

粒子荒き晩夏のひかり路上には影濃くたてり孕める人か

橋の名に女名《おみなな》あらばあげてみよ深く垂れいつ秋の吊橋

空の重みを撓ませていつゆったりとこの吊橋は秋を深くす

やさしさは罪と言うとも校庭の百葉箱はいつも塗りたて

椋の木の庭

グレゴリオ聖歌《チャント》歌うサント・ドミンゴ・デ・シロス修道院聖歌隊は黒衣にて顔を隠せり

椋《むく》の木の大き一樹を境界として今日よりは住みつかんとす

お互いの多忙をなじり言うときの術なき雨は椋の木の雨

湯島天神壁に凭せてある鴟尾《しび》に日曜の昼の光は眠い

針金の繋げる骨の断片を恐竜として見る見上げていたり

筆先がしずかに触れて入れらるる人形の目の銀泥深む

色弱の子の見る緑とわれの見るその差いかばかり椋《むく》を見あぐる

この家で死のうかとひとに言いながら落葉の底に火を挿し入れぬ

牛膝《いのこずち》

昼を来て飯屋の二階に酒を呑む裏がえし盥の干されいる庭

やり直しのきかぬ齢《よわい》はさりながら裂け目斜めにフォンタナの画布

ズボンより畳に落つる牛膝《いのこずち》焦るごと性を想い溺るる

同世代昼を飲みつつおのずから選びなおせるものならばなどと

ポケットにカラスウリの実を撫でながら切り上げどころというを測れる

今日釣りし魚を提げきて捌《さば》きはじむ息子《こ》はさりげなし妻の居ぬ夜

唇の厚き魚なり子が釣りて子が捌きたる胡盧鯛《ころだい》旨《うま》し

まだ暗き春の光にいち早くなずな花咲く妻が肩越し

春泥に自転車の跡深きかな鳥居のうちに住みはじめたり

あとがき

前歌集『饗庭』につづく第七歌集である。一九九五年から九八年はじめまで、四十八歳から五十歳をちょうど越えたところまでということになり、個人史としてはそれなりに思い入れの深い時間であった。職場のすぐ横に荒神橋《こうじん》があり、歌集名とした。

私たちは、ほんとうによく引っ越しをしてきたが、めずらしく八年もひとつところに住んだのが京都岩倉、上蔵《あぐら》町の家。家の裏を流れる岩倉川には堰が三つもあって、雨のあとなどはすさまじい水音、さながら滝のなかに棲息している山椒魚のような気分であった。その家から八百メートルほど離れた現在の家に引っ越したのは、この歌集の終りの部分、九七年のことである。私はこれまで、どの家に住んでも、ついにそこが自分の家であるという実感からは遠く過ごしてきた気がするが、今度の家になって、ようやくここでなら死んでもいいかという気がしている。

この時期、研究のほうでは、文部省および科学技術事業団(科学技術庁)のふたつの大きな研究組織の代表ということになり、それに京都で国際会議を主催するなどの事業も重なって、それなりに多忙であった。「塔」のほうは、吉川宏志、真中朋久君らを中心に、若手が強力に引っぱってくれたので、安心して彼らに編集をまかせることができた。古い世代と新しい世代がうまく嚙みあって「塔」は動いているようだが、ちょうど私がその二つのグループの中間くらいにいることになるのだろうか。

私自身は、この時期、「読みの大切さ」ということを何度も繰りかえし言ってきたと思う。そして、短詩型における「読者」という問題といやでも直面せざるを得なかった。逆に「読者」というひとつのインターフェイスを置くことで、結社や選歌などという従来マイナス要素として考えられてきた、短詩型に独特なさまざまな属性・問題が、とてもすっきりみわたせるようになったと思っている。短詩型の読者論については、近いうちに評論集としてまとめたいと考えている。

『饗庭』と同様、今回も砂子屋書房の田村雅之氏、装幀の倉本修氏のお世話になる。信頼をして歌集をまかせられるのは、うれしくありがたいことである。

二〇〇一年六月二十九日

風位

二〇〇三年十月二十六日
短歌研究社刊
A5判カバー装一七六頁
定価二八〇〇円
装幀　中須賀岳史

一九九八年

亀眠る

亀眠るうすき瞼《まぶた》のうらがわを渉る乾坤初冬のひかり
宇多天皇陵蓮池の辺《へ》に亀眠る千年眠ってきたように眠る
人に死後とう時間はありて池の辺に亀眠るなり自《し》が影の上
ヤジロベエの両方の手のさびしさよ影単純にいつも男は

決心をして来しならんわが部屋に入り来ていきなり批判を始む

非はわれにあれどもわれに譲れざる立場はありてまず水を飲む

まっすぐにわれを批判してあゆみ去る重心高き歩《ほ》を見送りぬ

ゆで卵が湯に騒ぐなり澱のごとき敗北感は昨日より続く

米原を抜けてたちまち雪消ゆる深刻になどなることもなし

川幅を黝《くろ》く残して雪原は暮れゆかんとす雪の米原

生気薄き町のひかりを見下ろしてマグリット風の男むこうむき

神経のどこか謐《しず》かに緩《ゆる》みいつ夜汽車と裸婦を描きしデルヴォー

村上重《じゅう》漬物店の大樽の影ひっそりと路地に伸びいつ

追従を言いいたる口の扁《ひら》たさを歯を磨きつつまた思うなり

わが家の智恵《ちえ》の内子《ないし》は留守らしきいっせいに柿に灯ともる頃を

声帯

猫は曇だ　ピアノの上に眠りつつ目蓋《まぶた》が冬の光に透ける

はかなく青き煙のぼれり竹叢ゆ射しくる朝のまだらのひかり

境界に官有地あり朝なあさな椿は紅き花を落とせる

長谷八幡鳥居の内に越し来たり祭りの焚火夜の窓に見ゆ

祭の夜焚火を囲み神輿守る土地人の輪にまだ入れない

山側のフェンスにたぬきの抜け穴を見つけし妻の今朝の饒舌

庭に来るたぬきのために生ゴミを運びゆく妻着ぶくれの背な

とりあえず少し眠りて考えることはそれからただ眠るべし

喘ぐように触れし唇月の夜に月の光の天秤《バランス》しずか

夜の土を歩むけものの足裏のひそかに人に触れんとすなり

蓄えし髭の深さに埋まりいし頃ぞ野心はきらきらとして

切り通しを行く風迅し冬の沙のかすかこぼるる音を聞きいつ

声帯の奥に育てる肉芽腫は「とりましょうぜ」と医師が顔寄す

内視鏡は鼻より入りて声帯の奥を照らせり貝肉に似る

声帯は柔らかき組織、硬くして硬き声出すを禁じられにき

届きたる法螺貝鳴けり手に取りて裏返すとき法螺貝鳴けり

尻割りていささかの酢を垂らすべし法螺貝おのずから殻を脱ぎゆく

悪見処《あくけんしょ》のごとく尻より酢を注げと遠き電話の民宿の主《あるじ》

みずからの重みにゆっくり垂れてくる法螺貝の舌その赤き肉

こんがらはよしせいたかにこまりんす　山門つつぬけに風吹き抜ける
啄木のローマ字日記貸す金と借りる金との落差のあわれ
卑しさを意識して書くいやな奴啄木を次第に愛しはじめる
街路樹に電飾巻かれその幹の愛人募集のシールをも巻く
二〇三高地とう髪型を見たり日傘のなかに盛り上がりたるおむすびのような
「大切なものなくさないでください」という看板の前にわがバスいつまでも停《とま》る
誰よりも息子がわかる煙草の匂いに己れ閉ざして向かいいるとも
魚提げて訪い来ることの多くなりし息子は父と同じようにかなしい

「つりの友社」社員の名刺を置きゆきし今月号と太刀魚とともに

父と吾、吾と息子のぼそぼそと話すとき多く妻を介して

仰向けに眠れるまなこが沈みおり出会いてたかだかまだ三十年

百円均一

雪の寺町肩に積もりし雪のわずか三月書房硝子戸の前

みぞれ雪避けて立つ軒　硝子戸のむこうに熊の手が吊られいる

右書きの漢方薬局大看板《おおかんばん》蝮の瓶は汚れて立てり

発酵熱のごときが隅にうずくまる漢方薬局に雪を避けいつ

百円均一の文庫をつぎつぎ取りだして青空古書市霜月時雨

屋根にまで大八車を積み上ぐるこの骨董屋つねに閉ざせる

西冷印社

そう言えばいつか湖北を歩きたり雪の渡岸寺おぼえているか

雪残る臘梅の塀明るみてほこほこと妻と娘《こ》とわれの影

眼鏡かけてもの読むことの多くなり眼鏡の向こう妻も戦《そよ》げる

その夜はげしく生殖を願いたることなきや低く唸れる白《はく》冷蔵庫

湯を抱いて見ている月の光《かげ》甘し熟れゆくまでの歳月《とき》のはるけさ

夜の鏡に立っているのはオットー・リーデンブロック教授か赤き蝶ネクタイ
P. DELVAUX にはしばしば不思議な登場人物が

絃に絃の共鳴しゆくかそけさに乳房覆える夜のてのひら

贈られし西冷印社の印泥の朱は深くしてゆっくりと押す

義務として歌読む時間の増えゆくを嘆き言う声のあちらにもこちらにも

まぎれなく癌形質は父方ゆ冬の水仙かたまりて咲く

切株

切株に尻あたたかし目瞑ればまだ百年はねむれるだろう

古墳に降るひかりのようにやわらかな光だったよ　さいがあくびす

マゼラン星雲大マゼラン星雲より遠きかなそろそろ勝手に生きるのもいい

桜

夕闇に桜膨れつ乳母車のなかなる赤子は声あげず泣く

西田幾多郎読まず久しも夕暮れの桜は空をひきよせている

満開の桜はほんとにかたまりで花散るよ花の表面張力

満開の桜に圧され少しずつ少しずつペニスが膨らんでくる

関係が家族と言わば易からん桜の下にはばたける水

廃校の運動場の小さきを囲める桜うす墨を刷《は》く

だれかの携帯電話が鳴っている枝垂れ桜の下のひそけさ

教会の長椅子

感染をしていくように川端の桜並木はどこまでも花

炎とは火《ほ》の穂と読めり対岸に昼の桜は捲《めく》れんとする

折田先生像撤去されたる空間に花散るよ花は吸わるるごとく

重力を解放されてふる光　花はまばたく水までの距離

そのうちに行こうといつも言いながら海津《かいづ》のさくら余呉《よご》の雪湖《うみ》

春泥に自転車の跡深きかな吾が死後も咲き花散るならん

書き上げし原稿もちて夜ふかきポストに行きしはいつの頃まで

礼拝のための長椅子売られおりいずこにか取り壊されし教会のある

幾千の祈りの日々に黒ずみし長椅子を購《もと》めき骨董屋に来て

ロスチャイルド五家のうちなる二つ家われはムートンの武骨を愛す

「神《ゴッ》よ、祝福《ブレッシュー》あれ！」われの嚔《くしゃみ》に反応し隣の席ゆ声は届ける

タンスにゴン咽喉飴仁丹すぎてゆく727はなんの看板

凧の重心

教壇を去る岡井隆ということを、五首。荒神橋歌会

おおよそは櫂を寝かせてただよえりかげろいぞこれ死に膚接《ふせつ》して
押しあぐる風に吹かれていらいらと凧の重心傾《かし》ぎつつあり
おのずから顔近づけて言う声のただに明るく樫の樹は立つ
央掘摩羅《おうくつまら》の髪に揺るるはいつの日の誰《た》が指ならむしきり誘える
老いはまことかの人にこそ異体なれ豁然《かつぜん》として視界を渡る

ギガからフェムトへ

ガンクビソウという野の花は図鑑にて覚えたるのみ線路を歩く

選択肢のうちの二つに決着のつかぬ夕暮れ駱駝がよぎる

液体窒素を汲みだしに来て昼しずか理学部極《ごく》低温教室の廊下

厩舎の脇にまだある理学部通用門この近道を娘も通る

あとさきを忘れて叱るということの羨しさよその痺《しび》るるごとき

将来の保証無き職業に耐え得ぬとまたひとりわが部屋を去りゆく

この研究室《ラボ》の十年先を考えているはわれのみ　われのみが残る

フェムトとかマイクロばかりを測りいるこの頃の学生の退屈

メモリーはそろそろギガでも効かなくてカラスノエンドウ金網を這う

マイクロは百万分の一、フェムトは千兆分の一、ギガは十億倍

数学教室はとり壊されし跡地なり水たまりよけつつ講義に向かう

雲《くも》畑《がはた》

遠山畑《ばた》を雲の畑《はたけ》と人は謂う吾《あ》もしか思う桃咲ける畑《はた》

真椿の葉の光るなりたらりたらりたらり椿の葉より光は垂るる

くわんぜおん　春の乳房にほのかなる翳はうまれつ　どこへもゆけぬ

そこだけに闇がほのかにともるごと弥勒やさしも曲面の輝る

水搔きをぺたぺたならし君のあとをどこまでもゆく暗き廊下を

終点の出町柳の改札をチェロと少女が抱きあいて過ぐ

竹が竹を擦りあえる音のはげしさを聴きつつ眠る家族に遠く

雄竹雌竹の区別を聞けり雌竹のみ残せと言いて地《ぢ》の人は去る

埋めらるる前のつかのま棺を置く墓地の台石丸くなりたり

ストローで氷に穴を穿ちいつどうでもいいなら言うのをやめよ

歯茎腫れてまた童顔となりし妻頬づえをついて選歌しており

次　郎

次郎が死んだ　死んだ次郎はくるまれてシュロの根方に埋められにき
老い父母に預けおきたる老いし犬ついに会う無く夏の昼死す
来週は帰ろうなどといくたびも言いつつついに会わず逝かせし
いくたびも今日吠えたるを悲しみて電話のむこう義母《はは》はくりかえす
痔の次郎噛み癖次郎頭悪き次郎と呼びて頭を撫でたりき

車に乗るのがめっぽう好きで後部座席《うしろ》より頸に息吐く息なまぐさく

錆び釘に錆びし鎖が掛かりおり次郎を曳きいし次郎の鎖

鎖の端に首輪はあらず掛けられて用なき鎖　三和土《たたき》湿れる

首輪をはずし首輪とともに埋めたりと義母《はは》はさゆらぐ電話のむこう

ワタスゲはいっせいに揺れる湿原にワタスゲは風を揺りいだすごと

スプーンの凹み曇りて徒然草下巻そろそろ終りに近し

柩の耳

いちれつに亀ならびいる昼下がり宇多天皇陵蓮池の縁

わずかなる父の蔵書にありし筈　明治天皇御製の黒表紙

影を脱ぎうつむく男脱がれたる影が水面《みのも》をひらひらとゆく

耳だけが柩のなかに生きているそんなしずけさ夜明けかなかな

抱かれて女は闇に溶けゆくとムンク描けり闇は温《ぬく》けれ

官能のいずこかかすか揺れいつつ黄の月見草下駄にゆく道

ニッキ水の紅《あか》と碧《みどり》をならべ売るひょうたん型の硝子の薄さ

飴色の夕日がとどく棚のうえにニッキ水も黒砂糖も紙風船もありき

カダフィは死にたるかまだ生きいるか砂漠のカダフィつねに渋面

お父さんがいるから大丈夫という子や妻がいてあの頃のわれ

お父さんは騒がずしずかに考える泣きたいような不安のなかで

熱出でし幼子を乗せて急ぎいしアリゾナ砂漠はるか逃げ水

最後の晩餐

Santa《サンタ》 Maria《マリア》 delle《デル》 Grazie《グラッツェ》 教会寒風に列を作りて一時間がほど

食堂たりしこの広間にはなにもあらず壁に凭れていっぱいに見る

足場の上に少女二人が描きつづく一人はユダの手の甲のあたり

Duomo《ドゥオモ》を埋める白衣の群に呼びかける枢機卿ふたりの子を従えて

五百人の神父らの列の最後尾につき来しわれがウエファースを銜える

神父つぎつぎウエファースを与えいたりしがかすかに怯《ひる》むわれを認めて

一九九九年

薩摩の男

影として飛び帰りくるはなべて鶴　出水《いずみ》の空はなお暮れきらず
かたわらに薩摩の男煙草吸ういたくしずかに鶴を見ながら
冬されば万羽の鶴が飛来すと、空が見えぬと、万という暈《かさ》
ナベヅルにマナヅルまじり歩むとき真鶴《まなづる》の額《ぬか》の紅《くれない》見ゆる

大雨覆《おおあまおおい》どのあたりなれ風切《かぜきり》の白きが見えて鶴は歩める

重心の危うさは見ゆ鍋鶴の群をただよう真鶴の群

輪郭のみとなりたる鶴の鳴き交わす君伴わぬ旅の夕闇

夕暮れに出水の鶴をしばし見て宮原望子《もちこ》はや去らんとす

吃水を深くしずかに渡りゆく貨物船あり不知火《しらぬい》の海

漲《みなぎ》りて薄き陽は射す黒の瀬戸　潮奔《しおはし》れると言いたり人は

隠れ家と歌詠む漁師の連れきたる岬に立てば霞む牛深《うしぶか》

対岸に霧《き》らう天草遊廓のありたる頃の牛深を言う

この海に君の釣りたる大き鰤いただきしは去年《こぞ》その海に立つ

牛深に航けるフェリーに車らのカナブンのごと屋根光る見ゆ

潮迅《はや》きこの海峡を帰りきてフェリーは岬の鼻に隠るる

貨物船遠く過ぎゆき遅れつつ岸に寄る波打ち寄する波

午後の講義

わが椋《むく》よ大きムクノキたいくつはにんげんをして樹に倚《よ》らしむる

光がいまだ熱帯びぬ頃わかりあえる奴としてこの椋にもたるる

靴の下に水にじみ出づこのあたり沼なりしならんか死者を思える

コロラド州キーストンにて、若き同僚の死を知る

高山病に苦しむわれに届きたるファックス一葉　友の死を告ぐ

コレクトコールにて確かめる日本の、京都の友の死への傾斜を

あるいはわれのことだったかも知れず若すぎる教授となりて死を択びたり

コロラドの雪の高処の夜に聞く阪神連敗・その死の経緯

＊

「六〇兆の細胞よりなる君たち」と呼びかけて午後の講義を始む

鼻の頭《ず》にうすく脂《あぶら》が浮きはじむ午後の講義は教師だって眠い

好き嫌いを交えぬ評価のあるゆえに科学はある面のわれを支うる

閉ざされし扉のむこうに働ける郵便局員西陽まぶしも

青銅の鼎《かなえ》にあわき光落ち泉屋博古館《せんおくはっこかん》は閉館時間

再びその死について七首

柿若葉朝光《あさかげ》に透く葬《はふり》にも間にあわざりし死が離れない

死んだら負けと妻裁断す勝ち負けの埒《らち》の外なり夜の鳶尾《いちはつ》

いまわれが死んでも吾は怪しまず竹叢《たかむら》はみだし咲く射干《しゃが》の花

いっさいの死は批評すること勿れ傷ましともまして無責任とも

言えというなら名を挙げようか若すぎる一人を追いつめゆきしものたち

残されし学生たちの扱いを議論しおれば午後のねむたさ

忘れられたくないためにだけ生きている　そうとも言える夜の鳶尾《いちはつ》

からすのとんび

暈《かさ》おぼろにまとえる月のぬくとさにドッペルゲンガー背より消えゆく

たわむれと汝は思うか暈《かさ》重き月の光に触れしめにけり

在りしまま摺りいだされて草の穂に幻燈のような風わたるなり

あちこちの田に水張られ風景を広くするなり灯も浮かせつつ

烏賊《いか》にある〈からすのとんび〉祀《まつ》られてあるかなきかの月透けるなり

ぼんやりとねむくなるときおのずから摩羅膨らむと言えばわらいぬ

騒がしいまだ騒がしいとわが歌を読みつつやがて酔いは深しも

仮病でもいいからすこし入院をしようかなどと朝の出掛けに

ことしの桜散るを見ざりき葉桜の下の舗道を敷きつむる蘂

葉桜がうちに抱えるくれないの蘂は見えつつ鬱がひどいなり

死ぬことに理由などいらぬ疲れたらうたた寝のような死もいいだろう

バンダナ

息子らは深夜ふらりとあらわれてじいさんになれよとこともなげに言う

ちょっと待て、そんな、一方的に言われても、しどろもどろとなる春の夜

バンダナがまだ似あいおり似あうのにどうして父になるなどと言う

マスクして小さき顔となりし妻今日は無口なり万作の花

背後より声かけらるる薬草園のはずれにそよぎおりたるものを

曼殊院の幽霊はいつも上目《うわめ》して消えてしまう場所などどこにもあらぬ

どこへ行っても庭園はみな遠州であまつさえ松に鶴と亀の別

縁取り

五月二三日―六月二日　イタリア・ドイツ

女性兵士ふたり陽気に笑い行く自動小銃肩に懸けつつ

小銃を持てる兵士の傍らに荷をひろげ長く順番を待つ

パスポートだけを証《あかし》に渡りゆくはかなかるべき吾をかかげて

飛行機の遅れを問えばひと言に抑揚もなく「コソボ危機《クライシス》」

NATO軍管制下にて半日をミラノ空港にただ待ちにけり

地図の上に死を確かめて辿りゆく民族という縁《ふち》取りぞ濃き

国の境の見えざる線を争える愚かとも悲しとも言うべきならず

爪のびてきたればそろそろ帰るべし帰りて首まで湯に浸《つ》かるべく

ふくらはぎ

ふくらはぎ疲れて帰る月の夜の月に暈《かさ》ある道の膨らみ

ひび割れの田の面《おもて》見ゆ月光に黯《くろ》くぞ罅《ひび》は見ゆというものを

墍いくつ尻を浮かべてたゆたえる掘割に添いしばらくは行く

荷車に蜆《しじみ》売られていたりけり湖岸《うみぎし》の村との曇りして

茫然といいたるしばらく去りかねて鉄条網の向こうの草生《くさふ》

草生より月がのぼると去りかねてまた思うなり思いは沈む

捨ててあるテレビに映るひまわりの日の翳《かげ》るときは花翳るなり

竹垣の先に干されてある靴の底に陽当たる傍《そば》過ぎにけり

ひぐらしはひぐらしを追いつぎつぎに鳴き湧けるかな薄光《はっこう》の谷

見えぬほどの野の雨ひかる濡れながら宙にとどまり鬼やんま消ゆ

アメンボウが五つ六つと寄りきたる光の水に蓋《ふた》するごとく

竹垣に馬穴《ばけつ》干されてあるところ会いたしと来しものならなくに

話すとき飲食のとき意識する口を丸めて火を熾《おこ》すなり

涙壺《るいこ》とも涙湖《るいこ》とも言うにんげんにやさしき窪のあまたあるなか

朝顔

七月二二日―三一日　ワシントンDC・ニューハンプシャー

端的にアメリカを憎むと言い切りし金子兜太の厚き唇

己が子と英語で話すという人の大阪弁はさびしきろかも

英語力の差はいかんともなしがたく議論半ばより聞くのみとなる

敵として思い決めしか早口の英語にていつまでも議論をやめず

はじき出されし議論の縁《ふち》にとどまりて薄く微笑みいるは気味悪からん

英語に疲れ抜けてきたれば縁《ふち》澄みてニューハンプシャー上弦の月

会えざりしビル・ヒンメルよ耳遠く老いて汚《よご》れし犬と住めるかも

朝発《た》てるボストン市街上空に透けつつ丸き月浮かびおり

朝顔の花ももうすぐなくなると海のむこうの妻が二度言う

二〇〇〇年

ひとり笑い

ふところに月を盗んできたようにひとり笑いがこみあげてくる

再生を希いて人の創りたる月の齢《よわい》の二の頃の月

１９４７―《いちきゅうよんななハイフン》の次にくる数字知らず生きおり知らず死ぬらん

いくたびも水をたたきて静止せる蜻蛉《せいれい》よわれに死者ひとり殖《ふ》ゆ

二〇〇〇年の予定を手帖に埋めてゆくわが年々《としどし》のなかのこの年

映画「シックスセンス」一首

いつか自分が死んでいることに気がついて君が眠りの淵より墜つる

キャンパスの北部南部に棲みわけて娘とわれはときおり出会う

繋がりし携帯電話が応えたり「いま自転車で出町柳へ」

紅梅は根づき白梅枯れたりきこの家に来て三年が過ぐ

子の残しゆけるカセットなかんずく小比類巻かほるを通勤に聴く

寝過ごして息子が電話をかけきたる真夜の終着みずうみの駅

演奏会にて妹のソロ

わたくしを通過してゆくなまぬるき午後の風には体臭がある

ブランデンブルグ五番アレグロ妹のチェンバロは走る長きカデンツァ

たちまちに脚はずされてチェンバロは舞台の袖より運び出されぬ

食の文化

ソウルにて

南大門《ナンデムン》とひとことならば通じたりうなずきてタクシーはすぐ発進す

十分の一にウォンをすばやく換算し韓国松茸大籠《おおかご》を買う

手を引いて食べよと皿を差し出せる乾燥いちじく蚕のさなぎ

道端に長椅子並ぶひとところ日本人われら貧侍餅《ピンデトク》を食う

貧侍餅《ピンデトク》は韓国風お好み焼き、字がかなしい

朝市の迷路に酔えり人という同じ体臭を持ちたるものら
この豚笑っているよと君は言うどの豚もみんな笑っているのに
食の文化は直截にしてわれらを圧倒す亀も鼈《すっぽん》も雷魚も売らるる

母ふたり

やわらかに飛び石に降る昼の雨地を湿し地を濡らさぬほどに
母ふたり同じ墓標に名を記しひとりはわれに記憶なき母
かつてわれに母ふたりありふたり死せりいずれもいまのわれより若く

まだ母を覚えていたのかあの頃は両手そろえしわれが写れる

柿の木の紅葉に午後の陽は射してしずかに齢《とし》を嘆き言う声

乳母車押してわれらは若かりき祐天寺境内に風車《かざぐるま》売らるる

滑り台の上にて泣いている子供われらにそんな子のありしかな

裏年のことしの柿の残り柿見上げて人は咽喉《のみど》より老ゆ

茫《ひろ》びろとさびしき水辺の時間《とき》ならんわれに晩年というひとりの時間

茄子型フラスコ

金嬉老《きんきろう》出獄、韓国へ　二首

白黒の画面におどろくあの時の寸又峡《すまたきょう》は時雨《しぐ》れていたか

一方的な被害者として声高かりきあの嘘くささ涙ぐましさ

内臓を裏返すように啼いている鵙《もず》よしずかな熾《おき》となるまで

こんなにも疲れてわれは鈍くなる崩れゆく雲の刻々の色

泣いているわれを喜び泣きながら歯を磨きおりひつじ雲ああ

塀にもたれて見ておればやがて西日とわれと塀なるものが混ざりあうなり

風なかのあの蓼《たで》のように自在なら昨日の嘘も許さるるべし

茄子型《なすがた》フラスコしずかにまわし蒸留をしていし頃の科学者たちよ

たったひとつわが遺伝子を破壊せしマウスは死せり受精十日目
HSP47をノックアウトするとマウスは胎生致死になる

ゆうぐれのドラム缶よりあふれつつ色のわからぬ炎《ひ》が縁《ふち》を舐む

わが脳に開かぬ部屋の多くなり藁の匂いかなつかしきかな

早春の木の花に黄の多きこと万作の花をつつみ降る雪

鍵二つ残して人は去りゆけり閏《うるう》二月の尽日の雪

雪はだら消えのこるなり裏庭に立つなら晩年のごとく立つべし

家買いて竹やぶ買いて雪の日は竹に降る雪、家おおう雪

灯ともして雪に没するわが家を竹やぶ越しに見てくだりゆく

目覚めたる猫がΩ《オメガ》の背伸びする雪の日の猫はとろりと眠い

意味もなくときおり足を噛みに来る意味なきことをよろこびて猫は

長かりし電話のあとに降《お》りきたる娘がしんと静かなりけり

子機もちて娘は自室にこもりたりわれと妻とははしゃぎつづける

免疫療法

己が死を覚悟してむしろ明るきかみみず文字簡潔に癌を伝え来

わが師・市川康夫先生、膵臓癌

ただ一人の弟子なるわれは弟子としていかにその死を見届けんとす

癌をその予後の悪さを語りつつ強いて明るき声をただ聞く

ただひとり残りし弟子とわが思うこの師に近く夏に入りゆく

つぎつぎに弟子らが君を去りゆきし日々の寂しさをいまに理解す

免疫療法の限界を互《かた》みに論じおればゼミの日の君の口調となれる

いつごろというはたがいに知れるゆえ癌療法の一般論へ

嬰　児

嬰児《みどりご》を抱きてふわりといる人と嬰児と雪の家にこもれる

この息子に子があるとどうしても思えずジーンズの膝まだ破れいる

しかしこの嬰児は他の嬰児とどこか違うと思えるは如何

雪吊りの金沢の町うすずみに曇れる町に帰りをいそぐ

赤き領巾《ひれ》がどれもだらりと吊るされて小さき祠《ほこら》に雪残りけり

山陰《やまかげ》を道は折れつつ下るなり折れ目に見えて祠暗しも

どの店も早く仕舞いて山陰の温泉街を救急車過ぐ

水張田に循環バスの影揺れて降りたる人は水の上を行く

注連縄《しめなわ》の朽ちてゆらりと下がりいる楠《くす》あり道は楠を迂回す

神という中間項を経由してなすもの言いやセンボンシメジ

フロイトがいつも帽子で捉えたるヤマドリタケのおおいなる傘

駄目な奴ほど

学生の言葉がもっとも残酷と思いみざりしよかの若き日に

メールにてはげしく我を批判せし学生が今日は姿を見せぬ

研究になぜに没頭できぬかとわれの言葉はすなわち刺さる

つきつめて言えば己に甘きことひいては学生を叱れざること

疲れたるわが口臭う研究者をあきらめよということが言えぬ

コールドスプリングハーバーシンポジウム（NY）

このあたりが最後のはなやぎならんかとすこしゆっくり壇を降りたり

“*Congratulations!*”《おめでとう》 それぞれに握手を求めくるわが席までの歩み楽しむ

サイエンス以外はなべて遠ざけて来しと聞きしかばすなわちひるむ

「評論の時代は去りて情報の時代、うっぷらうっぷしずみゆく歌壇」佐佐木幸綱（「短歌研究」六月号）

うっぷらうっぷ沈むとわれもしか思う一首十年、否二十年

駄目な奴ほど大きな顔をしているは歌も科学も蓋《けだ》し同じい

発言が濁っているぞと聴きいたり若きパネラー会場を沸かす

喧嘩をしないいまの歌人のなかんずく若きらを不思議とも不気味とも

今ごろは子を抱きいんか生きのびし佐野朋子のそののちを教えよ

批判さるることの嫌いな男よと思えばすなわち誉めて帰り来《く》

歌にしか価値を認めぬもの言いのさびしき狭さ聞きながら飲む

河馬のシッポ

旅に目覚めて夕風のなか立ち上がるときよるべなき男のペニス

水を買って飲むとうことにまだしばし違和感のある我こそ良けれ

石段に尻冷ゆるまで見ておりぬとろとろと海にしずくする夕日

ぶよぶよに熟れても夕日はまだ落ちぬ河口縹渺とうす濁りつつ

醒白《せいはく》の月はしずかに盂宗の秀《ほ》を離れんとしてたゆたえる

旅多き日々。君は過労鬱と言った

あざみが好きであざみのつもりで傾《かし》いでみたら君がわらった

河馬のシッポは小さかったか犀とどちらが大きかったか　疲れているぞ

閻浮提

四つ辻の四つの角に合歓咲けり右に曲がれば昼の居酒屋

風鈴の舌ちぎれおり午後三時陽に萎《しお》れたるダチュラの上に

中年のそれも男の歌集なら読んでもいいとただ昼を飲む

ポストイット剝がしつつ読むこのあいだ死にたる人に歌集がありて

角瓶もだるまもそして小錦も同じに見えるまで酔うならば

自転車のサドルを二度も盗まれし息子があわれであわれでならず

心やさしいアトムが好きでなかったと今なら言えるような気がする

水の面《も》の杭に止まれる蜻蛉《せいれい》の　夢をみるなら短い夢を

かの夜より貴船のほたる見ざるなり貴船神社の夜のゆきのした

もう一度行ってみたいよできるなら時雨あかるき冬の斑鳩

このままに老いなば悔いの多からむとりわけて性の穂ぞかなしけれ

師のための叙勲準備

勲章のための書類をあらかじめ用意されよと事務方《かた》は言う

生前の授与はあらねど死ねばすぐ贈らるるとう勲章がこと

信念をきちんと述べてゆるぎなきこの同僚を好きになれない

無駄なことにはいっさい手出しをしないというこの同僚も好きになれない

自己を信ずるところからしか研究は発展しないというこの同僚にはかなわない

曲がり道寄り道そして行きあたりばったりと言えわが二十年

目的を定めて展開してきたといえる軌跡は聞きたくもなし

二の腕に力瘤ある松の木の一樹残され更地となれり

ひょうたんは元気ですかと書きはじむ閻浮提《えんぶだい》午後のひかり眠しも

屈託はわがうちにあり八月の石段灼けてかく憔悴す

石段に八月の光いしだんに尻をおろして君を見ている

てのひらに蟬のぬけがら　ぬけがらを残して人はただ一度死ぬ

瞼の裏が灼けて暗いと言いながらうすく笑っているようなあなた

円錐の光がいく筋か交叉せる無為の明るさ仁王の寄り目

外光のおよぶことなきいっかくに耳たぶ長く弥勒は座せり

共有した時間というのはほんとうに安心なのか弥勒よ弥勒

呆れたるものかなと妻はよろこべどわれも呆れる　料理ができない

妻おらぬ夜はやさしく電話して娘に食事の用意を頼む

夜の竿にジーンズ吊りて隣家の画学生今夜も帰らざるらし

ふたつの癌

なんにしてもあなたを置いて死ぬわけにいかないと言う塵取りを持ちて

妻に乳癌が見つかる

癌と腫瘍の違いからまず説明すなにも隠さず楽観もせず

大泣きに泣きたるあとにまだ泣きて泣きつつ包丁を研ぎいたるかな

あなたにはわからないと言う切り捨てるように切り札のJ《ジャック》のように

手術に先立ち、執刀の稲本俊教授と相談。全摘と温存の可能性は半々という

切りだされし君が乳房の裏側の組織小さし組織皿《バット》のうえに

向こうには麻酔の醒めぬ人眠り主治医しずかに経過を話す

左乳腺の三分の二切除で、全摘をまぬがれる。腋窩リンパ節も八個摘出

摘出されしなかの三個は明らかに腫瘍性なり母指頭大《ぼしとうだい》の

典型的な術後ハイ

回復室のガラス扉押せば聞こえきて汝が声高き笑いなにごと

はしゃぎやまぬ君の不安はわれの不安病室までの距離をもてあます

手術の結果良好なるを見届けて、日本生化学会へ

骨《こつ》シンチ受けいる頃なり横浜のみなとみらいになぜわれは居る

天国の青《ヘヴンリーブルー》競い咲けるを朝ごとに見て君とゆく放射線治療《レディオセラピー》

紫の濃き線をもて描かれし君が乳房の標的の位置

ナスカの地上絵のようだとわが言えば君は頷く鏡のなかに

あわれあわれ君が乳房に描かれしむらさき怪《け》しき線の幾条

日本ではまだ許可されぬ療法と主治医の呉れたる文献を読む
妻の癌は HER2+、米国で行われているモノクローナル抗体治療が有望であることを知る

ハルシオンよく効いて君は眠りいるスタンドの灯をつけっぱなしにして
ハルシオンは眠剤

ポケットに手を引き入れて歩みいつ嫌なのだ君が先に死ぬなど

曖昧に相槌を打って石段の陽当たる側に尻おろしたり

じっとしてろと幾たびも叱りまた叱る引き算の一《いち》はあり得ぬものを

折から長谷八幡宮の秋祭り

長谷八幡石《いし》の鳥居をくぐり来よ竹藪があればすなわちわが家

鳥居とは鶏の止まり木　幣垂るる向こうの時雨が妙に明るい

秋風のなかの御輿を見ておれば御輿の尻より声かけらるる

門かどに酒立てられて秋風の黯《くら》きをゆけり御輿しずかに

鳳凰を首尾よくはずし掛け声をもろとも御輿は社殿に入りたり

時雨れたりそして晴れたり桜並木遠くの坂に人躓《つまず》けり

市川康夫先生は、高松宮妃癌研究基金学術賞をも受賞した癌研究者。膵臓癌の容態いよいよ悪し

点滴の減りゆく速度を目守《まも》るのみ日がな眺めて居たまえり人は

漸近線のようにゆっくり己が死に近づきたしと言いて一年

最後まで残りし弟子か最期まで看取れることを喜びとして

底うすく曇り汚れいる吸呑に茶を注ぎ淹れ人に手渡す

なにもかも知りたまうゆえ何も言えず何も言わざるやすけさに居つ

もうすぐ死なねばならぬ人より逃れくれば石に時間をもてあます亀

辻

雪が積もれば大文字の「大」おおきくてつんのめりそうなり右肩上がり

ぼたん雪やがて霙《みぞれ》に変わりたり舫《もや》われし舟は舫われしまま

舟の字に雪積もりおり湖《うみ》近く舫《もや》われて木の舟静かなり

逢坂の関越えて疏水は北進す琵琶湖の高さ近江の高さ

愛宕さんと呼べる火の神祀《まつ》られて自転車に過ぐ辻の水雪

鋳掛け屋や紙芝居屋の居し頃の辻という場の夕暮れの風

十二月二十一日、市川康夫先生逝去

師と呼べる最後のひとり死ににけり遺影となりて笑いつづける

こんなにも鷲鼻だったか痩せ痩せてドライアイスに挟まれて眠る

遺言なれば「死と乙女」を流すのみ讃美歌もなく読経もなくて

「市川さん」と呼びいたりしがいまここに眠れる人は先生と呼ぶ

門下生代表として読む弔辞絶句せり最後の見舞いとなりしところで

すすり泣きは感染しやすきものなりき女子学生らの前を棺が行けり

前日、師を病室に見舞った。亡くなる前に一度だけ言っておきたいと思っていた師への感謝の思いは、この日もやはり口にすることができなかった

冷えし茶を吸呑に淹《い》れ飲ませたりグルリグルリとのどぼとけ動く

二十年師でありつづけ「永田君、吸呑に茶を」と言いて死にたり

「ありがとう」と病室よりぞ聞こえたり逃るるごとく出でし廊下に

そんなにも大きな声の残りいしか「ありがとう」なる声は最期の

亡くなってしまえばそれが前日か会いたりきまこと死の前日に

まこと些細なことなりしかど茶を飲ませ別れ来しことわれを救える

桜井

「電車にて酒店加六に行きしかどそれより後は泥のごとしも」佐藤佐太郎

思い出せぬ昨夜の酔いの細々《こまごま》を再現し朝の妻仮借なし

「私が死んだらあなたは風呂で溺死する」そうだろうきっと酒に溺れて

長谷八幡鳥居のうちに君と棲むたったふたりとなりたるわれら

もう疾うにこの家には棲んでいない子の紅《こう》が寝るためにだけ帰り来る

この朝の霙《みぞれ》の朝はふたりして卵かけごはんを食えりひっそり

霙《みぞれ》より雨に変わりて玄関へつづく石段の雪融けはじむ

鳥居のむこうはさらさらとした月夜なりたったひとりできみが立ちいる

術後の妻を伴って、松ヶ崎の「桜井」を訪ねる。
狐子坂《きつねざか》から岩倉古道へ通じる坂の中腹にある名泉で、清少納言や紫式部たちが
ほととぎすや鶯を聞きに通ったところだ

「桜井」の涌井を訪ねゆっくりと坂を来たりぬ病む人を率《い》て

病む人は病者の時間のなかにあれば白梅《しろうめ》のかなたに透く昼の月

木の橋のこちらは湿りてやわらかき土の道なり梅林《うめばやし》なり

昔から手のつけようのないわがままは君がいちばん寂しかったとき

白まばら紅《くれない》まばらの梅林《ばいりん》にふたりの時の短きを言う

あとがき

一九九八年（平成一〇年）から二〇〇〇年（平成一二年）までの作品をまとめて一冊とした。『荒神』に続く私の第八歌集ということになる。歌集名には困ったが、最終的に『風位』ということに落ち着いた。

この間一九九九年から二年間、「短歌研究」誌上で三か月に一度の作品連載の機会を与えられた。一回が三十首ということで、その分だけで約二四〇首。その他に、すこし前の時期の作品を加えて、全体で四〇四首ということになった。

連載の前には思いもしなかったさまざまの出来事が私の周辺に起こり、個人的には大変な時期ではあった。そのいくつかは作品を見ていただければいいのだが、なかで市川康夫先生のことについてだけは触れておきたい。

市川先生は、白血病を中心としたがん研究において大きな仕事をされたがん研究者である。まだ森永乳業の研究所にいる時代から、市川先生の研究にあこがれ、その人柄に魅かれ、森永を辞することになったのも、京都大学に市川先生がおられたからであった。

私自身は弟子と思っているが、市川先生（生前はずっと市川さんと呼んでいた）は、私に対して少し歳のはなれた友人といった感じで接しておられたように思う。サイエンスのことは私に任せっぱなしという風であったが、実験の一段落した夕方など、教授室のソファーに脚を投げ出すようにして、日課のようによく話をしたものだ。市川先生の来し方や、先輩科学者のエピソード、文学の話、映画の話など、毎日のように話しながら飽きることがなかった。よく一緒に飲みにも行った。酔って裸足で川を渡って帰ったり、大学の門を乗り越えようとして市川さんが落っこちたり、飲み屋で勘定が足りなくなって、市川さんを人質に置いて研究室まで取りに帰ったりと、いくつものエピソードが思い浮かぶ。それらのいくつかは『山なみ遠に─ぼくにとって研究とは』（学会研究センター）という本の中で市川先生自身が書いておられる。

ある日市川先生からはがきが届き、先生が膵臓がんであることを告げられた。それも手術が終わって一か月も経ってからであった。いたずらを見つけられた少年のような文面で、「白状するけどナ」と病状のことが淡々と書かれていた。手術の直前には私の主催したシンポジウムにも来ていただいたのだったが、その時には一言も自分の病気のことには触れられなかった。

お互いにその予後の悪さを知りすぎている病気である故に、つらい一年であった。その短い闘病生活のあいだ、病状が悪化しても、そして自分に残された短い時間を間違いなく把握しながらも、市川先生は病床で淡々と細胞生物学の洋書を読みつづけておられた。「本が重うなってかなわんのや」と言いながらも、メモやノートで倍ほどに厚くなった一冊の本を大事そうに枕元に置いておられた。見事な最期を見せていただいたと思っている。その一冊は、いま私の研究室に大切に置かれている。

私には、生涯に師と呼ぶことのできる三人の先生がある。その三人ともが亡くなってしまった。その最後の一人にこの歌集を捧げたいと思うのである。

短歌研究社の押田晶子さんには、作品連載の機会を与えていただいただけでなく、歌集にする際にもずいぶんお世話になった。出版の時期についても、無理を言って待っていただいた。装幀の中須賀岳史さんには初めて装幀をお願いすることになる。氏には細胞生物学会大会のポスターをお願いしたことがあり、その斬新なセンスに驚いた。今回もどんな本ができるのか、楽しみに待ちたいと思う。

永田和宏

二〇〇三年九月二十日

百万遍界隈

二〇〇五年十二月二十四日
青磁社刊
菊判カバー装一八四頁
定価三〇〇〇円
装幀　中須賀岳史

一九九九年

梵天

いちれつに日を浴む亀がこちらからつぎつぎ池に飛び込みにけり

ぼうぼうと物を忘れて生きゆくもおろそかならず日盛りの亀

風に瞑目　亀に倣いて目つむればひかりは零《ふ》れる心底ひとり

椋の木の黄葉のしたのひだまりに伸び縮みして時は移ろう

うっとりと椋《むく》の黄葉《もみじ》の透ける葉のむこう夕日がしわしわとなる

梵天の一日《ひとひ》の長き退屈に椋の落葉もひかりつつ降る

椋の葉はざらざらなのよと向こうむき竹箒の柄につかまりながら

身丈より高き箒の竹箒もちて出てゆきまだもどり来《こ》ぬ

陽に照りて大き椋の樹わが老いて呆《ほう》けて死するもこの椋のもと

みずぞこの朽ち葉のうえをゆく亀は影くっきりとすべらせてゆく

まっすぐに水路切られて翳りつつ照りつつ水は北に流るる

山腹を抜けて蹴上に出できたる疏水は水を直角に曲《ま》ぐ

魂を抜くため僧はあつまりて読経をはじむ仁王の寄り目

石臼の窪みに冬の陽は射せり人はようやく死なんとするも

時かけて老ゆるは佳《よ》けれ喬《たか》き枝《え》も低き枝《え》も椋黄葉せり

三つの遺伝子

朝あさを柿の実落つるこのごろをわれに批判的なる学生ひとり

わが窓のゆりの木けやきいちょうの木もみじは移る手渡せるごと

苦しみし流体力学はるかなり照りつつ暮るる秋冷の湖《うみ》

百合の木の葉を落とす見ゆひと日《ひ》ひと日《ひ》空を拡げて百合の木は痩す

その昔日光写真を並べいし日向のにおい　膝をかかえて

いつまでわれを試すつもりか秋の陽の劇しすぎるぞダチュラはダチュラ

鉋屑《かんなくず》の乾ける匂いゆくりなく研究室《ラボ》抜けてただ歩きいたるに

「世界中で君だけしかやれないこの研究をどうしておもしろいと思えないのか」

今年われらが見つけし三つの遺伝子に乾杯をして納会とする

クローン人間禁止宣言　紅茸《べにたけ》のまろき頭があちらにもこちらにも

サダム・フセインまた一面に現われて濡れて届ける朝刊の端

シドニーの朝《あした》の雨を伝えくる電子メールの向こう夏の朝

そのことは

東洞院《ひがしのとういん》三条あたり影薄く歩める人らの夕暮れの影

わずかなる凹凸《おうとつ》に射《さ》す冬の光この大石《おおいし》は佛なるかも

鼻を削《そ》ぎ耳を削ぎまた頬を削ぎこの大石に佛の時間

骨として拾われん日ははるかなれ女の指の這《は》うのどぼとけ

石段がまだ濡《ぬ》れており陽の射《さ》せばそのことはまだきのうのように

＊「そのことはきのうのように夏みかん」坪内稔典

鰓弓

鰓弓《さいきゅう》とう原基をもちてにんげんも魚も胎児は見分けがたきも

鰓呼吸していし頃の感じなりのっぺりとうすく昼の月浮く

どんよりとだるくておもいふくらはぎ　手すりにつかまり階段降りる

脚先より影はまわりこむひえびえと来て欲望は喉を塞ぐほどに

ほこほこと西日の匂いをはこびきてふわりと膝を覆える感じ

猫の毛は転がりながらゆっくりと籠《かご》をなすかも光の籠を

金網の窓のうちらに飯を食う機動隊員輸送車のなか

霞が関の桜並木は紅葉して歩道に銀の楯立ちならぶ

大いなるふぐりをさげてとら猫が塀よぎりたり夕闇となる

降る雪を容れていっそう暗くなる深泥池を見て帰るなり

へこみたるボールの凹にわずかわずか雨水たまりいる歩道橋

水袋を吊りいるごとく胃は重しゆったゆったと疲れて歩む

梅の時間

白梅《しらうめ》の花わずかなりもういいよそれでいいよと花は言うなり

いつ誰れが植えたかはもうわからない梅の時間におしもどさるる

こんなにも昔の時間を引き延ばし白梅咲けり畑《はた》の黒土

ほのぼのと梅の古木《こぼく》はひだまりに淡雪ほどの花を掲げぬ

フランドル派の暗い光と暗い風　梅の寡黙はわれをなぐさむ

まだ濡れている髪拭きながら透明のからだは寄り来　次亜塩素酸《じあえんそさん》匂う

橋揺れて揺れはしずかに拡《ひろ》ごれり汝が悲しむを悲しまんとす

脳死移植

いちど死なばもう死ぬことはあらざるを石段に雨はひかりつつふる
臓器ドナーカード署名小さく書き終えてテレフォンカードのうしろにしまう
ばらばらに臓器散らせて日本の冬の天気図どこまでも晴
しんしんと心臓一個冷えいるを先導しつつパトカーが行く
ひとつひとつアイスボックス出てゆきしその玄関の明るすぎる灯

機関車がゴトリと動きだすようにその心臓は搏ちはじめしか

山茱萸《さんしゅゆ》の花の下より歩みきて脳死移植を諾《うべな》わんとす

月の蟾蜍

アベリアの冬のまばらな葉に混じり旅人のごと黄蝶ねむれる

昨日も今日も同じ葉叢にとまりいる黄蝶の夢に生かされている

母を知らぬわれに母無き五十年湖《うみ》に降る雪ふりながら消ゆ

昼の月透き通りおりはじめからわれにあらざりしものとして母

母死にしのちの日月石段《じつげつきざはし》は時雨に濡れてどの石も濡る

庭に降る月の光のなまぬくさ月の蟾蜍《せんじょ》は大あくびせる

竹叢《たかむら》ゆ晩《おそ》き月のぼりはじめたり揺り出だされて月しずかなり

母を知るはもはや父のみしかれども若き日の母を語ることなし

誰だ

ふっさりと光たまれる中庭に冬帽子ひとつ冬猫ひとつ

時計台の文字盤に灯は入れられて綿虫の飛ぶ夕べを帰る

背の寒くなるまで焚火に語りいしあの頃の夢はいまもなお夢

落葉より火を立てておりなめらかな生絹《すずし》のような夕暮れの火

ノックしてエンジンの止まる感じにてときおり心臓が頼りなげなる

消火器の肩にほこりを積もらせて死にたいほどに空は晴れたり

批判するならまっすぐ見よと言いたればまっすぐわれを批判しはじむ

誰だこの場にその高笑いアメノウズメのようにはしゃぎて

沈黙を象《かたち》となして座りおり春の駱駝は瞑想をする

与謝野禮巖ラムネを発明せしことも蛇足として短く講話を終えき

地下鉄を出で来しところ金属の寒き光を並べ売りいき
つまらなそうに地べたに尻をおろしいつメートル四方に鎖を並ぶ
甘栗の赤き袋はあたたかい三条すぎてまだあたたかい

マドラス

国立中央皮革研究所ゴウリー教授の肩よりサリーの襞は流るる
買い込んでゆきたる水で歯を磨く清潔な国日本の民は
ニイサンと呼ばれ振り向くマドラスの埃に男　ガラス玉を売る

警笛を鳴らしつづけて駆け抜けるインドのタクシーただ走るなり

犬や牛山羊人間のまきあげる埃のなかに我のみ希薄

罐を銜《くわ》え砂浜を躄《いざ》りゆく男　手足なくして生くということ

男出て女出て少女も歯を磨く手押しポンプの水のまわりに

インドルピー換算すばやくし終えてまずおもむろに値踏みをはじむ

高千穂

対岸に天《あま》の岩戸を見ておれば目交《まなか》いに冬の蠅あらわれて消ゆ

古代銀杏《こだいいちょう》の細長き実は売り切れて婆《ば》さまが袖より三粒をくれぬ

降《くだ》り落ち水が水撃《う》つ音ひびく高千穂峡に陽は深く射す

高千穂に水湧くところ水底《みなそこ》に影すべらせて鯉むれ泳ぐ

高千穂の深き峡より見上げればはるかなり架橋を汽車渡りゆく

直截《ちょくせつ》は猥雑にして夜神楽に笑いは湧ける暗き隅より

男《お》の神がつと客席に降り来たり吾妻《あづま》を抱けりどっと囃せる

高千穂の神楽酒造の焼酎の「若山牧水」髭の濃かりき

奪衣婆

白鳥の吃水浅くすべりゆく池の面《も》かすか雨に濡れいつ

まるい頭《あたま》の郵便ポスト見つけたりヌメリイグチのごとく濡れいつ

郵便ポスト赤く濡れおり時雨《しぐ》れいる藁天神《わらてんじん》の角《かど》の明るさ

ガーゼのマスクいつもしているわが妻の素顔忘れて歩む坂道

ひどくちいさき顔と思えりマスクより目だけ覗いてさびし万作

押し花のように透きたる蠅出でぬ「往生要集」の厚き中ほど

奪衣婆《だつえば》のごとく寝間着を剝ぎゆきて妻元気なり日曜の朝

両の手に湯のみを包み聞く今朝はことさら妻の機嫌悪けれ

友人としてならそんなわがままもゆるせるだろうみずたまり飛ぶ

こんなにもぶっこわれてしまったわたくしに優しくあれと言えば従う

たった四つの鍵にて足れるわが日々に家を捨つれば鍵ひとつ減る

紙風船の銀の口よりこぼれいてひとつふたつと吐息のごとき

春の水ぬるきに指を遊ばせて昨夜《きぞ》のかなしき声を思える

綿棒を如意棒のごと引きだして窓を見ている人のゆううつ

早春の暗い光は水仙を美しくすと女声《じょせい》しずかなり

旧街道

梅の花咲ける朽木の旧街道抜けて急げる叔父の死までを

軒下に雪は汚《よご》れて残りいつ旧街道は川に沿いゆく

母につながる最後のひとり逝きたりきかの夜と同じ人ら集い来《く》

無為

葉桜に小さき水は覆われて水面《みのも》暗けれ時を闌《た》けしむ

生意気は良し横着は許さぬと伝わりがたきを繰り返し言う

寝不足の声にも目にも力なく学生のまえにたじたじといる

いちにちの無為をよろこび水面に浮子《うき》沈むまでをただに見つむる

国士無双ばかり狙いていし頃の若さは無惨それのみにあらず

王将は裏ましろにて「成る」ことのできねば隅にたいせつに置く

わが庭に住み着きし狸、子を成せり。五匹の子ら、庭を走りまわる。
下駄を銜え走るさま、わが手より餌を受くるさま、犬の子と変わるなし。

愛嬌があって間抜けとう役柄に嵌まりつつ夜ごとたぬきは待てり

あざみらま

いつだってにんげんに戻れるという顔で電柱の端《はし》に烏《からす》はいたり

そろりそろりと疑うようにまわっていた巨大風車が夢にもまわる

空をゆく駱駝ゆっくりかたむきてするするとわが咽喉に流れ来《く》

黒合羽《くろがっぱ》三人が来ておもむろに雨中の竹を伐《き》りはじめたり

おびただしく竹は伐られてなおも濃き竹の林に雨降りつづく

竹叢《たかむら》ゆ竹を引きこしいちにんの背後に孟宗の暗くさやげる

伐られたる竹の切り口白く浮き人は傍《かた》えに深くうなずく

ことさらに今日は息子を褒《ほ》めあげる妻の鬱屈竹に降る雨

きみが正しければぼくがまちがっている　この単純の逃れがたしも

立葵《たちあおい》陽をはじくまで揺れ揺れてもうこの辺でいいでしょうと言う

ひと呼吸ごとに螢は光るものほたるに同調する闇の暈《かさ》

人は哭《な》く嘆くなにゆえ畳にはあざみうま一匹影薄くいる

吃水ふかき感情とこそ思いつつしずかに嘆く人に添いいつ

言い訳の多き男がさっきから出しては仕舞いまた出すハンカチ

ズパッタズパッタ老いし教授が前をゆく己が歩みを楽しむように

行合神《ひだるがみ》とりつきし気配に首垂れて中央分離帯につづく向日葵

田の窪におたまじゃくしは揉みあえりつるりと喉越しのうまそうな奴ら

きゅるきゅると泥田を走る蝌蚪《かと》の頬の菩薩のようなふくらみを見つ

おたまじゃくし見つめすぎたり立ち上がる刹那眩《くら》みて遠き昼月

土壁《つちかべ》の古き崩れのひとところ陽《ひ》の窪《くぼ》となる　百年も在るように

テーブルのむこうの端にくちなしを押しやりて稿のまとめにかかる

歌人の仕事

缶ビールの缶をつぎつぎ握りつぶし卓に積みこの男まだ酔わぬ

後半生という茫漠とした時間、納屋に斜めに月光は差す

朝あさに「毛沢東秘録」を読み継ぎてもう夏今年の夏の短し

＊産経新聞朝刊連載

見つからぬ本のひとつなり赤皮のわが「毛語録」小さかりしが

テポドンのやがて漁礁となるまでを三陸沖に月ののどかさ

いい歌を伝え残すも大切な歌人の仕事と馬場あき子言いき

おのずから秀歌は後世に残るなど本気で言う奴うなずける奴

家族

夕風に薊の絮《わた》が飛びはじむあなたの鬱は今日すこしいい

名前にてわれを呼ぶことなき君がヒメジオン抱え向こうから来る

捨てに行く捨てて帰り来《く》　どちらともわからぬ夢の坂のなかほど

月見草の咲く坂だったどうしても捨ててきたものが思い出せない

ひっそりと忘れられつつ生きること無理だろうわれにそのうつくしさ

月光に熨《の》されて凪げる夜の湖《うみ》　死を思う死はまだ先のこととして

君のおかげでおもしろい人生だったとたぶん言うだろうわたくしがもし先に死ぬことになれば

線香花火買いて息子の家を訪う孕める人に火の色黯《くら》し

火の雫支《ささ》うることのむずかしさ三人で囲むなかの小《ち》さき火

たんぽぽの絮が着地をするように子が近く住む　もうすぐ三人

もう二度とあの夏はない丸眼鏡の息子を連れし熊蟬の夏

半ズボンに丸い眼鏡をかけているあの子はほんとうに淳であろうか

熊蟬の翅透きとおるさびしさはわれまだ若き父なりしゆえ

おたまじゃくし長く見ていて立ち上がる犍陀多を見ていたような疲れに

どれもどれもふくみわらいをしているよおたまじゃくしが水槽に太《ふと》る

小杉醤油店

濡れながら若者は行く楽しそうに濡れゆくものを若者と言う

上野不忍池

鰻塚箸塚髪塚鋏塚思い屈すること人に多き

廂《ひさし》まで樽積まれおり四つ辻の小杉醤油店西日の烈《はげ》し

素通しの裏庭見ゆる裏庭の樽に西日の当たりいる見ゆ

電気洗濯機に搾り機というローラーのありたる頃の紺の朝顔

僧帽《そうぼう》細胞さわだちやすき嗅球《きゅうきゅう》に陽が射すごとくタンポポの花

ジョゼッペ・カスチリョーネ老い深くして支那服の膝に射す陽は斜めに射せり

自分の足跡がどこまでもついてくるという感じ午後をねっとりわれを離れず

夕焼けを押し倒すように大股に男ゆくなり陸橋の上

浮力

かすかなる浮力となるか路地の風秋の蜻蛉はつながりて飛ぶ

どこまでも秋なれば不意に秋というかなしみが湧けりとり残されて
薄目して亀が見ており亀としてあり経し時を過ぎゆける雲
亀に降る光はいつも眠たくて薄目をあけて雲を見ている
朴の葉の落ちたるあとの欠落をいちはやく埋め暮れてゆく空
昼月は透きつつかすか残りたり鉄条網に咲ける昼顔
抽出しはいつも昔の匂いして芒の戦ぎ機関車の音
床下に梅干しの甕を蔵いたる妻の下顎にんまりとせる

二〇〇〇年

三月書房

朝の光は折り目くっきりしていると出合い頭《がしら》に人は言うなり

荒神橋半ばの時雨《しぐれ》君が死ののちもつづける此の世の時間

陀羅尼助《だらにすけ》の看板に射す夕ひかり「わたしが死んだら忘れておしまい」

いつまでもわれを包みて霜月の時雨　寺町南《みなみ》へくだる

下御霊《しもごりょう》神社の脇をすり抜けていつものように三月書房

若きよりひそかにわれの畏れ来し鼻眼鏡やさしく老いし主《あるじ》は

ドゥールーズ・ガタリ・ゲーデルぐらぐらとわれの関節いずれもゆるむ

ふくろう

後ろ手に隠しているのは月だろうか裸木の枝に瞑《つむ》るふくろう

薄目して見ておれば世界は後退す寒月光のなかのふくろう

花見小路新橋ここに白川を渡せる橋のありて渡りき

自意識の過剰はさびし石段をかすか濡らして日照雨《そばえ》すぎにき

〈消音〉の画面のすみに泣く女恍惚としてただ泣けるなり

天狗舞

橋半ば時雨に遭えりこだわりておれば親しも死者もその死も

対岸は時雨此岸はもう暮れて死後に持ち越す憎しみは無し

柿紅葉《もみじ》のひと葉ひと葉に陽は射して後半生とうことばやさしも

路地を吹く風はぬるくて亀の子のたわし吊らるる店先を過ぐ

遊ぶこと少なくなりしを嘆き云う互《かたみ》に嘆くは楽しむごとし

天狗舞は金沢の酒降る雪のさやさやと唇に触るる辛口

茂吉の墓

右大臣大久保公の碑のまえに茂吉之墓と小さく記す

紅梅のほつりほつりと開くした茂吉之墓に斑陽《まだらび》の射す

アララギの一本枯れて斑陽《まだらび》の茂吉之墓の小さかりけり

夫《つま》もその妻も幸せにあらざりき白き花白く枯れたるままに

夫の死後三十年を楽しみて生きし輝子にその墓あらず

大久保公の大いなる碑に来て鳴けり嗚呼嗚呼嗚呼とただ嘴太鴉《はしぶと》は

ゆくりなく島村速雄の墓に遇うこの墓地百年という時の日溜り

太陽の塔

岡本太郎のくちびる思う〈太陽の塔〉の高さをモノレール過ぐ

枯れ色の芒わずかな雪を載せて雪の重みにみな傾ける

吉田神社節分祭の雑踏に液体窒素をそろそろ運ぶ

いずこにも美しき団欒とうがあるごとく雪に没して灯ともせる家

家の境の椋の巨木はいつよりか伐って欲しそうなり雪の日はことに

官有地より斜めに伸びる大黄櫨にこってりとした夕日が重し

石段にザラメのように雪残るそわそわと父はすぐ帰るなり

小比類巻かほる

夕ざくらしずかに揺れて振りこぼす花にほのかな重力きざす

青葉木菟《あおばずく》声のみ聞こゆ皺ばめる月が神社の背後より出づ

膨らんできたる桜の量感に呑まれてしまう吾も、月さえ

誰待つといふにあらねど昼の茶房小比類巻かほるの声ならわかる

ただ一度死ねば済むこととりあえず結論だけを先送りする

「性は決して自明ではない。ことに男という性は、回りくどい筋道をたどってようやく実現しているひとつの状態に過ぎない。」　多田富雄著『生命の意味論』

女は存在、男はただの現象と言われてみればそうかも知れぬ

柿の木が夕日に一本残っている記憶領ぼうぼうと膨らみ翳る

放火魔の女狂者の家としてかの日怖れし家かこの家

鳰の海

五十年も死んだままなるわが母よ茅花《つばな》穂に立つ穂のなびくまで

ものわすれ鵙《もず》の速贄《はやにえ》鳰《にお》の海　死んでいること辛くもあるか

速贄となりて蜥蜴は枯れ葉色の身を折る　ひとつ、歌で媚びるな

笹の葉のなかに熟《な》れたる米ありて南方熊楠読みあぐねいつ

ビニール袋に豆腐を入れて帰り来る誰もいない日はまだ陽のあるうちに

小野篁《おののたかむら》夜毎出仕をしていたるこの井戸ぞ閻魔庁への近道

鳥辺野、六道珍皇寺に冥府への入り口という井戸がある。彼には夜と昼の二つの顔があったと、云々

鳥辺野より嵯峨野へいたる黄泉の道京都の地下をななめに走る

ヒメジョオンの原に首輪の落ちいたり錆びし首輪に錆びたる鎖

大嚔《おおくしゃみ》あれは男か女かと近道をして路地ぬけるとき

「ほんとうのことをいおうか」最後までとっておくべし本当のことは

＊「本当のことを言おうか／詩人のふりはしているが／私は詩人ではない」谷川俊太郎（詩集『旅』）

朝を疲れて

こんなにも朝を疲れて行き過ぎる放置自転車を覆う葛の葉

石炭ストーブにあまた載せられいし頃の弁当箱のアルミを思う

俺の辞書を折って使うな、どの辞書も妻の折りたる跡ばかりなり

我の比較につねに息子を持ちだして息子を誉むるはなにゆえならん

忙しき妻と帰り来《こ》ぬ娘この二、三日ピザばかり食う

シカゴピザ配達の青年と懇意になり五〇パーセントの割引を受く

買物という楽しみをおぼえたる妻の朝より子を誘う声

癌家系

食道癌取りて帰り来し父がつぎは膀胱とこともなげに言う

手術予定は夏まで詰まり晩年を癌と昵懇に生きゆくならん

つぎつぎに癌はできるとあらかじめ伝えてあれば父は明るし

手術して眠れる父を置きて出る廊下夕食の膳に賑わう

耳の遠きは長生きをする徴《きざし》ならんと言えば素直にうなずいている

この父より受け継がざりしひとつにてあっけらかんと楽天をせる

異　郷

神経を病める幼き姪へ書く書きては消してまた書きて消す

さりげなく書けよと妻はわれに言うからすびしゃくのほの翳りつつ

河野君江歌集『七滝』をゲラで読む

つつましく商売にひと世終えんとする人の歌なり歌集にて読む

生きているかぎりはそこが異郷にて異郷に死ぬと決めいるらしき

祐天寺

チャウシェスクとチャウシェスクの妻銃殺ののち一万足の靴映されき

ダリのキリンのネクタイをして現われしこの青年は息子でもある

河原町三条不二家の前にいつよりかペコちゃんを見ずその赤き舌

クォークにチャームを加え素粒子の世界いよいよはなやぐらしき

月に幾たび東京という空漠の夜を択びてまた酒を飲む

四半世紀隔てて来る祐天寺この藤棚に見覚えがある

頑なにただの人なる死を願いし鷗外の悲しみを少し理解す

楕円の石

手負いの鹿のようにミルクを飲んでいる娘を置きて書斎へこもる

いきさつは知らねど恋はむずかしき局面ならんか子の歌を読む

リアルタイムの恋の顚末子の歌の修辞の向こうに読み取らんとす

退屈の亀を背負いて亀眠る呼盧呼盧《ころころ》戦駄利《せんだり》摩橙祇《まとうぎ》莎娑訶《そわか》

子が生まれ子に子が生まるるまでの日々大かたつむりしずかに伸びる

幼子のいまだ言葉を持たざるはまっすぐに見てまじまじと見る

小高賢歌集『本所両国』読了

四四四首おさむる歌集のモチーフは死であらんかとわれは頷く

歌を読むなら2Bできれば4Bの鉛筆をもて読みすすむべし

深川の「伊せ喜」どぜうの丸鍋に思うは鷲尾、否小高賢

重力にもっとも強く引かれいる胃のありどころ通夜よりもどる

前登志夫「山上の処刑」(『子午線の繭』)を思う

死者をみな楕円の石に眠らせて沈黙は日照雨《そばえ》のごとく明るし

風景はつねに昔にまきもどる白たちあおい紅たちあおい

懐手《ふところで》していたようなおたまじゃくしの胸からひょんと手が飛び出した

オヤニラミ

尾を落とし今宵陽気な蛙らがおぼろぼろぼろぼろ月に寄りあう

手の指のむずむずするは水掻きのはえくる気配　人は抱かれて

饂飩屋の簾《すだれ》灼けいつ内側に花は捲《めく》れてダチュラは枯るる

オヤニラミ飼える隣の大将はステテコが好きでステテコ干さる

アロマホップの香りの強き地ビールのふくろう印のビールは届く

ふくろうのラベルの地ビール飲ますとぞ飲みに来よとぞ常陸の国ゆ

美大生隣家の離れを借りたれば夜の窓にはパンツ干さるる

幾夜もかけてゴジラを造りいる隣家の窓は今夜もあけっぱなし

まだできぬゴジラを窓に確認し締切り過ぎし原稿に向う

完成したるゴジラを窓に置きしまま今夜は彼は帰らぬらしき

はだかの螢

ほたるほうたる風が攫える体重のはだかの螢を掌《て》の窪《くぼ》に載《の》す

人体の前後を決める遺伝子と左右を決める遺伝子がこと

前後軸、左右軸また上下軸　軸さまざまに人体暮るる

杭を打つひと野にありて夕暮れの野に沈みゆく一本の杭

マッチ棒茄子に刺されて茄子は立つ立ちたる茄子はむらさきの牛

ハーメルンの笛吹きのごと朝光《あさかげ》に老人たちを集めゆくバス

時間かけて一人を降ろす　夕暮れに老人たちを配りゆくバス

聖護院八ツ橋　元祖と本家道を隔つ午後の暑さに蟬しずみ鳴く

海岸の坂を登ればしずもれる熊楠記念館　夏至のデスマスク

摩羅の語源を調べなどして熊楠の一所懸命不気味に可笑し

亀の退屈

薄目してはるかな風を感じいる亀の退屈私の退屈

水平という平無《たいら》し海峡を押しあげて巨きタンカーは過ぐ

汚れたる白鳥の胸　白鳥の胸押しかえし水に力あり

朝光《あさかげ》に自転車はほそき影置けりまだわたくしは背伸びもできる

曼殊院　二首

幽霊の軸は冬にも掛けられて冬日衰ろうるなかの幽霊

掛け軸の枠をはみ出し描かるるこの幽霊に冬の陽淡し

市川康夫先生　二首

あるだけの髪を吹かれて向こうむき老い給いしを師とぞ思える

いちはやき語尾の力のおとろえを電話に聞けり語尾こそは力

南半球

ふくらはぎがこんなにだるく五十代はまだ元気ゆえ疲るるものぞ

八月は死者多き月　炎天に鎮まりてあちらにもこちらにもマンホール

David Walsh. シドニーに住む友人の死は　唐突に　電子メールで飛び込んできた。お決まりのハートアタック。私より二歳年長の五十五歳。十数年、彼とはさまざまな国のさまざまな町で出会った。会えば二人で飲んだくれたが、ジョークばかり飛ばしている彼のオーストラリア訛りのわかりにくかったことと。今年の秋から始めることになっていた共同研究も、ついにまぼろしになってしまった。

死は簡潔に伝うるが良し　三行のメールにて知るその心停止

南半球　冬のシドニー　簡潔に一科学者の葬の終わる頃

デイヴィッド小男なりし絶え間なきジョークの果てに死んでしまえり

I can't believe it《しんじられない》……　その妻の語尾は尾をひく無念は語尾に
奇形病学者《テラトロジスト》　性《さが》陽気にて業績の少なかりしよ　わが友にして
共著論文ひとつ残れりデイブとの共同研究遂なる未完
まだ死ねぬ蟬が仰向き羽を搏つ死にきるまでの体力をこそ
完全な〈死〉となるまでのながき時ながき助走に息つめている

嘘

つぎつぎに先回りして灯をともす人感センサーといういやな奴

共有した時間というのはほんとうに安心なのか弥勒よ弥勒

忘れてしまう者が遂には強きかな忘れ得ぬ嘘を熾《おき》のごと飼う

埒《らち》もなき鯰《なまず》のように頷《うなず》いてやさしき嘘は受け容《い》るるべし

あちらにもこちらにも開いている笑っている秋のアケビの山姥《やまんば》の口

レンタサイクル

なに切りて来し妻なるや鋸《のこぎり》と大《おお》釘抜きを下げて入り来《く》

傷ついて帰りくるときたいていは元気なり妻の手より酢漿草《かたばみ》

もっと削れもっと断れと妻を叱るわれの言葉はわれへの言葉

抱え来し雨を一気に落したる雲消えて比叡がひとまわり膨るる

二十五年ぶりに軽井沢へ　五首

嘴《はし》太き群馬のカラス「群馬の」と云えば何かがはじけて可笑《おか》し

二人乗り自転車に人を乗せてゆく駅前を出てりんどう文庫まで

有島武郎の死にたる跡の小暗《おぐら》きにそこかしこ黄の臼茸《うすだけ》は生ゆ

万平ホテル夜の明かりに向きあえどClos de Vougeot《クロドゥヴジョ》はまだ固すぎる

曲がり角に栗の房花《ふさばな》おもく垂れ夜が膨らむ闇が膨らむ

ひとりずつ死者には父母《ちちはは》あるゆえに死はいつもいつもひとつのみの死

殺されし、また殺したるそれぞれに父母《ちちはは》ありてわれは悲しむ

はてしなき時間が過ぎて降りつもる笹の葉あれば老いねばならぬ

灯をつけぬ庭おもしろし姿なく影なきものらひたひたとあそぶ

趣味でやるなら研究などはやめてしまえと語の勢いに己《おのれ》驚く

引き止めてもらえるものと思いいるこの若者は去らしむるべし

梔子《くちなし》が廊下の端まで匂いくる標本室に鍵かけるとき

固有名詞

堀を埋むる大賀蓮にも雨は降り秋田初秋の雨のあかるさ
線路を越えればそこ蚶満《かんまん》寺駐車場芭蕉句碑までゆっくり歩く
象潟は奥の細道北限地芭蕉饅頭芭蕉煎餅
陀羅尼助の大看板を濡らしつつ時雨あかるき中京の路地
わが庭の江戸柿はまず猿が食い落ちたるは狸が来て食えるらし

男女群島

疲れやすくなりたる妻を伴えば桜紅葉のしたのゆうやみ

どんどんと臓腑が上下しているぞ桜紅葉の坂くだりゆく

江戸柿と教えられたり渋柿のこの大柿は庭中央に

牛乳石鹸の泡につつみて嬰児を洗えり若かりしかの日のごとく

男女群島そんなに遠いか携帯の電波とどかぬ彼方の息子

一年前、突如破産通告をして経営者らが姿を消した「釣の友」社。息子を含め残された数名の社員たちは再建に向けて立ち上がったが、それもついにかなわなかった。

悔しさに泣きたる日よりはや一年こたびは泣かず再建ならず

夜と朝はひとつづきなり原稿がまだ足りぬ、そう最後の五枚

フリーズとわれは言い娘は固まると言いあいて嘆く消えたる歌を

二〇〇一年

髭の漱石

利休鼠深川鼠銀鼠雪の青鷺雪にまぎれず

半ばまで凍りし池よ夕暮れの深泥池に降りつもる雪

雪降れば雪を被りて灯りいる庭の灯《あかり》になお雪は降る

老婆ひとり拝みいたるを知るのみの石塔残され小さく雪積む

高きカラーに首しめあげて律儀なる髭の漱石髭をかなしむ

目の下の弛《たる》みわれにもある弛み髭の漱石何歳の頃

頸高く反らせて二羽の丹頂の対える間《あい》に透かしの漱石

某

老い人に老い人出会う下御霊《しもごりょう》神社に冬の光あそべる

重力の戯れとしていずこにも風花吹かるる歳末の町

高橋和巳を知らぬ世代を引き連れて酒を飲むことさびしくもある

戦前のこと聞くような目をするなバリケード・ゲバ・浅間山荘

竹に降る竹の葉に降る雪の音《おと》のはかなきを言えり術後の人は

この家にひとり残るのはどちらかとまだしばらくは気軽な会話

竹やぶの奥に陽が射す「ここに住みここに死にたる歌人某《なにがし》」

旧道

足跡に水溜まりおり水に降る雨のさびしさ午後深きころ

土濡るるほどならねども雨すぎてこの旧道の白梅の花

黒土は乾きはじめてひと畝を時かけて打つ義父の背は見ゆ

陽に透けて柿の若葉よ旧道に早く終《しま》える漢方の店

春の水盛りあがり堰を越えるところこころ危うき人を率《い》て来し

疲れやすくなりたるひとに歩をあわせ行けり桜の蕊《しべ》敷ける坂

川端通りの桜並木はなかんずく電話局のあたりが見ごろとなりぬ

裏山ゆ青葉木菟鳴く二声を単位に鳴きて楽しまぬ声

ささくれて尖ってそして寂しくて早く寝にけり今宵の妻は

家族みな疲れて言葉とげとげし曇れる午後は迅く暮れたり

足の裏手のひらのツボの図解付きツボ押し棒を妻も娘も使う

握りいし手よりコトリと椎の実が落ちて幼なの眠り唐突

『帰　潮』

竹の幹に竹の葉の影揺らぎおりいつまでを中年と呼ばるるものか

指の跡見えつつ塩の盛られいる玄関を入る人に会うため

誰からもまして家族に遠ざかりいたくて歩く路地から路地を

うちのめされてひとり行くとき葭簀《よしず》多く吊るせる路地に日は温《ぬく》くあり

遠慮がちに傍線いくつも引かれいる『帰潮』初版本を時かけて読む

代表歌といわるる歌に印なきこの古本をわれはよろこぶ

どこまでも夕暮れの町大阪は　門真市までをモノレール行く

敵を作らぬそんな男があふれいる授賞式会場の笑顔と笑顔

伊吹山薬草園より届きたる薬草の湯に首まで浸る

薩摩切子掌《て》になじみたり薩摩にはしぶやしげきとうへんちきりんな記者

矛盾

葉のおもてそして葉の裏あいまいにひとは笑える笑い続ける

自意識にがんじがらめの影かたく坂のはるかをうつむきて来る

コンビニの硬い光を出でくれば海辺のような暖かい闇

ゼノンの矢・アキレスと亀いまそこにあるものについに人は足り得ず

やめてしまえと怒鳴りつけたり背の高きこの学生を見上げるかたち

おろおろと涙ぐめるは見て見ぬ振り息子より若きこの学生は

選歌

選歌用紙に子の落書きのおもしろき江戸雪の歌稿が最初にありぬ

ファーストネームだけの作者の歌も読むなんだこいつはなどと思いつ

午前五時「塔」の選歌の終わりたり夜の明けるまでをぼう然と居る

しとしとと椿の花は落ちつづく選歌を終えし夜明けの庭に

とりあえず眼鏡のあわぬ所為《せい》にして眼精疲労も疲れの一部

選歌に殺されしとう宮柊二をこの頃肯定しているしかも本気で

アメンボ

アメンボを支えしずかに動かざる春早き水の表面張力

水を蹴り水を辷りてアメンボはついに世界を突き破れざる

職場より家に持ち来し不機嫌を遠巻きにしてこの小家族

ゆっくりと膨らんでまたゆっくりと縮みいるなり夜の病廊

割り箸の袋に書いてそのままになりたる二首や　山茱萸《さんしゅゆ》の花

一列に蛇口が空を向いているもうすぐ櫂が来る保育園

草の間に水ひかりおり黯《くろ》き水早春の水早春の土

あとがき

一九九九年（平成十一年）から二〇〇一年（平成十三年）までの作品、三九五首をまとめて一冊とした。『風位』に続く私の第九歌集ということになる。

前歌集『風位』は、「短歌研究」誌上における二年間の連載を中心に組むことになったが、この歌集ではかなりの歌が時期的にそれと重なっている。第八、第九と歌集としては分けてはいるが、改めて読み直してみると、時間的に重なったり、前後が逆転したりと、不思議な時間の歪みを体験することになり、自分でもおもしろかった。

しかし、全体の印象としては、同じ時期の歌と思えないほどに違った印象を私自身が持つことになったのは、ちょっとした驚きであった。前の歌集がどちらかといえば表の顔を見せていたとすれば、今度の歌集は、裏の顔とでも言えばいいのだろうか。ちょっと違う気もするが、昼と夜、表と裏とそんなことを考えさせるほどに、どこか沈潜の仕方が違うように感じたことだった。わずか三年という時間であるが、歌集の前半と後半でもずいぶん印象が違う。なによりこの歌集が、これまでのどの歌集とも違った雰囲気を抱え込んでいることに、私自身が驚いている。この漠然とした印象がどこから来ているのかは、まだ自分ではわからない。

歌集名『百万遍界隈』は、第七歌集『荒神』と同様、私の職場に近い地名に由来する。青春時代以降、東京と米国に過ごしたわずかな期間を除いては、私の人生のほとんどをこの百万遍を中心とした地域で過ごしたことになる。まことに狭い生活圏であると思うほかはないが、それだけにこの「界隈」まで来ると、なんとなくほっとした安心感を感じるのもいつものことである。歌の多くも、いやおうなくこの界隈の影を引いているのであろう。あと六年ほどで私も定年ということになるはずである。そんなことを漠然と考えるとき、この『百万遍界隈』という歌集名が、懐しいようなさびしいような、不思議に懇ろなひびきを感じさせてくれるのである。

今回初めて青磁社のお世話で歌集を出すことになった。個人的には、これ以上にうれしいことはない。担当の永田淳、植田裕子さんに感謝申し上げるなどと言えば、よそよそしい感じになってしまうが、このもっとも身近な二人が作ってくれたということだけで、この歌集は私にとって特別の意味を持つことになった。

中須賀岳史氏には、『風位』に続いて装幀をお願いすることになった。『風位』の力強い装幀はとても気に入っているが、今回の装幀も楽しみに待っているところである。

平成十七年九月二十日

永田和宏

後の日々

二〇〇七年十月十九日
角川書店刊
四六判カバー装二一六頁
定価二五七一円
装幀　伊藤鑛治

椋鳥

蝌蚪《かと》の腹むずむず泥をよろこべり窪あれば窪にかたまりて寄る

そら豆の咲く曲がり道春土の弾力をよろこぶわが土踏まず

ガラス窓にいくたびも蛾のぶつかれる梅雨寒《ざむ》の夜を裏山太る

胴体のこんなに長い影が行く月曜の朝のごみ置き場まで

ほととぎす啼きの幼さ梅雨寒の二夜《ふたよ》三夜《みよ》まだ裏山に啼く

洗いざらしの木綿の帽子の夏帽子あのときあなたは笑っていたか

寒い寒いと遠赤外線を浴びにゆく君の寒さは君のみが知る
平然と振る舞うほかはあらざるをその平然をひとは悲しむ
君よりも不安はわれに大きければ椋鳥のように目をつむるのみ
アメンボを押し上げて水の膨らめるきょうはあなたにやさしかったか
歌集『家』をかなしみて読む君が病気をまだ知らざりしあの頃の家族

六月九日、「未来」五〇周年記念大会にて（二首）

まっすぐに我も言うべし壇上の佐佐木幸綱肩をずり上ぐ
変わりつつ変わらざるのが結社なり諾いつつ聴く聴衆のなか
迎えてものを言うこと勿れあまつさえわれより若き彼らに向かい

したり顔の椋鳥といてこのごろの歌壇の噂愉しきろかも

眠りより覚めざるままにもうひとつ別の眠りに吸いこまれゆく

薯蕷《とろろ》蕎麦啜りつつ言うことならねどもあなたと遭《あ》っておもしろかった

人間はいつかはひとりいつもひとりジャコメッティの薊が走る

猫のまま死んでゆくのか猫として生れたことが嘘のようなおまえ

ガウディ

五月二十六日〜六月三日　バルセロナ郊外にてヨーロッパ分子生物学連合ワークショップ

金雀枝はやはり地中海が似合うなど海岸辺《べ》りを走りつつ思う

ハエの記憶力を測りつづけてリタイアの近きひとりと昼飯を食う

我がみつけたる遺伝子七つわれの名ときりはなされて残りゆくべし

あきらかに我を越えゆくいくたりを目に確かめて挨拶を終う

陽炎のなかに眠れるバルセロナ旧市街をゆくガウディに遭《あ》うため

ガウディのその不可思議の曲線は道をへだてて目陰《まかげ》して見る

中世の石畳道狭き道幾曲がりしてふいにカテドラル

贖罪教会入り口の扉《と》に彫られいる魔方陣、鵙はもうとっくにいない

永遠の未完というをよろこびて七〇〇ペセタを手渡して入る

聖家族教会《サグラダ・ファミリア》内より見上げる尖塔は百年の時間に漉《こ》されし光

屋根もたぬ尖塔は空へつつぬけの断崖《きりぎし》として内部の暗さ

ガウディの設計に従って一五〇年間作られ続けてきた教会。
完成の目途はまだたっていない。一人の日本人が働いている。

並び歩いていたる司教がふいにわれに日本青年の功績を説きはじめたり

わずかなる言葉で用は足りるもの　ビール一本《ウノ・セルベッサ》、ビール二本《ドス・セルベッサ》

——日本へ電話をすると……

「あなた、スペインに行ってるの！」と電話の向こう妻が驚く

図子小路

図子と小路の違いを説きて今日君は元気なり図子をゆっくり歩く
板塀も史跡のいちぶ塀に沿いて老いの歩《ほ》も行く膏薬図子《こうやくのずし》
こんなところにまだあったかとなでてやる丸い頭の郵便ポスト
水にごる昼の運河の行き止まり尻を浮かべて瓶が吹かるる
川幅を広く照らせる夕光《ゆうひかり》夏至のゆうべは六腑あかるむ
日がな一日時間を咀嚼して暮るる駱駝に清きひとすじの涎《せん》

飴色の螺旋見ることなくなりてラップのなかに行儀よき魚ら

ゴム紐に笊を吊るして勘定の早かりしかな魚屋でも八百屋でも

大いなる刃をもて鯨の腹を裂く昔見た絵は昔のままに

徹夜して実験をして徹夜して歌作りいたる頃の体力

厳父たれ蚊取線香滅ぶとも　攝津幸彦

厳父たれ厳父たらんか無理だろう昨夜《ゆうべ》の骨がまだ咽喉にある

いつのまに頭がこんなに悪くなり虻がもがけるカーテンの襞

この人は教師だったかなかばまで歌集を読みてようやく気づく

ソヴィエト連邦に五〇ページを費やせる世界大百科をまだ愛用す

どの歌も既視感のなかに竦《すく》んでいるこんな日はもう歌ができない

跳馬《ちょうば》鞍馬《あんば》不思議な馬は残されて体育館にゆうぐれ早し

月見草がもう咲いているゆうぐれと昼の間《あわい》をうすく透けつつ

この付近のドクダミ採らないでください実験用です、と貼紙

AB型と言えばそうでしょうそうでしょうとうれしそうなりうなずきにけり

幼子に見つけられたる団子虫の不幸は始まる小さきてのひら

雨合羽黒き三人《みたり》が働けり竹藪の闇を剝ぎとりてゆく

病院の一隅には祠があって……

千羽鶴千羽の鶴の重たさを吊るす祠に夕日があたる

ほそながき石に涎かけがかけられて目鼻もなきを地蔵と思う

なんびとも見たることなき不可思議の麒麟《きりん》というが林立をする

賞味期限

誰が投げし石か残れる半ばまで凍りし池の上に降る雪

ヴァイツゼッカー読みあぐねいつ木の塀の低きを越えて万作の花

値を較べ選ぶ余裕を楽しみて「傷あり」とあればその白菜を買う

牛乳は棚の奥より取るべしと妻の言葉がうしろより飛ぶ

賞味期限を牛乳パックに確かめて新しきを選べるまでの幾週

鉄塔の張るケーブルは見《み》のかぎり遠き峰近き峰また遠き峰

フェルマーの最終定理かの春もその辻に連翹の美しかりき

クレーンにて移し植えられし桜木の枝は切られて花を噴き上ぐ

正露丸にがき三粒を呑みくだし腹をなだむる春の日の暮

肺活量

肺活量の大きな闇に浸されて帰ろうとまだ人は言わざり

牛ガエル闇を太らせ鳴く沼の向こう岸にぞ人は病むなり

不機嫌な樟《くす》よ頑固なこの樟よ夕暮れごわごわとみじろぎをする

樟の木の大き一樹が夏雲を吐くを斜めに見て門を出《い》づ

やりなおしのきかざる生をよしとして昼を飲むなり飯屋の二階

拡げれば折り目がズズッとほほけたる国土地理院五万分の一

村のはずれの点滅信号　夕暮れは月見草の黄の濃く漂いぬ

解禁

川わたりきたる螢が不意に流れわが肺のすこし明るむ気配

梅雨ぼけというぼけ方もありまして刃物研屋はひねもす眠る

受診票

名前のみとなりたる母の名を書けりわが知らねどもいつまでも母

カタカナか漢字かしばし迷いたりかつて書きたることのなきその名

土屋文明書簡集その索引に高安国世の名のあらざりき

こらえいし笑いがいっきに弾けてより娘の笑いとまらざりけり

解禁を待ちて送られきたる鮎鹿児島の鮎は串もて焼けり

尻の形の悪きかぼちゃが座を占めて宅急便は汝が実家より

耕衣

輪郭のうつくしい夜の自転車とすれちがいたりながき塀沿い

落花尊四方に乾坤白し黒し　永田耕衣

落花尊と詠みたる耕衣少しずつ少しずつ人は死の側に寄る

終点の極楽橋まではしゃぎいしあの日の家族がまだ笑いいる

「お兄ちゃん」ではじまる葉書　妹が永田の姓に戻りたるなり

たんぽぽと言うときの口のひらき具合見つつ幼ながたんぽぽと言う

肺活量大き螢の息づきをこの幼子に抱きて見せやる

からすみを薄く削ぎつつ酒を飲む独りの老後のごとく酒飲む

日常断簡

1　人の死

競売にかけらるる地か境界に打たれし杭に止まる塩辛

朝顔の棚の根方に乾されいてブリキのバケツ　六月の雲

人の死に集りてすぐに帰りゆくわれら互いの多忙を許し

すべて予定をキャンセルしてしまいたる死者に一礼をして戻る日常

水盈《み》つる星に生まれてやさしかり死の唇に水を刷《は》きやる

山門の背後の空の暮れやすし疲れて人はあゝと言いしか

人の死はいつも人の死　いつの日ぞ人の死としてわが悲しまる

山の肩に山の影射す夕暮れのこのまま行かば国の境か

国境《こっきょう》と国境《くにざかい》の別を言うときにさざなみ近江の湖《うみ》の面《も》の照り

2　葡萄畑　六月三十日〜七月七日　リスボンそしてブルゴーニュ

たよりなき存在となりリスボンの夕日の坂を妻くだりくる

夏帽子着て君が立つゆるやかな葡萄の斜面《なだり》を背景にして

助手席にいるのはいつも君だった黄金丘陵《コート・ドール》の陽炎を行く

君の歩にあわせて歩くこの小さきBeaune《ボーヌ》の村を旅人として

施療院の暗き病室を巡りゆくわれら互《かた》みに体臭を消して

大いなる葡萄絞り器木製の梃子に集めき人らの力

いちれつに人々は梃子を廻しけん人力《じんりき》という力を恃《たの》み

クロ・ド・ヴージョの畑の彼方かげろいて絵葉書と同じシャトー現わる

利酒騎士団の赤き制服も飾らるる石の冽《さむ》さを君は拒めり

ひらりひらりと君の歩みのはかなさは古きシャトーの古き中庭
利酒騎士団＝シュヴァリエ・デュ・タートヴァン

3　江戸

微分して成りし傾斜か富士山の山裾やさし車窓より見る

北斎も赤人も見ることあらざりし宝永火口のでっぱりが見ゆ

坂多き東京に坂の名の多し動坂逢坂歌坂もある

大深度地下計画は地下鉄の繭のまなかの闇をくぐるや

江戸という時間ぶあつき襞をなす雨の谷中《やなか》の墓地よぎるなり

最後に死んだのはいつだったろうというような髭の子規子の横向きの顔

落日庵蕪村のごとく嘆くべし目の下の袋を脹《ふく》らませつつ

夜半亭ならきっと「けしからぬ」と云うだろうこの晴天の夜の雲の行き

「今日もけしからぬ快天、うつうつと在宿ハ毒ニて候」（百池宛書簡）

雨の日に頬杖をついて酒を飲む蕪村の無聊に重ねつつ飲む

「交はりにも季節あり」とぞ言いたるは熊楠にして頷《うなず》かしむる

熊楠と孫文、二人の間の時間と距離

4　猩猩蠅

飯食いに来し路地の奥破れ目をホチキスで継ぎしすだれが下がる

教授の目を盗んで映画に逃げていしあの頃　何かがまだありそうで

叱らるることもはやなき我に教室を逃げ出すという喜びもなし

ハエというは業界用語ショウジョウバエの遺伝子が明日には届く

ランゲルハンス島より持ちかえりたる細胞の一亜系わが孵卵器に飼う

ランゲルハンス島はラ氏島とも言い、膵臓内の内分泌組織

とりあえず鳥居はゲートと説明し斎庭《ゆにわ》に入れば影の濃淡

経歴の空白四年　ベツレヘムの軍にありにきこの人しずか

Dr. David Ron イスラエル出身、ニューヨーク州立大学教授

目黒寄生虫館よりかかりこし携帯電話の声の明るさ

アスカリス一匹一匹洗いいたるかの日の午後の記憶もかすか

アスカリス＝廻虫

5　亀と蟬

亀はみなむこう向きなり老いるのもいいものだぜとうつらうつら

首をあげればそこがあの世というように薄目の亀が風を感じいる

仰向きて蟬は死ぬなり仰向けば蟬には見えぬ終の日の雲

かなかなの声の断崖《きりぎし》啼きしずみ啼き澄み左右《さう》に声立ちのぼる

二日ぶりにもどりたるわが雄猫は神隠しにあいたるごとく神妙なり

釦のように鈍く光りてマンホールも水たまりもありぬ夕光のなか

駅前に自転車ならぶこんなにも世に父ありてなみだぐましも

馬の鞍自転車の鞍にんげんの尻置くための不思議な形

おはぐろがステルスのごとく宙にとまる夏かたぶくと言えばそのまま
ステルス＝レーダー非感受性飛行物体

ウルムチ

ウルムチは天山北路雲低く空高きかな夏終わるころ
サマルカンドは北路南路の果ての町　雲湧き雲の行き迅き町
梟のめがね掛け木のめがね掛け　めがねのないとき寄り目のふくろう
昔ならキャンデー屋が通り過ぎただろうダチュラ萎るる路地の入口
電子辞書より三宝鳥の声聞かせたり歌会の席の向こう側より

焚く

欅より降りつぐ黄の葉を掃きておりおり死ぬまでこうして掃くと言いつつ

女たちはひきこもりおり冬庭に息子とふたり生木を焚けり

火もて火を継ぎていなりようやくに冬の陽射しの衰うるまで

柿落葉欅落葉をくすぶらせまだ火とならぬ火を口に吹く

ひそひそと鳥に知られぬようにに出すゴミ収集日の黒いビニール

寒に入るほとけは足の冷えながら組みたる足に差す日のひかり

自転車

自転車の籠に落葉の溜りいてこのまえ乗りしはまだ夏の頃

知らぬはずの名前を呼んでいたようなさびしさ目覚めをはかなくおりき

こんな日は誰かがそばにいて欲しい裏山の紅葉に陽が当たりいる

ほんとうにそれは誰でもいいと思う箒草の穂を手になでながら

高枝鋏たてかけてある江戸柿の大き柿の木葉を落としたり

鞠小路《まりのこうじ》に温く眠たい午後の陽がさしてゆらゆら自転車が行く

かわうそ

今朝はいくばく機嫌も良けれ獺《かわうそ》の口が笑うぞ万作の花

白梅《しらうめ》はあちらこちらと見えながら病後のひとの歩幅はかなし

木梯子の二本の足に乾きたる泥の跳ねあり柿の木しずか

軽きサービスの筈なりしそのひと言の卑しさはわれのみの知ることとして

バックして霊柩車は入る路地の奥　死者乗せて前へ進まんがため

二二〇馬力　この換算の無意味さに尻尾を振れる馬の尻見つ

どぢやう

おーい、どぢやう、どぢやうはまだか　春日《しゅんじつ》の硝子戸のうちくぐもる声す
約束は果たされぬうちが約束ぞどぢやう井関に甘き風過ぐ
掃除機の内臓は気管支かはた消化器か議論は酔いの淵《ふち》にはなやぐ
腹痛は有無を言わせずおろおろと途中下車してトイレを探す
頭ふたつ靄に没して静かなり東京都庁は翔《か》けることなし
ヒアリング終えきたる身をあそばせて不忍池鰻塚の辺《へ》に

この辺であきらめておけということか朝陽ににごる踊り場の塵

いちどだけやってみたかった埒もなく斬らるるのみのやくざの子分

雌日芝

雄日芝より雌日芝がいい　あの頃の君が歌集にいて素直なり

片手抱きに子を抱いて石段を降りてくる遠い昔のわれを見ている

返事はいつも呻《うめ》くがごとく短くて息子はいつまでも昔の息子

お父さんの下駄を履いている幼子が泣いているなり雨上がりの坂

すとんという感じに幼なはねむりたりそのぐにゃぐにゃがわが肩にある

君《くん》づけでみずからを呼ぶ二歳児がその父親を呼び捨てに呼ぶ

おさなごを抱きてぬるき湯にしずむ胸と胸とが蛙のようだ

この子には今日の記憶は残らない自転車の前に乗せ深泥池《みぞろがいけ》まで

風もあらぬに

重力を自在にわたる綿虫に観自在菩薩のひかり衰う

マッチより落葉に移す炎《ひ》の形やわらかいなり風もあらぬに

一〇センチ分だけ目盛り細かく刻まれて一尺長の竹の物差

尾を垂れて路地を出でこし老い犬は尾を垂れしまま歩道を行けり

薄ら日に犬ねそべりていたりけり汚れてありき白梅《しらうめ》も犬も

気難しき老人として疎まれんわれの七十、いや八十代は

老人も幼なも眠りやすくして午後の陽射しが車内に深し

去りゆきし男をいまもさんづけで呼ぶ妹を電話に叱る

一重山吹

『古事記伝』三之巻《まき》には「さて凡《すべ》て迦微《かみ》とは……」怪《け》しき夜の白梅《しらうめ》

赤白だんだらの煙突のむこう煙のむこう富士の頭は白かりしかな

いつもいつも汽車が芒を分けてゆく夢にわたしは寒がりている

いきさつは知らねどなぜかわが庭に残されて小《ち》さき国東《くにさき》の塔

はかなかる一重山吹歳月は過ぎてかえらぬものを呼ぶなり

静原の谷を小暗き風過ぎてここだもそよぐ一重山吹

水が立っているぞと思う水を祀る神社は深き昼の静寂

橋を越えつつ柳絮流るる夕暮れを明るくて人は死んでしまえり

なかんずく歌人は長生きするべしとあいまいに笑いて車を降りる
自殺者がもっとも多き年代の半ばにありて橋に吹かるる

死者たち

死にたるは死にたるどちの親しさに雨を避《よ》けおり簷《ひさし》深きに
朴の大葉に風吹くたびにこぼれ落ち死者たちで庭のにぎやかになる
ひとりまたひとりわが庭を通りすぐ幾人を私は知っているだろう
なにがそんなに楽しいのか生きているように子を抱きいそいそと過ぐ

ゆうぐれに西瓜の種を吐きいだす世界のゆうぐれにびっしりと死者

二年前

妻の歌集のゲラ読みいたり二年前のあの頃だったか「釣りの友」倒産

社長らが行方くらまし若きらが取りのこさるる　倒産というは

己が記事の雑誌に載らぬ悔しさにただ一度息子の泣きしその夜

なんとかなるさとわれが陽気に言いしこと　何ができたかあの寒の夜に

釣り雑誌の記者なりし頃の書き入れか䱡《ホッケ》の欄外の細き数行

*

販元として前列に撮られいる息子はいまだ緊張をして

どこでだって死ぬことは

昼酒を飲まんと入りし飯屋にて二階より見る川に降る雨

炙りたるかわはぎも出て昼の雨まだ行ったことのなき阿頼耶識《アラヤシキ》

嚢《ふくろ》六つ蔵《しま》いて男は嘆くかな酒飲めばひとつのふくろにぞ満つ

ため息は吐《つ》くものぞゆめため息に呑み込まれるなといたくまじめに

合歓はいつも辻にしずかに咲いている見るたびに死者の増える気がする

全身でひとは死ぬなりどの組織ももういいと言うときに死ぬ
もういいよがんばらなくてもと全身がうながしている人の死までを
口元が緩むとうこと死者に許してはならず繃帯をもて顎を括《くく》る
枕木は夏の油の香を放ちあとは死者から遠ざかるばかり
どこでだって死ぬことはできる消火栓と壁のあわいに蟬が仰向け
時をかけて死にゆく蟬よ死ぬまでに水飲むことのあらざりし蟬よ
じめじめしない死に方はいい八月がおびただしき蟬の死を降らすとも
キーボードの機嫌が悪い粘液のような空気が窓を撫でている

疲れから来る鬱でしょうもの言わずそれでいてへんにやさしいのです

赤い頭の丸いポストに会いたいと徐々に危うし疲れているぞ

服着たることなき河馬がゆっくりと水あがるとき水溢れ落つ

ああとんでもないこんなはだかというように凸面を金魚が膨らみてよぎる

夕闇は盈《み》ちつつ世界の夕暮れにアボガドロ数の猫ねむるなり

にやにやと慇懃無礼な烏らが鳥居の上からわれを見ている

その人の鬱は感染しやすくて鳥居のむこうまで猫を見にゆく

振り分けに玉葱を竿に乾していく妻がとにかくうれしそうなり

がんばっていたねなんて不意に言うからたまごごはんに落ちているなみだ

長女

長女という名に呼ばれたるわが妻が裏手にまわりスイッチを押す

重油式火葬炉すでに旧式にして裏にまわりて火を確かめる

義父を焼く炉の火を裏から確かめて夜の更けまでを親族は待つ

屑籠というもののなき霊安室鼻紙はまるめてポケットにしまう

師団街道

日差しがもう褪せているよと釣具店に小さき鉛《なまり》を選びつついる

小さい順に鉛の玉は並べられざらざらと夏の終わりのひかり

錘に使う鉛の玉は口を開いていて、「嚙みつぶし」と呼ぶのだそうだ。

「嚙みつぶし有り⧄《マス》」という下手な字も紙も褪せつつガラスに貼らるる

肌理粗き晩夏のひかり垂直に人は立ちつつよぎりてゆくも

師団街道夏日のなかを静まれり戸口戸口にダチュラを咲かせ

老いたるが汗を拭いて立ち止まる路地にダチュラは好まれて咲く

影を抱く南京黄櫨の木に凭る兄貴と呼ばれしことついになき

にわか雨に軒を借りればむかい屋根の鍾馗《しょうき》の腹を雨流れ落つ

入口の階段でいつも蹟いた日仏会館閉じられにけり

日仏会館で英語字幕の「去年マリエンバードで」を見たのはいつだったか

理解などしていなかったマリエンバードといえる韻きの杳《とお》さが好きで

「OTENBA KIKI」がなくなりました」蔓ばらの繁るレンガの塀を残して

夏帽子忘れてきみが引きかえす窓辺の椅子に陽はまだ射せる

針金に茎曲げられて届きたり胡蝶蘭はいつもお祝いの花

根元より咲きて根元より散りはじむ届けられたる胡蝶蘭の花

飲み終わる度にアルミの缶を拉ぐこの男とはつきあってられない

言うて詮ないことを嘆くは愚かぞと傷つけるひとをまた傷つける

引き返すことばかり言いまた嘆く君を率《い》て池の辺《へ》を歩くなり

とりとめもなき睡魔のようなかなしさよ言い募るこの女人のまえに

白膠木

道の辺《べ》の石は撫でられ撫でられて目鼻あらわれくるというまでを

誰かそのひそひそ笑いをやめさせよ月がどこまでもついて来るなり

人を憎みいつまでも憎みやまぬ人と亀が背を干す池の端《はた》まで

なんにしても許すことをまず覚えよとエノコロの穂をしごいて歩く

翼《よく》のある奇数複葉いつのまにわが庭にきて白膠木《ぬるで》陽を浴ぶ

ヌルデノミミフシ虫癭《ちゅうえい》をなすかつて歯を染めいし頃の女らの五倍子《ふし》

ガイマイゴミムシダマシの生態を読みおれば母の口調のなかの外米

キリアツメゴミムシダマシは逆立ちし夜霧を脚に集めてぞ呑む

わが庭の多羅葉《たらよう》の葉を冬瓜《とうがん》ととりかえて男帰りゆきたり

文政の江戸の大地図火の匂い籠もらせて江戸の闇はありしか

柱時計が十二時を打つ佛らが空也の口より踊り出づるごと

駅の名を呼びて車掌の通り過ぐあの頃の沓音《くつおと》は床《ゆか》の木の音

高橋和巳

ビンと缶回収場所まで提げていくこの一週の夜の分厚さ

ソーダ硝子あまた捨てられあるところときおり猫と驟雨が過《よぎ》る

もうすぐ死なねばならぬ人の歌を読みおり晩年という時間の薄さ

風車《かざぐるま》あまたまわして売りいたり風売りてかくも人老いにけり

高橋和巳その名も知らぬ理科系の世代差あわれ昼飯を食う

どの屋根も重き瓦を載せて反る対岸という距離のかなしさ

糺《ただす》の森の小さき闇がゆっくりとせり上がるなり今宵十三夜

カズヒロ

小中英之は年来の友にして長く会わざりき、悼みて六首

新聞に友の死を知る歳古《ふ》るというは疎遠になりゆけること

風立ちぬ出町柳に風立ちぬさびしいぞひとりで死んでいたなんて

カズヒロとしか呼ばざりし友亡くてその晩年にわれはあらざりき

憎みいし家族憎まれいし家族そのさびしさのどちらもわかる

晩年を会うことのなくて死にたればさびしくはあれ悲しまざりき

神のてのひらもしあるならば公園のひだまりにある子供自転車

＊

二人乗りの赤い自転車かの夏の万平ホテルの朝の珈琲

立てかけられてある自転車に押し寄せる容赦なき葛のひと夏の暈《かさ》

猥褻な空間となり駐輪場のサドルが夕陽にいっせいに照る

貧乏ったらしい男も花も嫌いなりなかんずく木槿の花きらいなり

血圧の低そうな花の昼顔がほつりほつりと続く草道《くさみち》

花は野の花を選びて買いもどるこの頃鬱がちの汝が誕生日

人非人《ひとでなし》という顔で妻子がわれを見る　死んだ猫の顔が思い出せない

己が影のなかに小さく座りいてそうかこの猫はもう老婆なのだった

誰か目薬をさしてくれよと言うこともなく縁側に猫は目を閉ず

そこがあなたの岬でもあるというように光翳ろうなかの頬杖

家族に病人が出てからは

ドクダミの匂いのなかにドクダミを洗いいる妻　夜半の流しに

病人の様子は訊かず　訊かざるがやさしさということだってある

縄のれん片手に分けて出づるとき折しも低く霆《いなずま》走る

注《つ》がれたる大吟醸の盛りあがるコップの縁には唇をもて寄る

食べてしまう人あるゆえに乾燥剤どの袋にも「食べられません」

にやにやと口元笑う鯉がいて貸して返りて来し夏扇

評論家樋口覚は優秀な編集者でもある
大詰めに近き辞典のこの厚さ査読はいよいよ細部に至る

研究者でも編集者でもなき位置にわれを措きつつ査読に籠もる

せめて土曜が休みなら、などと思いおり決して休まないだろうとも思う

ケータイを手に手に女学生通りすぐ高田馬場は仇討ちの場所

事なべて終わりたるごと炎天に人あらずけり地下を出づれば

初診カード

親の葬式を立派に出すのは長男の責任と言う声は木戸から

仏壇はわが家にあらず死ぬまでに買うことついになからんと思う

墓参りにわが行かぬことさびしいと思いいるべし父は言わねど

もう誰も母を埋めたる場所を知らずこの辺だろうとそれぞれに立つ

ただ一度母の名をわが書きたりき初診カードに小さき欄あり

三十年前の東京を子は知らずならびゆく雨は東京の雨

遠い風車がゆっくり光を攪拌し茅花《つばな》さびしきわが誕生日

犬　蓼

ぺたんぺたんと足音させてついてくる　もうついて来るなって月よ

ひそみいし小さき闇が廂より這い出づるなり京に路地多し

さえざえと欄干の影は橋に落ちフィボナッチ数が踊っていくぞ

地の耳ぞ草の耳かと訝れば茸の耳とう声が窓より

洟をかみ洟をかみして大泣きに泣ける娘と夜のあけるまで

もう少しつきあえということらしき外の冷蔵庫にビールを取りに行く

ぬいぐるみを抱きて椅子に眠りいる里子に出されし幼なのように

いまはただ研究にのみ沈みいよついにいずれを択ぶにしても

モチベーションの萎えたるを不意に言うときの影の中なる夕曼珠沙華

震えつつ躄《いざ》りゆくなり朝の卓に娘の携帯電話《ケータイ》を誰か呼びいる

腓《こむら》返りに効くと言われて処方されし芍薬甘草湯は湯に溶きて飲む

この男にだけはどうしてもかなわないとかの日のごとく昼酒を斟《く》む

ばらばらと人ら眠れる昼の車輛だれもが昨日のつづきを負いて

貧しさが似合いておりしあの頃の犬蓼か穂はゆっくりそよぐ

ゆらゆらと路地から路地へ自転車をあやつりて出あいし犬蓼の花

葉のかたち枝のかたちの暮れ残る参道の空　ひとはまた泣く

この家にひとり残るのは嫌なのだひと夏をかけて繁るヤブガラシ

西洋朝顔《ヘヴンリーブルー》はじめてわが家に咲きし夏の終わりに君が乳癌を病む

妊《みごも》りしひとのごとくにゆっくりと仰向けになりぬ疲れしわれは

われが行かねば一日だれも来ぬ部屋の南よりさす日差しを思う

くぬぎどんぐり

二年前の冬だった。師を最後に病室に見舞った。

わずかなる凹凸を縫い流れゆく水しずかなり人はもう死ぬ

お濠端の一角にして水の面に塵芥《ちりあくた》寄り浮かべるところ

櫨の古木剪られたるあとの空間をとりあえず秋の光が盈《み》たす

境界の櫨の古木は剪られたり櫨の影もう射すことのなき庭

影までもきれいにかたづけ植木屋の去りたるあとの櫨の木の暈《かさ》

君とおなじレベルで嘆くことだけはすまいと来たがそを悲しむか

君よりもわれに不安の深きこと言うべくもなく二年を越えぬ

われのひと世にもっとも聡明にありたしと願いし日々を君は責むるも

ともに嘆くということをせぬわれを悲しんでいる人は眠りぬ

かたくなに同情とうを拒みつづけかろうじてわれはわれを支えこし

ひとことのやさしきことばはたちまちにわれを侵すであろうと恐れき

紙を押さえて卓上にあり幼子の忘れゆきたるくぬぎどんぐり

広隆寺

国宝となりしばかりに拝まるることなく弥勒はただ照らさるる

見て過ぎる見て感想を言いあえるうわさ話のごとく気楽に

近寄りて見上げて人は過ぎるのみ半跏思惟像を彫刻として

昔むかし小さき堂にありし頃のほのかな光を知っているよわれは

太秦に東映大映ありし頃の弥勒を知れるわれもひとりなり

冬の日の閉館間近　堂の暗き出口は子どもをホイと吐きだす

ストーブに尻を炙《あぶ》りて老い人が立てる出口にわれは躓《つまず》く

御陵《みささぎ》に池あり池に朽葉あり亀がときおり薄く目を開く

冬眠を忘れし亀は薄き陽に薄き目を閉ず阿毘羅吽欠《あびらうんけん》

陀羅尼助《だらにすけ》本舗の古き看板に雪はほどなく霙《みぞれ》となりぬ

遠くありてわれを憎める人ひとりまざまざと思う半月の暈

蓬　萊

鞍馬行き最終が出て灯の落ちしホームの雪は霙に変わる

ポケットに手を入れてゆく雪道に烏吹かれてどっと囃せる

幣そよぐ石の鳥居をくぐりたり人も鳥居も影をもたぬ夕べ

石の犬が石の玉嚙む境内の入口まで来て帰ろうと言う

自意識をやぶがらしのごとく巻きつけてこの人さびし背が冷えている

「蓬萊」は眠りの縁にぞ過ぎいたる江若《こうじゃく》鉄道単線なりき

つもりたる樋の朽葉を落としおり脚立の下に土湿りゆく

ざらざらがあるのが椋でわが庭に椋あり欅ありこの大欅

阿毘羅吽欠

月光の領するところひとつかみふたつかみほど梅の林あり

さらさらのひかりが梅に触れている阿毘羅吽欠《あびらうんけん》おさなご目覚む

退屈をどれもどれもが主張する梅の林に径は蛇行す

「思いのまま」なる木札は古びこの梅に差すひかりわれもきみも老いしむ

「思いのまま」という梅の木がある

悶えるように笑いつづける　もう何年もそんなあなたと暮らしてきたが

身長と身の丈は違うものなればこの古き梅の身の丈良けれ

おぼおぼと梅に光は差しいたり私鉄沿線　誰からもひとり

あとがき

二〇〇一年（平成一三年）から二〇〇三年（平成一五年）までの作品、三五七首をまとめて一冊とした。『百万遍界隈』に続く、私の十番目の歌集ということになる。

この間、河野裕子の手術があり、家族の生活は一変した。手術そのものは一日だけの入院で済むものであったが、乳癌という病名から来る再発への恐怖は、本人だけでなく、家族をも日々の暮らしのなかで苦しめざるを得ないものであった。手術に由来する体力的な不如意と、再発への怖れは、長いあいだ妻を苦しめ、精神的にもかなり不安定な時期を耐えねばならなかった。もっとも苦しいのは本人を措いてないが、そのような日々を共に過ごす家族の苦痛も大きなものがあったのである。

術後七年を経過し、ようやく再発の怖れからも解放され、落ち着きを取り戻しはじめているのは、私たち家族にとって明るい材料である。

この時期の私を占めていたのは、病後の妻との日々であったが、一方で研究の面でも、いよいよ時間のやりくりに窮するようになってきた。この間、文部科学省のかなり大きな研究グループの領域代表や、国内、国外のいくつかの学会長などをやることになった。それでもなんとかやってこられたのは、私のまわりに私を助けてくれる多くの人材を得たからであろう。

研究室では若い優秀なスタッフや大学院生がいて、この間にもいくつかの大きな発見があり、トップジャーナルにも掲載された。研究室では四つのグループにそれぞれリーダーを置き、かなりの部分を彼らに任せている。大学院生たちとの日々の討論のなかで、研究がどのようにダイナミックに展開していくかをリアルタイムで体験することは、今もなお、私にとってもっとも大きな喜びである。

そして「塔」ではこの時期の編集長、吉川宏志・真中朋久、それに続く松村正直編集長などをはじめとする編集部の若者たちが、すでに私を必要としないまでに「塔」をぐんぐん引っ張ってくれている。雑誌の運営や、作品、評論などにおける彼らの活発な活動は、まぎれもなく現在の「塔」の発展を支える力の源泉である。

かなりいい加減な私が、科学と文学との両方をなんとかやりくりしていけるのも、このようないい仲間に恵まれているからであろう。

この歌集の出版にあたっても、編集者というよりは、いい友人と勝手に思っている山口十八良氏にお世話いただけるのはありがたいことである。山口氏とは、『短歌』編集長時代からの付き合いだが、現編集長の杉岡中氏ともども、なぜか一緒に酔っている場面しか思い浮かばない不思議な人たちである。この歌集がこのような友人たちの手になることの幸せを思うのである。編集・校正に際して、細部にまで親切な配慮をいただいた田野島涼子さんにも感謝をしたい。

二〇〇七年八月二四日

永田和宏

日和

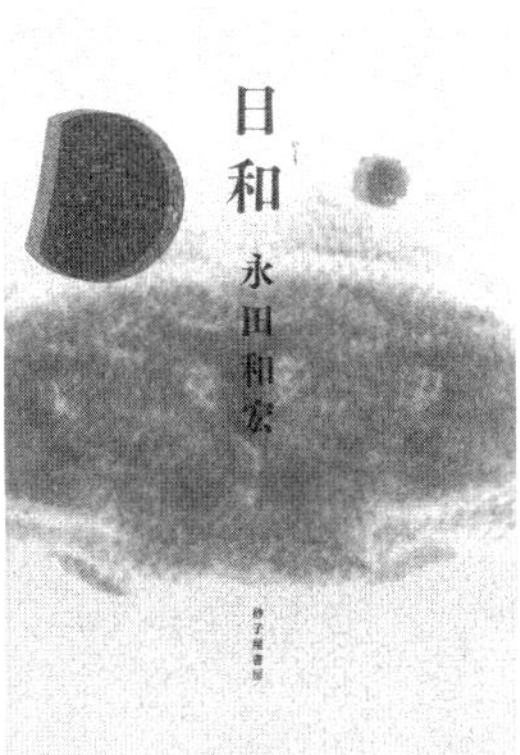

二〇〇九年十二月二十二日
砂子屋書房刊
A5判カバー装二六六頁
定価三〇〇〇円
装幀　倉本修

平成十五年（2003）

山の桜

あそこにも、ああ、あそこにもとゆびさして山の桜の残れるを言う

対岸の桜はついに対岸のものにしてしんと夕べかなしき

ぐずぐずと月が形を崩しゆくもういいよ、とはもう言わないでほしい

こんなところに隠れていたかと路地の口に小さき闇をころがしている

隠れたき逃げたきわれに河豚の肝喰わせんと来て人らははしゃぐ
博打の木《ばくちうちのき》を知っているかと言う西洋博打の木《せいようばくちうちのき》のほうが大きいんだぜ

春の雪

強磁場に揺られ弛みし脳が見る町には春の雪降るものを
ゲラ刷りとなりたる句集にいる男軽やかなり洒脱なりわが知らぬ父
母を埋めたる場所を知るのは父のみぞ父を伴うふるさとの墓
何年も土葬というはあらざるをこの山墓に烏の多し

さびしくて先に寝ねしか対応のまずさを娘はわれに指摘す

階段の上から猫が見下せるまだ終わらざり今月の選歌

助けてたすけてと語のあいだより訴うる一首を落とし次の葉書へ

河童が人の尻を抜くとはどういうことかと尋ねれば人はただ笑うのみ

ひよむき

車窓より見る梅の木のよろしさよ梅は村里に添うごとく咲く

木の橋のむこうとこちら梅が咲くひよむき柔く子は抱かれくる

眠りたる子は抱かれて帰りゆく黄の長靴に泥撥ねしあと

「のっぽさん」しゃべらぬことを楽しみて見ていたりあの頃はまだ父として

雨の夜の窓よりもどり来し猫にアスファルトが匂うと君が言うなり

ひと瘤よりふた瘤がいい　幼子に教えるラクダと言える生き物

この子には絵本のキリンがキリンなりふわりと高く抱き上げて見す

弱視矯正の丸いメガネが可笑しかったこの息子が横抱きに子を抱え来る

亀

水面に近く歩けばそのままでいいよいいよと水のおうとつ
ゆっくりと冷えたからだがあたたまる死ぬまで亀でいるほかはない
どどどどっと、ドミノのごとく飛び込めり後宇多天皇陵の亀たち
死ぬことがふさわぬ齢《よわい》となりにけりするりと水は亀を呑み込む
水の面に首伸べて亀が泳ぎいる頑張れアリナミンVドリンク
亀の上に鶴が立つなる青銅の不思議を置きてかなしふるさと
いつまでも亀であること退屈を噛みつぶそうとして涎落つ
閑居してなす不善にはあらざれど退屈だけが大敵である

起き直るたび仰向けにして遊ぶ幼子は飽きるということがない

ミドリガメになりたいと言いしは誰の子か確かモグラや石鹼もあった

そよぎかたのやさしいのはどれもイネ科よと、北上川の堤に立ちて

ソフトボール大会負傷骨折

指先に弾けるほどの近さにていただきに白き測候所は見ゆ

こんなにも鈍かりしかなバックしてバックしてああ背より倒れき

ナイスファイト！　女子学生ら囃したり何がファイトだ息ができない

痛みこらえて四回裏までは守りたれど比叡平の風が冷たい

肋骨軟骨骨折全治六週間くしゃみするたび顔がゆがむよ

うさぎ走る

われの見る月とかたえに君の見る月とはつかに重なりて透く

髭の色を確かめんとして髭のばす　はしゃいであればみな安心す

不意に泣き、顔裏返すように泣く　ひとりの前にたじたじとわれは

いつのまにこんなに老いてとまず撫でる丸き頭のむかしのポスト

この蚊はもはじめて人の血を吸いてはじめて搏たれはじめてぞ死す

なぜ俳句を択びたるかとまたおもう攝津幸彦情濃くて死す

滑走路にあまたうさぎの走りたるシャルル・ド・ゴールかの日家族と

いくつもの想定をして将来のことを思いぬ　どれもさびしい

骨軟骨腫

四十年経て尾骶骨に見つかりし骨軟骨腫《オステオコンジローマ》楽しきかなや

「こんなところにはじめて見ました」友にしてこの医師にやりとうれしそうなり

尾が少し伸びたと電話に言いやればうらやましそうなりその子四歳

少しずつわれに尻尾の伸びいるとこの幼子は眩しげに見る

このところボスの尻尾が伸びている！　誰だ最初のメールの主は

ベルリンその他

七月。ベルリン滞在六日、鷗外記念館にも行った

樺太に行きしことなし樺太と同じ緯度なるベルリンに飲む

十時にはようやく空も暮れはじめ蠟燭の灯が卓に揺れいる

『舞姫』を呼び寄せておりWebもわれも眠れぬベルリンの夜

ユダヤ乙女に彼が会いしはこのあたり赤屋根のあれがマリエン教会

ベルリンの書斎に見たり津和野にもありきいくつもあるデスマスク

東西ベルリンの境界にあったチェックポイント・チャーリーは元検問所。いま博物館

砕かれてかの日の壁が売られおり大きなものほど値段も高い

脱出の手段さまざま感心し笑い見る莫迦　映画ではない！

奇想天外な国境越境の道具たち

必要は創造の母　まことこの悲しき母の産みたるものら

このあたりはもう旧東　外装のみ新しくなりしビルが続ける

第二次大戦で灰燼に帰したピュルツブルグ。町の中心にある幾つかの教会だけは完璧に無傷で残されていた

教会を残し人家を残さざりし見事なりこの選別の跡

教会を避けようとせし照準に人は人家はいかに見えしか

教会だけは残してくれし爆撃を感謝したのか同じ神を持ち

壁だけが残れる廃墟　屋根も壁も残らざりし東京の場合

教会を残そうなどとは最初から考えなかったか長崎の場合

ローテンブルグの中世犯罪博物館、これすなわち拷問博物館

拷問具つぎつぎに見る　人間にはかくも豊かな想像力があった

想像が創造を生みつぎつぎに暗き欲望に応えゆきしか

拷問具の開発企画業者などありたるか高級専門職として

今ならば特許になるぞ　笑いつつ過ぎしが凄《さむ》き地下の暗がり

正義（ジャスティス）を象徴する像は常に天秤を携えている

正義には天秤が必要であるらしい絶対などは無いってことだ

城壁の補修寄付者に「大阪府」とうパネルもありてほのぼのと過ぐ

ハイデルベルクからアメリカへ、ニューハンプシャーのゴードン会議にまわる。四年ぶり四度目。宿舎は大学のドミトリー

窓に近くウシガエルが低く鳴きつづく寄宿舎でまず歯を磨くなり

シャワーカーテンの向こう陽気な男なりイチローを誉められて悪い気はしない

シャワー室のむこうとこちらゴジラよりイチローだよと盛り上がるなり

揺り椅子に脚あげて日中《ひなか》老人が眠れるこの町を好きになりそう

帰途、ボストン空港のホテルに一泊。八階の部屋に入ればカーテンの陰に大きな一足の靴が

窓を向きて残されし靴靴を脱いで誰かこの窓を越えてゆきしか

眠剤

八月、再びヨーロッパ。ポルトガルからカナダ、ケベック市へ飛ぶ。途中チューリッヒに数日。

午後遅き目覚め悲しも旅の宿の窓に陽を透く大き葉は見ゆ

眠剤の効きて眠れる頃ならんか湖畔に遅き朝食をとる

旅に来て昼より飲めば午後は長し湖畔といえる静かなる場所

耳をもて蠅追う牛のいる柵に沿いて歩めりその終わりまで

一匹の蠅まつわりてひとりなる旅の昼餉の貧しかりしか

行きなずむはわれのみならずむこうより風にながれて来る赤とんぼ

「ジュゲムジュゲム唱えて玲が這ってます」そんな書き出し日本よりのメール

平成十六年（2004）

飯屋

中年か初老か話題はもりあがり昼の飯屋の裏庭が見ゆ

裏庭にバケツ干されて猫もいる一膳飯屋とこれも言うべく

床几《しょうぎ》ありて冷麦を喰う塩辛蜻蛉《しおから》がむこうの端に止まれるを見つ

なにもかもヤーメたと言いて狂いたし狂わば切なからん三半規管

セロトニンやや不足せるこの午後を紅葉が誘うどこまでもどこまでも

汝が病をまだ知らざりし家族らが写真のなかに雪をよろこぶ

君が今夜のはしゃぎすぎいるさびしさに取り残されて不機嫌なりわれは

少しずつずれてゆくなり君のさびしさに我がさびしさが重ならぬなり

烏骨鶏《うこっけい》の小さき卵ひとつ割り君の帰らぬ夜の飯食う

栞のない歌集をわれは悲しめり海辺に近きバス停留所

ふたつある臓器とひとつしかない臓器どれかがはじめに働くを止む

段戸《だんど》襤褸菊《ぼろぎく》はじめてきみが教えたる雨山《あめやま》に続く坂の中ほど

猫二匹はべらせて君が幸せの時は過ぎつつ選歌は進む

ダメだ

君らにはわからないかも知れぬがと切り出せばすでに敗色は濃し

断定の口調ばかりがわが声とみずからに聞こえくるこのさびしさや

「ダメだ」とう語尾の多さにさっきから気がついている学生もわれも

負けてやるべき局面だろうか学生をとことん論理に追いつめている

歌のあるゆえ研究は余業とぞ見做したがる奴はた見てしまう奴

雪

冬の林にひかり隈なしその奥へつづく道あり雪を残して

川面には雪積もるなしくろぐろとゆうぐれの川は雪原に消ゆ

雪積みて曲がりやさしき野の川の昏れんとしつつ風輪際《ふうりんざい》のごとし

耳のしずかなゆうぐれの窓あまつさえ窓を翳らせて日がな降る雪

鳥居のあれば鳥居にも雪は積もるもの立ちて動かぬもののひそけさ

ぎりぎりのゴールで負けてやりしかばこの幼子にわれは老人

地に紙凧《たこ》を引きずりて寒風のなか駆ける揚がらぬ紙凧をかくよろこびて

竹の葉に積もりし雪がひるすぎは微粒となりてひかりつつ降る

いくつものうめの林のかたまりがすぎつつありき私鉄沿線

梅の花を咲かせる斜《なだ》り多かりき岡部桂一郎に会いてもどりき

駱駝を飼おう

水鳥のからだのなかに水平を保てる水のあり冬の空

水鳥の胸を浮かせてやわらかな水より景は暮れなんとする

ロールシャッハの鬼に似ている揚羽来てああ度忘れという物忘れ

庭に駱駝を飼おうと二人もりあがる娘も疲れわれも疲れて

捨てるべきゴミのおおよそ紙なりき庭に燃やせり家を出る娘と

実験ノートの空きスペースにぬいぐるみのラッコを詰めて箱を閉ざしぬ

おそらくは最後とならん娘を連れて天城越えせり雨のバスにて

向こうには妻と娘の声はしゃぐ昼の外湯に声を楽しむ

修善寺の筥湯《はこゆ》に入りて蕎麦を食いわれらのたびは雨に終わりぬ

三月の雪

三月の雪三月の雪の梅　のびあがり嗅ぐいもうとと来て

捨婚とうことばのあらば　捨婚せしいもうとと雪の梅園をゆく

つつましく生きゆくことに価値を見ぬ人生訓とはただに虚しも

非常灯の赤きが闇に点りおりホテルには裏階段というがありにき

古書市に湯川秀樹の献呈本見出たり署名というわざのかなしき

もう一冊句集を出して死ぬべしと言えばその気になりたり父は

一度しか死ぬことはなし夕暮れのほのかな気配に雪虫流るる

なに吸いこみて噎せているのかこの古き掃除機にもまだすることがある

薬土瓶《くすりどびん》という茶の土瓶荒物屋のすみに見出でてすなわち買いぬ

たこやきの六個のぬくさ掌に載せてぐずぐずとまだ決断をせず

梵天と花

水中の桜は岸の桜よりあかるくて疏水に沿う歩みあり

汝が鬱にかぶさるように花は続く疏水を歩めりゆっくりと行けり

はかなくて傾ぎてわれに寄り添える人には重すぎてこの花の鬱

梵天に春闌けゆくからうつらうつら風に流れて花散りつづく

はしゃぎ過ぎていたのかもしれぬあの場面にて桜散りいきガラス戸の向こう

向い家の二階のカーテン閉じられぬ飯屋の二階の窓辺にあれば

浮力

夕ぐれの桜ただよう下にきて人は浮力をもてあますなり

一重《ひとえ》なる山吹が風に静かなり　人よろこべばわれもよろこぶ

橋の上より眺めてあればどの鴨《かも》も尻を逆さに春の陽《ひ》のなか
鬱《うつ》の字のほどけゆくごとようやくに牡丹《ぼたん》の花の開きそめにき
いまはまだ何も言うまい会議室の午後深き陽に埃《ほこり》浮く見ゆ

麦と火の見櫓

麦熟れて穂のいちめんの焦げ色のつづく近江はゆうぐれに入る
鬱勃と地の身熱を噴きあげて麦の畑のゆうまぐれどき
麦畑に火の見櫓の立ちいたり帰り道遠しかつてのように

火の見櫓でなくってもよかったのにとからすが夕日のなかに浮かびぬ

もはやこれまでと閉じたる眼のまなうらにああ立葵が戦いでいるぞ

この数日の君を案じて駆けつけし二人子に母は君ひとりなり

待ち続け待ちくたびれて病みたりと悲しきことばはまっすぐに来る

最後まで決してきみをはなれない早くおねむり　薬の効くうちに

不眠症に苦しめる人は輪郭のたよりなきまま日なたを歩く

夏帽子のはかなき歩みに添いて行く「ああ、たちあおい」などと言いつつ

ほんとうのさびしさはこれから本気でやってくる二人の卓を夕日が占めて

しろつめ草の土手に思わず寝てしまう五月の空は膨らんでいる

おーんおーんと山は膨らむこの山のどこかにあるはずの空気穴

傍観者の位置より吐かるる正論は切れ味まことに鋭きものぞ

フロアに居れば俺だって同じ批判をするだろう語尾に力を入れて

執行部という立場窮屈まっとうな批判を無視して採決に入る

なりたくてなってるわけじゃないんだとこの居直りはよろしくはない

ビル街を行くときここは風の道しゃらくせえしゃらくせえとぞ風吹きすぎる

鉛色に暮れゆく都市を内蔵し大嘴太《おおはしぶと》が駅を見下ろす

河童征伐

観音の背を一瞬に走り過ぎのぞみはふたたびトンネルに入る

閃きが窓過ぎるとき見えたりきすこし猫背の観音の背《せな》

ひかりよりこの頃のぞみが贔屓なりかつてこだまを捨てたるように

山の辺のくらきかげりに手折り来し山吹の花の一重さびしも

河童征伐に行くと息子を連れだしてたのしかりしか義父の晩年

ためし書き

後悔先に立たずというような顔をして立ち枯れているこの臘梅は
君は知らぬ　君にひとりの兄ありて生れることもなく葬りき
一期一会ということさえもかなわずに逝きしいのちの父母にして
ためし書きのごとく小さき死でありしか封じてきたるその後《のち》の日月《じつげつ》
吊り革に手をかけるとき不意に湧く悔しさはすでに是非を越えつつ

臨死体験

そこにいる誰か返事をしなさいと真昼の廊下をゆっくりと行く

臨死体験聴きつつつふいに思い出す十歳のわれを離れたるわれ

天井に背中貼りつき見ていたり高熱のわれに屈める医師を

そうかあれが一度目の死か医師の傍に緊張の父を見下ろしていし

ヤブガラシが好きとどこかに書きいたる玉城徹を思うことあり

路面電車のまだありしころ京都には荷車馬蹄の響きもありぬ

ホックやら日乃出印の糸やらをまだ売りて小間物屋とうひびき

指揮官の違いがかくも勝敗をわけること人ごとならず阪神を観る

兜率の合歓

盆の窪ほどのくぼみに水は溜まり石のベンチは退屈である

いつのまにわが家の庭に広がりてさにつらうこのかわらなでしこ

野の川に堤はあらずゆうぐれの水は流るることを忘るる

魚の入るゆえ魞《えり》と書くなり鈍色の鳰《にお》の湖なり魞しずかなり

一枚しか写真あらねばわが母は教科書のなかの人のごとしも

負いきれるならどこまでも負うべしと兜率《とそつ》に合歓の散るまでを見つ

寂しさに己れ縛るな合歓の花のおおかたはもう空にはあらぬ

この山に木を植えようと話すとき百年さきに時間を擲げる

幼児語がまかり通りておそろしや四十代となりたる彼ら

年齢を離れて歌はありえぬをこの頃の若い奴らときたら

金網にへなりへなりと咲きしおるる昼顔ありき講義終えきて

下肢静脈瘤の手術をすることになり、デイサージャリーへ

小伏在静脈《しょうふくざいじょうみゃく》結紮術《けっさつじゅつ》の位置として青鉛筆が描《か》く大《おお》きバツ

かの日きみを連れて来しこの手術室わがことなればかくも気楽に

局所麻酔まだ効いていて3本目の静脈結紮ようやく終わる

大の字が今日はのたりと寝ているぞ回復室に時を過ごしつ

——東山如意ヶ嶽

ウスキモリノカサだろうかこれはつつましき妖精の輪《フェアリー・リング》は林のはずれ

どっどどっどどハラタケ騒ぐこのままで行け行くしかないと囃しつづける

尾のない木魚

あっけなく夏至は過ぎにきこぼれたる凌霄花を掃き寄せるひと

さびしさに程度を言うか夏至すぎてからすびしゃくの繁る頃おい

大蒜を擂《す》りおろさんと手にとれば肩甲骨のごとき凹みぞ

太っちょの鯰のようだと叩きいる木魚には髭のあらざるものを

木魚には尾もまたなくて尾を振ってよろこぶことのできない木魚

肺活量小さき木魚がほこほこと小さき息を吐き出している

一筆《ひとふで》書きのような自転車織き影をようやく纏めて夕日に佇てる

田の道の十字路にひとつ吊るされし信号明滅暮れはじめたり

星条旗

立っていることも忘れているように青鷺立てり雨の加茂川

人の遠さは距離にあらずも送電線の懈《たゆ》きたるみが峰を跨げる

ペットボトルと水母がともに漂える河口に雨はまだ降りやまず

貨物船の遠く過ぎゆくを見ていたるあのレストランの名は忘れたり

天の川の光が影を作るという真闇をかたり語りやまざりき

コスモスは曇り日がいい曇り日のコスモス畑に兄といもうと

星条旗はあの日のままに立っているか月面に無き風というもの

さゆらぐということもなき月面に旗ありてその影もゆらがぬ

心電図

精神は物質と言いて悲しめる娘の声が受話器のむこう

心電図たどり読みゆくさびしさの野分けのあとに草の臥すまで

死はいつもむこうにあると娘の声の明るく電話のむこうより来る

人はみなそれぞれに寂しき日を生くと知らざりしかもあわれ若さは

京都近代美術館二首

八木一夫の「風位」の前に長く立ち回顧展出づ　秋風のなか

手のひらをふたつ合わせて「密着」はすなわち祈る形にぞある

死なんとして集う見知らぬ四五人ははしゃぎたりしかその時刻まで

平成十七年（2005）

猫日和

ほつりほつりと茶の花咲ける石垣にあ、雪虫と言いて振り向く

雪虫に届く光のやさしさは空気を少しうすくするなり

雪虫のあまたうまれてただよえる陽翳る庭の藪椿のあたり

ねこびより！　階下に叫ぶ声のしてまだもう少し寝ていたい朝

右と左に猫を侍らせ読んでいる性転換分子機構概説

犬好き歌人猫好き歌人と較べれば猫好き歌人の歌のおもしろ

養毛剤の話になると盛り上がる同世代歌人というありがたさ

選者席に森岡貞香が耳打ちす逗子より見えし東京の大ほのお

極楽と呼ぶ愛用のバケツなども展示してあれば尊げに見ゆ

ねずみ取りに極楽落としと名をつけし誰かがありて卑しさは見ゆ

蟲を彫る——李賀「南園」に寄す

深更に蟲を彫るとう営みの埒もあらずばたよたよとして
柿紅葉の向こうに烏が我を見る尋章摘句老彫蟲《うたつくるうちにこんなにおいて》
正気狂気の境界辺りを彷徨いて暁月當廉挂玉弓《よるがあけてもまだたりぬうた》
戦争と恋はおなじというけれど不見年年遼海上《イラクはやがてベトナムとなる》
秋風を哭くのもべつに悪くない文章何處哭秋風《うたのむりょくはもとよりしょうち》

「文章を研究し、ことばを探し求めて、虫の彫刻にも似たこの創作なるものに、生命を浪費しつつある。／明け方の月がすだれに光を投げている。玉の弓を掛けたようだ。／見よ。来る年も来る年も遼海のほとりでは（戦いが続く）。／秋風の悲しきを歌う文学なんか、どこに存在の余地があるのか。」（岩波『中国詩人選集』荒井健訳）

秋田・黒湯温泉

病後とう時間のなかに籠りいたき人を連れきぬこの北の湯に
谷あいの温泉宿の遠き灯へ人のはかなき歩み励ます
脱皮する、否、脱衣する人らいて湯煙のなかを影がゆらめく
北のもみじは黄色なりけり黄に燃ゆるもみじの峡の露天湯に浸る
硫化水素の匂いと言えば頷きて湯の濁れるをよろこべり人は

裸電球二個灯すだけの部屋に居て読めばなおもて茂吉は馴染む

二股ソケットに裸電球二個ともる妻とそれぞれ読み更かすかな

愛人とおぼしき女を連れている男の磊落　しんどそうなり

「路上」１００号に寄す

1　イラク

砕け散るガラスがまっさきに映されて地震《ない》の日盛りテロの日盛り

殺されしクサイの息子ムスターファなんとのどかなアラビアの名前

三条河原の首級のごときかフセインの二人の息子の白黒写真
男らの裸を積みてポーズとりし女のその後は報じらるるなし
たぶんなんにも考えないではしゃいでいたそれが怖いことなのだけれど
いつか男《お》の子を産みたるときに悲しさはどっとくるのであろうか、然り

2　饗庭

岸のなき水路に舟の舫われてひとすじの水湖に続ける
舫われし舟は流れず丈長き水藻も流れずとろとろと光
赤旗がなにより嫌いな伯父なりき死にて遺せし負債と伯母と

壊すことさえもできずに残されて織機はどれも綿ぼこりの中

綿ぼこりそのまま残りクレープを織りいし工場に西日が荒い

ガラス窓に額押しつけ見ていしと幼きわれを伯母は泣くなり

綿ぼこりのなかに働きいしあれは母なりしかと思うことあり

どの機械も元気だったと言うときの伯母の表情はうっとりとする

3　木魚

この午後は選歌に追われもう日暮れ木魚がぐわんと口開けている

一年に読む歌の数何万首まだ十万を越えてはいない

うまい確かにうまいと思いしかし待てこれでいいのかと思いつつ読む

歌の下手な歌人はいいが歌の読めぬ歌人は悪　と、言いて降壇

馬鹿ばなし

冽《さむ》きひかりがさらさら触れていくような梅の古木のいくひらの白

満開という咲き方をせぬゆえにこの白梅の古木を愛す

白梅のまばらなる花を喜びて老夫婦のように歩みいるなり

馬鹿ばなし向うの角まで続けようか君が笑っていたいと言うなら

鞍馬石の色の錆びたる沓脱ぎや　案内申《あんないもう》などと言いしは遙か
鞍馬《くらま》とも鞍馬《あんば》とも読みなかんずく自転車置き場のサドルの列は
講堂の床冷たくて暗かりき「アリの町のマリア」を見ておりしあの頃
巡回映画鑑賞会などありし頃の路地には闇がうずくまっていた
そろそろ眼鏡を吊るそうかなどと思いつつ夜の雑誌会の扉を押せり
端的にまず一行で述べてみよ　発表会の前日のいらいら
言い訳から入るな何度も言わせるな　あした博士になるのだろう君は
古道具屋に大き火鉢を探しおりめだか飼うため庭に置くため

餌台よりつぎつぎ蜜柑を落としいる粗忽な鵯に空はおおきい

語尾弱くなりたる義母が柿の木の根方にしゃがむ向うむきなり

野紺菊

大仏殿とわれを言いたる女人あり大仏殿は軋んでいるぞ

人伝てに我に弔辞を依頼せし古老を思う道の野紺菊

まつげを曲げる道具らしきが忘れある新幹線の洗面台に

おしぼりをポンと鳴らして顔を拭くおおまぎれなき同世代きみは

わがうちに水平そして垂直もありて今日やや垂直が危う

不可思議の形の石に椀ひとつ置かれてあれば銭たまりゆく

歌なんか見たくもないとこんな日は昼日中《ひなか》酒屋の土間で呑むなり

居心地のいい場所なんてどこにある腹に力をこめて扉を押す

田中榮を悼む

多奈川谷川いくたび書きしこの場所にはじめて立ちぬ君を送るため

君ありしゆえ親しかりし泉南郡岬町より海見ゆるなり

田中榮《しげる》と馴染みなき名に呼ばれいる君が写真に二度礼をする

復刻版「塔」創刊号をみ棺にいくばくの花とともに納め来

花に埋もるる君が右手の上あたり復刻版を置きて出で来ぬ

若きらの言の無礼に怒ることついに無かりし温顔ぞ修羅

つつましく君送らるる公民館に白エプロンの人らも並ぶ

公民館の前の坂道風強し配られし紙コップの茶の温かさ

突風に樒《しきみ》幾本倒れしにわらわらと駆け寄る人らも悲し

歌会果てて君この坂を帰りしか坂を登ればつつましき家

羽黒山五重塔

朝日歌壇選者ら集り、黒川能のあと深雪の羽黒山を登る

この道を行きたるは人かはた神かたったひとつの足跡を辿る

こんな細かい雪もあったか四囲を閉ざす杉より雪がいっせいに落つ

降る雪と落つる雪とは異なりて杉の古木の振り落とす雪

この下に二千余段の石段のあるはずただに雪の傾《なだ》りぞ

馬場あき子胸まで雪に没したりわれらわらわら寄りて引き上ぐ

ワンカップ大関開けて乾杯す手袋を脱ぎし手に酒の冷え

朝《あした》より飲み続けいてこの雪の五重の塔の前でまた飲む

雪に落ちし蕪の漬物旨かりき出羽羽黒山深雪《でわはぐろざんしんせつ》の塔

「平将門建立《たいらのまさかどこんりゅう》」とひとりの声響くそれはないよと声がまた飛ぶ

五層の屋根のそれぞれ雪を積みながら塔のまわりはしんしんと冷ゆ

爺杉といえる古木に会いたりき礼《いや》してもどる雪の爺杉

蝸牛日和

歳月に濃淡ありて池の辺に亀は眠れる百年のちも

どのように生きても寂しさりながら日照雨《そばえ》に欄干の頭《ず》が濡れている

蝸牛日和と誰かがつぶやきぬ相槌打てばもう旅も終わり

にたりぬたりにたりのたりと羽根をまわし風を電気にするという羽根

へのへのもへじのへからしずくがたれはじめがらす窓のむこうの夜明け

花見小路新橋にタクシーを乗り捨てて春のあみだのあがりのごとき

さくら花散らねばならぬ夕暮れは花を流して風の冽《さむ》さよ

御破算

よく見れば狡猾そうな奴もいる亀の眠りの一様ならず
「御破算で」とう不思議なる願いかた算盤塾の格子戸の声
「あんたさえ居なければ」とう継母《はは》の言葉、消したき言葉は消せざる言葉
御破算で願えるならばどのあたりまでさかのぼりやりなおそうか
嫌ならばはっきり嫌と言うべしと己れ励ます庭の柿の木
この家に家族しあわせなりしことおぼえているかオイ柿の木よ

人体

人体の不思議展・京都文化博物館

医者の卵がその恋人に熱心に説きいる小声春の夕暮れ

人の屍を見んとてかくも集まれるひとの熱《いき》れの息苦しけれ

名画にも名彫刻にももはや飽きやはり本物をと云うにやあらん

お目当ての名画に巡りあいしごとあったあったと友達を呼ぶ

モナ・リザがかつて日本に来たときもこんなだったと押されて歩く

手に取りて脳の重さを感じよと女がつぎつぎ掌《て》に載せてゆく

手に触れて観察せよとう言うまでもないが触れても何もわからぬ

どれもどれもアジアの貧しき顔をして己の死後を見ることはなし

いくばくかの金を家族に残すためサインをしたるはどれほどあらむ

こんなにも死体が立っているなかにありて人らはただに明るむ

満足のいく出来栄えと乾杯をしたるにやあらん〈作品〉のまえに

人の死を展示するとう発想の疑われざる世にわが老いもあれ

翳りなき明るさとうが満ちている死体置場を出づれば日暮れ

ホムンクルス

五月二九日〜六月四日、ポーランド

草の丘に大鎌を振る男ありひとふりひとふり草飛ぶが見ゆ

大鎌に草薙ぐ男かがまりて草刈るアジアを知らず死ぬらん

大鎌を見るとブラッドベリが思われて

人類最後のひとりというを思いみて寂しからんよひとりの日暮れ

Kraków は、古い町、教会と石畳の町

石畳のあちらこちらにころがれる馬糞のにおいのなかを歩きぬ

しみしみと膝痛むなり広場にてビールを飲めば感傷は来る

客の来ぬ馭者の退屈につきあいて二杯目のビール注文をする

よおく見ておけといえる気迫に夕暮れの石畳にぞ馬が尿まる

世界には美女の比率の大なること誰にも言わねど納得をする

尼さんばかり多きこの町連れだちて綿菓子などを食ぶるも楽し

夕暮れに小さく膝を抱いているホムンクルスに逢いたき思い

メンデル以前の遺伝学では、精子の頭に人間のミニチュア、ホムンクルスがいると考えられていた

中庭にはたんぽぽ長けているばかりホムンクルスが薄く目をあく

にんまりと水の面《おもて》に浮かびきてここが浄土と口あけにけり

嘘をつくなら大嘘をつけ春の鯉浮かびくるときにんまりとせり

ヨハネパウロ二世はポーランドの誇り、Kraków の町に縁が深いと、

ヨハネパウロ二世の歩きし跡というが示されてあれば辿りゆくなり

ひとびとの嘆けるさまはそれとしてジョンと呼びまたヤンと呼びつつ
曳かれゆくイエスを広場に演じいし男たちまち大股に去る

ムカシオオミダレタケ

皇漢薬草西日のなかに吊るされてまむしの干物いもりの干物
五歳の兄がいるゆえ二歳は妹なり野球が好きでポケモンも好き
死ぬよりほかあらざりし人の歌を読む死にたる人の歌として読む
惚けてゆく母を見ることなきわれに日暮れの風が沼嘗めて寄る

自慢の命名と今関六也の注記するムカシオオミダレタケに出会ってみたい

うむっ、うむっと呻くがごとき返事して向こうむきなり息子は椅子に

蜩《かなかな》が昧爽《よあけ》の窓を盈《み》たせしと岡野弘彦簡潔に叙す

二の腕の栓を開ければぼうぼうとわが身も薄くなりゆく気配　（つげ義春）

歌声喫茶

盗人萩つけて布団にもぐりくるなまくら猫をきびしく叱る

一夜茸はガレのモチーフ正確に言えばササクレヒトヨタケなりあれは

今日あたり誰が叱られるかなど予想して楽しむらしき学生というは

民間へ就職したしと告げに来るミンカンとうを言いにくそうに

大学に残るだけが人生じゃないと言いつつさびしわれは残るひと

御所と御苑の違いを知らぬ学生らと御苑グラウンドに練習に行く

インターネットに「歌声喫茶」を呼びだせばどれも歌える怖ろしきかな

なかんずくインター、ワルシャワ労働歌　名さえ知らざる学生のまえで歌う

ハンチントン舞踏病の原因遺伝子はハンチンチンとぞ言えば笑いぬ

病名におのが名残すは喜びかハンチントンの場合アルツハイマーの場合

「赤い靴」の少女の病気と前置きしこの舞踏病の遺伝子を説く

死者をして死なしめよとし思うとき生者のわれの吐く息臭し

いつまでも死者を思うな死にし人と綱引きをするごとく言いにき

一本締めという関東風の締め方をいたく気に入りもう一度やる

熊蟬

いつかかならず死なねばならぬ人ら来て茅の輪くぐりぬ水無月晦日《みそか》

雨にゆるびし茅の輪をかこみ村人が括り直している夕つ方

いっせいに蒲の穂揺れてくすくすと風がわたってゆく湖《うみ》の岸

つくつくと蒲の穂は立つ蒲の穂の穂絮飛ぶころ君に五年が

余生また面倒ならん葭《よし》の間に光を溜めて木の舟ひとつ

六十歳《ろくじゅう》になれば旧仮名に変えんとぞ言えばやめよと声が笑えり

隔離病棟跡地の門は閉ざされて木に打たれたる木の札の文字《もんじ》

はっしはっしと熊蟬が撃つ朝刊を取りに出でたる玄関の脇

切りとり線の向こうに人が立っているカンナが赤い病院の庭

陽炎のなか人は立つゆらゆらとジャンヌ・ダークの燃えゆくように

どんよりとしている今日の脳髄を日照雨《そばえ》のごとき磁場にさらすなり

家々の軒縫うごとく走りゆく茶山《ちゃやま》を過ぎて叡山電車

このあたりにライオンを飼える部屋はあるか人ら疲れて眠れるむこう

今夜咲く月下美人の大鉢を抱え来て父の一歩一歩一歩

耳遠くなりたる父があいまいに笑みて頷くあわれあわれあわれ

伐折羅《ばさら》毘羯羅《びから》真達羅《しんだら》宮毘羅《くびら》唱えつつ巡れば堂宇に風吹くごとし

こんなにもぼろぼろのわれを知る人の無くて拍手のなか降壇す

ヌメリガサ

ああ脚がこんなにだるいわたくしのだるい脚めと空に振り上ぐ

竹藪の闇がずんずんわたくしに入ってくるぞこの雨の夜は

宿り木のようにわたくしに根を張りてこのきのこはも黄のヌメリガサ

眼鏡の上から人見ることの多くなり人の向こうの木も見えている

野の駅をひとつふたつと産み落とすように夜汽車は灯しつつ行く

ひとり帰れば部屋にジャスミン匂いおり娘の残しゆきたるジャスミン

水路閣は誰もが写真を撮るところ京都殺人案内《サスペンス》の謎の解かれるところ

助けてくれ助けてくれと啼きながら声しずみゆく日暮れかなかな

たたら製鉄

朝あさを庭に火を焚く妻の背の丸みをおびてその小《ち》さき背《せな》

つぎの子はきっと男だ雨上がりの小さき長靴　兄と妹

帽子被ったミミズのローリがお気に入りこの子にもうすぐ弟が来る

読んで読んでと言わなくなってこの頃は骨の硬さが膝を押すなり

６Ｂの鉛筆をもて画きしほどの桜紅葉の淡きに会いぬ

大いなる水壺の上に載ると聞きて京都盆地のこの秋の紅葉

飲みすぎよと一本ごとに声がするハイネッケンの緑の小瓶

たたら製鉄の専門家というもうひとりの永田和宏氏がこの世にはいる

歌人たる肩書きをもて呼ばれたり返事もしたりもうすぐ六十歳《ろくじゅう》

平成十八年（２００６）

日付変更線

二〇〇五年十二月ハワイ島にてパンパシフィック結合組織学会

秋深き京都を出でて海亀とイルカの池の辺に飯を食う

イルカはいつも顔が笑って時おりは声さえ笑い水滑りゆく

デフォルトで笑っているよと言いたれば五頭連れ立ち笑いつつ来る

泳いでいるのはどれも熱帯魚ばかりで水の光がうろうろとせる

国際会議の予稿集に初参加の時の我の写真が載せられて

殴りこみをかけるごとくに気負いいし十年前の写真ぞこれは

知る誰もなかりしあの頃あの気負い今日は誰もが Kaz《カズ》 とのみ呼ぶ

知らぬことが恥ではなかったあの頃はただまっすぐに質問をして

いい研究《しごと》と思い聞きたるおおかたは我より若くみな攻撃的《アグレッシブ》

日付変更線を跨げる頃ぞ今日の夜がなめらかに昨日の夜へ滑りこむ

規則正しき妻の寝息の健やかにここ太平洋のど真ん中

「あなたそれは」と突如呼びかけしばし無音「なんだ夢か」とまた眠りたり

学生支援所

北部構内バリケードのなかに冬を越えしかの幾百の焚火の夜を
三十年この界隈を出づるなきわが生狭《せい》したただに眠かりき
名曲喫茶などとうの昔に無くなりてゲーム喫茶もすでに古びたり
学生支援所と確か言いたり朝ごとにバイトを求め屯《たむろ》したりき
トラックの荷台に乗りて運ばれきどこに行くかは知らされぬまま

亀日和

薬土瓶の小さきを買い出づるときこの万屋《よろずや》に秋の風立つ

猫日和があるならば亀日和だってあるだろうまた来ていたりこの池の端

覇気のなきこの若者にいらいらと居りたればはや逃げ出す気配

不機嫌がすぐ表情にあらわれるそこが青いと妻は批判す

雪の夜の窓を全開　明日までと言われし歌が十首も足りぬ

雪折れの孟宗をつぎつぎ火にくべて嘘のようなり君に還暦

浴室に眼鏡忘れあり読みふける妻のこのごろダ・ヴィンチ・コード

撤退とう言葉そろそろ冗談で使えぬ歳はそのあたりまで

百年

百年ほど眠りすぎたというようにうすく目を開く風中の亀

もう百年寝てしまおうか薄ら陽の亀の目蓋《まぶた》はまだまだ眠い

泣いて記憶す

まこと小さきいのちというを見てきたるバプテスト病院下の坂道

抱けと言われたじたじともどりきたること冬のひかりがあたたかくなる

無造作に抱き上げてわれに差しだせる三たりの母となりたりきみは

七〇%《プロ》のアルコールを手に吹きかけて抱けば抜けそうなりこの軽さ

泣きやまぬこの幼子は母の居ぬはじめての夜を泣いて記憶す

泣きやまぬ子を持てあます若き父そうあの頃のわれがそこにいる

タッちゃんとわが提案は却下され櫂・玲・陽と一字がならぶ

明治神宮献詠

濾過されし時間のなかにほつほつと白梅の花まだ寒きなり

賀茂曲水の宴（旧かな）

やはらかに流るる風の襞見えて水面をわたるうぐひすのこゑ

悲しみて夕べ出で来し道の隈塀のうちよりうぐひす鳴くも

めし

鴨川を渡せる亀の跳び石の亀の頭は踏みて渡るも

勘弁かんべんもう観念というようなわずかな水が手水に凍る

三月の風まだ寒し日だまりに花ほとびたるしら梅の白

白梅の花はほどけてまばらなり背伸びして人は花を離れる

鋲ひとつはずれて「めし」の紙吹かる昼を飲まんと格子戸を引く

心配でしようがないと心配の素《もと》がわからぬ電話がかかる

両側に雪は盛られて汚れいつ鯖街道はまだ雪のなか
雪が積もりて輪郭くっきりと見せている野の川があり鈍行列車
俊寛のここが悲劇のはじまりと山の間の細き道をのぼり来つ
忘れものさがしているような気分だよ風に押されて坂くだりゆく
耳のなかからすべての音を搾り出すようにさびしきことならん　きっと
道のまえ道の後ろを蛇が塞く夜ごとの夢よたかが夢なれど
あなたあなたと庭より呼べる声がしてわれはゆっくり夢を閉ずるも

三椏

垣越えて咲く三椏に春の日の曇りほどけるごとき薄ら陽

一瞬に過ぎたる垣の黄の花を万作か三椏かと譲らずに行く

酒のうえと言えど引けざる議論ありてとりあえずここは手洗いに立つ

手水場の窓より見える裏庭にしろばなたんぽぽ茎の吹かるる

なりゆきに我を憎むという人の言い分はそれとして沁みて悲しも

足裏の草の弾力のなかにあるロゼットはまだ冬の色なり

草の道はすこし湿りて早春の風ほの黯きこの世のにおい

ブラインド

将来をわれに頼めているらしきみな息子より若くて彼ら

真面目さは言うまでもない　だがしかしそれだけではと切り捨てるごと

おまえのは夢ではなくて逃げなのだ　ばか、簡単に相槌を打つな

言い訳をする必要はない研究に没頭できぬ理由《わけ》だけを言え

ブラインドの紐がガラスを打つ音を聞きつつ学生の返答を待つ

馘《くび》きるということならん切るほうも切らるるほうも自信なけれど

妻子あることはもとより知るなれど最終期限を半年とする

『脳単』も『骨単』もありなかんずく『筋単』『臓単』の絵図のよろしさ

先生

知ったかぶりするあり無知をひけらかすありて会議の窓に降る雨

いまにわかるいまにわかると若きらの批判は己の時間にかえす

最年少と言えるこの場の居心地の良さにおのずと饒舌となる

思い出せぬ名前はあわれ二駅を話しつづけてついに浮ばぬ
先生とう使い勝手のいいことば名の浮ばねば先生で通す

馬穴

ぐあんぐあんと庭のバケツが笑う日はふとんをかぶって寝ることにする
風が吹いても小さな円を描くだけのバケツよ、なあ遠くへ行こうよ
一生をこのまま終わるつもりかとノウゼンカズラがにたにたとする
旅にでようと意気投合しそれぞれが行けぬ理由を数えあげいつ

こまぎれの時間しか残っていない予定表のページを破ってそれでどうする

この頃は涙流るること多くそのおおよそは欠伸に由来す

止まらなくなりし欠伸にいくたびも眼鏡をはずして涙を拭くも

父と母

夢に見るとう悲しみの歌を選びおりわれは夢にも母に会うなし

はじめからわれには父でありし人が若き出会いを唐突に言う

いっさいの母の写真を焼きし日が父にはあった　われは知らねど

捨てられしあまた写真に若き日の父と母とは笑いおりしか

われのためだけとは言わさぬが再婚を決めたる父を許せるまでの日々

これは夢おさなきわれの手を引いて顔は見えないが母なのだろう

若き日の母も老いたる母も知らずアキノノゲシがもう長《た》けている

定年

改行をするほどのこと、いますこし先のことなり定年というは

はっきりと意見を言えば切り捨てることになるなりいやな立場だ

こころざし半ばとう言葉に悼まれて忘れられゆくこの若者も

ペットボトルをずらりと並べ荘厳す付き合いたくはないよなほんと

河野裕子がインターネットにのめりこむ不思議な世とはなりにけるかな

死者の名を石に刻みて踏ましむるノートルダムという名の寺院

サルビアの貧しく咲ける路地のかど子を叱る声がながく尾を引く

顔は知らねど字の癖・かたちに馴染みいて病みたるらしき乱れをぞ読む

雲泥の差と言うときになにゆえに雲、そして泥。疲れているぞ

疏水下流の桜紅葉にひっそりと灯るがに小《ち》さき発電所あり

ライバル

わたくしを置いて歩いてゆきたいと今朝の足裏はやけに陽気だ

大笑面とう一面を見て戻り来しこの世の風はひかりつつ吹く

幽霊がときどき絵から抜け出すとまことしやかな説明を読む

眠気がまだ眉間のあたりを薄く覆う午後の三時を過ぎたる庭に

鬼瓦が口をへの字に枉《ま》げたままだ若いぜと見下ろしている

大切な肝の数値の三つばかり高けれど飲むこんな夜の酒

やけっぱちなゆうべの酒の飲み方に似ている朝の駅前の風

七月二十八日〜八月五日、米国にてFASEB meeting。学生三人を帯同し、ボストンより北へ二〇〇キロの町まで車を駆る。ボーダフォンの電波も届かない地域だ。

ヴァーモントのこの田舎町寄宿舎の部屋にはどれも鍵のないドア

パンツ一枚でシャワー室より戻りくる男ばかりの寄宿舎ぞここ

シャワーの温度調節むずかしきこの寄宿舎の生徒らを知らず

鏡にはトイレにかがむ男らの脛まで見えて歯を磨きいる

導入のジョークがほどほどに効きたれば結論までをどんどん走る

ライバルと意識したるか質問の英語が次第に早口となる

聞き取れぬ語尾をほどほどに推量し応えておればちぐはぐとなる
駆け引きをするには英語力不足未発表データもどんどんしゃべる
完璧に勝ったぜと思い壇を降りるスタンフォードのライバルの前
有無を言わさぬデータを積みて主張するたとえばアーチの最後に置く石

架

病むものの家にはあるを旅に来て海月ひしめく河口に立てる
じんわりと空気重たき夕暮れの河口に鴨を見る人ぞわれ

その背をわが影法師の覆うとき振り向きて人はかすかひるみき

架を運んでさびしい風か窓際にはかなき人と昼食をとる

定置カメラに夜半の街の揺れいるを映して短くニュースは終わる

ターミナルの小さき円をまわり来しバスにつぎつぎ人々は寄る

妻として意識せしこと少なかりしが厨にあなたのいない十日余

わが庭の桜に蟬は朝あさを生まれまた死ぬ数おびただし

平成十九年（2007）

爆発物

人間は爆発物にあらざるをこの地上に爆発をする人の数多《あまた》

助命など請うこと莫れフセインの捕われしのちの顔のよろしさ

もうやめたと言う時はすなわち死の刻にしてチャウシェスクの場合、金正日《キムジョンイル》の場合

濡れ落ち葉散り敷ける道を嗅ぎながら地雷探知のように犬は行く

キュリーよりベクレルに変りしあの頃かわれが実験をあきらめし頃

＊放射性同位元素の単位

電球をひねればぽっと灯りいし頃の手のひらが風に吹かるる

こぼすまじと黄葉をしんと抱き立つ椋あり母が子を殺すなり

子を殺す親を嘆くな子を殺す親を育てし我らが世代

字訓、字統、字通もすべて道草と白川静の道草ぞ良き

大きな顔で月わたりおりこの路地の奥には新しき死者一人ある

本草学

ほうとひとつためいきのごときを聞きたるに雪虫を肩にとまらせて人は

雪虫が三つ四つ凮にあらがえるを長く見ており遮断機の前

ゆうぐれに人を見舞えりカラスウリの花は漾《ただよ》う坂の中ほど

菌塚という一枚の岩立ちてヒヨドリジョウゴの紅透き通る

ヒヨドリジョウゴの実の透き通るさびしさを言いて図になる齢にもあらず

天鼠《てんそ》ありまた偃鼠《えんそ》ありなかんずく天竺鼠《てんじくねずみ》はいささか寄り目

シデムシは死出虫にしてたちまちに死臭を嗅ぎて群れ来るという

コシデムシ、モンシデムシもあるというヒダカコシデムシを見てみたし

父島にたったいっぽん残りたるムニンノボタンは見たかりしもの

夜ごと夜ごとわが庭に出ていのししを追いたることもあわれこの春

水馬を三つ四つ浮かせ漲れる春は水さえ押し上げて来る

顔真卿

日暮れの里と読んで憧れいし駅は東京へ出て半年のころ

首都高速の下に静かな水のありて緑の艀《はしけ》がさかのぼりゆく

空低き東京を発ち小田原を過ぎるあたりで怒りは萎えぬ

駅裏はいつもサーカスの匂いがして水道栓より水の漏れいる

楕円はもと甕のかたちぞ回天と名づけて人を発たしめしもの

冷蔵庫の隅にしんねり座りいるような怒りははやく忘れろ

花束がぐるりと電柱を荘厳す昨日ひとりが殺されしところ

どの車も速度落とすは祈るためにあらず迂回路殺人現場

等圧線は縦に密なり明日あたり湖北の雪を見にゆきたし

大文字の大の付け根に夜明けまで飲みあかしたる頃の大の字

富士山麓に煙はいつもいくすじも真横に流れながれては消ゆ

あなたからまゆげをとったら何が残るかとしごくまじめに言う人がいる

顔真卿より始めよと言う俳人のこの骨太の字を愛すなり

＊金子兜太

そう言えばあの頃もムシと言っていた自転車屋はムシを替えてくれたり

放っておいてくれればよほど楽なのに心配し心配しまた君が病む

図鑑そっくりと幼は妙に納得す池のほとりを河馬が歩くなり

おへそがプラスと教えておればおへそは凹んでいるのよと言う

せわしなくはたはた飛ぶのはコウモリと教えてもバスはなかなか来ない

おとしぶみ

まだしばらく弥勒は兜率天《とそつのてん》に居てヤブガラシなど戦がせるかな

掃除機の筒のなかほどに詰まりたるクリップが歔欷の声をあぐ

冬の夜に影踏み遊びをすると言うおもてに出たら子に影がない

図鑑見てたぶんそうだと合点するオトシブミ亜科チョッキリゾウムシ

瓢簞崩山《ひょうたんくずれやま》に今年もついに登らずきモドキもダマシもある秋の茸《たけ》

フィボナッチ数

少しばかりきょうは浮力が勝っている傘さしてずんずん廊下を行けば

かの日泥《なず》み今はまったくわからない楕円積分　冬陽暈《ぼ》けいつ

物理の落ちこぼれですと言うときの口調に無理がなくなってきた

「晴れ上がる宇宙」と聞けば楽しかり臘梅一枝瓶に挿されて
ビッグバンから5万年ほどして、宇宙はようやく晴れ上がった。

かくあることの全体として裸木をさらさらと冬の光が抜ける
「世界とは、かくあることの全体である」ヴィトゲンシュタイン

見たことはなけれどこれをとりあえずムカシトンボということにする

オワンクラゲの遺伝子を入れられ蛍光をしているマウスは何も知らない

「タンパク質の一生」という一団がバスに乗り込む　不思議ならねど

文部科学省特定領域研究「タンパク質の一生」御一行様

冬の陽は低く霭《かお》れりきょうまでに出さねばならぬ報告書を打つ

しゃぼんだま窓に流れて夕暮れのフィボナッチ数の杳たる行方

ダブルブッキング

どの学生もウオークマンを着けいたり我が話せばまず耳をはずす

今になって無理だとは言えぬ励ましたことが悪かったとわかってはいるが
のめり込まねば楽しさなどはわからぬと、言いて詮無きことなれどまた
先生のようにふたつをやりますとあっけらかんとこの若者は
忙しさは心を亡くすことなどとしたり顔なるこのばかやろう
ああまたダブルブッキング　いつもの夢のそのまがりかど
走っても走ってもまだ会場が見えてこぬ講演時間はとっくに過ぎて
文献を掲げて席にしずみこみ誰も気づかぬ眠りに入る
気がつけば君と歩ける速さなり会議終りし日の暮れの道

昭和

もうたくさんと身体のどこかが拒否をしてわれは今日から鬱に傾く

まあだだよ　まだまだお前は死ねないよ　知ったかぶりのホシガラス奴《め》が

あんなふうにはならないでくださいと至極真面目に言う奴もいる

花びらの剝がれ落つるを散ると呼び散るを称えて昭和はありき

個人差は老いてきびしくあらわるるひとつばたごの花ひらきたり

三十三年ようやくに仏になりたりと僧は語れり湖《うみ》ひた曇る

五十年三十三年　妻ふたり送りし父のそののちの生

自分なら先に殺してやるだろうに石川五右衛門子を掲げ立つ

トンボ

そうあれはトンボというものトンボ引いてコートの荒れを均してぞ去る

あおむいて雲を眺める動かない雲を飽きずに眺めていた昔

拗ねている児には構わず飯を食う夕茜まだ消えぬ西空

折れやすき歯間ブラシの極細を銜えて茫然といたのは昨日

名は体を表わすと言うがほんとうか　ジシバリ・ヤブガラシもっと頑張れ
余人を以て替えられませんと危ない危ない老後をいつまで先送りするか
弟がひとり居たなら呼び寄せておまえならどうすると訊くだろうきっと

あとがき

二〇〇三年（平成十五年）から二〇〇七年（平成十九年）までの作品、五九七首をまとめて一冊とした。『後の日々』に続く、私の十一番目の歌集である。

この歌集は、私にとって大きな節目になるという思いが強い。年齢的に六十歳までの作品を収めることになったのがその一つだが、いま一つは、この歌集に収めた作品以降、旧かなで歌を作ることになったからである。本歌集『日和』が、最後の新かな歌集ということになる。歌数が多くなったのは、新かなの歌をすべてここにまとめたいと思ったからに他ならない。

六十歳になったら旧かなでいこうかと漠然と考えていた。そんなことを口走ったこともあった。新かなか旧かなかどちらが正当かなどという議論にはほとんど興味はないが、年齢とともに、旧かなのもつやわらかさと、ゆったりとした響きの奥行きが身に添うようになってきたというのが実感に近い。旧かなを窮屈と感じる向きもあるだろうが、私自身は旧かなのもつ自在さに、そしてある種の開放感といったものにも魅力を感じている。

開放感はもう一つ、かく詠わねばならないという強制から自由になったことにも由来しよう。かつて歌を作るならば、先人の為し得なかった一歩の新をなどと、思ったことも言ったこともあった。しかし、いまはそのような新を競うという意識、あるいはかく詠わねばならないという意識からは遠い。ただ作り続けることの大切さを身に沁みて思う。

一方でこれだけは大切にしたいと思うものが次第に見えてきたという思いも強い。それぞれにそれは違っていていいが、私の場合は、〈いま〉という時間への意識が歌を作る際に強く思われるようになった。

どんな素材やどんな思い、あるいは過去の思い出を歌おうとも、そこに〈いま〉の自分が感じられなければ、歌を作る意味がないのではないかと思うのである。自分の〈時間〉にだけは忠実に歌を作りたい。そんな〈いま〉という時間を次々に歌い重ねながら死んでいくのが歌人という存在なのだとも思う。〈いま〉という時間の堆積が、歌人の軌跡であり、歌集の厚みとはそんなものだろう。最後の〈いま〉がいつやってくるのか、そんなことはもとよりわかるはずもないが、逆に言えば、〈いま〉が常に作歌の現場にある限り、完成とか未完とかいう議論は意味を持たない。いつ死んでも自分の歌に関する限り心残りはないだろう。ある意味、気楽な存在でもある。

この歌集には、従って、私の五十六歳から数年の〈いま〉があるはずである。言うまでもないが、その〈いま〉が実生活の時間であるという保証はどこにもない。

二〇一〇年（平成二十二年）の春から、私は新しい大学に移ることになった。京都産業大学に新しく総合生命科学部という学部が新設されることになり、学部長として責を負うことになった。行政職からは一切逃げつづけてきた私だが、今回は、現在の教室員を全員連れて研究をこのまま継続できることがありがたく、この職を引き受けることに決心した。もうしばらくこれまでと同じように、二足の草鞋を履きつづけることになるだろう。

この歌集が砂子屋書房の新たな企画「現代三十六歌仙」の最初にでることになったのは、偶然とは言えうれしいことである。田村雅之氏とはもう三十年を越える付き合いになるだろうか。装幀をお願いする倉本修氏ともども、私には懐かしい友人たちである。彼らの手によって歌集ができることを感謝している。

永田和宏

二〇〇九年十月十九日

永田和宏年譜

昭和二十二年（一九四七）　〇歳

五月十二日、滋賀県高島郡饗庭《あいば》村五十川《いかがわ》に生まれる。父嘉七、母千鶴子の長男。村祭りの朝の、難産であった。

昭和二十四年（一九四九）　二歳

母、結核を発病。高部よし乃という近所のおばあさん（報恩寺住職未亡人）にあずけられ、以後母の死後、四歳まで一緒に暮らす。薬代などのため、父は京都に出て働き始める。

昭和二十六年（一九五一）　四歳

一月、母死去。父に枕元につれて行かれ、何か言ったら、その場にいた人たちがいっせいに泣いた。私のもっとも古い記憶である。十月、父、川島さだと再婚、三人で京都、紫竹（上園生《かみそのふ》町）に移り住む。

昭和二十八年（一九五三）　六歳

桃林幼稚園に通う。妹、厚子誕生。

昭和二十九年（一九五四）　七歳

京都市立紫竹小学校入学。

昭和三十年（一九五五）　八歳

妹、悦子誕生。

昭和三十四年（一九五九）　十二歳

右京区双ヶ丘の麓に転居（御室岡の裾町）。

昭和三十五年（一九六〇）　十三歳

京都市立双ヶ丘中学入学。軟式テニス部、京都市で八位以内。三年生で生徒会副会長。

昭和三十八年（一九六三）　十六歳

嵯峨野高等学校入学。三年間、北野塾という学習塾へ通う。この塾で物理に目ざめ、また短歌を知る。京都新聞歌壇で特選に。高校時代に二首だけ作歌。

昭和四十一年（一九六六）　十九歳

左京区岩倉本町に転居。京都大学理学部に入学（三回生から物理学科に分属）。合気道部、バスケットボール部など転々としているうち、京大短歌会設立のポスターを見て、ふらふらと第一回の集まりに出かけ、高安国世を知る。この頃より、母さだ歩行困難となる。

昭和四十二年（一九六七）　二十歳

高安国世の「塔」に入会。同時に同人誌「幻想派」創刊に加わる。安森敏隆、北尾勲、川口紘明らを中心に各大学の学生が集まった。七月、京大楽友会館での歌会で河野裕子に出会う。八月、「塔」全国大会に参加（富山・入膳）。「幻想派」0号に「序奏曲・夏」二十三首。合評会に来られた塚本邦雄氏に「華麗なる馬車馬」と評され感激。第五次「京大短歌」を創刊。（花山多佳子、辻井昌彦ら）

昭和四十四年（一九六九）　二十二歳

「短歌」二月号に「疾走の象」七首が初めて掲載される。『現代短歌'70』に「海へ」二十首。七〇年安保を控えて、学園闘争が盛り上がり、もっぱらデモと短歌に明け暮れる。「塔」の編集に携わる。

昭和四十五年（一九七〇）　二十三歳

高安国世、深作光貞らを中心とした現代歌人集会に発起人会として参加。深作による「Ｒｅｖｏ律」創刊に参加。京大理学部物理学科大学院入試に失敗。

昭和四十六年（一九七一）　二十四歳

京都大学を卒業し、森永乳業中央研究所に就職、国分寺に住む。佐佐木幸綱歌集『群黎』の出版記念会で福島泰樹、高柳重信と一緒になり、一晩飲み歩く。

昭和四十七年（一九七二）　二十五歳

五月、河野裕子と結婚、横浜市菊名へ転居。

昭和四十八年（一九七三）　二十六歳

八月、長男淳誕生。私と同じく難産であった。京都大学ウィルス研究所の市川康夫助教授を訪ね、白血病細胞分化の研究を始める。

昭和四十九年（一九七四）　二十七歳

『現代短歌'74』に評論「虚数軸にて」を書き、このころより評論の依頼を受けることが多くなる。目黒区へ転居。転居の日の夜、冨士田元彦編集の「雁」の座談会があり、三枝昂之、佐々木幹郎、坪内稔典、石寒太らと遅くまで飲む。

昭和五十年（一九七五）　二十八歳

五月、長女紅《こう》誕生。中野区へ転居。七月、母さだ死去。十二月、第一歌集『メビウスの地平』（茱萸叢書）刊。第四回現代歌人集会賞。

昭和五十一年（一九七六）　二十九歳

初めての英語論文が“Experimental Cell Research”誌に載る。三か月間、自治医科大学で研究。〈現代短歌シンポジウム〉を三枝昂之、福島泰樹らと早稲田大学で開催。十月森永乳業を辞し、京都大学結核胸部疾患研究所の市川康夫教授の元に移る。子供を二人持った無給の研修員で、将来の保証はまったくなかったが、不思議に悲壮感はなかった。右京区竜安寺塔の下町の三軒長屋に住む。高校時代通った北野塾で物理を教え、夜中過ぎまで実験をし、多くなってきた作品と評論の依頼をなんとかこなし、この時期から数年間がもっともよく働いた時期かもしれない。「短歌」六月号に「定型論の水際にて」五〇枚。「短歌」九月号に「首夏物語」五〇首。

昭和五十二年（一九七七）　三十歳

「短歌」十月号に評論「問と答の合わせ鏡」。十月、第二歌集『黄金分割』（沖積舎）刊。京都で〈現代短歌シンポジウム〉の第二回を企画開催、梅原猛、塚本邦雄両氏の講演。シンポジウム第二日目の夜、岡井隆、伊藤一彦、三枝昂之三氏がわが家に泊まる。「国文学」短歌の特集に佐佐木幸綱を執筆。

昭和五十三年（一九七八）　三十一歳

「短歌」八月号に「短歌的喩の成立基盤について」五〇枚。『現代短歌'78』に「饗庭抄」五〇首。十一月、「磁場」

に「Entweder-oder 氏の肖像—『天河庭園集』以後の岡井隆」。「骨髄性白血病細胞の分化」の研究によって京都大学理学博士。『黄金分割』普及版刊。

昭和五十四年（一九七九）　三十二歳
六月、京都大学講師（胸部研）に採用される。その前日、濃硫酸と苛性ソーダを同時に廃棄し爆発。京大病院で二時間持続点滴・洗滌。こと無きを得る。『短歌の本第3巻　短歌の理論』（筑摩書房）に「短歌の文体」五〇枚。

昭和五十五年（一九八〇）　三十三歳
「塔」に「戦後アララギ」を連載。岩倉に転居、父と同居。

昭和五十六年（一九八一）　三十四歳
「短歌研究」二月号で斎藤史と対談（斎藤史氏の長野市の自宅、掘炬燵で向かい合って）。三月、『研究資料現代日本文学5　短歌』（明治書院）に分担執筆。〈コロキウムin京都〉を企画、佐佐木幸綱、高野公彦、三枝昂之、伊藤一彦、小池光、河野裕子ら十人による徹底討論を行う。第一評論集『表現の吃水——定型短歌論』（而立書房）刊。十一月、第三歌集『無限軌道』（雁書館）刊。

昭和五十七年（一九八二）　三十五歳
一月、『短歌シリーズ・人と作品　現代短歌』（岡野弘彦他編、桜楓社）に高安国世、前田透、山中智恵子、島田修二、馬場あき子、岸上大作を分担執筆。七月、「短歌」で岡井隆と対談「岡井隆の現在」。「心の花」一〇〇〇号記念号に「喩の蘇生」五〇枚。

昭和五十八年（一九八三）　三十六歳
滋賀県石部に転居、河野の両親と同居。現代歌人集会と中の会共催で、「女・たんか・女」を企画・司会（於名古屋）、河野、阿木津英、道浦母都子、永井陽子らが出席、翌年の〈春のシンポジウム〉の導火線となった。「短歌現代」に「普遍性という病」。「短歌研究」に比喩論を、「塔」に「虚像論ノート」を連載。

昭和五十九年（一九八四）　三十七歳
石部町岡出に家を新築して転居。「短歌人」で座談会「テーゼなき世代の鬱々」（伊藤一彦・春日井建・小池光・永田）。「塔」三十周年記念号を光田和伸と編集。四月、「方法的制覇」十二号に座談会「ラビリントスの中の声—文学と医学の間」（岡井隆、田村雅之、樋口覚、永田）五月、アメリカの国立癌研究所（NCI、NIH）に客員准教授の身分で招かれ渡米。Kenneth Yamada 博士のラボで、コラーゲン受容体探索をテーマとして研究を始める。この過程で発見した新規遺伝子は、後にコラーゲン特異的分子シャペロン HSP47 としてライフワークの一つとなった。小池光、小紋潤らが多くの歌人を集めて東京で壮行会を開いてくれた。七月、師高安国世死去。総合三誌に追悼文、追悼歌。八月、裕子と子どもたちをニューヨークまで迎えにゆく。九月、ボストンへ学会をかねて家族旅行。十二月、アパートから緑の小さな一軒家（ロックビル市）に転居。

昭和六十年（一九八五）　三十八歳
淳、アメリカンフットボールチームに入り、家族を挙げてフットボールにとりつかれる。版画家平塚運一画伯の知己を得る。五月、河野の両親とナイアガラの滝、レイクプラシッドなどを旅行。七月、淳がツインブルック小学校を卒業。淳と紅は、それぞれウエストバージニア、バージニアのサマーキャンプへ一カ月。九月、淳、ジュリアスウエスト中学校へ入学。各地へ旅行。道具を買ってキャンプに凝る。クリスマスをコロニアル・ウィリアムズバーグ（バージニア州）で過ごす。

昭和六十一年（一九八六）　三十九歳

二月、第二評論集『解析短歌論―喩と読者』（而立書房）刊。裕子、喘息がひどくなる。五月、西海岸（サンフランシスコ、ヨセミテ、ラスベガス、グランドキャニオン、ロスアンゼルス等）を旅行して帰国。滋賀県甲賀郡石部町岡出に住む。淳、石部中学校一年に転入、翌年近江兄弟社中学校に転学、紅、石部小学校五年に転入。十月、京都大学教授（結核胸部疾患研究所、細胞化学部門）となる。京大医学研究科でもっとも若い教授であった。十一月、「塔」の編集責任者となる。「朝日グラフ」にグラビア。

昭和六十二年（一九八七）　四十歳

一月、「共同通信」に短歌時評担当（以後三年間）。「現代短歌雁」創刊・編集委員となる（佐佐木幸綱、高野公彦、小池光、永田、以後二十号まで）。四月、「短歌春秋」第十号で鼎談「渡米して」（岡井隆・河野裕子・永田）。十一月、第四歌集『やぐるま』（雁書館）刊。吉川宏志などを中心とする京大短歌会の顧問となる。

昭和六十三年（一九八八）　四十一歳

一月、日本細胞生物学会庶務幹事、会報「細胞生物」編集幹事（〜平成三年）。四月、京都大学胸部疾患研究所に改組（細胞生物学分野教授）。紅、同志社中学校に入学。五月、「塔」の三五〇号記念号で小高賢、小池光と鼎談「清く正しい中年の歌」。七〜八月、第四回国際細胞生物学会（モントリオール・カナダ）に出席、平芳一法助手と渡米。カリフォルニア、シカゴ、ニューヨークなどを経てモントリオールへ。約1カ月。何か所かで講演。この時出会ったノースウェスタン大学リチャード・モリモト教授は生涯の友人となる。「歌壇」十二月号で〈シリーズ今日の作家〉として永田和宏特集。七月、「朝日グラフ」でエッセイ、翌年『死を語る、死を想う』として同社より刊行される。

平成元年（一九八九）　四十二歳

一月、学術会議研究連絡委員会委員（〜平成十三年）。「正論」にエッセイ「きのこ黙示録」（日本エッセイストクラブ編『ベストエッセイ集　チェロと旅』として単行本化一九九〇年七月）三月、淳、近江兄弟社中学卒業、同志社高等学校入学。四月、がん特別研究（I）「癌細胞における熱ショック蛋白質発現機構」領域代表（〜平成四年）。「塔」座談会「蛍雪時代の男たち」（小池光、小高賢、坪内稔典、永田）。七月、「雁」十一号にて永田和宏特集（大岡信、塚本邦雄、坂野信彦執筆）九月、Medical Immunology 誌にて矢原一郎と対談。十月、朝日新聞「仕事の周辺」連載（七回）。

平成二年（一九九〇）　四十三歳

二月、東レ科学技術研究助成。三月、熱ショックタンパク質国際会議（京都・宝ヶ池）講演（初めての国際会議招待講演）。河野裕子「塔」入会。五月、京都市左京区岩倉上蔵町に転居。七月、現代歌人集会にて講演。京都新聞「現代のことば」（毎月一回、三年間連載）。第一回高安国世記念詩歌講演会開催（講演・近藤芳美、中西進）京大会館。八月、『永田和宏歌集』（現代短歌文庫第九巻、砂子屋書房）刊。九月、『白血病細胞の分化誘導療法』（共編著　中外医学社）刊。国際会議「熱ショックタンパク質」（イタリア）初めて海外から国際会議に招待され講演、矢原一郎とローマ、ナポリ、ラベッロを旅行。十月、貝塚市市民文化祭で河野裕子と対談。十一月、「全国学生短歌大会」にて小池光と公開対談「短歌と笑い」。

平成三年（一九九一）　四十四歳

一月、東京電力研究会委員（〜平成四年）毎月上京。奥本大三郎と知り合う。三月、紅、同志社中学を卒業、同志社高校に入学。四月、日本血液学会総会にて特別講演。塚本邦雄インタビュー「雁」二十号。五月、第二回高安国世記念詩歌講演会（大岡信、塚本邦雄）シルクホール。六月、時評集『同時代の横顔』（砂子屋書房）刊。十月、多田富雄作「無明の井」（京都観世会館）を京都新聞に紹介。内藤国際カンファランス岐阜（以後平成五年まで毎年開催・講演）。十一月、本居宣長記念講演会・松阪市。東大寺学園PTA総会講演「理系と文系」。この年五月にNIH（ベセスダ）、コールドスプリングハーバー（ニューヨーク）、七月にトロント（カナダ）にて招待講演。

平成四年（一九九二）　四十五歳

一月、「生化学イラストレイテッド」（翻訳、医学書院）刊。「短歌新聞」で時評を担当（一年間）。三月、マージナルマン・フェスタ「現代短歌は世紀末から始まる」にて三枝昻之と対談。四月、淳、同志社大学英文学科に入学。南日本新聞歌壇選者となる。国際学術共同研究「蛋白質合成初期過程におけるストレス蛋白質の役割」代表（米国、フランス、〜平成七年）。上原記念生命科学財団助成受賞。五月、第三回高安国世記念詩歌講演会（井上ひさし、馬場あき子）シルクホール。七〜八月、国際細胞生物学会（スペイン、マドリッド）出席、のちレンタカーで矢原一郎とアンダルシアを一週間旅行。十月、京都新聞にエッセイ「四季折々」（一年間）。この年、四月にツーソン（アリゾナ）、二月にホノルル（ハワイ）にて招待講演。

平成五年（一九九三）　四十六歳

一月、吉川宏志・前田康子結婚式媒酌（京都）。Cell Structure and Function 副編集長となる（以後六年間）。四月、「塔」編集発行人（主宰）となる。晶子アカデミーにて講演、岡山県歌人協会総会にて講演。がん特別研究（I）計画研究「熱ショック・ストレス蛋白質の機能、発現機構とその制御」代表（以後三年間）、重点領域研究「ストレス蛋白質の構造と機能」計画班代表（以後三年間）。七月、信濃毎日新聞にエッセイ連載「短歌と時間」（十四回）。河野裕子「塔」選者となる。十月、「短歌往来」で編集長インタビューをうける「中年―ロマン・生・性」。十一月、第四回高安国世記念詩歌講演会（大野晋、金子兜太）シルクホール。この年、七月にゴードン会議（ニューハンプシャー）、十二月にパリ（フランス）にて招待講演。

平成六年（一九九四）　四十七歳

一月、「正論」にエッセイ「熊に噛まれた話」。『和歌文学講座9　近代の和歌』（武川忠一編、勉誠社）に「近代短歌の様式―写生と連作を中心として」を、『同10　現代の短歌』に「現代短歌の様式」を分担執筆。二月、『ストレス蛋白質―基礎と臨床』（編著、中外医学社）刊。三月、『昭和の歌人たち』（昭和歌人集成・別巻、短歌新聞社）刊。四月、国際学術研究「コラーゲン特異的分子シャペロンHSP47の生理的機能の解析」代表（ドイツ、米国、オーストラリア、～平成九年）五月、第五回高安国世記念詩歌講演会（大岡信講演、岡井隆、谷川俊太郎、永田鼎談）シルクホール。鹿児島「にしき江」八十周年記念大会にて講演。六月、日本細胞生物学会「第8回細胞生物学シンポジウム」主催。十月、徳島県歌人クラブにて講演「短歌をよむ喜び」。十一月、『分子生物学・免疫学キーワード辞典』（共編著）医学書院、評論家の樋口覚がこの辞典の編集担当であり、何度もホテルに泊まり込みで編集会議をした。特集「ストレス応答とストレス蛋白質」責任編集（「最新医学」最新医学社）。十二月、京都芸術文化協会にてシンポジウム「文学の表現と現代」（大野新、高城修三、河野仁昭、岩城久治らと）。尼崎彬著『日本のレトリック』（ちくま学芸文庫）に解説。この年、一月に日米癌セミナー（ワシントンDC）、二月にロンドン（英国）、三月にパリ（フランス、家族同伴）、五月にコールドスプリングハーバー（ニューヨーク）、六月にローマ（イタリア）、十月にシドニー（オーストラリア）にて招待講演。

平成七年（一九九五）　四十八歳

一月、新春座談会「先端医学の言葉のネットワーク形成をめざして」（週刊医学界新聞、長野敬、宮坂信之、宮坂昌之、永田）。読売新聞に「ものの見方」連載（六回）。四月、紅、京都大学農学部に入学。五月、晶子アカデミーにて講演「読者とは何か―鉄幹と新詩社」。「図書新聞」に時評担当（一年間）。六月、歌人集会春季大会in福岡にて講演。第23回器官形成研究会大会主催。八月、「未来」全国大会にて岡井隆と対談。九月、「現代短歌南の会」創立二十周年記念シンポジウムにて講演・鼎談（伊藤一彦、河野裕子、永田）。十月、岩波書店主催「短歌パラダイス」歌会（熱海、翌年、岩波新書として刊行）。同志社女子大学にて講演「発見のよろこび」。「現代短歌雁」座談会。「短歌研究」座談会。十二月、特集「ストレス蛋白質から分子シャペロンへ」責任編集（「実験医学」

羊土社）。この年、三月にサンタフェ（ニューメキシコ）、ミュンヘン、デュッセルドルフ（ドイツ）、グロニンゲン（オランダ）、四月にノッティンガム、マンチェスター（英国）、十月にミュンヘン（ドイツ）にて招待講演。ミュンヘン、マックスプランク研究所のウルリッヒ・ハートル教授とその夫人マナジット・ハートルとは生涯の友人となる。

平成八年（一九九六）　四十九歳

二月、『岡井隆コレクション7　時評・状況論集成』（思潮社）に解説「最長不倒距離をささえたもの」を執筆。四月、共同通信エッセイ「せせらぎ」連載（一年間）。戦略的基礎研究「普遍的な生体防御機構としてのストレス応答」代表（以後五年間）。淳、同志社大学を卒業し、「釣の友」社に入社、記者となる。五月、上賀茂神社「曲水の宴」（第三回）に参加（現在に至る、岡野弘彦、河野裕子ら歌人と冷泉家時雨亭文庫による披講）。六月、「NHK短歌」にエッセイ「私の歌道標」。河野、紅と高野山の宿坊に一泊。九月、ジャムセッション・イン・京都「斎藤茂吉―その迷宮に遊ぶ」を企画、岡井隆、小池光と隔月で鼎談（京大会館、六回開催）。十二月、第五歌集『華氏』（雁書館）刊。この年、一月にハワイ（米国）、三月にタオス（ニューメキシコ）、六月にフィラデルフィア（米国）にて招待講演。

平成九年（一九九七）　五十歳

一月、産経新聞歌壇選者となる（～平成十七年）。三月、「現代短歌雁」鼎談「〈座〉の変容と短詩型」（高野公彦・坪内稔典・永田）。四月、特定領域研究「分子シャペロンによる細胞機能制御」領域代表（～平成十三年）。五月、歌集『華氏』で第二回寺山修司短歌賞受賞。朝日カルチャーセンター横浜で岡井隆と対談「現代短歌の周辺」。六月、「芦屋―夏の恋歌　短歌コンテスト」選者および講演（以後三年間）。八月、読売新聞「潮音風声」連載（十回）。九月、「平成の歌会」（平安神宮、産経新聞主催）選者となる（～平成二十一年）。「細胞工学」に特集「分子シャペロン」責任編集（秀潤社）。十月、佐佐木幸綱編『短歌名言辞典』に分担執筆。宣長翁顕彰短歌大会にて講演。十一月、第四回秋季BS市民参加短歌大会にスタジオ出演（選歌）（岡井隆・馬場あき子・安永蕗子・高橋睦郎、永田）。欧文原著論文が一〇〇報に達する。この年、七月にブダペスト・ウィーン（ハンガリー・オーストリア、河野同伴）、ゴードン会議（ニューハンプシャー）、十一月にシドニー（オーストラリア）にて招待講演。

平成十年（一九九八）　五十一歳

一月、国際学会Cell Stress Society International（米国）評議員、日本生化学会評議員。二月、NHK学園中国地方短歌大会（岡山）にて講演（ラジオ放送）。三月、「分子シャペロン国際会議」を主催（八～十二日、京都宝ヶ池）。四月、改組により京都大学再生医科学研究所教授（細胞機能調節学分野）。西行祭短歌大会（中尊寺）にて講演「西行と現代―時間への思い」。「短歌」（角川書店）誌上にて「昭和短歌の再検討」を共同執筆（〜平成十二年九月）。五月、春の短歌祭（大阪）にて講演「短歌における時間表現」。六月、「ながらみ現代短歌賞、出版賞」選考委員になる（以後五年間）。七月、朝日カルチャー特別講座（名古屋）にて講演。富山県短歌大会にて講演。犬の次郎、死す。九月、京都市左京区岩倉長谷町に転居、淳は植田裕子と共に上蔵町の家に住む。第六歌集『饗庭』（砂子屋書房）刊。十月、NHK学園「中国地方短歌大会」において講演「歌をよむ面白さ」。現代歌人協会「短歌フェスティバルin京都」にて馬場あき子と対談。十一月、『生体物質相互作用のリアルタイム解析実験法』（共編著）シュプリンガー・フェアラーク東京。十二月、討論集『斎藤茂吉―その迷宮に遊ぶ』（岡井隆、小池光と共同執筆、砂子屋書房）刊。この年、四月にパルマ（イタリア）、五月にコールドスプリングハーバー（ニューヨーク）にて招待講演。

平成十一年（一九九九）　五十二歳

一月、Cell Structure and Function 編集長（〜平成十四年）。二月、歌集『饗庭』で第三回若山牧水賞受賞、宮崎日日新聞に「牧水・はるかなまなざし」を六回連載。歌集『饗庭』で第五十回読売文学賞（詩歌俳句賞）受賞。『短歌と日本人Ⅶ　短歌の想像力と象徴性』（岡井隆編、岩波書店）にて共同討議「文体」（小林恭二、北川透、小池光、岡井隆、永田）。三月、滋賀の故郷にて母千鶴子の五十回忌。「短歌」特別座談会「短歌否定論の時代を辿る」（ゲスト、佐佐木幸綱）。紅、京都大学を卒業。引き続き大学院農学研究科にて研究を継続。四月、「短歌新聞」巻頭インタビュー、読売新聞にエッセイ「鍋と蓋」を河野裕子と交互に十回執筆。五月、「短歌四季」に「永田和宏と塔四十五周年」。『短歌と日本人Ⅴ　短歌の私、日本の私』（坪内稔典編、岩波書店）に「『私』の変容」を分担執筆。七月、淳、植田裕子と結婚。『佐佐木幸綱の世界11　同時代歌人論Ⅱ』に解説を執筆。八月、淳の長男、櫂誕生。十月、NHK、BS短歌大会・大垣歌会を主宰。十月、『岩波現代短歌辞典』刊（編集委員）。十二月、第4回臨床ストレスタンパク質研究会大会主催（会長となる。平成十四年まで）。淳の「釣の友」社自己破産、廃刊。この年、一月にチェンナイ（インド）、四月にコパーマウンテン（コロラド）、五月にマラティア（イタリア）、ミュンヘン（ドイツ、河野、紅および河野の両親同伴）、六月にフィラデルフィア（米国）、七月にNIH（ベセスダ）及びニューハンプシャー（米国）、十月にソウル（韓国）にて招待講演。

平成十二年（二〇〇〇）　五十三歳

一月、日本生化学会理事（〜平成十四年）。三井修著『永田和宏の歌』（雁書館）刊。朝日カルチャーセンター特別講座（柳橋）にて講演「〈私〉の多様性を楽しもう」。二月、「日本経済新聞」に「ミドルからの出発」として紹介される（後に足立則夫著『やっと中年になったから』として単行本化）。三月、京都大学附属図書館に故片田清先生（高校時代の恩師）の遺した一万四千冊余りの全集本を寄贈、「片田文庫」として開架閲覧、および同氏の遺したLPレコード、CDなど数万点をも寄贈。これらの寄贈の仲介をする。四月、「写生論再考」「日本現代詩歌研究」第四号。『Real-Time Analysis of Biomolecular Interactions』（共編著、Springer-Verlag社）刊。朝日カルチャーセンター（中之島）にて岡井隆、穂村弘、河野裕子らと座談会（前登志夫講演）。六月、神経生物学シンポジウムで講演のため軽井沢へ。河野を同伴して三日間滞在。七月、京都新聞「現代のことば」を三年間連載（月一回）。広島県歌人協会にて講演。九月、日本歌人クラブ近畿短歌大会（大阪）にて講演。滋賀県歌人協会二十周年記念短歌大会（大津）にて講演「ふるさと近江の歌を訪ねて」。ツキヨタケ観賞会に参加（京大芦生演習林、翌年も参加）。十月、河野裕子乳癌手術（京大病院）。NHK、BS短歌大会・丸亀歌会主宰。塩尻短歌大学にて講演「挽歌のリアリティ」。十一月、「図書」（岩波書店）にエッセイ「新村出の校歌」。十二月、市川康夫先生（京大名誉教授）膵臓癌で死去。この年、五月にコールドスプリングハーバー（ニューヨーク）にて招待講演。

平成十三年（二〇〇一）　五十四歳

一月、「短歌」（角川書店）にて有馬朗人と対談「文学と科学、大いに語りましょう」。朝日カルチャー特別講座（名古屋）講演「新世紀に残す短歌」。三月、詩歌文学館賞選考委員（〜平成十五年）。山川登美子記念短歌大会にて講演「老いと青春」（以後毎年選者）。四月、淳、青磁社を創立、最初の出版として河野裕子歌集『歩く』を出版。戦略的基礎研究「小胞体における蛋白質の品質管理機構」代表（以後五年間）、基盤研究A代表（以後三年間）。『細胞生物学―驚異のミクロコスモス』（編著、日本放送出版協会）刊（以後十年間毎年改訂版）。六月、「未来」五十周年記念大会にて講演「未来と塔を考えることから見えてくるいくつかの問題」。『分子シャペロンによる細胞機能制御』（編著、シュプリンガー・フェアラーク東京）刊。七月、共同研究『昭和短歌の再検討』（砂子屋書房）刊。八月、第七歌集『荒神』（砂子屋書房）刊。九月、福岡県民文化祭にて講演「老いと青春」。十一月、貝塚市文化祭にて講演「発見のよろこび」。「短歌往来」座談会「歌の源流を考える」（篠弘、谷川健一、三枝昂之、永田）。この年、五月にEMBOシンポジウム（スペイン）、六月にミュンヘン（ドイツ）、七月にリスボン（ポルトガル、河野同伴）にて招待講演。河野とポルトガルからフランス・ブルゴーニュを廻る。

平成十四年（二〇〇二）　五十五歳

一月、日本細胞生物学会会長（〜平成十七年）。国際学会Cell Stress Society International（米国）会長（〜平成十五年）。臨床ストレス蛋白質研究会代表幹事（〜平成十八年）。二月、馬場あき子とともに上田三四二賞選者となる（上田三四二記念小野市短歌フォーラムとなり、現在に至る）。三月、永田研主催の「細胞生物学セミナー」が第100回を迎え、記念シンポジウム開催。四月、「塔」にて「岡部桂一郎特集」花山多佳子と岡部桂一郎にインタビュー。上田三四二墓前祭にて講演「上田三四二と時間意識」（関川夏央と）。放送大学客員教授（〜平成二十四年）、一年に渡り録画を行う。特定領域研究「小胞体関連分解の分子機構」計画班代表（〜平成十八年）。五月、歌集『荒神』で第二十九回日本歌人クラブ賞受賞。義父河野如矢死去。以下三カ所で講演、斎藤茂吉短歌大会「老いと青春」（上山市）、詩歌文学館賞授賞式「詩と時間」（北上市）、日本歌人クラブ総会「刹那から劫まで」（東京）。六月、特集「短歌の争点ノート」（国文学、学燈社）に「短歌の争点10」。七月、現代歌人協会理事（〜平成二十年）。「りとむ」十周年記念号鼎談（佐佐木幸綱、三枝昂之、永田）。「清流」にて紹介・インタビュー「夫婦で歩む人生」（河野裕子と）。九月、淳の長女、玲誕生。十月、京都大学市民講座にて講演「ストレスに抗して生きる―細胞の環境適応戦略」。この年、五〜六月にポートランド及びシカゴ（米国）、十一月に台北（台湾、河野同伴）にて招待講演。

平成十五年（二〇〇三）　五十六歳

一月、アジア太平洋細胞生物学会副会長（〜平成二十年）。宮中歌会始を陪聴。三月、NHK歌壇選者（〜平成十七年）。五月、宮中歌会始詠進歌選者となる（現在に至る）。『分子生物学・免疫学キーワード辞典　第二版』（共編著）医学書院。第五十五回日本細胞生物学会大会（大津）を主催、大会長。六月、現代歌人集会大会（鹿児島）にて講演「初句と結句」。「現代詩手帖」特集「戦後関西詩」に「奴隷の韻律を読みなおす」。七月、滋賀県歌人協会にて講演。「歌壇」巻頭に写真とエッセイ「あの頃の歌、今日の歌」。十月、第八歌集『風位』（短歌研究社）刊。日本生化学会総会においてマスターズレクチャー。この年、七月にベルリン、ハイデルベルグ（ドイツ）、ゴードン会議（ニューハンプシャー）、九月にトマール（ポルトガル）及びベリンゾナ（スイス）、ケベック（カナダ）、十二月にバンガローレ（インド、河野同伴）にて招待講演。

平成十六年（二〇〇四）　五十七歳

一月、京都新聞歌壇選者（〜平成十九年）。初めて歌会始に列席。財団法人安田医学財団理事（現在に至る）。Biological Chemistry（ドイツ）副編集長（〜平成二十年）。二月、黒川能を観る（馬場あき子、河野裕子ら）。朝日新聞「直言」欄に「研究の視野を広げる学会に」。「塔」五十周年記念のため鼎談（佐佐木幸綱、河野裕子、永田）。斎藤茂吉文学賞選考委員（〜平成十九年）。三月、歌集『風位』で第五十四回芸術選奨文部科学大臣賞。大阪歌人クラブにて講演。四月、NHKラジオ「こころの時代」にて二夜インタビュー。「塔」五十周年記念号刊。「短歌四季」にて「永田和宏と『塔』五十周年」。六月、歌集

『風位』で第三十八回迢空賞。静脈瘤の手術（京大病院）。七月、東京新聞にエッセイ「短歌とサイエンスのあいだで」。八月、「塔」五十周年記念全国大会（京都宝ヶ池、天野祐吉、馬場あき子、茂山千之丞。参加会員三五〇名、一般聴衆一二〇〇名）。「現代詩手帖」特集「春日井建の世界」に「『極』同窓会の春日井建」。九月、「図書」（岩波書店）に「知への欲求―死と読書」。「短歌」特別座談会「女うたはどこへ行くのか」（馬場あき子、佐佐木幸綱、永田）。「短歌研究新人賞」選考座談会。十月、河野と秋田県黒湯温泉に旅行。「GYROS」に「タンパク質の多様性獲得戦略」。京都歌人協会にて講演。「玲瓏」全国の集いにて講演「塚本邦雄の短歌」。京都市文化芸術振興条例策定協議会委員（二年間）。十二月、「短歌研究」座談会「塚本邦雄が切り開いた新しい地平の現在」（佐佐木幸綱、小池光、小島ゆかり、穂村弘、永田）。岐阜大学フォーラム特別講演「科学と文学の間」。『先端医学キーワード小辞典』（共編集）医学書院。「細胞工学」誌に特集「階層別にみる蛋白質のフォールディングと品質管理」責任編集（秀潤社）。この年、五月にコールドスプリングハーバー（ニューヨーク、河野同伴）、NIH（ベセスダ・メリーランド）にて招待講演。

平成十七年（二〇〇五）　五十八歳

一月、読売新聞に永田紅と対談「超・世代論」。二月、『細胞生物学事典』（共編著）朝倉書店。黒川能を観る（馬場あき子、佐佐木幸綱、高野公彦ら）。日本学術会議シンポジウム「日本の科学情報発信・流通はどうあるべきか」（東京）にパネラーとして参加。三月、朝日新聞歌壇選者となる（現在に至る）。四月、朝日新聞にて座談会「朝日選歌の五十年」（馬場あき子、佐佐木幸綱、高野公彦、永田）。宮島全国短歌大会にて講演。万葉短歌祭にて講演。「Membrane Traffic」に自伝風エッセイ「科学と文学のあいだ」。五月、上田三四二記念フォーラム（小野市）にて講演。ユネスコ・ロレアル女性科学者賞選考委員（現在に至る）。七月、「短歌」巻頭グラビア。九月、「現代詩手帖」塚本邦雄追悼号に「塚本年譜の意味」。「短歌研究」に「塚本邦雄秀歌百首抄」。「短歌」にて三枝昂之と対談「いつも塚本邦雄がそばにいた」。高知県短歌大会にて講演。九月、『続永田和宏歌集』（現代短歌文庫第五十八巻、砂子屋書房）刊。「実験医学」誌に特集「細胞内タンパク質の社会学」責任編集（羊土社）。十月、沼津牧水祭にて河野裕子と対談。十一月、京都新聞大賞・文化学術賞を受賞。「タンパク質の一生」国際会議を共同主催（淡路国際夢舞台、海外から六〇名、国内三〇〇名）。十二月、第九歌集『百万遍界隈』（青磁社）刊。この年、五月にザコパネ（ポーランド）、六月にケアンズ（オーストラリア、河野同伴）、九月にトマール（ポルトガル）、十二月にハワイ（河野同伴）にて招待講演。

平成十八年（二〇〇六）　五十九歳

一月、第二十四回京都府文化賞・文化功労賞受賞。淳の二男、陽誕生。四月、佐々木真フルート演奏会（大阪ドーンセンター）にて講演（以後平成二十一年まで毎年一回）。宇宙利用研究「分子シャペロンHSP47の重力応答機構」代表（以後三年間）。五月、「幾山河」第十九号に「牧水歌愛誦性の考察」。六月、与謝野晶子賞および「永田和宏と行く隠岐の旅」で隠岐へ（馬場あき子、篠弘、河野裕子ら）。大津市熟年大学にて講演。歌人集会大会にて岡井隆と対談。七月、京都新聞連載「言葉のゆくえ」が始まる（坪内稔典と月一回同じテーマで共同執筆）。朝日カルチャーセンター（大阪中之島）にて「朝日選者と語る」佐佐木幸綱と。九月、「塔」にて写真家井上隆雄と対談「ものを見る眼」。「歌壇」にて佐佐木幸綱と対談「結社の未来」。十月、大特集「永田和宏を探検する」（「短歌」角川書店）。湯川秀樹の短歌を読む会で講話（京大清風荘）。十一月、鳥取県歌人協会にて講演。滋賀県文化祭にて講演。NHKウイークエンドジャパノロジーにゲスト出演（ピーター・バラカンと英語で短歌を語る）。十二月、永田研究室二十周年記念パーティー（芝蘭会館、京大）。『細胞生物学』（共編著、東京化学同人）刊。「蛋白質核酸酵素」五十周年記念号に「たこつぼ生物学と物理学通論」。この年、七月にサクストン・リバー（バーモント）、十月に北京（中国）にて招待講演。

平成十九年（二〇〇七）　六十歳

一月、臨床ストレス応答学会創立理事。「なごみ」（淡交社）に「古歌逍遥」を写真家鈴木理策氏の写真と共に連載（一年間）。「朝日新聞」に永田紅との往復書簡「たまには手紙で」を連載（六回）。二月、「塔」のために清水房雄氏インタビュー（花山多佳子、永田、東京）。四月、学術創成研究「蛋白質品質管理機構」研究代表（以後五年間）。『改訂版　細胞生物学』（森正敬、永田和宏、河野憲二、日本放送協会）刊。五月、中日文化センターにて講演。七月、子規記念館にて天野祐吉プロデュースによる道後寄席（鼎談：河野裕子、永田紅、永田）。九月、島根県歌人協会にて講演。十月、川内市文化祭（鹿児島）にて講演（河野裕子同伴）。「明日の友」（婦人の友社）にて柳澤桂子と対談「科学と短歌に惹かれて」。NHKBS短歌大会、門司歌会を主宰。第十歌集『後の日々』（角川書店）刊。十一月、山口県歌人協会にて講演。十二月、「未来」主催のシンポジウムにて鼎談（岡井隆、岩田正、永田）。『作歌のヒント』（NHK出版）刊。この年、六月にトマール（ポルトガル）、ミラノ（イタリア）、チューリッヒ（スイス）［NHK「河野裕子と行くスイス・イタリア」で渡航中の河野らとコモ湖（イタリア）、グリンデルワルド（スイス）で数日合流］。七月にパームスプリングス（カリフォルニア）、八月にオクスフォード大学、マンチェスター（英国）、十月にケアンズ（オーストラリア、河野同伴）にて招待講演。

平成二十年（二〇〇八）　六十一歳

一月、NHK全国短歌大会に選者として参加（以降、毎年）。明治記念綜合歌会委員になる（現在につづく）。「京都新聞」に書評、井波律子著『中国名言集　一日一言』。

二月、カナダ、ケベック大学のR. Tanguay教授が客員教授として着任（六カ月）。京都大学湯川・朝永賞選考委員になる（〜二〇一〇年）。三月、延岡市若山牧水青春短歌賞選者となる（坪内稔典、河野裕子。河野死後、長女紅が引き継ぎ、三人で現在に続く）。四月、秋田大学工学資源学部生命化学科客員教授。朝日新聞に前登志夫追悼文。五月、歌集『後の日々』で第十九回斎藤茂吉短歌文学賞。「短歌新聞」に巻頭インタビュー。現代歌人協会公開講座「この歌人に迫る、永田和宏さんに聞く」（坂出裕子、佐藤弓生、穂村弘）。書寫山短歌大会に選者として出席（以後六年間、馬場あき子、佐佐木幸綱らと）。六月、岩波新書『タンパク質の一生―生命科学の舞台裏』（岩波書店）刊。京都新聞にて坪内稔典と対談「言葉のゆくえ」。佐渡島に、久保田フミエ氏によって、河野裕子との比翼歌碑が建立される「赤亀の岩とし聞けばはるかなる岩に眼の見ゆ波よせる見ゆ」（永田）、「この島にひとりの友のありしかな白きつつじの咲けば思ほゆ」（河野）。秋田大学生命化学科開設記念シンポジウムにて講演。科学誌“Science”に原著論文が掲載され多くの新聞に紹介される。茨城県歌人協会総会にて講演「作歌のヒント」。七月、一日、淳の三男、颯《そう》誕生。シリーズ「牧水賞の歌人たち」第三巻として『永田和宏』（青磁社）が出版される（監修伊藤一彦、編集松村正直）。水甕全国大会にて講演「私たちはなぜ歌を作り続けるのだろうか？」（神戸）。長谷町の家の新築始まる。岩倉上蔵町の淳の家に住む（翌年二月まで）。河野裕子、七日の検査の結果が十六日にわかり、乳癌の再発が見つかる。河野裕子との「京都歌枕」の連載始まる（京都新聞、二年間）。九月、NHK「ラジオ深夜便　こころの時代」に出演「科学と短歌〜ふたすじの道を歩む」（二夜）。シンポジウム「源氏物語と和歌」にオーガナイザーとして出演（芳賀徹、村井康彦、河野裕子、冷泉貴実子、京都）。三十日、河野君江死去。十月、母校嵯峨野高等学校にて国語科特別講義（年一回、現在に至る）。日本学術会議シンポジウムにて講演。十一月、「角川短歌賞」選考委員となる（平成二十五年まで六年間）。国民文化祭茨城。読売新聞『平成万葉集』選考委員（岡井隆、壇ふみ氏ら五名と）。沖縄にて、特定領域研究「タンパク質の社会」班会議。十二月、「短歌研究」年鑑座談会（佐佐木幸綱らと）。ルーイン『細胞生物学』を翻訳出版（東京化学同人、訳者代表永田和宏）。この年、コールドスプリングハーバー（ニューヨーク）、NIH（ベセスダ）にて招待講演。

平成二十一年（二〇〇九）　六十二歳

一月、河野裕子が宮中歌会始詠進歌選者に加わる。日本テレビ「皇室日記」に出演（以後、毎年歌会始を担当）。学士会会報に「時間という錘」。「短歌」新春座談会（佐佐木幸綱、三枝昂之、小島ゆかりと）。「毎日新聞」にて村井康彦氏と新春対談。二月、岩倉・長谷町の家の新築完了、引っ越し。三月、『言葉のゆくえ』（坪内稔典と共著、京都新聞出版センター）刊。四月、NHK紀の川市短歌大会にて講演。「神経変性疾患国際シンポジウム」を主宰（京都）。裕子の化学療法始まる。五月、斎藤茂吉記念短歌大会にて記念講演「茂吉とヨーロッパ」（上山市）。十九日、紫綬褒章伝達式（東京）。日本経済新聞に「体のなかの数字」。読売新聞に河野裕子と競詠「愛」。八月、『医学のための細胞生物学』（永田和宏・塩田浩平編、南山堂）刊。京都産業大学生命科学フォーラムにて益川敏英、郷通子氏と鼎談（NHK大阪ホール）。塔五十五周年記念シンポジウム「詩歌とローカリズム」にて辻原登、長谷川櫂氏と鼎談（京都）。九月、産経新聞「お茶にしようか」連載開始（河野裕子、永田淳、永田紅、毎週一回、二年間。河野の死後、植田裕子が加わる）。オートファジー国際会議（大津）にて特別講演。「NHKBS短歌日和」にて家族歌仙が放映される（裕子、淳、紅と私）。岩波新書『タンパク質の一生』が台湾で翻訳され『蛋白質的一生』として出版される。十一月、『角川 現代短歌集成　1生活詠』に解説「新しい〈モノ〉の別の顔」執筆。「環」（藤原書店）の特集「1968年の世界史」に「あの冬の記憶」を執筆。十二月、第十一歌集『日和』（砂子屋書房）刊。『医学細胞生物学』（S.R.Goodman，訳者代表永田和宏、東京化学同人）刊。現代歌人集会四十周年記念大会にて講演「高安国世の世界」京都。この年、裕子の乳癌再発のため、EMBOミーティング（クロアチア、五月）、FASEBミーティング（サクストンリバー、米国、六月）、Gordon会議（ニューハンプシャー、米国、六／七月）、コラーゲンGordon会議（ニューハンプシャー、米国、七月）での招待講演をすべてキャンセル。八月国際生化学会（上海）にて講演。

平成二十二年（二〇一〇）　六十三歳

一月、「短歌」にて共同連載「前衛短歌とは何だったのか」（佐佐木幸綱、三枝昂之、永田和宏）始まる（二〇一二年一月まで）。二月、共同通信に書評『ダウンタウンに時は流れて』（多田富雄著）。三月、国際シンポジウム“Life of Proteins”が退官記念事業として開催される。京都大学芝蘭会館。留学時代のボス、K.Yamadaのほか、長年の友人U.F. Hartl, R. Morimotoらを招待。「さいたま市現代短歌新人賞」表彰式にて講演「歌を読むよろこび」。歌集『日和』にて第十回山本健吉賞受賞。四月、京都大学名誉教授となる。京都産業大学に総合生命科学部を開設し、学部長、教授となる。十二日、紅、岡村啓嗣と結婚、谷川浩司、平尾誠二夫妻らと十人だけの結婚披露宴（都ホテル、京都）。NHK「ニッポン全国短歌日和」（BS2）に選者として出演。「世界思想」第三十七号に「ストレス応答戦略の多様性」。五月、「晶子フォーラム」にて永田紅と対談「近代・現代の恋の歌」（堺市）。『春日井建全歌集』に栞「配慮の人」。六月、「毎日新聞」に「メディア時評」連載（三か月）、河野裕子と「京都新聞」紙上で対談「京都歌枕連載を終えて」。翌日より、裕子、京大病院に入院。七月、「現代思想」にて樋口覚と対談「多田富雄の世界」。七日、裕子退院、自宅看護始まる。胆管閉塞のため、一週間、日本バプテスト病院に入院。ターミナルケア専門の医師、看護師が毎日訪問して下さる。三十一日、『京都うた紀行』の「はじめに」を紅に口述筆記してもらう。八月、十二日夜、河野裕子死去。享年六十四歳。「青春と読書」に多田富雄追悼文「『気づき』の幸・不幸」。「環」四十二号に多田富雄追悼「『免疫の意味論』の意味」。九月、近代文学館「聲のライブラリー」にて自作朗読（野江文昭、稲葉真弓氏と）。「大学時報」三三四号に「『何がわかっていないのか』を教えたい」を執筆。十月、『京都うた紀行』（京都新聞出版センター、河野裕子との共著）刊。十二日、「河野裕子を偲ぶ会」（グランドプリンスホテル京都）を開催、一一〇〇名出席。岡井隆、馬場あき子、辻原登。花山多佳子による「河野裕子を語る」など。日本現代詩歌文学館開館二十周年記念シンポジウム「詩歌のかな遣い」にパネラー（武藤康史、松浦寿輝、小川軽舟と）、十一月、京大名誉教授懇談会にて講演。十二月、「日本経済新聞」にエッセイ「後の日々」。この年、細胞ストレス国際会議（韓国、六月）。

平成二十三年（二〇一一）　六十四歳

一月、河野裕子著『新装版　桜森』（蒼土舎・ショパン）刊。二月、『家族の歌』（河野裕子、および永田家の家族、産経新聞出版）刊。「明日の友」にて鼎談「河野裕子と過ごした日々」（永田淳、紅と）。産経新聞にて座談会「家族の時間結ぶエッセー」（淳、紅、植田裕子と）。三月、十日に「京都産業大学総合生命科学部開設記念シンポジウム」を開催。大隈良典ら「七人の侍」のメンバーによる講演。翌十一日、東日本大震災。四月、「悠久」に巻頭エッセイ「歌枕に思う」。五月、エッセイ集『もうすぐ夏至だ』（白水社）刊。中央公論歌仙第一回「葦舟の巻」（辻原登、長谷川櫂、永田淳と、滋賀堅田）。『日曜日の随想２０１０』（日本経済新聞出版社）に「後の日々」が再録される。六月、河野の遺歌集『蟬声』（青磁社）刊。新潮社「波」にて「河野裕子と私—歌と闘病の十年」連載開始（一年間）。京都新聞社主催「ソフィアがやってきた」で京都市立新町小学校において講演。「週刊文春」にて「著者は語る—もうすぐ夏至だ」。秋田県第七十二回全県短歌大会にて講演。七月、『たとへば君—四十年の恋歌』（河野裕子との共著、文藝春秋社）刊。ＥＴＶ特集「この世の息」が一時間番組として放映される（Ｅテレ、七月十一日午後十時）。河野裕子著『たったこれだけの家族』（中央公論新社）を刊行。ＮＨＫ和倉温泉短歌大会において講演「河野裕子と私」。京都新聞インタビュー「生と死を見つめる」。八月、「塔　河野裕子追悼号」（特集二八七ページ）発行。中央公論八月号に歌仙の記録掲載「男三人、琵琶湖のほとりで歌仙を巻けば」（以後、平成二十八年十月号まで、全七回掲載）。九月、「文藝春秋」に「亡き妻・河野裕子と詠んだ相聞歌千百首」（永田談）。「文藝春秋スペシャル」にて川本三郎氏と対談「『君』亡きあとをどう生きようか」、新潟薬科大学公開特別講演会「科学と文学のあいだ」。「生命誌研究館報」

にて中村桂子氏と対談「短歌と科学、定形の中に生まれる遊び」。十月、第十三回唐津「五足の靴」文化講演会「歌の力」。永田嘉七第二句集『喜望峰』（青磁社）刊。十七日、永田嘉七死去。享年九十歳。下鴨神社に設立された「京都学問所」にて講演、副所長に就任。国民文化祭「小町ロマン」にて鼎談（小高賢、沖ななも）。徳島県歌人クラブ大会にて講演「家族の歌」。交詢社常例午餐会にて講演「歌とともにあった人生」（銀座、東京）。十一月、京都市文化功労者表彰。愛媛県歌人クラブにて講演。十二月、河野裕子著『わたしはここよ』（白水社）を刊行。慶応学術事業会主催「夕学五十講」にて講演。この年、二月、アジア太平洋細胞生物学会でマニラ（フィリピン）、五月、EMBOミーティング（ザルツブルグ、オーストリア）、七月、Gordon会議（ピサ、フィレンツエ、イタリア）に櫂、玲を同伴、ウィーンの会議に行く途中の紅が合流、数日を過ごす。八月、細胞ストレス国際会議（ケベック、カナダ）。九月、小胞体品質管理国際会議（アスコナ、スイス）、アジアCSHミーティング（蘇州、中国）にて招待講演。

平成二十四年（二〇一二）　六十五歳

一月、京都産業大学益川塾シンポジウム「科学と社会」益川敏英、山中伸弥対談のコーディネイト。「短歌」にて共同研究「前衛短歌とは何っだったのか」最終回座談会（岡井隆、馬場あき子、篠弘、佐佐木幸綱、三枝昂之と永田）。「短歌春秋」に講演記録「河野裕子と私」。二月、上廣文化フォーラム「人生後半の生き方を考える」にて講演（元バレーボール女子日本代表、河西昌枝氏と）日比谷公会堂。「中央公論」「特集　忘れられない恩師の教え」にエッセイ「何も教えない」。三月、読売新聞にてインタビュー「京紀行」。朝日新聞にて「ニッポン人・脈・記　声が聞こえる」（談）。四月、河野裕子著『うたの歳時記』（白水社）を刊行。「短歌」にて篠弘氏と対談「アンソロジーの功罪」。五月、基盤研究S「レドックス制御による小胞体恒常性維持機構」研究代表（五年間）。河野裕子著『桜花の記憶』（中央公論新社）刊。六月、鼎談「歌の言葉、俳句の言葉」（金子兜太、小池光、小野市短歌フォーラム）七月、『歌に私は泣くだらう』（新潮社）刊。第十二歌集『夏・二〇一〇』（青磁社）刊。斎藤茂吉短歌文学賞選考委員（現在に至る）。NHK郡上市、古今伝授の里短歌大会、にて講演「固有名詞の意外なおもしろさ」。八月、塔全国大会で鼎談「演劇のことば、詩のことば」（平田オリザ、栗木京子と）。第六十六回青森県短歌大会にて講演「私たちはなぜ歌を作るのか」（青森市）。九月、「短歌研究」にて中村稔氏と対談「詩のことば、短歌のことば」。十月、岡山市民大学公開講座にて講演。秋田大学「七人の侍」記念講演会にて講演。黒湯温泉に遊ぶ。十一月、「河野裕子短歌賞」設立、第一回授賞式が京都女子大学で行われる（選者阿木燿子、俵万智と永田。青春の部、東直子。翌年から阿木に代わって池田理代子で現在に至る）。鴨長明「方丈記」八〇〇年記念講演会で講演「歌枕を大切にしたい」。臨床ストレス応答学会にて特別講演（東京）。十二月、「学燈」にエッセイ「歌で伝えられるもの」。この年、五月、コールドハーバーシンポジウム（ニューヨーク）、七月、SFBミーティング（ミュンヘン、ドイツ）、九月、EMBO/EMBLシンポジウム（ハイデルベルグ、ドイツ）にて招待講演。

平成二十五年（二〇一三）　六十六歳

一月、『近代秀歌』（岩波新書）刊。京都新聞に新春座談会「古典の生きるまち」（千和歌子、畑正高氏と）。京都大学医学部芝蘭会特別講演「ことばの力」。読売新聞インタビュー「亡き人と」。二月、日本経済新聞インタビュー「語り合う知的基盤の共有を」。京都新聞にて鷲田清一氏と対談「日本人の忘れもの」。「週刊朝日」でインタビュー「司馬遼太郎の街道」。日本数学検定協会短歌選者（森村誠一、永田紅ら、以後三年）。嵯峨野高等学校ＳＳＨ運営委員会委員長となる（現在に至る）。三月、共著『新・百人一首』（文春新書、岡井隆、馬場あき子、穂村弘氏と）刊。京都産業大学名誉教授となる。北海道新聞にエッセイ「和歌は日本人の知的資産」。嵐山時雨亭文庫にて講演（京都）。四月、「ＮＨＫ短歌」選者となり二年間放映が続く。日本近代文学館「花々の詩歌」展で初めて半切を書く。第一歌集文庫として『メビウスの地平』再刊（現代短歌社）。岩波「科学」に巻頭言「知らないことは羞しいと思いたい」。藤原書店「環」に連載「名著探訪」（全四回、木村敏、馬場あき子、多田富雄、フィリッパ・ピアス）。五月、エッセイ集『新樹滴滴』（白水社）刊。共同通信インタビュー「近代秀歌」。沃野全国大会講演「ことばの力」（長浜、滋賀県）。「俳句界」にて角川春樹氏と対談「挽歌の思想」。紅夫婦とシドニーへ旅行。私的な楽しみの外国旅行としては初めて。レストラン「テツヤズ」の主人和久田哲也さんと会う。六月、ＮＨＫ文化センター名古屋で講演。与謝野晶子短歌文学賞でＮＨＫ加賀美幸子氏とトークショー。「秋田さきがけ」にてインタビュー「世界を豊かに感じるために」。八月、新宿朝日カルチャーセンター講演「『近代秀歌』を読む喜び」。ＦＭラジオ「知花くららのprecious time」に出演。九月、『夏・二〇一〇』で第六回日本一行詩大賞受賞。『歌に私は泣くだらう』で第二十九回講談社エッセイ賞を受賞。「文藝春秋SPECIAL」「もう一度だけラブレター」に「青春の『往復書簡』」として河野と永田の若き日の手紙が特集される。「全国短歌フォーラムin塩尻」で講演。十月、戦略的基礎研究「小胞体恒常性維持機構」研究代表（五年間）。「KoToBa」（集英社）の特集「読書人のための京都」に「京都うた紀行」（談）。秋田大学国際セミナーにて講演。十一月、「天草五足の靴全国短歌大会」にて講演。「朝日カルチャー京都開講三〇周年記念特別講座」にて講演。「ヘルシスト」に巻頭インタビュー「タンパク質の『品質管理』を担う分子シャペロンとは」。十二月、群馬県立土屋文明記念文学館にて講演「高安国世と土屋文明」。朝日新聞インタビュー「どうする秘密法　知ることは国民の義務」。「短歌年鑑」（角川書店）に座談会「今年の秀歌集十冊を決める」（馬場あき子、高野公彦、水原紫苑氏と）。この年、四月、細胞ストレス国際会議「熱ショック応答発見50年記念大会」（発見者のF.Ritossa博士に初めて会う。翌年死去、ローマ、イタリア）、七月、Gordon会議（ヴァーモント）、七月Gordon会議コラーゲン（ニューハンプシャー）にて招待講演。

平成二十六年（二〇一四）　六十七歳

一月、『たとへば君』（河野裕子と共著）の文庫化（文春文庫）。京都新聞新春特別企画「日本人の忘れもの」にエッセイ。共同通信「新春を詠む　道」にエッセイ「母の驚愕」。京都府病院協会新春講演会にて講演。滋賀県甲西図書館にて講演「河野裕子と近江の歌」。「学術会議シンポジウム@北海道大学」にて講演。二月、共同通信インタビュー「これから、これまで」。中日新聞インタビュー「あの人に迫る」。「文藝春秋」特別企画「新選・百人一首」（岡井隆、馬場あき子。穂村弘氏と）。『日本人の忘れもの』（京都新聞出版）に鷲田清一氏との対談が再録される。三月、「短歌」にて映画監督是枝裕和氏と対談「『家族』『時間』そして『ことば』」（四月、五月号の二回掲載）。「しんぶん赤旗」にてインタビュー「言葉に潜む危険を注視」。四月、「塔　創刊六十周年記念号」（特集二二〇ページ）発行。京都新聞にて連載「一歩先のあなたへ」開始（週一回、半年間）。角川春樹氏に誘われ、吉野の別荘にて花見（小説家、今野敏氏ら）。春の園遊会。五月、国際シンポジウム“Cutting-edge of Life Sciences”を主催（京都産業大学五十周年記念事業）。「季刊　文科」にて松本徹氏と対談「いま西行を読む」。将棋名人戦、森内俊之・羽生善治戦を佐賀・武雄温泉湯元荘で観戦。観戦記を朝日新聞に掲載。熊本近代文学館にて講演「風土と文学―河野裕子をめぐって」。NHK学園企画「永田和宏と巡る京都」で三日間京都を歩く。六月、「俳句」にて西村和子氏と対談「俳句の『窓』から」。『青春の詩歌』（青土社）に作品「きみに逢う」一首を揮毫、エッセイを書く。七月、河野裕子著『現代うた景色』の文庫化（中公文庫）。『塔事典』（永田和宏、花山多佳子、栗木京子監修）刊行。KBS京都テレビ「極上の京都」にて法然院、吉田山などを案内紹介（三〇分）。「第五十一回日本近代文学館夏の文学教室」にて講演「医師として歌人を生きた斎藤茂吉」。京都保険医協会総会で講演（グランビア京都）。俳句誌「鷹」にて宇多喜代子、小川軽舟氏と鼎談「次代へ受け継ぐ短詩型」。朝日新聞「耕論　汝の敵を愛せるか」に意見インタビュー。読売新聞「団塊の世代」にインタビュー。八月、『家族の歌』（河野、および永田家家族との共著）の文庫化（文春文庫）。NHKラジオにて講演「この道に生きる」（一時間）。全国短歌フォーラムin塩尻にて講演「歌を本棚から解放しよう」。NHK文化センター講演。朝日新聞インタビュー「京ものがたり」。「塔六十周年記念全国大会」を京都で開催。記者会見を行い、平成二十七年より主宰を勇退、吉川宏志氏に譲ることを発表。大会では内田樹、鷲田清一氏と鼎談「言葉の危機的状況をめぐって」。「現代短歌新聞」にて巻頭インタビュー「塔六十周年」。日本経済新聞にエッセイ「一〇〇年後に遺す歌」。十月、岩波新書『現代秀歌』（岩波書店）刊。河野裕子著『どこでもないところで』（中央公論新社）刊。子規顕彰全国短歌大会にて講演。佐藤佐太郎賞選考委員となる。「中央公論」に「専門性を伸ばすには〈遊び〉が必要だ」。「短歌」（角川書店）にてインタビュー「結社の力、ことばの力」。「ＭＯＫＵ」の特集「リベラル・アーツ」にてインタビュー「科学と歌、知の自由」。十一月、「憲法を考える歌人の会」で講演「届く言葉と受け止める言葉」（日比谷図書文化館）。新潟県第十一回相馬御風顕彰ふるさと短歌大会にて講演。奈良県畝傍高校にて特別講義。読売新聞「味の私記」で行きつけの料亭「善哉」を紹介。市民ウォッチャー京都、京都市民オンブズパーソン共催講演会にて講演「言葉の危機的状況をめぐって」。北海道新聞にてインタビュー「行間往来」。十二月、京都三大学リベラルアーツセンター主催講演会にて講演「何のために学ぶのか～教養教育と複眼的思考」。共同通信「これから、これまで」にインタビュー。この年、三月、GBMミーティング（モスバッハ、ドイツ）、マックスプランク研究所（ミュンヘン）にて招待講演

平成二十七年（二〇一五）　六十八歳

一月、『歌にわたしは泣くだらう』の文庫化（新潮文庫）。日本経済新聞にて「明日への言葉」の連載開始（週一回、半年間）。角川全国短歌大賞選者となる（馬場あき子、佐佐木幸綱と、現在に至る）。「うた新聞」に巻頭言「歌壇を相対化する目を」。「ＰＨＰくらしラクール」に連載「風通しのいい窓」開始（一年間）。「究」（ミネルヴァ書房）に巻頭エッセイ「書物逍遥」。「歌壇」に作品連載「某月某日」開始（一年間）。「週刊新潮」に「私の週間食卓日記」。「しんぶん赤旗」にインタビュー「流されずに疑え」。二月、『ＮＨＫ短歌　新版　作歌のヒント』（ＮＨＫ出版）刊。国際高等研究所記念フォーラム「持続可能社会の構築と科学」にて講演「アナログ／デジタルインターフェイスとしての人間の意味」（一橋講堂、東京）三月、『人生の節目で読んでほしい短歌』（ＮＨＫ出版新書）刊。『細胞の不思議』（講談社）刊。ＮＨＫ文化センター京都にて講演。日本歌人クラブ招待会員に推挙される。岐阜市生涯学習センター講演「一歩先のあなたへ」。四月、第三回「多田富雄こぶし忌の集い」にて講演「科学と芸術の統合に向けて」（山の上ホテル、東京）。「茂吉を語る会」にて講演「茂吉の歌について」（江戸東京博物館、東京）。「本」（講談社）にエッセイ「知りたいという欲求」。下鴨神社遷宮祭に参列。五月、『現代秀歌』にて日本歌人クラブ評論賞受賞。大隅良典主催「第十回　勝手でいい加減塾」にて講演「言葉の隙間を埋めるもの」（大磯、

神奈川）。京都産業大学Day2015にて講演「大学で学んでほしいこと」。六月、京都市岩倉図書館開館二十周年記念講演「ことばの力」。ＩＴＣカウンスルにて講演「つながる言葉」（大阪）。「大阪大学未来トーク」にて講演「ことばの力―科学と文学のあいだ」（豊中市）。日本細胞生物学会総会にて名誉会員に推挙される。七月、「岩倉九条の会」創立十周年記念講演「庶民が声をあげるとき」（岩倉、京都）。「京都産業大学Day2015 in大阪―企業と大学の集い」にて講演「こうあって欲しい学生とこうありたい教師」（ヒルトン大阪）。「緊急シンポジウム―本当に止める」にてアピール（学者の会、SEALDs KANSAI共催、京大）。「あいちホスピス公開講座」にて講演（名古屋市）。姫路文学館夏季大学にて講演「言葉の隙間を埋めるもの」（姫路市）。全国高等学校総合文化祭にて講演（今津、滋賀県）。「週刊京都民報」にインタビュー「言葉の無力化に抗う」、「朝日新聞」インタビュー「思い出す本忘れない本」で『免疫の意味論』を紹介。「京都新聞」でインタビュー「安保法制を問う」。八月、新宿朝日カルチャー特別講座にて講演「『現代秀歌』を読む喜び」（東京）。「塔全国大会@鹿児島」にて講演「作歌のヒント―世界をまるごと感じていたい」（鹿児島）。長野県小学校校長会にて講演（塩尻市）。九月、『京ものがたり』（朝日文庫）に「河野裕子が登った大文字山」（永田談）が収録。「てのひらプロジェクト」公演、朗読劇「家族の歌」（梨木神社、京都）を観る。「安全保障関連法案に反対する学生と学者による街頭宣伝活動」にてアピール（新宿、東京）。高知県短歌大会にて講演（高知市）。山川登美子記念短歌大会にて講演「近代の歌から現代の歌へ―京都の歌枕」（小浜市）。龍短歌会全国大会にて講演「京都うた紀行」（京都）。「全国短歌フォーラムin塩尻」にて記念トーク（穂村弘氏と対談）。「塩尻短歌フォーラム」選者となる。緊急シンポジウム「時代の危機に抵抗する短歌」にて提言「言葉の危機的状況をめぐって」（京都）。十月、盛岡大学公開講座にて講演「歌は時間の錘」（盛岡市）。「通販生活」インタビュー。上賀茂神社遷宮祭に参列。十一月、「文藝春秋」にて養老孟司氏と対談「理系と文系の壁を突き抜けよ」。十二月、緊急シンポジウム「時代の危機と向き合う短歌」にて講演「危うい時代の危うい言葉」（早稲田大学大隈講堂、東京）。中部大学高等学術フォーラムにて講演「大切な言葉の伝え方」（春日井市、愛知県）。「ときめき」にインタビュー記事「この人の闘病記」。この年、五月、EMBOミーティング「シャペロン」（クレタ島、イタリア）、九月、EMBOミーティング「オートファジー」（サルジニア島、イタリア）にて講演。

平成二十八年（二〇一六）　六十九歳

一月、『京都うた紀行』（河野裕子と共著）の文庫化（文春文庫）。「京都新聞」新春座談会「新時代の医療を問う」（高橋政代、高橋淳、加納圭と永田）。京都産業大学特別対談シリーズ「マイチャレンジ」第一回山中伸弥氏と対談（神山ホール、京都）。「週刊朝日」誌上で連載「知花くららの、教えて！永田先生」始まる（月一回）。「短歌」（角川）新春座談会「短歌における『人間』とは何か」（馬場あき子、小池光、穂村弘、永井祐と永田）。盛岡大学客員教授になる。二月、『世界といまを考える2』（是枝裕和著、PHP新書）に、対談「『家族』『時間』そして『ことば』」が再録される。京都産業大学創立五十周年記念日本文化研究所シンポジウム「和歌と短歌」にて久保田淳、冷泉貴実子氏と講演・鼎談。三月、日野町立図書館講演会にて講演「河野裕子との四〇年」（日野町、滋賀県）。四月、対談シリーズ「マイチャレンジ」第二回、羽生善治氏と対談（京都）。「俊成の里短歌大会」にて講演（蒲郡市、愛知県）。「華道」（日本華道社、池坊）にて連載「短歌と花」始まる。五月、『シンポジウム記録集　時代の危機と向き合う短歌』（三枝昂之・吉川宏志編、青磁社）に講演記録が再録される。日本歌人クラブ定期総会にて講演「歌を引き受け、引き継ぐ」（明治神宮、東京）。NHK「視点論点」に出演・放映。静脈瘤の手術（北山武田病院、一日入院）。六月、「歌仙　短夜の雨の巻」矢島市民ホールにて公開歌仙（最終回、辻原登、長谷川櫂両氏と）（由利本荘市、秋田県）。「京都新聞」の「文化百聞」にインタビュー、「朝日新聞」にインタビュー「参院選と18歳投票権」。「俳句四季」に西村和子と競詠「賀茂曲水宴」。大腸ポリープの内視鏡手術（京大病院、入院三日）。七月、エッセイ集『あの午後の椅子』（白水社）刊。対談シリーズ「マイチャレンジ」第三回、是枝裕和氏と対談（京都）。「山百合忌」にて金子兜太、黒田杏子氏と鼎談「鶴見姉弟を語る」（山の上ホテル、東京）。この年、五月、コールドスプリングハーバーシンポジウム二十五周年記念大会（ニューヨーク）。

（二〇一六年七月まで）

初句索引

(メ)……メビウスの地平
(黄)……黄金分割
(無)……無限軌道
(や)……やぐるま
(華)……華氏
(饗)……饗庭
(荒)……荒神
(風)……風位
(百)……百万遍界隈
(後)……後の日々
(日)……日和

あ

ああ脚が (日)690
ああ今宵 (華)234
ああスバル (や)162
ああとんでもない (後)604
ああまた (日)722
放射性物質《アール・アイ》 (や)162
愛嬌が (百)521
愛人と (日)668
愛憎の (無)106
アイドルと (無)119
曖昧な (華)273
あいまいに (や)164
曖昧に (風)489
相寄りて (饗)305
相寄れる (荒)426
喘ぐように (風)438
会えざりし (風)469
逢えば飲み (黄)62
青空が (華)275
青二才は (華)242
あおによし (饗)313
青葉木菟《あおばずく》 (百)536
あおむいて (日)724
あおむきて (饗)297
仰向きて
　顔に激しく (や)172
　蟬は死ぬなり (後)590
あおむけに (華)240
仰向けに (風)441
煽られて (メ)33
赤い頭の (後)604
「赤い靴」の (日)687
赤牛に (荒)396
赤き領巾が (風)479
あかき眼を (饗)328
赤錆びて (メ)52
赤白だんだらの (後)599
赤旗が (日)669
あからさまなる (華)245
水族館《アカリウム》 (黄)65
秋風の (風)490
秋風を (日)666

あぎとうごとく (や)158
秋の扉に (メ)47
秋の日の (華)205
空き瓶の (饗)335
秋深き (日)693
あきらかに (後)574
あきらめて
　得る平安と (や)151
　優しくわれは (饗)339
呆れたる (風)487
悪意なき (メ)51
悪見処《あくけんしょ》の (風)439
顎のあたりに (荒)413
顎の線 (荒)405
顎ふかく (華)278
顎繊く (華)284
朝あさに (百)525
朝あさを
　柿の実落つる (百)505
　庭に火を焚く (日)691
朝市の (風)473
朝顔の
　青薄き花 (荒)425
　棚の根方に (後)584
　咽喉のような、 (饗)355
　花ももうすぐ (風)469
朝光《あさかげ》に (百)549
朝霧に (荒)397
浅草に (饗)341
浅草は (荒)419
朝ごとに (や)155
朝発てる (風)469
朝と夜を (華)195
朝な朝な (華)279
朝の光は (百)531
朝の百舌 (メ)40
あさひさくら (饗)331
あざみが (風)483
あざやかに (メ)28
朝焼けの (メ)54
足跡に (百)559
アジアンタムに (饗)344
足音は (荒)395
足折りて (華)233
足利に (荒)414
紫陽花の (メ)54
紫陽花を (や)169
脚先より (百)508
朝《あした》より (日)677
脚攣れて (黄)59
足の裏 (百)561
葦の火の (饗)312
足場の上に (風)456
足もとの (華)224
足元を (華)251
足指に (荒)380
阿修羅とは (黄)65
アスカリス (後)589
あずさゆみ (華)257
宇宙飛行士《アストロノート》 (荒)385
アスレチック (饗)296
汗ばみて (饗)336
焦るごと (饗)347
あそこにも、 (日)629
遊ぶこと (百)534
愛宕山巓 (饗)305

愛宕さんと (風)492
愛宕より (饗)296
頭から (華)265
頭ごなしに (饗)299
頭ふたつ (後)595
あちこちの (風)462
あちらにも (百)552
暑苦しき (荒)397
あっけなき (や)177
あっけなく
　夏至は過ぎにき (日)659
　扶養家族を (饗)297
悪口雑言
　いきいきとして (や)158
　およそ楽しき (や)187
あとさきを (風)449
吾と猫に (華)232
足裏に (荒)377
足裏の (日)702
足裏を
　砂流れおり (や)167
　砂は流るる (黄)68
「あなた、 (後)575
あなたあなたと (日)701
あなた・海 (メ)23
あなたから (日)718
「あなたそれは」と (日)694
あなたには (風)488
アネモネが (や)153
あのころは (華)279
あの胸が (メ)26
アノヤロウ、 (無)132
炙りたる (後)602
あふれくる (無)113
あふれんと (無)118
アベリアの (百)512
雨合羽 (後)578
甘栗の (百)515
尼さんばかり (日)683
雨粒を (饗)354
天の川の (日)661
網の目の (華)273
飴色の
　蠅取りリボンが (饗)360
　夕日がとどく (風)455
　螺線見ること (後)577
雨にゆるびし (日)687
雨ののち……も (メ)37
雨の日に
　電話かけくるな (饗)363
　頬杖をついて (後)588
雨の日の (華)211
雨の日は
　雨打つ音の (饗)319
　ことに石榴の (荒)394
雨の夜の (日)632
雨霽れて (饗)301
アメフラシの (饗)356
雨雪に (饗)296
アメンボウが (風)467
あめんぼうを (荒)404
水馬を (日)716
アメンボを
　押し上げて水の (後)572
　支えしずかに (百)565
あやまって (荒)402

洗いざらしの (後)571
あらかじめ (華)207
荒縄に (や)187
アララギの (白)534
「ありがとう」と (風)493
有島武郎の (白)553
在りしまま (風)462
アリゾナを (華)214
アリナミンの
　黄色き粒の (饗)319
　匂いの懈く (華)236
あるいは泣いて (荒)405
あるいはわれの (風)460
ある角度に
　夕日射すとき
　現われて窓、 (無)135
　盛りあがり (や)173
あるだけの (百)549
あるときは (や)178
生《あ》れざりし (黄)63
荒れている (華)277
アロマホップの (百)546
泡立てる (無)130
沫雪《あわゆき》の (や)152
あわれあわれ (風)489
あわれ昨夜の (や)156
暗黒の (無)138
暗証番号 (華)255
あんず・すもも (メ)30
「あんたさえ (日)679
暗転の (無)113
あんなふうには (日)723

い

いい歌を (百)525
言い得ざる (メ)55
言い返し (華)227
いい研究と (日)694
言いつのる (や)155
言い訳から (日)672
言い訳の (百)523
言い訳を
　する必要はない (日)703
　用意して入る (華)210
言うて詮ない (後)608
言うなかれ！ (メ)21
家々の (日)689
家買いて (風)476
言えというなら (風)461
家の境の (百)536
医化学教室 (荒)417
医学部の (華)251
鋳掛け屋や (風)492
烏賊《いか》にある (風)463
怒り悲しみ (黄)95
錨草《いかりそう》の (荒)414
怒るごと (饗)327
瞋《いか》るというは (饗)356
いきいきと (や)167
いきさつは
　知らねど恋は (百)543
　知らねどなぜか (後)599
生きている (百)542
いきどおり
　鎮むるごとく (黄)69
　ためつつ寒き (黄)78

行きどまりは　（饗）349
いきものの　（饗）352
幾千の　（風）447
いくたびも
　風吹きすぎぬ　（華）252
　今日吠えたるを　（風）452
　ひとりの医師を　（荒）426
　水をたたきて　（風）470
いくつもの
　うめの林の　（日）646
　胸像ならぶ　（華）266
　想定をして　（日）636
　樽夏草に　（華）244
　ドアをくぐりて　（饗）341
いくばくかの　（日）681
いくばくの
　罪の記憶も　（黄）85
　雪もろともに　（無）104
幾夜もかけて　（百）546
池の端に　（饗）356
居心地の　（日）674
諍《いさか》いの　（黄）69
誘《いざな》いて　（荒）405
鯨魚取《いさなとり》　（饗）333
石臼の　（百）505
石垣に　（荒）399
石蹴りて　（華）281
石畳の　（日）682
石段が　（百）507
石段に
　影ジグザグと　（や）150
　ザラメのように　（百）536
　尻冷ゆるまで　（風）482
　八月の光　（風）486
石に石　（無）128
石の犬が　（後）623
石の上に　（や）149
意地のごとく　（荒）414
意地も我も　（や）172
医者として　（華）266
医者の卵が　（日）680
石を打つ　（無）126
いずくより　（華）243
いずくよりか　（華）197
いずこにも　（百）536
泉のように　（メ）35
遺跡なれば　（饗）317
忙しき　（百）540
忙しさは　（日）722
抱かれし　（無）102
抱かれて　（風）454
いだきあう　（メ）55
痛きまで　（黄）78
いたく静かに　（華）221
板塀も　（後）576
痛みこらえて　（日）635
痛みのみは　（メ）22
イタリア語と　（華）197
「市川さん」と　（風）493
1947《いちきゅうよんなな》　（風）470
一期一会と　（日）655
〈一期は夢〉　（無）116
いちじくの　（華）241
いちじくを　（華）241
一条の　（や）164
一度しか　（日）649

いちど死なば　（百）511
いちどだけ　（後）596
一度二度　（荒）396
いちにちの　（百）521
一人の　（華）201
一年に　（日）670
一年の　（華）198
いちはやき　（百）549
いちはやく　（黄）88
一枚しか　（日）658
いちれつに
　亀ならびいる　（風）454
　人々は梃子を　（後）586
　日を浴む亀が　（百）503
一列に
　蛇口が空を　（百）565
　石柱残り　（華）273
　ならべる蛇口に　（饗）364
　人が並ぶと　（饗）362
　ぽぷら吹かるる　（メ）40
いつか男の子を　（日）669
いつかかならず　（日）687
いつか自分が　（風）471
〈一国の　（や）184
一個ずつ　（や）173
いつごろと　（風）478
いっさいの
　死は批評する　（風）461
　母の写真を　（日）706
一瞬に　（日）702
一瞬を　（メ）50
一生を　（日）705
一触即、　（や）184
いっせいに
　蒲の穂揺れて　（日）688
　樟の落ち葉は　（華）271
　しかもはじめて　（饗）342
いつだって　（百）522
いつ誰れが　（百）510
いつのまに
　頭がこんなに　（後）577
　こんなに老いてと　（日）635
　こんなに老けて　（饗）357
　わが家の庭に　（日）657
いつの夜の　（華）207
一匹の
　蛾を発たしめて　（華）202
　蠅まつわりて　（日）641
一筆啓上、　（や）161
一方的な　（風）475
一本締めと　（日）687
一本の　（饗）351
いつまでも
　亀であること　（日）633
　死者を思うな　（日）687
　われを包みて　（百）531
いつまでわれを　（百）506
いつ見ても　（華）220
いつもいつも　（後）599
いつよりか　（荒）407
いつわりは　（無）135
遺伝子の
　進化を言いて　（饗）307
　配列を読む　（華）207
　複製を娘に　（荒）412
　梯子《ラダー》をフィルムに　（荒）424

遺伝子を　　（饗）321
　切り貼ることも
　釣るなどと言いて　　（饗）317
緯度にして　　（華）212
糸をもて　　（荒）408
稲妻は　　（黄）85
否みつづけて　　（荒）419
犬好き歌人　　（日）665
犬の影　　（荒）373
犬や牛　　（百）516
胃はまこと　　（や）185
伊吹山　　（百）562
今言わば　　（黄）89
今ごろは　　（風）482
いまならば　　（荒）377
今ならば　　（日）639
今になって　　（日）722
いまにわかる　　（日）704
いまはただ　　（後）617
いまはまだ　　（日）651
いまわれが　　（風）461
意味もなく　　（風）477
妹よ　　（メ）31
卑しさを　　（風）440
嫌ならば　　（日）679
没り際を　　（メ）40
入口の　　（後）607
イルカはいつも　　（日）693
色重ね　　（無）141
石座《いわくら》神社の　　（荒）372
インクラインの　　（華）257
インターネットに　　（日）686
インドルピー　　（百）516
引用されて　　（華）203

う

ヴァーモントの　　（日）710
ヴァイツゼッカー　　（後）579
ヴィーナスの　　（饗）330
維也納にて　　（華）242
ウエファースの　　（荒）374
魚提げて　　（風）440
魚の入る　　（日）657
魚のごと　　（や）166
萍《うきくさ》の　　（饗）311
うきくさは　　（饗）312
右京より　　（饗）348
鶯よ　　（無）130
動こうと　　（メ）35
烏骨鶏《うこっけい》の　　（日）643
うさを晴らす　　（饗）338
ウシガエル
　肺の中まで　　（饗）314
　太く鳴きおり　　（や）169
牛ガエル　　（後）581
失われたる　　（饗）330
失わん　　（無）108
牛深に　　（風）459
うしろ手に　　（無）114
後ろ手に　　（百）532
うしろの正面　　（黄）87
うずうずと　　（饗）338
薄き陽が　　（饗）361
ウスキモリノカサ　　（日）659
太秦に　　（後）621
薄目して

亀が見ており　（百）530
　はるかな風を　（百）548
　見ておれば世界は　（百）532
薄ら日に　（後）598
嘘ひとつ　（饗）298
嘘をつくなら　（日）683
右大臣　（百）534
歌うまい　（無）118
歌作り　（華）232
宇多天皇陵　（風）435
歌なんか　（日）674
歌にしか　（風）482
歌のある　（日）644
歌の下手な　（日）671
うたびとと　（華）276
〈歌〉ゆえに　（や）181
歌詠みと　（荒）379
歌を読むなら　（百）544
打ちおろす　（メ）47
撲ちおろす　（メ）24
内黒く　（や）160
撲ちし痕が　（メ）43
うちのめされて　（百）561
打ちのめされて　（黄）61
宇宙の年齢　（荒）426
うつうつと　（饗）296
美しき　（華）257
うつし身は　（黄）96
鬱として　（や）168
うっとりと　（百）504
鬱《うつ》の字の　（日）651
うっぷうっぷ　（風）481
鬱勃と　（日）651
うつむきて
　絵馬に書く背　（饗）363
　言葉をさがし　（饗）301
　人ら並べる　（無）117
腕欲らば　（無）107
うど掘りに　（華）272
饂飩屋の　（百）545
うながして　（や）166
鰻塚　（百）528
うねるすすき野　（無）137
奪いたき　（メ）34
乳母車　（風）474
乳母車を　（華）250
うまい確かに　（日）671
苜蓿《うまごやし》の　（荒）390
馬印の　（饗）297
馬の鞍　（後）590
馬の面に　（や）151
厩舎の脇に　（風）449
馬を飼う　（饗）340
湖岸の
　葦に漕ぎ入る　（華）220
　老人病院　（饗）324
海鳥の　（黄）62
〈湖にわたす　（華）221
海の陽に　（荒）371
海へ墜つる　（無）108
海蛇座　（メ）56
湖をめぐり　（華）201
海を航く　（荒）371
うむっ、うむっと　（日）685
有無を言わさぬ　（日）711
梅の木の　（饗）366

梅の花　(百)520
梅の花を　(日)646
埋めらるる　(風)451
裏返る　(黄)85
裏年の　(風)474
裏庭に　(日)642
裏道を　(華)237
裏門より　(荒)395
裏山が　(饗)364
羨ましければ　(饗)347
裏山ゆ　(百)560
ウルムチは　(後)591
梢梢が　(華)195
雲泥の　(日)708
雲梯《うんてい》は　(荒)404

え

永遠の　(後)574
曳光弾の　(メ)41
英語に疲れ　(風)469
英語力の　(風)468
駅裏は　(日)717
液晶を　(華)275
液体窒素に　(饗)352
液体窒素を　(風)449
駅の名を　(後)610
駅前に　(後)590
餌台より　(日)673
枝付きの　(饗)303
江戸柿と　(百)556
江戸という　(後)587
金雀枝は　(後)573
餌袋を　(饗)304
鰓呼吸　(百)508
エレベーターに　(饗)356
円錐に　(荒)404
円錐の　(風)486
塩《えん》少し　(無)137
炎昼の　(黄)86
炎天に
　鉤もて氷　(や)165
　立ち尽くしたる　(華)271
　集いいん人らを　(華)196
炎天の
　石よりヤンマの　(無)138
　影の小ささ　(荒)394
　短かき影を　(メ)40
炎天を　(荒)378
煙突は　(華)244
エンドレスに　(荒)422
エンペラー　(華)200
得んものや、　(無)114
遠雷の　(メ)33
遠慮がちに　(百)562

お

追いかけて　(荒)376
負いきれる　(日)658
老いたるが　(後)606
追いつめし　(無)143
追いつめて　(無)111
老いはまこと　(風)448
老い人に　(百)558
老い父母に　(風)452
老い呆けし　(饗)351
鷗外の　(華)280

横隔膜の　(荒)387
央掘摩羅《おうくつまら》の　(風)448
逢坂の関　(風)492
王将は　(百)521
応接に　(華)252
樗《おうち》 濃く　(や)162
凹凸の　(や)173
横柄に　(や)184
凹面鏡の　(荒)415
応用へ　(華)271
大雨覆《おおあまおおい》　(風)458
おーい、どぢやう、　(後)595
巨いなる　(メ)46
大いなる
　硝子の球は　(華)244
伽藍のごとく　(饗)295
切株に薄陽の　(や)155
水壺の上に　(日)692
樽炎天を　(や)161
土管埋めて　(華)235
刃をもて鯨の　(後)577
ふぐりをさげて　(百)509
　葡萄絞り器　(後)586
おおかたは　(饗)332
大蟹を　(饗)338
大鎌に　(日)682
大き蛾が　(黄)63
大きければ　(饗)365
大きな顔で　(日)714
大きなる　(華)241
「おおきに」と　(華)220
大嚔《おおくしゃみ》　(百)539
大久保公の　(百)535
おお空の汗よ！　(メ)25
大詰めに　(後)614
大時計　(や)182
大泣きに　(風)488
大鍋を　(饗)308
大仏《おおぼとけ》　(饗)305
おおよそは　(風)448
オーレル・ニコレ　(華)227
おーんおーんと　(日)653
犯さざりし　(メ)29
尾が少し　(日)637
丘の上の　(華)273
岡本太郎の　(百)535
起き直る　(日)634
屋上の　(や)184
贈られし　(風)443
送られて　(饗)342
怒るならば　(荒)386
幼き日　(饗)333
幼子が　(メ)43
幼子に　(後)578
幼子の　(百)544
おさなごを　(後)597
幼らの　(無)102
押しあぐる　(風)448
圧しあげる　(や)186
おし黙り　(華)225
押し花の　(百)518
おしぼりを　(日)673
「おしめを　(饗)325
雄馬の　(無)137
おそらくは
　きみが内耳の　(メ)21

最後とならん　(日)647
　早死にをすと　(華)240
お互いの　(荒)428
雄竹雌竹の　(風)451
おたまじゃくし
　長く見ていて　(百)528
　見つめすぎたり　(百)524
落ち葉の　(や)155
落葉のように　(荒)392
落葉降る　(華)202
落葉より　(百)514
〈お父さん　(華)258
お父さんが　(風)455
お父さんの　(後)596
お父さんは　(風)455
弟が　(日)725
おとうとの　(黄)94
男出て　(百)516
男山　(饗)357
男らの　(日)669
音は環を　(華)283
「お兄ちゃん」で　(後)583
鬼瓦が　(日)709
鬼の子が　(無)132
己が影の　(後)613
己が記事の　(後)601
己が子と　(風)468
おのが視界の　(饗)344
己が死を　(風)477
男《お》の神が　(百)517
おのずから
　うわさは一人に　(や)184
　顔近づけて　(風)448
組みし論理に　(華)256
四十を射程に　(華)204
秀歌は後世に　(百)526
植物には植物の　(や)169
　陽あたる側に　(華)244
小野篁《おののたかむら》　(百)538
おはぐろが　(後)591
雄日芝より　(後)596
おびただしき
　石群立てる　(饗)301
　しかも時代の　(無)104
おびただしく　(百)522
負いたる　(黄)82
おへそが　(日)718
おぼおぼと　(後)624
お濠端の　(後)619
おぼろなる　(華)278・(饗)304
おまえのは　(日)703
おみなえし　(黄)75
女郎花　(華)273
お目当ての　(日)680
"Congratulations!"《おめでとう》　(風)481
思いだしそうで　(華)252
思い出せぬ
　昨夜の酔いの　(風)494
　名前はあわれ　(日)705
「思いのまま」なる　(後)624
思えば木に　(華)263
思えばふと　(黄)72
思ほえず　(華)212
面影の　(メ)39
おもむろに　(メ)46
親父と呼び　(荒)411

親不知
　抜くため午後を　(饗)341
　　抜けたるあとを　(荒)385
オヤニラミ　(百)546
親の葬式を　(後)615
泳いでいるのは　(日)693
泳ぐごとき　(黄)71
およそ人体に　(や)161
折りかえす　(や)178
折田先生像　(風)446
折り目なき　(荒)397
俺の辞書を　(百)540
おれは繋り　(無)133
折れまがる　(荒)391
折れやすき　(日)724
おろおろと　(百)563
追われつつ　(黄)71
オワンクラゲの　(日)721
尾を落とし　(百)545
尾を垂れて　(後)598
尾を振るは　(華)225
おんおんと　(荒)387
遠街は　(華)265
音楽に　(華)224
音楽へ　(メ)19
温室の　(や)169
女たちは　(後)592
女は雨と　(華)219
女は存在、　(百)537
女偏の　(饗)330

か

ガーゼのマスク　(百)518
カーソルを　(饗)307
カーテンコール　(無)119
カーテンに　(饗)362
カーテンの　(饗)314
カーヴして　(無)140
カーヴする　(メ)32
カーペンターズ　(饗)365
海岸の
　坂を登れば　(百)548
　露天風呂には　(荒)377
改行を　(日)707
解禁を　(後)583
外光の
　及ばぬ暗き　(や)170
　　およぶことなき　(風)486
買い込んで　(百)515
階上の　(饗)302
海棲の　(黄)71
階段の　(日)631
懐中時計に　(華)251
回転扉　(や)148
開店を　(荒)407
貝の化石　(華)206
貝の肉　(や)161
回復室の　(風)488
ガイマイゴミ　(後)609
買物と　(百)540
廻廊に　(無)124
街路樹に　(風)440
カイン以後　(メ)24
ガウディの　(後)574
帰り遅き　(華)261
帰り来て　(荒)408

返り血に (黄) 91
帰り道 (饗) 359
帰るすなわち (無) 125
顔以外で (饗) 319
顔の形 (無) 105
顔は知らねど (日) 708
歌会果てて (日) 675
抱え来し (百) 553
科学史の (華) 202
鏡その (メ) 47
鏡には (日) 710
鏡の奥に
　百舌鳥燃えている (メ) 36
　雪降り昏らむ (や) 152
鏡の中 (メ) 41
鏡もて (や) 180
輝きを (華) 274
輝ける (華) 269
篝火に (荒) 400
かきあげし (無) 125
書き上げし (風) 447
かき抱き (や) 162
柿色の (華) 247
柿落葉 (後) 592
かきかた鉛筆 (華) 219
垣越えて (日) 702
書きなずむ (饗) 341
柿の木が (百) 537
柿の木に (華) 228
柿の木の
　素直ならざる (荒) 372
　根方まで来て (華) 228
　紅葉に午後の (風) 474
鍵二つ (風) 476
柿紅葉の
　ひと葉ひと葉に (百) 533
　向こうに鳥が (日) 666
柿紅葉を (華) 242
火急なる (メ) 56
架橋とう (や) 159
柿若葉 (風) 461
かくあることの (日) 720
学位には (荒) 423
がくがくと (華) 212
学生支援所と (日) 695
学生の (風) 480
角瓶も (風) 484
隔離病棟 (日) 688
隠れ家と (風) 458
隠れたき (日) 630
かくれんぼ (メ) 21
かけ声を (華) 276
掛け軸の (百) 549
駆けてくる (メ) 40
影として (風) 457
影となりし (荒) 400
影なべて (饗) 357
駆けぬけて (メ) 22
駆けぬける (無) 136
崖のように (メ) 42
駆け引きを (日) 711
影までも (後) 619
翳りつつ (メ) 37
翳りなき (日) 681
駆けること (や) 183
翔けるとき (メ) 22

陽炎《かげろ》いて （や）177
かげろうの （黄）92
陽炎の
　なかに眠れる （後）574
　なかの汽罐車、 （黄）82
　なか人は立つ （日）688
影を抱く （後）607
影を脱いで （饗）355
影を脱ぎ （風）454
川口より （や）160
暈《かさ》おぼろに （風）462
傘傾けて （華）219
風上へ （荒）412
風車《かざぐるま》 （後）610
風中に （華）281
風なかの （風）475
暈《かさ》低く （華）277
風巻景次郎の （荒）426
樫の実の （無）105
歌集『家』を （後）572
歌人たる （日）692
かすかなる
　股間の圧を （荒）387
　錆のにおいよ （メ）44
　浮力となるか （百）529
微かなる （や）150
カズヒロと （後）611
霞が関の （百）509
風が吹いても （日）705
風暗く （華）241
風立ちぬ （後）611
仮説は仮説として （華）259
風強き （饗）304
風に瞑目 （百）503
風邪熱に （饗）309
風の背後に （メ）44
風の夜を （華）268
風巻きて （黄）78
風渡る
　草の穂の影 （黄）95
　たびめくられて （饗）361
家族とう （荒）424
家族とすらも （饗）333
家族の犠牲に （饗）361
家族みな （百）560
ガソリンの （メ）25
カタカナか （後）582
かたくなな （黄）63
かたくなに （後）620
頑なに （百）543
肩車に （メ）21
肩少し （華）285
かたつむり （や）170
蝸牛 （日）678
〈片手落ち〉 （華）224
片手抱きに （後）596
片手を壁に （饗）319
肩の肉 （無）124
勝たばなべては （無）112
カダフィは （風）455
傾きて
　立てるものらが （無）115
　帆船は向きを （無）111
かたわらに （風）457
学会を （饗）323
滑走路に （日）636

かつて灼かれし　（メ）42
かつてわれに　（風）473
河童が人の　（日）631
河童忌に　（荒）422
河童征伐に　（日）654
蝌蚪あまた　（荒）388
門かどに　（風）490
蝌蚪《かと》の腹　（後）571
金網に　（日）658
金網の　（百）509
鰔《かなかな》が　（日）685
かなかなの　（後）590
鉄銹《かなさび》は　（荒）398
かなしきと　（メ）55
かなしみが　（黄）61
かなしみて
　来し獣園に　（華）210
　君帰り来る　（饗）316
悲しみて　（日）699
かなしみを
　言う嘘まして　（無）117
追うごとひとの　（メ）42
蟹食いて　（黄）68
かの春に　（華）275
かの日歌わず　（や）151
かの日きみを　（日）659
かの日泥み　（日）720
かの夜より　（風）484
かば園に　（荒）392
河馬になる　（華）283
河馬のシッポは　（風）483
寡婦のように　（荒）410
壁だけが　（日）639
壁を脱ぐ　（や）165
雁来紅《かまつか》を　（や）172
髪洗う　（無）107
髪うすく　（華）271
上京《かみぎょう》は　（饗）345
髪切りし　（メ）38
「嚙みつぶし　（後）606
神という　（風）480
髪と炎の　（や）164
髪なびかせ　（メ）53
髪に指　（黄）74
髪の油は　（華）218
上の句が　（饗）366
紙のコップ　（華）210
神のてのひら　（後）612
紙風船　（荒）406
紙風船の　（百）519
嚙みもどす　（無）105
紙を押さえて　（後）620
がむしゃらに　（饗）298
亀に降る　（百）530
亀眠る　（風）435
亀の上に　（日）633
亀はみな　（後）590
椿象《かめむし》の　（饗）312
画面慌てて　（荒）383
鴨川は　（饗）345
鴨川を　（日）700
寡黙なる　（饗）359
貨物船　（風）459
貨物船の　（日）661
莎草《かやつり》の　（饗）355
からからと　（華）201

辛き酒 (饗)300
硝子器に (メ)45
硝子店の (饗)308
硝子と硝子 (や)162
硝子戸の (饗)334
カラスなぜ (無)101
硝子の口を (や)156
硝子壜に (黄)76
ガラス窓に
　いくたびも蛾の (後)571
　額押しつけ (日)670
硝子窓の (メ)30
からすみを (後)584
唐津へと (饗)323
樺太に (日)637
カリエスを (荒)421
雁食わん (華)208
カリフォルニアより (華)254
軽きサービスの (後)594
枯れ色の (百)535
彼がなぜ (無)126
彼がまた (華)204
涸川を (黄)91
枯草に (黄)96
枯れ蔦の (饗)300
枯野とう (荒)380
かろがろと (黄)64
川岸の (黄)69
川岸は (や)187
川なかの (饗)349
河野裕子が (日)708
川端通りの (百)560
川端丸太町 (饗)296
川幅は (荒)371
川幅を
　黝く残して (風)436
　広く照らせる (後)576
皮袋に (黄)84
川向こうの (荒)379
川面には (日)645
河原町三条 (百)542
変わりつつ (後)572
川わたり (後)582
蚊を打つと (や)170
岩塩を (黄)93
「勧学守護」の (荒)372
漢学を (華)268
かんかんと (黄)88
柑橘の (無)112
閑居して (日)633
ガンクビソウと (風)449
関係が (風)445
簡潔に (華)274
罐珈琲の (荒)423
感情の
　ある紆余に似て (華)201
　起伏をなだめ (饗)346
顔真卿より (日)718
函数の (無)137
完成したる (百)546
完全な (百)551
感染を (風)446
萱草の (荒)425
萱草は (荒)425
観潮楼を (華)280
癌と腫瘍の (風)487

鉋屑《かんなくず》の（百）506
寒に入る（後）592
肝に四葉、（無）135
官能の（風）454
寒の風（華）263
寒の夜に（饗）326
寒の夜を（華）232
観音の（日）654
がんばって（後）605
缶ビール
　片手に朝の（饗）346
　少し多めに（華）245
罐ビール（華）219
缶ビールの
　缶をくしゅんと（荒）420
　缶をつぎつぎ（百）525
寒風を（黄）88
完璧な（饗）313
完璧に（日）711
岩壁を（黄）95
勘弁かんべん（日）700
灌木に（黄）81
官有地より（百）536
罐を銜え（百）516
癌をその（風）478

き

気圧の谷とう（荒）381
キーボードの（後）603
キーホルダーに（饗）358
消えてしまえ（饗）348
消えのこる（饗）308
消えるべき（荒）404
記憶より（荒）381
記憶領（饗）351
気がつけば（日）722
気化熱と（黄）69
機関車が（百）512
聴きとれざりし（荒）396
聞き取れざりし（饗）329
聞き取れぬ（日）711
聞きながし（や）183
象潟は（百）555
岸のなき（日）669
記者となりし（荒）411
傷ついて
　帰りくるとき（百）552
　ゆくほかはなき（黄）80
傷つかず（メ）28
傷つかぬ（メ）30
傷つきし（無）129
傷つけん（無）142
傷を癒す（饗）297
昨日からの（饗）314
規則正しき（日）694
昨日《きぞ》の夜の（饗）297
北のもみじは（日）667
北よりの（華）263
喫茶〈オルフェ〉（メ）41
「喫茶去」（華）257
吃水ふかき（百）523
吃水を（風）458
きつね・たぬき（荒）413
昨日まで（荒）375
昨日も今日も（百）512
きのうより（饗）334

樹の影も　(荒)376
木の暗き　(饗)344
気の狂う　(黄)94
黄の線に　(荒)395
木の名草の名　(華)237
木の橋の
　こちらは湿りて　(風)495
　むこうとこちら　(日)631
木の花に　(華)209
木の花は　(華)209
木梯子の　(後)594
樹は水を　(饗)328
着ぶくれて　(華)279
義父を焼く　(後)605
気分少し　(華)239
きまぐれに　(メ)37
君ありし　(日)674
君がいつか　(華)280
君が今夜の　(日)643
君が死の　(華)195
きみが正し　(百)523
君が歩幅を　(華)260
君とおなじ　(後)619
君亡きと　(華)206
君亡くて　(華)281
きみに逢う　(メ)23
君のおかげで　(百)527
君の死も　(無)107
君の歩に　(後)586
君は知らぬ　(日)655
君よりも
　不安はわれに　(後)572
　われに不安の　(後)620
君らには　(日)644
君を知らぬ　(饗)315
君を知る　(華)198
気難しき　(後)598
義務として　(風)443
肌理粗き　(後)606
疑問符を　(や)153
逆上の　(無)139
客の来ぬ　(日)682
逆光の　(無)110
ぎやどぺかどる　(荒)420
キャンパスの　(風)471
旧仮名の　(饗)332
急行の　(華)276
吸収されし　(無)138
級数の　(や)172
旧道が　(華)221
牛乳石鹼の　(百)556
牛乳は　(後)579
牛乳瓶を　(饗)352
キュリーより　(日)714
きゅるきゅると
　おたまじゃくしの　(饗)337
　泥田を走る　(百)524
今日あたり　(日)686
教会だけは　(日)639
境界に　(風)437
境界の　(後)619
教会を
　避けようとせし　(日)638
　残し人家を　(日)638
　残そうなどとは　(日)639
教科書の　(饗)331

凝固熱 (黄)62
教室を (華)258
強磁場に (日)630
教授の目を (後)588
共著論文 (百)551
今日釣りし (荒)430
競売に (後)584
狂暴の (黄)92
興味深い (荒)412
鏡面に (無)135
「今日も犬 (荒)408
今日もわが (華)237
共有した (風)487・(百)552
今日よりは (荒)372
恐竜の (饗)295
今日われは (華)269
〈玉砕〉の (華)200
局所麻酔 (日)659
曲面鏡に (メ)29
清 荒神《きよしこうじん》 (饗)306
距離を測るに (無)138
伐られたる (百)523
キリアツメ (後)609
切株に (風)444
きりきりと (無)110
ぎりぎりの (日)645
切りそろえ (華)249
切りだされし (風)488
きりとおし (無)118
切り通しを (風)439
切りとり線の (日)688
桐の実は (や)169
霧の夜は
　霧の奥より (華)213
　霧を押しつつ (饗)312
切札と (華)286
キリンの死にし (黄)77
帰路はるか (華)200
議論けだるく (無)134
議論する (華)266
銀河とう (や)156
菌塚と (日)715

く

ぐあんぐあんと (日)705
悔いは無…… (黄)96
杭を打つ (百)547
空気抜けたる (饗)330
空欄の (饗)324
食えと言い、 (華)265
クオークに (百)543
草いきれ、 (黄)80
草色の (無)111
草陰に (や)174
草陰の (黄)92
草田男を (華)268
草土手の (荒)381
草に切れし (メ)52
草の上に (饗)357
草の丘に (日)682
草の間に (百)566
草の道は (日)703
草生より (風)467
鎖の端に (風)453
鎖もて (華)263
〈刹那滅《クシャニカ》〉とう (無)131

屑籠と　(後)605
ぐずぐずと　(日)629
樟の木の　(後)581
薬《くすり》土瓶《どびん》と　(日)649
薬土瓶の　(日)696
薬もとめて　(無)103
砕かれて　(日)638
くたくたと　(華)282
砕け散る　(日)668
降《くだ》り落ち　(百)517
口惜しき　(メ)38
口数の　(華)256
梔子《くちなし》が　(百)554
くちびるに　(黄)71
唇の　(荒)430
唇を　(黄)76
口元が　(後)603
口元に　(饗)325
屈折率　(黄)61
屈託は　(風)486
靴の下に　(風)460
〈屈伏点〉とう　(や)159
国の境の　(風)466
くぬぎ林に　(荒)404
櫟原に　(黄)78
馘《くび》きると　(日)704
頸高く　(百)558
首の長さ　(黄)66
首輪をはずし　(風)453
首をあげれば　(後)590
窪おおき　(荒)388
熊蟬の　(百)527
組長と　(華)240
雲の縁、　(華)249
くもりたる　(黄)68
曇り日の　(華)251
曇《くもり》より　(華)208
悔しかりし　(饗)298
くやしきは　(無)115
くやしさに　(メ)45
悔しさに　(百)556
口惜しさは
　口惜しさのまま　(華)212
拭わず汗は　(無)110
クラインの　(荒)393
暗きより　(華)234
くらげ様に　(饗)300
鞍馬石の　(日)672
鞍馬街道　(饗)337
鞍馬《くらま》とも　(日)672
鞍馬行き　(後)622
くりかえし　(荒)375
グリニッジ時の　(荒)382
くりぬかれ　(華)201
くり抜かれ　(メ)55
狂うこと　(黄)97
苦しみし　(百)505
車の鍵　(風)453
車に乗るのが　(華)225
クレーンにて　(後)580
グレゴリオ　(荒)428
クレソンに　(荒)384
くれないの　(メ)20
暮れ迅き　(や)165
昏れやすき　(メ)43
クローン人間　(百)506

黒合羽《くろがっぱ》 (百) 522
くろがねの (や) 171
黒き斑は (華) 235
黒き庖丁 (や) 150
黒土の (饗) 308
黒土は (百) 560
クロ・ド・ヴージョの (後) 586
クロロフォルム (黄) 60
ぐわぐわと (饗) 302
くわんぜおん (風) 451
群衆を (無) 119
勲章の (風) 485
君《くん》づけで (後) 597

け

敬虔な (荒) 393
螢光の (無) 134
螢光理論 (無) 134
頸骨脱臼 (黄) 86
掲載不可の (華) 237
珪砂にて (黄) 79
傾斜ゆるき (や) 183
形態が (無) 133
警笛を (百) 516
鶏頭の (無) 102
係累すべて (黄) 63
経歴の (後) 589
ケータイを (後) 614
ケーブルカー (華) 283
ケーブルに (荒) 399
穢れしに (黄) 81
今朝はいくばく (後) 594
消しゴムを (荒) 402
削り削りて (華) 245
血圧の (後) 613
決壊寸前の (黄) 64
月光に
　溺るるごとき (無) 138
　さながら溺れ (や) 163
　立つ真裸の (メ) 36
　熨されて凪げる (百) 527
月光の
　およべるところ (華) 265
　及べるところ (華) 218
柘榴は影を (黄) 59
　スカンジナヴィヤを (や) 178
　領するところ (後) 623
決心を (風) 436
〈決定〉の (や) 173
仮病でも (風) 463
けもの臭き (華) 248
けもの道を (饗) 358
欅より (後) 592
ゲラ刷りと (日) 630
狷介に (無) 115
喧嘩をしない (風) 481
研究室と (饗) 343
研究者でも (後) 614
研究に
　なぜに没頭 (風) 480
　向かぬと告げて (華) 266
玄室を (荒) 388
原色の (荒) 382
原子炉の (饗) 341
ゲンチアナ (華) 207
原点を (華) 200

絃に絃の （風）443
見のかぎり （華）221
厳父たれ （後）577

こ

コインランドリー （饗）337
後悔先に （日）655
合格者 （華）239
皇漢薬草 （日）684
拘禁具の （華）208
広告燈に （や）154
交差点に （饗）298
高山病に （風）460
広辞苑 （荒）387
公式的 （無）142
口臭激しき （華）237
昂じゆく （や）173
「くわうじん」と （華）278
荒神橋
　半ばの時雨 （百）531
　流れを越えて （華）246
荒神橋より （饗）306
抗体価 （や）155
黄道光 （黄）60
後頭に （華）234
講堂の （日）672
口内炎の （華）238
紅梅の （百）534
紅梅は （風）471
後半生と （百）525
傲慢を （華）198
公民館の （日）675
拷問具 （日）639
拷問具の （日）639
紅葉《こうよう》は （黄）76
声は声を （華）288
声低く （饗）301
コーラ二本 （メ）23
凍りたる （メ）24
子が生まれ （百）544
ゴキブリの （華）240
子機もちて （風）477
虚空より （メ）41
国士無双 （百）521
国宝と （後）621
極楽と （日）665
国立中央 （百）515
午後遅き （日）641
午後の風 （華）205
午後の光に （饗）347
ここはまだ （荒）414
午後四時とも （荒）376
ここよりは
　単線となる夜の駅
　　いつものように （荒）417
　　水盤に黄菖蒲の （荒）418
こころ狂わぬ （や）181
こころざし （日）708
心滅びし （無）129
心やさしい （風）484
五歳の兄が （日）684
『古事記伝』 （後）599
コシデムシ、 （日）715
こしゃくなる （華）264
こしゃくな若造めが （饗）346
五十年 （日）724

五十年も　（百）538
五十歳《ごじゅう》への　（荒）372
古書市に　（日）648
御所と御苑の　（日）686
個人差は　（日）723
牛頭馬頭《ごずめず》が　（饗）315
コスモスコスモス　（華）261
コスモスは　（日）661
午前五時　（百）564
五層の屋根の　（日）677
古代銀杏《こだいいちょう》の　（百）517
告解の　（饗）322
国境《こっきょう》と　（後）585
骨《こつ》シンチ　（風）488
「神《ゴッ》よ、祝福《ブレッシュー》あれ！」　（風）447
言挙げて　（や）179
古道具屋に　（日）672
ことここに　（無）112
ことさらに
　明るき今日の　（華）279
　今日は息子を　（百）523
今年あたり　（黄）83
ことしの桜　（風）463
今年われらが　（百）506
事なべて　（後）615
言葉鋭く　（無）118
ことばなき　（無）113
ことば短く　（華）236
粉雪が　（メ）51
この朝の　（風）495
このあたりが　（風）481
このあたりで　（や）169
このあたりに　（日）689
このあたりは　（日）638
この家で　（荒）429
「この家に　（荒）411
この家に
　あなたは住んで　（荒）393
　家族しあわせ　（日）679
　住みし七年　（荒）409
ひとり残るのは
　嫌なのだ　（後）618
　どちらかと　（百）559
まだ死者を持たず　（荒）374
この家の　（饗）328
この幾日　（華）231
この海に　（風）459
この男に　（後）617
子の帰り　（華）234
子の書きし　（荒）410
この蚊はも　（日）636
この午後は　（日）670
この子には
　絵本のキリンが　（日）632
　今日の記憶は　（後）597
この頃は
　塩素の匂いの　（荒）415
　髪も、肩さえ　（華）286
　涙流るる　（日）706
この下に　（日）676
この下は　（華）269
この数日の　（日）652
娘の発ちし　（華）270
この父より　（百）541
このところ　（日）637
娘の友は　（華）207

子の残し（風）471
こののちは（華）248
こののちも（や）178
この人は
　教師だったか（後）577
　　わが死をいかに（饗）346
この付近の（後）578
この豚（風）473
この辺で（後）596
娘の前に（華）219
この町に（華）241
このままに（風）485
この道を（日）676
この息子に（風）479
この山に（日）658
この野郎！（メ）29
この研究室の（風）450
「御破算で」（日）679
御破算で（日）679
語尾つたなき（無）123
五百人の（風）456
語尾弱く（日）673
古武士のごとく（華）252
瘤ひとつ（華）217
古墳に降る（風）444
こぼすまじと（日）714
こまぎれの（日）706
鼓膜を（饗）335
ゴム紐に（後）577
腓《こむら》返りに（後）617
こめかみに（黄）97
木漏れ日に（饗）340
ゴヤ駅と（饗）322
こらえいし（後）582
子らの居ぬ（華）279
子らの背丈の（饗）310
子らを経て（華）212
コレクトコールにて（風）460
これは夢（日）707
これまでと
　あきらめてわが（饗）298
　黙したるより（華）278
殺されし
　クサイの息子（日）668
　ことより真裸（無）124
　また殺したる（百）554
コロラドの
　強《こわ》き毛に（饗）355
壊すこと（日）670
子を殺す（日）714
子を挟み（荒）414
こんがらは（風）440
昏睡の（メ）32
こんな朝焼けを（饗）364
こんな細かい（日）676
「こんなところに（日）636
こんなところに
　隠れていたかと（日）629
　まだあったかと（後）576
　もう蕨（華）255
こんなにも
　朝を疲れて（百）539
　死体が立って（日）681
　疲れてわれは（風）475
　鈍かりしかな（日）634
　眠い晩夏の（華）228

ぶっこわれてしまった（百）519
　ほのぼのと凹地に（華）240
　ぼろぼろのわれを（日）689
昔の時間を（百）510
鷲鼻だったか（風）492
こんな日は（後）593
コンパスの（無）136
コンビニの（百）563
コンピュータ（饗）331
権兵衛橋（饗）354
今夜咲く（日）689
今夜われは（饗）296

さ

サーカスの（荒）390
サーチライトに（メ）22
サイエンス（風）481
鰓弓《さいきゅう》とう（百）508
歳月に（日）677
採血の（黄）71
歳月の（饗）360
最後に死んだのは（後）588
最後まで
　決してきみを（日）652
　残りし弟子か（風）491
妻子ある（日）704
妻子率て（華）199
再生を（風）470
サイドミラーを（華）258
最年少と（日）704
才能の（華）265
材木を（饗）326
さえざえと（後）616
坂多き（後）587
さかさまに（華）206
逆さまに（や）157
坂道を（華）260
碕《さき》の湯は（荒）377
左京と右京（荒）406
左京より（饗）361
ざくざくと（華）231
「桜井」の（風）495
聖家族《サグラダ・ファミリア》教会（後）575
さくらばな（や）153
さくら花（日）678
桜紅葉、（荒）379
桜紅葉を（華）246
桜より（メ）39
柘榴みのれる（メ）47
酒のうえと（日）702
ささくれて
　世界は暮るる（無）104
　尖ってそして（百）560
笹の葉の（百）538
さしあたり
　一枚の図の（華）203
　ひとつ挫折を（饗）310
　用なきひと日（華）274
サダム・フセイン（百）506
撒水車（黄）75
雑踏恋し（や）171
殺到と（華）264
雑踏を（メ）39
薩摩切子（百）562
薩摩切子の（饗）309
さばかりの（無）133

錆び釘に　(風)453
さびしくて　(日)631
さびしさに　(日)660
寂しさに　(日)658
寂しさを　(華)252
銹におう　(メ)24
茶房〈OAK〉　(メ)24
サマルカンドは　(後)591
さみどりの　(華)223
寒い寒いと　(後)572
冽《さむ》きひかりが　(日)671
さむざむと　(無)129
醒めぎわを　(メ)26
さやさやと
　秋の鏡に　(メ)43
　光は肩に　(や)182
さゆらぐと　(日)662
さよなら三角　(無)127
ざらざらが　(後)623
さらさらの
　冽き光に　(荒)415
　ひかりが梅に　(後)624
「更に値う　(メ)48
さりげなく
　書けよと妻は　(百)542
　視線そらせて　(饗)322
　黙殺すれば　(無)116
　わが発音を　(荒)426
さりさりと　(黄)67
去りゆきし　(後)598
サルビアの
　花群ゆ来し　(や)157
　貧しく咲ける　(日)708
騒がしい　(風)463
騒がしき　(華)266
三角定規　(饗)365
三角フラスコ、　(華)258
三角や　(荒)401
三月の
　風まだ寒し　(日)700
　雪三月の　(日)648
三三五五　(華)231
三十三年　(日)723
三十年
　この界隈を　(日)695
　前の東京を　(後)616
山茱萸《さんしゅゆ》の
　花咲けるした　(荒)416
　花の下より　(百)512
三条河原の　(日)669
山巓の　(メ)21
山腹を　(百)504
三分が　(華)245
山門の　(後)585
三里塚の　(饗)302

し

幸せの　(饗)332
自意識に　(百)563
自意識の　(百)533
自意識は　(饗)364
自意識を　(後)623
シーソーの　(饗)335
強いて言わば　(華)223
強いてやさしき　(華)201
強いてやさしく　(饗)339

椎の花の　（華）267
椎よ椎　（メ）41
ジーンズの　（華）217
潮風に　（無）108
潮迅き　（風）459
栞のない　（日）643
紫外線　（黄）70
紫外線とう　（華）223
滋賀県高島郡　（や）182
シカゴピザ　（百）540
しかしこの　（風）479
しかしなお　（黄）78
叱らねばと　（荒）397
叱らるる　（後）589
時間かけて　（百）548
指揮官の　（日）657
色弱の　（荒）429
色盲検査紙　（黄）60
「色欲も　（荒）393
時雨れたり　（風）490
字訓、字統、　（日）714
子午線を
　蟻わたりおり　（や）171
　行きてもどれる　（饗）348
自己を信ずる　（風）485
自殺者が　（後）600
鹿ヶ谷　（荒）373
爺杉と　（日）677
しじみ蝶　（饗）302
死者として　（饗）317
死者のため　（饗）348
死者の名を　（日）708
死者も生者も　（や）162
死者をして　（日）687
死者をみな　（百）545
しずかにしずかに　（メ）48
雫のごとき　（無）120
静原の　（後）599
静原より　（饗）336
自然には　（荒）412
従いて　（華）198
羊歯繁る　（荒）391
羊歯などの　（黄）73
「舌平目の　（華）252
したり顔の　（後）573
舌を打ち　（無）131
師団街道　（後）606
試着室の　（荒）387
市庁舎の　（饗）358
実家が近く　（華）241
湿球と　（饗）362
実験書　（荒）421
実験ノートの　（日）647
執行部という　（日）653
失踪の　（メ）33
疾走の　（メ）20
失踪も　（黄）73
知ったかぶり　（日）704
じっとしてろと　（風）490
疾風は　（無）125
執務室より　（荒）403
シデムシは　（日）715
自転車の
　籠に落葉の　（後）593
　サドルを二度も　（風）484
　荷台に扉　（や）176

自転車を　（や）176
始点終点　（無）136
自転方向に　（饗）350
自動オルガン　（黄）79
自動ピアノ　（華）269
自動ピアノが　（荒）388
しとしとと　（百）564
シドニーの
　朝の雨を　（百）507
　雨を伝えて　（荒）383
師と呼べる　（風）492
しどろもどろと　（荒）406
撓うごと　（黄）93
演技《しな》多き　（饗）310
支那街に　（饗）347
しなやかな　（メ）36
死なんとして　（日）663
死にしのち　（無）103
死にぞこないし　（や）187
死にたるは　（後）600
死ぬことが　（日）633
死ぬことに　（風）463
死ぬことを　（華）287
死ぬよりほか　（日）684
痔の次郎　（風）452
しの竹の　（黄）82
死はいつも　（日）662
死は簡潔に　（百）550
死は気配として　（荒）407
しばし間を　（や）164
始発電車は　（メ）23
しばらくを
　〈銀河〉と並び　（華）218
　共に走りて　（華）213
四半世紀　（百）543
自分勝手に　（荒）427
自分なら　（日）724
自分の足跡が　（百）529
蘂《しべ》の紅　（荒）417
蔵《しま》い来し　（無）129
終《しま》い天神　（饗）363
縞馬《しまうま》の　（華）287
自慢の命名と　（日）685
しみしみと　（日）682
締切を　（華）249
じめじめしない　（後）603
絞めすぎし　（や）174
注連縄《しめなわ》の　（風）479
湿りある　（荒）384
湿りたる　（饗）354
霜置くと　（無）107
下京に　（荒）372
下御霊《しもごりょう》　（百）532
霜月の　（荒）380
弱視矯正の　（日）632
蛇口にて　（黄）79
尺取虫《しゃくとり》は　（荒）376
寂と寥　（荒）373
赤熱の
　硝子しずくと　（無）111
硝子もて硝子を　（無）137
　硝子を吹けり　（黄）61
試薬壜　（や）148
捨婚とう　（日）648
写真館の　（荒）395
車窓より　（日）631

社長らが（後）601
ジャックダニエル（華）244
蛇のごとく（饗）297
しゃぼんだま
　街に流るる（饗）359
　窓に流れて（日）721
ジャム煮ゆる（華）233
「平安《シャローム》あれ！」の（無）124
シャワーカーテンの（日）640
シャワー室の（日）640
シャワーの（日）710
驟雨過ぎて（黄）73
驟雨たちまち（黄）65
銃音が（無）109
銃音は（華）208
十月の（荒）403
褶曲の（黄）97
充血する（メ）51
十時には（日）637
獣脂火に（黄）93
就職の（荒）378
重心高き（華）226
重心の（風）458
重心低く（華）271
重心を（メ）31
終速度と（饗）307
集団を（無）130
終点の
　極楽橋まで（後）583
　出町柳の（風）451
秋天を（黄）60
十二時を（華）218
十八世紀（華）208
十分の一に（風）472
十文字に（や）169
重油式（後）605
重力に（百）544
重力の（百）558
重力を
　解放されて（風）446
　自在にわたる（後）597
縦列の（華）214
樹幹（メ）53
「ジュゲムジュゲム（日）641
手術して（百）541
手術予定は（百）541
修善寺の（日）647
一〇センチ分（後）598
出奔せし（や）179
首都高速の（日）716
趣味でやる（百）554
受話器邪慳に（や）183
巡回映画（日）672
俊寛の（日）701
春泥に
　自転車の跡深きかな
　鳥居のうちに（荒）430
　吾が死後も咲き（風）446
女医若し（荒）394
〈消音〉の（百）533
消火器の（百）514
床几《しょうぎ》ありて（日）642
正気狂気の（日）666
ショウゲンジ（饗）318
聖護院八ツ橋（百）548
小銃を（風）465

少女母と　(メ)27
憔悴の　(無)134
饒舌の　(メ)49
小説を　(華)271
昇天の　(黄)61
小児科病棟　(華)250
少年と　(メ)36
少年の　(黄)81
小伏在《しょうふくざい》　(日)658
娼婦らが　(華)199
城壁の　(日)640
小便の　(華)272
賞味期限を　(後)580
静脈注射　(メ)25
将来の　(風)449
将来を
　未来に賭けて　(や)152
　われに頼めて　(日)703
蒸留水と　(荒)411
書架の間　(や)159
書架の間に　(華)224
贖罪教会　(後)574
食道癌　(百)540
食堂たりし　(風)456
食の文化は　(風)473
職場より　(百)565
助手席に　(後)586
女性兵士　(風)465
ジョゼッペ・カスチリョーネ　(百)529
助命など　(日)713
死より逆算　(無)123
白梅の
　花はほどけて　(日)700
　花わずかなり　(百)510
　まばらなる花を　(日)671
白梅《しらうめ》は　(後)594
知らざるや　(無)130
知らぬことが　(日)694
知らぬはずの　(後)593
尻の形の　(後)583
尻割りて　(風)439
首級のごときを　(や)156
知る誰も　(日)694
次郎が死んだ　(風)452
しろがねの
　線ばかりなる　(華)263
　つばな穂に立ち　(華)220
　穂に風は立ち　(無)117
銀灰色《しろがね》の　(無)140
白き息を　(饗)326
白き鯉　(饗)356
白黒の　(風)475
しろつめ草の　(日)653
白まばら　(風)496
白を刷きて　(饗)317
じわじわと　(や)163
〈死〉を意味の　(無)137
死を告ぐる　(や)147
進学の　(華)284
森閑と　(メ)45
神経の　(風)436
神経を　(百)541
深更に
　およびて遂に　(無)136
　蟲を彫るとう　(日)666
寝室より　(饗)319

人事ひとつ　(華)234
I can't believe it……《しんじられない》　(百)551
しんしんと　(百)511
申請書　(華)264
人生に　(荒)421
心臓穿刺の　(黄)76
人体の　(百)547
人体は　(や)171
死んだら負けと　(風)461
沈丁花の　(饗)342
身長と　(後)624
心電図　(日)662
振動と　(饗)314
信念を　(風)485
心配で　(日)700
神父つぎつぎ　(風)456
新聞に　(後)611
神武・綏靖　(無)135
人類最後の　(日)682
人類の　(荒)390
「人類は　(荒)394
じんわりと　(日)711

す

酔眼を　(無)133
水銀の　(無)117
吸い込みて　(饗)316
水槽の　(や)158
水中の　(日)649
垂直に　(華)261
水平と　(百)548
水面に
　一本の浮子　(饗)353
　立てる釣糸　(無)102
　近く歩けば　(日)633
　鳥肌立てり
　　雨降れば　(黄)68
　　時雨れつつ　(華)217
水紋の　(饗)301
水流に　(饗)356
水路閣は　(日)691
数学教室は　(風)450
スーザンが　(華)271
スカートの　(華)199
図鑑そっくりと　(日)718
図鑑見て　(日)719
好き嫌いを　(風)461
すぎゆきは　(黄)82
スクリーンに　(や)187
少しずつ
　ずれてゆくなり　(日)643
　空をせばめて　(饗)340
　われに尻尾の　(日)637
少しばかり　(日)720
少し汚れし　(華)202
図子と小路の　(後)576
錫色に　(メ)30
煤硝子
　炎もて作れる
　　日の蝕を　(や)170
　　惑星に　(や)182
筋《すず》子・鱈の子　(や)159
ずずずむと　(華)218
スズメ刺しより　(饗)331
すすり泣きは　(風)493
ずたずたに　(無)118

ステージの　（メ）26
捨ててある　（風）467
ステテコを　（饗）307
捨てに行く　（百）526
捨てられし　（日）707
捨てるため　（荒）398
捨てるべき　（日）647
素通しの　（百）528
ストーブに　（後）621
ストローで　（風）451
すとんという　（後）597
砂浴みする　（メ）51
砂色の
　オコゼは砂に　（華）197
　眼を立て砂に　（華）258
砂蹴りて　（無）102
拗ねている　（日）724
脛長く　（華）272
頭の折れし　（や）180
頭《ず》の隈に　（華）221
巣の中に　（華）253
頭《ず》は重き　（荒）406
ズパッタズパッタ　（百）524
スバルしずかに　（黄）76
スプーンの
　ちいさな窪みに　（荒）425
　凹み曇りて　（風）453
ずぶ濡れの
　肺二つもち　（黄）77
　母がかなしく　（無）104
すべて予定を　（後）585
滑り台の　（風）474
スポーツ紙の　（華）225
ズボンより　（荒）429
菫色の　（や）174
頭《ず》より尾へ　（華）227
頭《ず》よりまず　（荒）415
俗語《スラング》も　（華）205
磨硝子の　（饗）343
するすると　（華）235
スローモーションの　（メ）49
座り悪き　（華）245
ずんずんと　（華）223

せ

性愛を　（饗）333
せいいっぱい　（荒）418
星雲と　（や）169
性格の　（黄）64
生活の　（荒）402
生気薄き　（風）436
正義には　（日）639
製材所の　（華）227
生者を朱く　（荒）376
青春の　（メ）49
星条旗　（華）196
星条旗は　（日）662
精神科病棟　（華）236
精神の　（や）156
精神は　（日）662
整然と　（華）256
生前の　（風）485
声帯の　（風）439
声帯は　（風）439
静電気　（無）139

青銅の (風)461
醒白《せいはく》の (風)483
生は死に (無)126
静謐に (無)129
性欲も (華)230
正露丸 (後)580
正論に (華)202
セーラー服と (華)225
「世界中で (百)506
世界地図の (華)214
世界には (日)683
世界の夕暮れ (荒)387
堰落つる (饗)317
堰越ゆる (荒)420
石造は (華)199
石炭ストーブに (百)539
赤道上空は (饗)341
雪原に
　すすき素枯れて (無)139
　とぎれとぎれの (饗)309
接線を (無)121
説得へ (や)157
せつなさは (饗)361
刹那より (荒)426
せっぱつまりて (華)210
背の寒く (百)514
背伸びして (饗)303
背のびする (や)167
ゼノンの矢 (百)563
蟬のごと (無)114
蟬のように (華)285
せめて土曜が (後)614
責めんとして (メ)53
せりあがる (無)131
施療院の (後)586
セロトニン (日)643
せわしなく (日)718
背を抱けば (メ)32
全宇宙的 (無)135
選歌に殺されし (百)564
選歌用紙に (百)564
漸近線の (風)491
線香花火
　買いて息子の (百)527
　朱の滴りが (黄)81
線香花火の (無)143
前後軸、 (百)547
選者席に (日)665
染色液の (華)255
全身で (後)603
先生と (や)184
先生とう (日)705
先生の (日)722
戦前の (百)559
戦争と (日)666
選択肢の (風)449
線虫の (や)175
千年の (饗)335
千羽鶴 (後)578
洗面器に (饗)337
前略、わが (や)157
線路を越えれば (百)555

そ

そうあれば (日)724
ソヴィエト連邦に (後)577

そういえば
いつ頃からか（華）277
三角定規の（荒）390
そう言えば
あの頃もムシと（日）718
いつか湖北を（風）442
そうかあれが（日）656
臓器ドナーカード（百）511
雑木林は（無）123
雑木林を（メ）31
草原に
汽罐車ありき（や）147
空を指す矢印（華）244
掃除機の
筒のなかほどに（日）719
内臓は気管支か（後）595
早春の
木の花に黄の（風）476
暗い光は（百）520
早春は（華）253
想像が（日）639
壮年と（華）288
想念の（無）134
想念は（饗）315
喪の幕を（饗）313
僧帽《そうぼう》細胞（百）529
僧房に（荒）399
ソーダ硝子（後）610
底うすく（風）491
そこがあなたの（後）613
そこだけに（風）451
そこにいる（日）656
疏水下流の（日）708
そのうちに（風）446
その背を（日）712
その名ガスパと（華）228
その母を（饗）347
その人の
鬱は感染（後）604
陰の翳りを（華）253
その昔
日光写真を（百）506
酔いはわれらを（華）247
その夜はげしく（風）443
ソフトクリーム（や）181
そよぎかたの（日）634
空に噴く（黄）92
空の重みを（荒）427
空低き（日）716
そら豆の（後）571
空をゆく（百）522
そろそろ眼鏡を（日）672
そろりそろりと（百）522
そんなにも（風）493

た

ターミナルの（日）712
大学に（日）686
対岸に
天の岩戸を（百）516
霧らう天草（風）458
キリンは首の（華）236
対岸の
男叫べる（無）122
桜のうえに（華）259
桜はついに（日）629

桜紅葉に　(華)261
　長浜あたり　(荒)380
対岸は　(百)533
退屈の　(百)544
退屈を　(後)624
大正十一年　(華)242
大笑面とう　(日)709
大深度　(後)587
大西洋の　(華)206
大切な　(日)709
「大切なもの　(風)440
大切の　(華)282
台所、　(荒)421
体内時計の　(荒)391
体内に　(荒)393
胎内に　(メ)54
大の字が　(日)659
大の字の　(華)237
代表歌と　(百)562
体表の　(饗)315
体表を　(饗)318
大仏殿と　(日)673
体毛を　(饗)336
大文字の
　大の大きさ　(華)274
　大の付け根に　(日)717
タイヤ焼く　(華)248
〈太陽が　(メ)24
「平将門《たいらのまさかど》　(日)677
大陸より　(無)136
耐えがたく　(饗)321
耐えるべき　(メ)53
楕円はもと　(日)717
高枝鋏　(後)593
高きカラーに　(百)558
高きより　(や)175
たかさぶろうの　(饗)307
高千穂に　(百)517
高千穂の
　神楽酒造の　(百)517
　深き峡より　(百)517
高橋和巳　(後)611
高橋和巳を　(百)558
竹叢《たかむら》ゆ
晩き月のぼり　(百)513
　竹を引きこし　(百)522
焚火の熱を　(饗)345
抱き寄する　(黄)63
抱き寄せて　(無)133
抱く腕の　(饗)343
啄木の　(風)440
蓄えし　(風)438
竹垣に　(風)468
竹垣の　(風)467
竹が竹を　(風)451
丈高き　(黄)89
抱けと言われ　(日)698
竹とんぼの　(荒)398
竹に降る　(百)559
竹の葉に　(日)646
竹の葉の　(荒)425
竹の幹に　(百)561
竹やぶの　(百)559
竹藪の　(日)690
たこやきの　(日)649
助けてくれ　(日)691

助けてたすけてと　（日）631
訪ね来し　（華）230
訪ねくる　（荒）409
尋ねたき　（無）101
たそがれの　（や）159
ただ一度
　死ねば済むこと　（百）537
　手を振りしのみ　（華）270
　母の名をわが　（後）615
糺《ただす》の森の　（後）611
ただひとり　（風）478
ただひとりの　（華）262
ただ一人の　（風）477
たたら製鉄の　（日）692
立葵《たちあおい》　（百）523
立葵の　（饗）315
断ちがたき　（メ）33
立ち食い蕎麦の　（荒）394
立ちしとき　（華）210
立ちしまま　（無）102
たちまちに
　脚はずされて　（風）472
　怒りは萎えて　（華）256
奪衣婆《だつえば》の　（百）519
脱出したし　（メ）25
脱出の　（日）638
たった一度の　（荒）398
たったひとつ　（風）476
たった四つの　（百）519
タッちゃんと　（日）699
立っている　（日）661
脱皮する、　（日）667
立てかけられて　（後）612
経緯《たてよこ》に　（や）161
たとうれば　（メ）30
田中榮と　（日）675
多奈川谷川　（日）674
谷あいの　（日）667
谷崎と　（荒）425
田の窪に　（百）524
楽しみの　（饗）333
田の道の　（日）660
たばこ葉を　（華）211
旅に来て　（日）641
旅にでようと　（日）705
旅に目覚めて　（風）482
たぶんなんにも　（日）669
食べてしまう　（後）614
魂を　（百）505
ため息は　（後）602
ためし書きの　（日）655
「ダメだ」とう　（日）644
駄目な奴　（風）481
たよりなき　（後）586
陀羅尼助《だらにすけ》　（後）622
陀羅尼助の
　看板に射す　（百）531
大看板に　（饗）363
大看板を　（百）555
ダリのキリンの　（百）542
誰かその　（後）608
だれかただちに　（荒）397
誰か流す　（無）131
誰が投げし　（後）579
だれかの　（風）445
誰か目薬を　（後）613

誰からも　（百）561
だれかわれを　（饗）364
誰ぞこの　（荒）389
誰だこの　（百）514
誰に告ぐべき　（黄）77
誰待つと　（百）537
たれもたれも　（饗）349
誰よりも　（風）440
たわむれが　（メ）39
たわむれと　（風）462
単為生殖　（荒）389
単純に　（や）161
男女群島　（百）556
タンスにゴン　（風）447
単線の
　江若鉄道　（や）182
　鉄路に待ちし　（無）104
断定の　（日）644
端的に
　アメリカを憎むと　（風）468
　まず一行で　（日）672
弾道の　（黄）67
弾道は　（無）109
段戸襤褸菊《だんどぼろぎく》　（日）643
断念と
　執念の差の
　　いざと問わば、　（や）154
　さもあらば……　（無）136
断念とう　（無）110
丹念に　（荒）412
断念の　（無）107
断念は　（荒）421
「タンパク質の　（日）721
段ボールの　（荒）406
段ボールを　（饗）315
たんぽぽが　（荒）421
たんぽぽと
　言うときの口の　（後）584
　おなじ高さに　（華）272
たんぽぽの
　ロゼットは地に　（荒）375
　絮がしずかに　（荒）389
　絮が着地を　（百）527
　絮、中空の　（無）139
　わた飛べり　（華）255

ち

小さい順に　（後）606
チェシャ猫に　（荒）409
チェチェンとう　（饗）365
チェンバロの　（無）131
近すぎて　（華）286
地下鉄の
　回数券も　（華）209
　階段に深く　（饗）344
地下鉄路線図　（荒）403
地下鉄を　（百）515
近寄りて　（後）621
力溜め　（華）238
小《ち》さき女性の　（饗）340
小さき脳を　（饗）351
小さき橋を　（華）277
小さき灯に　（華）203
小《ち》さき耳に　（饗）342
地磁気はつかな　（華）243
地図の上に　（風）466

父親を　（饗）305
父がため　（華）231
父島に　（日）716
父であり　（無）140
父と子の　（荒）378
父として　（饗）363
父と吾、　（風）441
父に似ぬ　（饗）360
父の胃で　（荒）394
父の呉れし　（華）247
父の父　（荒）414
父の手が　（無）103
父の泣けるを　（や）163
地に紙凧を　（日）646
地に滲む　（黄）90
地に鈍く　（無）121
地に噴ける　（黄）95
血に太る　（黄）81
血の沈む　（黄）62
血の匂い　（黄）85
地の耳ぞ　（後）616
乳房まで

濡れとおり雨に　（や）149
　闇となりつつ　（メ）36
地平まで　（黄）97
チャウシェスクと　（百）542
茶の花の　（饗）300
抽象の　（華）205
中枢を　（無）143
中世の　（後）574
中年か　（日）642
中年と　（華）281
中年の　（風）484
長考の　（饗）331
朝食の　（饗）314
長女という　（後）605
手水場の　（日）702
超然と　（メ）50
跳馬《ちょうば》鞍馬《あんば》　（後）578
直截《ちょくせつ》は　（百）517
直線に　（饗）332
直角に　（荒）403
ちょっと待て、　（風）464
地より血の　（黄）96

血を洗い　（や）171
血を怺え　（黄）82
血を吸いて　（黄）96
地を這える　（黄）94
地を走る　（無）121
血を頒くと　（黄）92
沈黙を　（百）514

つ

ツァラトゥストラ　（メ）42
追憶＊＊＊は、　（メ）35
追従を　（風）437
追悼の　（華）251
終なる夏を　（華）198
ついにいっぽん　（饗）350
ついに一つの　（無）117
ついに見つからぬ　（饗）334
通じざる　（饗）325
通じねば　（饗）325
疲れから　（後）604
疲れたる　（風）481
注《つ》がれたる　（後）614

疲れやすく
　なりたる妻を　（百）555
　なりたるひとに　（百）560
つぎつぎに
　癌はできると　（百）541
　気根垂らして　（荒）410
　首断ちて肝を　（饗）302
　先回りして　（百）551
　視線はわれを　（華）242
　弟子らが君を　（風）478
　鍋とり出して　（華）196
つきつめて　（風）480
月に幾たび　（百）543
つぎの子は　（日）691
月の光　（華）275
月は雫の　（華）222
月見草が　（後）578
月見草の　（百）526
継ぎ目なき　（荒）425
つくつくと　（日）688
つくねんと
　乳母車のこる　（荒）392
　温める石に　（華）216
告ぐる酷、　（華）266
土壁に　（饗）351
土壁《つちかべ》の　（百）524
土濡るる　（百）559
土踏まず　（饗）344
土ぼこり　（や）174
土まだら　（饗）295
土屋文明　（後）582
つつましく
　生きゆくことに　（日）648
　君送らるる　（日）675
　商売にひと世　（百）542
つづまりは
　相譲らざる　（メ）54
　性にかかわる　（饗）339
「つ」と染まり　（饗）352
繋がりし　（風）471
つながれる　（や）163
つねに未完の　（や）176
翼あれば　（メ）37
翼なき　（メ）47
妻おらぬ　（風）487
妻として　（日）712
夫の死後　（百）535
夫《つま》もその　（百）534
つまらなそうに
　地べたに尻を　（百）515
　小さき石を　（饗）316
罪人《つみびと》の　（黄）67
爪のびて　（風）466
つもりたる　（後）623
つゆくさ色に　（華）255
つゆくさ色の　（メ）39
梅雨ぼけと　（後）582
吊られいる　（荒）392
吊り上げられ　（メ）55
吊り革に　（日）655
釣り雑誌の　（後）601
　「つりの友社」　（風）441
釣り堀の　（饗）303
吊されし　（黄）71
蔓巻きし　（メ）53
連れ立ちて　（荒）396

〈差し向かいの寂寥《ツワイ・ザアムカイト》〉 (黄)66

て

デイヴィッド (百)550
低血圧 (饗)321
定置カメラに (日)712
テーブルの (百)524
尾灯《テールランプ》 (や)166
手負いの鹿の (百)543
手鏡に (黄)79
手刀に (無)101
摘出されし (風)488
敵として
　思い決めしか (風)469
　その妻にまた (饗)320
　立たん覚悟の (無)124
敵ばかり (や)185
敵を作らぬ (百)562
撤退とう (日)697
鉄塔の
　張るケーブルは (後)580
　秀が紅を (無)139
鉄塔を (メ)55
鉄棒に (メ)34
徹夜して
　実験をして (後)577
　拾いしデータ (華)237
デデキントの (無)137
出てゆきし
　子の自転車は (荒)378
　息子の椅子が (荒)411
手に取りて (日)680
掌に取れば (や)161
手に触れて (日)681
手のひらが (荒)413
てのひらに
　柘榴は残り (黄)97
　蟬のぬけがら (風)486
てのひらの
　一点熱し (メ)34
　傷に沁む塩 (メ)35
手のひらを (日)663
手の指の (百)545
デフォルトで (日)693
テポドンの (百)525
奇形病学者《テラトロジスト》 (百)551
手を入れて (無)126
手を口に (華)223
手をたたき (や)181
手を引いて (風)472
天瓜粉に (荒)423
電気カミソリの (華)255
天気図の (華)229
電気洗濯機に (百)529
天球と (黄)70
電球の (や)150
電球を (日)714
天狗舞は (百)534
電光掲示板 (饗)305
電子辞書より (後)591
天守閣を (饗)323
天井に (日)656
天井を (荒)408
天鼠《てんそ》あり (日)715
点滴の (風)490
天に近き (華)213

天皇が　(華)200
天秤は
　神のてのひら　(や)184
　天の秤と　(や)184
天窓の　(黄)79
電話音　(や)167
天を仰ぎて　(や)176

と

ドア蹴って　(華)219
扉《ドア》の向こうが　(饗)351
問いつめる　(黄)78
等圧線は　(日)717
ドゥールーズ　(百)532
倒影の　(黄)75
どう切っても　(饗)313
東京駅に　(荒)410
東京の
　内なる外部　(荒)403
　地下を煌々と　(荒)407
東西南北　(饗)309
透視カメラの　(黄)73
橙色の　(や)179
同世代　(荒)429
胴体の　(後)571
冬虫夏草を　(華)245
どうでもいいやと　(華)212
どうでもよき　(饗)361
導入に　(華)280
導入の　(日)710
塔のごと　(メ)34
動物園の　(饗)355
動物極より　(華)227
動物舎の　(饗)297
冬眠を　(後)622
透明な　(華)229
透明の
　花器に幾本の　(饗)358
　林の彼方を　(黄)60
透明は　(や)148
倒立し　(無)125
遠い記憶に　(無)123
「遠い夏」と　(黄)83
遠い風車が　(後)616
遠き日の
　複素積分　(無)111
　火傷は足に　(華)205
遠くありて　(後)622
トースターが　(華)280
遠山畑を　(風)450
通り雨　(饗)295
〈とおりゃんせ〉　(メ)19
ときおりは　(華)261
時折は　(華)269
時かけて　(百)505
とぎれたる　(メ)37
時をかけて　(後)603
どくだみの　(荒)427
ドクダミの　(後)613
戸口戸口に　(華)226
戸口より　(黄)91
時計台の　(百)513
時計塔に　(饗)312
とげとげと　(華)221
どこでだって　(後)603
どこの石か　(華)254

どこへ行っても　(風)465
どこまでも
秋なれば不意に　(百)530
自由になれる　(饗)336
スポットライトに　(メ)28
　どこまでも向日葵畑　(饗)321
　夕暮れの町　(百)562
閉ざされし　(風)461
年々《としどし》の　(饗)317
歳古りし　(華)239
土壇場で　(や)150
途中より　(華)226
どっどどっどど　(日)659
突風に　(日)675
届きたる　(風)439
どどどどっと、　(日)633
隣にて　(饗)307
とにかく、と　(饗)319
砥《と》の色は　(荒)371
どの歌も　(後)578
どの学生も　(日)721
どの機械も　(日)670
どの車も　(日)717
どの合歓も　(華)260
どのビルも　(饗)306
どのベッドにも　(饗)324
どの店も　(風)479
どの屋根も　(後)611
どのように　(日)678
どの路地にも　(華)222
扉《と》は常に　(無)136
飛び出して　(饗)338
飛ぶ雲の　(華)287
土間越しに　(饗)300
とまらなく　(華)258
止まらなく　(日)706
寄宿舎《ドミトリー》に　(荒)427
とめどなき　(黄)88
ともに陥つる　(無)112
ともに嘆くと　(後)620
友の父は　(華)225
ドライアイス　(黄)85
とらえどころ　(華)200
トラックの　(日)695
ドラム激しく　(無)119
とりあえず
　靴をさがそう　(華)270
　結論は明日に　(荒)373
　少し眠りて　(風)438
　鳥居はゲートと　(後)589
　眼鏡のあわぬ　(百)564
　休むことです　(饗)346
　リセット押して　(饗)331
鳥居とは　(風)490
鳥居のあれば　(日)645
鳥居のむこうは　(風)495
とりかえし　(無)116
とりとめも
　ない明るさよ　(メ)37
　なき感情の　(や)155
　なき睡魔のような　(後)608
とり残されて　(無)121
取り残されて　(華)287
鳥の巣や　(荒)398
鳥辺野より　(百)539
努力、一途、　(饗)320

努力だけでは　(荒)423
撮るといえば　(華)213
どれもどれも
　アジアの貧しき　(日)681
　ふくみわらいを　(百)528
とろとろと
　島の猫らが　(饗)359
　水門越ゆる　(華)258
　とろろあおいの　(華)280
　眠き水なり　(荒)416
　春雪おもき　(華)277
　わが汽車は行く　(華)230
泥鰌《どろなまず》の　(華)268
薯蕷《とろろ》蕎麦　(後)573
戸を閉めね　(華)229
どんぐりの　(メ)25
曇天に
　光を吸いて　(華)267
　百舌鳥去りしのみ　(メ)20
曇天の
　雑木林を　(無)120
　そこ喉首か　(饗)344
　低く垂れいる　(饗)306
曇天は　(や)168
曇天を　(や)179
どんどんと　(百)556
どんよりと
　している今日の　(日)689
　だるくておもい　(百)508

な

内視鏡は　(風)439
ナイスファイト！　(日)634
内臓を　(風)475
泣いている　(風)475
なおも夕映え　(メ)42
汝が鬱に　(日)649
長かりし
　恋の顚末　(荒)379
　電話のあとに　(風)477
「中京区　(荒)409
長崎大学　(饗)337
長崎の　(饗)347
長崎より　(華)271
　流される　(饗)356
汝が脛に　(黄)92
永田君　(華)281
長谷八幡
　石の鳥居を　(風)490
　鳥居のうちに　(風)494
　鳥居の内に　(風)438
「長田橋を　(荒)405
中庭に　(華)266
中庭には　(日)683
半ばまで　(百)557
汝が眼もて　(や)149
汝が病を　(日)643
なかんずく
　インター、ワルシャワ　(日)686
　歌人は長生き　(後)600
　血はくらきかな　(黄)80
渚より　(メ)38
啼きながら　(や)159
泣きやまぬ
　この幼子は　(日)698
　子を持てあます　(日)698

泣くなかれ　(華)212
亡くなって　(風)494
泣くものか　(メ)32
殴りこみを　(日)694
投げつけし　(荒)416
梨の花　(黄)75
茄子型《なすがた》フラスコ　(風)475
ナスカの　(風)489
為すことの　(華)240
なすことも　(華)249
なぜ抱かぬ　(荒)377
なぜ俳句を　(日)636
夏逝くと　(黄)68
夏井戸の　(饗)299
「夏がおわる。　(メ)33
なつかしい　(荒)420
夏樹々の　(無)118
夏草に　(黄)81
夏蟬が　(饗)353
夏せめて　(無)112
夏の終りは　(饗)354
夏の視界に　(荒)400
夏の夜の　(饗)359
夏は渚に　(無)107
夏帽子
　着て君が立つ　(後)586
　忘れてきみが　(後)607
夏帽子の　(日)652
夏蜜柑に　(荒)399
撫でられて　(饗)363
七〇%の　(日)698
なにかが　(荒)390
なにがそんなに　(後)600
なにがなんでも　(荒)419
なにか忘れて　(華)196
なに切りて　(百)552
なにげなき　(黄)88
なに吸いこみて　(日)649
なになして　(や)186
何にむき　(メ)28
なにひとつ　(華)196
なにもかも
　知りたまうゆえ　(風)491
　ヤーメたと言いて　(日)642
何もせぬと　(華)272
なにもなき　(華)252
何もなき　(黄)86
何も持たぬ　(無)123
なにゆえに　(華)213
なにを掛けし　(饗)311
何を夢みん　(メ)52
名は体を　(日)725
ナベヅルに　(風)457
なべて断念　(や)119
鍋や皿、　(華)214
生意気の　(華)218
生意気は　(百)521
名前にて　(百)526
名前のみと　(後)582
なまぐさき　(や)166
怠けたし　(饗)364
生ゴミを　(華)232
生卵　(華)250
鉛色に　(日)653
鉛のエプロン　(華)238
波打てる　(黄)94

南無阿弥陀 （荒）386
なめらかに
　時間区切りて （饗）349
　誉めあげて短く （饗）352
　水の上赴く （無）114
悩むひと （饗）326
並び歩いて （後）575
なりたくて （日）653
なりゆきに （日）702
縄おおく （饗）354
縄のれん （後）614
南大門《ナンデムン》と （風）472
なんとかなるさと （後）601
なんにしても
　あなたを置いて （風）487
　許すことをまず （後）609
何年も （日）630
何の小説であったか （華）250
難破船の （華）267
南蛮は （華）268
なんびとも （後）579

に

ニイサンと （百）515
新墾筑波の （華）249
苦艾《にがよもぎ》 （黄）59
二眼レフの （荒）418
握りいし （百）561
握りつつ （華）283
肉刻む （や）171
憎しみに
　己れ縛りて （華）210
　変る瞬時を （黄）89
　変る刹那を （無）107
　憎しみ重ね （黄）89
憎しみの （無）108
憎しみは （や）185
肉体の （無）103
肉体は
　動詞、孤独の （無）113
　残されにけり （黄）76
肉に即く （黄）87
肉はこころを （黄）81
肉は血の、 （無）113
肉挽器に （無）141
憎みいし （後）612
荷車に （風）467
にこやかに （や）186
二、三ミリ （華）237
西田幾多郎 （風）445
西へ西へと （饗）344
二十代 （荒）399
二十年
　君の父とし （荒）411
　師でありつづけ （風）493
二十四色 （荒）413
二〇〇〇年の （風）471
荷台なき （荒）407
にたりぬたり （日）678
日曜の （荒）382
ニッキ水の （風）455
日本の （饗）333
二度三度 （荒）374
二の腕に （風）486
二の腕の （日）685

二百億年 (や) 175
二〇三高地とう (風) 440
二二〇馬力 (後) 594
日本語の (華) 200
日本では (風) 489
にやにやと
　慇懃無礼な (後) 604
　口元笑う (後) 614
乳鉢に (や) 175
乳鉢の (黄) 70
乳鉢《にゅうばち》や (饗) 351
女人の影の (荒) 416
楡の樹に (メ) 19
にわか雨に (後) 607
庭に来る (風) 438
庭に降る (百) 513
庭に駱駝を (日) 647
人間国宝 (荒) 412
にんげんに (饗) 303
人間に (黄) 66
にんげんの
　遺伝子をもちて (饗) 329
　手が磨きおり (荒) 393
人間の
　遺伝子をもつ (華) 264
　起伏を闇に (や) 173
人間は
　いつかはひとり (後) 573
　DNAの器に (荒) 381
　爆発物に (日) 713
大蒜を (日) 660
にんまりと
　昼を点して (華) 217
　水の面に (日) 683

ぬ

ぬいぐるみを (後) 617
幣そよぐ (後) 622
盗人萩つけて (日) 685
盗まれし (メ) 21
ぬばたまの (華) 220
沼と岸の (饗) 357
沼のような (饗) 343
ぬるき水を (荒) 422
ヌルデノミミフシ (後) 609
濡れ落ち葉 (日) 713
濡れながら (百) 528

ね

寝息かすか (黄) 65
陰画《ネガティヴ》の (黄) 93
猫二匹 (日) 644
猫の会議の (華) 247
猫の毛は (百) 508
猫のまま (後) 573
「猫の目の (無) 129
猫は壜だ (風) 437
ねこびより！ (日) 664
猫日和が (日) 696
猫を入れし (荒) 386
猫を呼ぶ (や) 181
寝過ごして (風) 471
ねずみ取りに (日) 665
熱出でし (風) 455
熱狂の (無) 119
寝不足の

声にも目にも　（百）521
　眼に痛きかな　（華）261
ねむいねむい　（饗）355
ねむい晩夏の　（黄）83
眠い晩夏の　（饗）334
眠いような　（華）258
眠気がまだ　（日）709
合歓はいつも　（後）602
眠りいる
　聴衆の数を　（饗）307
　猫の〈の〉の字の　（や）179
睡り足りる　（無）110
眠りたる　（日）632
眠りたるを　（や）176
眠りより　（後）573
眠るとき　（無）124
睡る猫の　（華）222
ネモ艦長に　（や）186
根元より　（後）607
値を較べ　（後）579
年に一度　（荒）422
粘膜は　（や）175
年齢を　（日）658

の

凌霄花の　（饗）314
凌霄花は　（饗）333
『脳単』も　（日）704
脳に開かぬ　（饗）364
逃るべき　（黄）97
軒下に　（百）520
のけぞりし　（黄）94
残されし　（風）462
残されて　（無）104
ノックして　（百）514
のったりと　（華）259
「のっぽさん」　（日）632
のどかなる　（華）227
のどぼとけ　（饗）334
野の駅を　（日）690
野の川に　（日）657
のびあがり　（や）154
登り坂か　（華）263
飲み終る　（華）234
飲み終わる　（後）608
飲みすぎよと　（日）692
飲み残されし　（華）216
鑿《のみ》の刃に　（華）230
のめり込まねば　（日）722
乗り越して　（華）246

は

バー越えて　（メ）45
バーボンを　（華）226
ハーメルンの　（百）547
肺活量
　大き螢の　（後）584
　小さき木魚が　（日）660
肺活量の　（後）580
廃校の　（風）445
背後より
　抱けば再び　（メ）40
　声かけらるる　（風）464
　触るればあわれ　（や）153
配剤とう　（や）147
排除すべき　（荒）382

廃村八丁　（饗）327
ハエというは　（後）589
ハエの記憶力を　（後）574
はかなかる　（後）599
はかなく青き　（風）437
はかなくて　（日）650
鋼のごとく　（メ）26
ばかばなし　（饗）334
馬鹿ばなし　（日）671
墓原《はかはら》を　（華）287
墓参りに　（後）615
謀ること　（無）123
はがれやすき　（メ）37
剝がれんと　（メ）26
覇気のなき　（日）696
歯茎腫れて　（風）452
博打の木《ばくちうちのき》を　（日）630
白鳥の
　吃水浅く　（百）518
　胸につゆけき　（華）286
はぐれたる　（メ）34
葉鶏頭
　妖しく夕暉に　（メ）50
　風煽りおり　（無）142
箱型の　（荒）418
葉桜が　（風）463
葉桜に　（百）521
葉ざくらの　（饗）337
伐折羅毘羯羅《ばさらびから》　（日）689
はじき出されし　（風）469
橋月光に　（や）176
走っても　（日）722
橋なかば　（饗）329
橋半ば　（百）533
橋の裏まで　（無）134
橋の上より　（日）651
橋の名に　（荒）427
はしはしと　（饗）303
嘴《はし》太き　（百）553
はじめから
　われには父で　（日）706
　われらには死語　（荒）407
はじめての
　コンタクトレンズを　（荒）375
　雪は比叡に　（饗）325
はしゃぎ過ぎて　（日）650
はしゃぎやまぬ　（風）488
橋揺れて　（百）511
柱時計が　（後）610
橋を越えつつ　（後）599
パスカルの　（華）253
パスポート　（風）465
パスワード　（荒）385
櫨の古木　（後）619
裸木の　（饗）342
裸電球　（日）668
裸にて　（華）268
八月は　（百）550
爬虫類は　（饗）299
はっきりと　（日）707
バックして　（後）594
発掘現場は　（華）252
発言が　（風）481
発酵熱の　（風）442
はっしはっしと　（日）688
バッハ低く　（無）120

はてしなき　（百）554
はてはいかに、　（や）151
波動論　（無）126
花埋む　（メ）33
花が木を、　（華）205
話すとき　（風）468
話すように
　歌作りいし　（華）243
　書くとうことの　（荒）416
花束が　（日）717
鼻長き　（饗）332
花に埋もるる　（日）675
花に膨らむ　（饗）351
鼻の頭に　（風）460
花の内部に　（メ）43
花の闇　（メ）29
花は野の　（後）613
花びらに　（メ）41
花びらの
　剝がれ落つるを　（日）723
　ように抱き合い　（メ）35
花見小路
　新橋ここに　（百）532
　新橋にタクシーを　（日）678
はなみずき　（饗）330
洟をかみ　（後）617
鼻を削ぎ　（百）507
羽顫わせて　（無）139
葉のおもて　（百）563
葉のかたち　（後）618
馬場あき子
　芙蓉のごとく　（華）285
　胸まで雪に　（日）676
母あらば　（饗）358
母死にし　（百）513
ははそはの　（荒）399
母につながる
　最後のひとり
　　逝きたりき　（百）520
　もうわれを　（荒）380
母ふたり　（風）473
母を埋めたる　（日）630
母を知らぬ
　われが母とし　（華）262
　われにあるとう　（華）231
　われに母無き五十年　（百）512
母を知るは　（百）513
葉牡丹か　（饗）309
蛤《はまぐり》御門《ごもん》の　（饗）345
蛤は　（荒）410
浜辺には　（荒）419
浜松を　（荒）383
はみだした　（荒）427
はめころしと　（饗）356
囃されて　（や）157
疾風きて　（無）106
速贄と　（百）538
腹に力の　（華）227
ばらばらと　（後）618
ばらばらに　（百）511
針穴を　（や）160
針金に　（後）607
針金の　（荒）428
針金を　（華）250
はるかなる　（華）214
はるか廻る　（や）170

ハルシオン　(風)489
ハルジオンは　(饗)360
春の雨　(華)254
春の川　(饗)326
春の水
　うきくさの間を　(饗)311
　ぬるきに指を　(百)519
　盛りあがり堰を　(百)560
春雪に　(饗)326
「晴れ上がる　(日)720
霽《は》れやかに　(黄)90
ハンガーで　(荒)390
晩夏光　(黄)62
半跏思惟像　(黄)87
晩夏地上は　(無)140
半球の　(メ)20
ハングル文字　(華)214
板書する　(や)173
半ズボンに　(百)527
帆船の　(無)116
バンダナが　(風)464
ハンチントン　(日)686
パンツ一枚で　(日)710
ハンドルのみ　(荒)398
般若心経の　(荒)413
晩年の　(華)198
晩年を　(後)612
榛《はん》の木の　(華)238
はんのき林は　(華)281
榛の林を　(華)239
ハンマー投げの　(無)121
ハンミョウを　(黄)78
版元と　(後)602

ひ

干《ひ》上がりし　(や)158
ヒアリング
　終えきたる身を
　　遊ばする　(荒)395
　　あそばせて　(後)595
冷えし茶を　(風)493
東洞院《ひがしのとういん》　(百)507
日がな一日　(後)576
光がいまだ　(風)459
光冷たく　(や)180
光もて　(や)171
ひかりより　(日)654
曳かれゆく　(日)684
引き返す　(後)608
引込み線に　(華)248
引き込み線は　(饗)357
引き絞り　(無)142
抽出しは　(百)530
引き止めて　(百)554
ひくひくと　(黄)94
ひぐらしは　(風)467
日暮れの里と　(日)716
髭に顔を　(荒)396
髭の色を　(日)635
飛行機の　(風)465
飛行船の　(荒)388
日ざかりを　(黄)91
日盛りを　(や)147
日差しがもう　(後)606
日射しじりじり　(無)130
廂《ひさし》まで　(百)528

膝にいる (華)202
飛車角を (や)180
美術館 (華)207
美術館の (饗)355
微笑さえ (黄)85
非常灯の (日)648
微小の火口 (や)148
美人はもう (饗)322
ひそひそと (後)592
ひそみいし (後)616
美大生 (百)546
襞多く (饗)354
襞たたむ (や)162
ひたひたと (華)225
襞《ひだ》深き (華)230
ひた待ちに (華)247
左大原 (荒)386
行合神《ひだるがみ》 (百)524
ぴちぴちと (華)216
ぴちゃぴちゃと (荒)378
〈大爆発《ビッグ・バン》〉 (や)155
日付変更線を (日)694
羊雲《ひつじぐも》 (華)262
びっしりと (無)141
ひっそりと
　若き死者らが (黄)83
　忘れられつつ (百)526
ひったりと (饗)327
必要は (日)638
一重《ひとえ》なる (日)650
ひと抱えの (饗)362
ひとかたに (饗)336
ひどくちいさき (百)518
ひと恋うは (荒)379
ひと呼吸 (百)523
ひと言に (や)154
ひとことの (後)620
ひと瘤より (日)632
ひとすじの (荒)404
ひとつずつ (や)168
一つずつ (メ)30
人伝《ひとづ》てと (荒)381
人伝てに (日)673
ひとつひとつ (百)511
人妻と (荒)405
一つまみの (無)118
人非人《ひとでなし》と (後)613
ひとところ (荒)374
ヒトとなる (華)250
人に死後とう (風)435
人の死に (後)585
人の死は (後)585
人の屍を (日)680
人の死を (日)681
人の遠さは (日)661
人の名を (荒)420
人の眼を (無)103
人の渡りし (黄)73
人は哭く (百)523
人はみな (日)662
ひとびとの (日)684
ひとひらの (メ)36
一筆《ひとふで》書きの (日)660
一《ひと》巡り (饗)305
灯ともして (風)476
人も猫も (や)147

一夜茸は　(日)685
ヒドラ再生学に　(や)177
ひとり帰れば　(日)690
ひとりずつ　(百)553
ひとりまた　(後)600
ひとり酔い　(華)196
人を抱く　(黄)71
人をたのむ　(饗)320
人を憎み　(後)609
日に幾度　(華)232
日に一度　(饗)316
ビニール袋に　(百)538
陽に透けて　(百)560
陽に耀りて　(黄)83
灯に照らす　(無)141
陽に照りて　(百)504
陽に灼けぬ　(饗)335
陽の陥つる　(華)224
炎《ひ》のごとく　(黄)91
火の雫　(百)527
火の蟬の　(メ)32
火の額を　(黄)84
火の見櫓　(日)652
火は低く　(荒)400
ひばりひばり　(や)165
非はわれに　(風)436
批判さるる　(風)482
批判するなら　(百)514
韻くごと　(メ)46
ひび割れの　(風)466
微分して　(後)587
ヒマラヤ杉は　(無)140
向日葵が　(華)221
向日葵は　(黄)75
向日葵を　(黄)90
微妙なる　(饗)348
ヒメジオンと　(饗)360
ヒメジョオンの　(百)539
火もて火を　(後)592
百余り　(や)177
百円均一の　(風)442
百年の　(饗)337
百年ほど　(日)697
百葉箱は　(饗)328
ヒューズがとんだように　(饗)365
病後とう　(日)667
表情とは　(饗)324
表情の　(華)254
瓢簞崩山《ひょうたんくずれやま》に　(日)719
ひょうたんは　(風)486
病人の　(後)613
鋲ひとつ　(日)700
病名に　(日)686
病廊の　(や)149
ヒヨドリジョウゴの　(日)715
火より火は、　(無)116
ひらひらと　(黄)87
閃きが　(日)654
閃きし　(荒)391
ひらりひらりと　(後)587
ひりひりと　(饗)329
ぴりぴりと　(饗)323
鼻梁とう　(饗)321
昼歩く　(荒)418
ビル街に
　風はあふれて　(荒)406

欅はことに （荒）394
ビル街を （日）653
ひるがえる （無）105
昼顔が （黄）86
昼顔の
　ごとく夕日を （メ）37
　花巻きのぼる （饗）353
昼顔を （黄）94
昼暗き （饗）359
昼酒を （後）602
昼近き （華）235
昼月は （百）530
昼寝より （饗）327
昼の月 （百）512
昼の酔いは （荒）388
蛭のように （饗）320
昼花火の （無）112
昼を来て
　蕎麦で麦酒を （荒）407
　飯屋の二階に （荒）429
拡げれば （後）581
広場中央の （荒）388
広場は （荒）407
茫《ひろ》びろと （風）474
枇杷多く （無）104
琵琶湖より （荒）413
枇杷の皮を （饗）336
枇杷の実の （饗）299
灯を消して （華）275
灯を避けて （メ）43
灯をつけぬ （百）554
灯を列ね （や）168
火を盗りし （黄）77
炎《ひ》を隔て （メ）46
壜いくつ （風）466
東《ひんがし》に （や）174
壜詰の （黄）60
ビンと缶 （後）610
〈貧〉と〈貪〉 （や）159
貧乏ったらしい （後）612

ふ

ファーストネーム （百）564
ファックスに （饗）323
ファロスバードと （饗）333
不意に握手を （華）197
不意に泣き、 （日）635
不意に発言を （荒）410
不意のわが （華）222
狭湾《フィヨルド》を （黄）76
風景は （百）545
風船の （饗）310
風体を （無）137
風鈴の （風）483
フェール・メルエールの （饗）327
笛吹ける （荒）420
フェムトとか （風）450
フェルマーの （後）580
フェンス越えて （荒）399
フォルマリンの （黄）84
フォンタナの （華）243
深川の （百）544
深き井は （華）224
深酒を （や）160
不可思議の （日）674
噴きあげる （や）177

不機嫌が （日）696
不機嫌な
　樟よ頑固な （後）581
　妻子を措きて （華）209
不機嫌の （華）238
吹き寄せられて （華）272
不遇なる （荒）421
服着たる （後）604
噴くごとき （黄）89
腹痛は （後）595
ふくらはぎ （風）466
ふくらはぎが （百）550
膨らんで （百）537
ふくろうの （百）546
梟の （後）591
嚢《ふくろ》六つ （後）602
ふさふさと （華）226
富士山麓に （日）717
藤の房 （無）111
ふたたびは （無）103
ふたつある （日）643
二股ソケットに （日）668
二人乗り （百）553
二人乗りの （後）612
ふたりより （荒）425
二日ぶりに （後）590
復刻版 （日）675
ふっさりと
　光たまれる （百）513
　袋のごとく （華）208
仏壇は （後）615
ふつふつと （メ）50
物理の （日）720
筆先が （荒）428
葡萄を咽喉に （メ）31
懐手《ふところで》 （百）545
ふところに （風）470
太さ変えつつ （華）206
ふとさむき （黄）65
太っちょの （日）660
船岡山より （饗）358
舟の字に （風）492
踏み跡に （荒）389
不眠症に （日）652
冬されば （風）457
冬空の （無）130
冬の崖に （メ）33
冬の川 （荒）408
冬の林に （日）645
冬の陽に （華）250
冬の日の
　曇を抜きて （華）235
　閉館間近 （後）621
冬の陽は （日）721
冬の夜に （日）719
芙蓉のように （荒）372
ぶよぶよに （風）483
ブラインドの （日）703
フラスコに （黄）65
フランス式 （饗）355
ふらんす堂 （荒）387
ブランデーを （メ）25
ブランデンブルグ （風）472
フランドル派の （百）510
振りあげし （無）115
プリアポス （華）274

フリーズと　（百）556
振り落とされし　（華）207
振り返り　（華）285
振り捨てがたき　（荒）423
振り向かぬ　（華）275
ふりむきし
　刹那を髪の　（黄）93
　額までの距離　（黄）93
ふりむきて　（黄）68
ふりむけば
　炎天に風　（黄）73
　裸婦あかあかと　（メ）39
ふりむける　（黄）74
振り分けに　（後）604
フルートを　（華）226
顫えいむ　（や）154
震えつつ　（後）617
古き鉄扉を　（華）266
降る雪と　（日）676
降る雪を　（百）509
触れあいて　（メ）41
触れいたる　（無）132
フロアに居れば　（日）653
フロイトが　（風）480
風呂敷の　（華）262
フロッピイの　（華）255
青銅《ブロンズ》の　（メ）51
フロントグラスを　（饗）306
文献を　（日）722
文庫本　（饗）322
噴水の
　ささえる小さき　（メ）28
　むこうのきみに　（メ）27
文政の　（後）609
分度器を　（荒）401
忿怒はや　（黄）91

へ

平然と　（後）572
塀にもたれて　（風）475
ベートーベン　（華）239
へこみたる　（百）509
ぺたんぺたんと　（後）616
ペットボトルと　（日）661
ペットボトルを　（日）708
べつべつの　（荒）392
へのへのもへじの　（日）678
西洋朝顔《ヘヴンリーブルー》　（後）618
天国の青《ヘヴンリーブルー》　（風）489
血友病《ヘモフィリア》は　（黄）84
部屋隅に　（饗）344
部屋違え　（華）232
部屋の灯を　（華）281
ベルヌーイの　（華）246
ヘルメットの　（饗）365
ベルリンの　（日）638
弁慶の　（饗）306
返事はいつも　（後）596
ペンだこを　（華）272

ほ

鳳凰を　（風）490
放課後の　（華）239
放火魔の　（百）537
傍観者の　（日）653
箒星《ほうきぼし》　（荒）417

方形より （無）128
報告書 （饗）299
帽子被った （日）691
茫然と （風）467
棒高跳の （メ）52
放っておいて （日）718
放電の （黄）94
ほうとひとつ （日）715
法然院の （饗）345
ぼうぼうと
　記憶かすみて （荒）373
　人を忘れて （荒）400
　物を忘れて （百）503
　レンズは捉う （や）186
抱擁など （メ）31
抱擁には （メ）28
抱擁の （メ）31
「蓬萊」は （後）623
ほうれん草が （華）267
ほおずきの （メ）46
鬼灯ほどの （や）178
朴の大葉に （後）600
朴の葉の （百）530
ほかにどんな （饗）326
北斎も （後）587
北斗の杓より （饗）310
北部構内 （日）695
北米より （華）259
ポケットに
　蛙をいつも （荒）390
　カラスウリの実を （荒）430
　手を入れたまま （饗）323
　手を入れてゆく （後）622
　手を引き入れて （風）489
惚けてゆく （日）684
ほこほこと （百）508
ほしいままに （饗）311
星空の （や）148
星覗く （や）148
星の一生を （や）183
星までの （無）138
補助線の （華）260
ポストイット （風）484
歩測する （荒）385
ほそながき （後）579
螢にも （華）283
ほたるほうたる （百）547
釦のように （後）590
ぼたん雪 （風）492
ホックやら （日）657
発端は （黄）92
ほつりほつりと （日）664
ほととぎす （後）571
骨が揺れ （華）211
骨として （百）507
炎とは （風）446
ほのくらき （華）251
ほのぼのと （百）510
歩幅小さく （や）152
ポプラアに （メ）53
誉めながら （荒）378
濠という （荒）403
堀を埋むる （百）555
ほろほろと （荒）394
ぼろぼろの
　駝鳥が砂を （無）132

表紙の裏に　(饗)338
梵天に　(日)650
梵天の　(百)504
ほんとうに　(後)593
「ほんとうの　(百)539
ほんとうの　(日)652
盆の窪　(日)657
本名を　(華)242
翻訳に　(華)264
ぼんやりと　(風)463

ま

まあだだよ　(日)723
米原を　(風)436
『舞姫』を　(日)637
真上より　(や)152
前肢より　(華)222
前髪を　(饗)321
前に出よ　(饗)341
曲がり角に　(百)553
曲がり道　(風)485
まかれたる　(荒)395
まぎれなく　(風)443
枕木に　(饗)318
枕木は　(後)603
マグレガーさんの　(華)229
負けてはならぬ　(華)211
負けてやるべき　(日)644
まこと女とう　(華)197
まこと些細な　(風)494
まことささやかな　(華)221
まこと自然に　(華)220
まこと小さき　(日)698
真面目さは　(日)703
「交はりにも　(後)588
マスクして　(風)464
貧しかりし
　かの夜われを　(荒)376
　村の記憶の　(華)233
貧しさが
　似合いておりし　(後)618
　人を動かし　(華)273
貧しさの　(無)118
まずひとり　(饗)365
馬柵《ませ》越えて　(無)123
マゼラン星雲　(風)444
「まだ售れぬ　(荒)387
まだ重き　(華)286
跨ぎたる　(黄)67
まだ暗き　(荒)430
待たされて　(荒)391
まだ死ねぬ　(百)551
まだしばらく　(日)719
まだすこし　(華)278
まだできぬ　(百)546
まだ濡れている　(百)510
まだ眠り　(メ)26
まだ母を　(風)474
またひとつ　(黄)75
マダム・タッソー　(荒)382
待ちくるる　(華)199
町中《まちじゅう》の　(華)254
待ち続け　(日)652
町よりの　(華)247
まつげを曲げる　(日)673
まっさきに　(饗)352

まっすぐに
　水路切られて　（百）504
　背筋を立てよ　（饗）339
　我も言うべし　（後）572
　われを批判して　（風）436
マッチ棒　（百）547
マッチより　（後）597
真椿の　（風）450
まっぷたつに　（饗）320
祭の夜　（風）438
窓硝子が　（荒）389
窓際に　（華）274
窓際の
　席にノートを　（荒）408
　天秤がかすか　（黄）77
窓さえ　（メ）28
窓に近き　（黄）59
窓に近く　（日）640
窓に凭り　（饗）320
窓の下まで　（黄）69
窓のなき　（無）141
窓は人を　（荒）424
窓枠に　（荒）422
窓を向きて　（日）640
俎《まないた》は　（荒）416
眼《まなこ》のみ　（饗）324
招かれて　（華）229
真裸の　（黄）81
瞼の裏が　（風）486
マフラーせし　（無）108
魔法壜とう　（や）151
継母とう　（華）231
眉毛濃き　（荒）397
眉太き　（荒）383
摩羅の語源を　（百）548
鞠小路《まりのこうじ》に　（後）593
鞠小路《まりのこうじ》を　（饗）362
まるい頭の　（百）518
円《まろ》き口が　（饗）353
まろき頭の　（華）264
満開と　（日）671
満開の
　桜に圧され　（風）445
　桜はほんとに　（風）445
満開を　（華）270
曼殊院の　（風）464
曼珠沙華
　あまた折り来て　（華）285
　折り来し指が　（饗）318
　地より噴きいつ　（黄）77
　花の乱れを　（黄）71
曼珠沙華の　（饗）318
満足の　（日）681
万平ホテル　（百）553
マンホールとは　（饗）341
マンホールの
　おもてしずかに　（荒）390
　蓋てらてらと　（饗）350

み

見上ぐれば　（や）154
見上げ過ぐ　（黄）61
ミイラ並べる　（饗）295
見えぬほどの　（風）467
見下ろすは　（無）122
三方五湖《みかたごこ》に　（荒）417

身構えて　（饗）298
「みぎおほはら　（荒）389
右書きの　（風）441
ミキサー車　（メ）55
右手より　（荒）380
右と左に　（日）665
右のペダルは　（饗）343
幹の股　（荒）385
水際近き　（黄）79
眉間・鳩尾　（メ）38
妊《みごも》りし　（後）618
未婚とう　（無）131
岬は雨、と　（黄）68
御陵《みささぎ》に　（後）621
見しことの　（黄）82
みしみしと　（華）282
水浴びし　（黄）84
水出でて　（黄）82
水色の　（や）177
水打ちて　（無）129
みずうみの　（饗）350
みずうみを　（黄）67
水かきを　（華）211
水搔きを　（風）451
水が立って　（後）599
水銀色の　（無）122
水が見たい　（饗）311
みずからが　（メ）49
みずからの
　重みにゆっくり　（風）439
　悲鳴にも先を　（メ）45
自らの
　内の穢れを　（黄）84
　唇に唇つけ　（無）105
　声を垂直に　（黄）84
自らは　（無）122
自らを　（メ）20
水涸れし　（黄）89
水滑る　（饗）311
みずすまし　（饗）349
みずすましの　（饗）352
みずぞこの　（百）504
水たまり　（や）187
みずたまりより　（や）148
水たまりを　（荒）424
水鳥の
　からだのなかに　（日）646
　水走る間の　（饗）301
　胸を浮かせて　（日）646
水にごる　（後）576
水に棲む　（黄）74
水になじむ　（饗）337
水の裏より
　かなかな鳴ける　（メ）42
　螢は光る　（饗）316
水の上に　（無）125
水のおもてに　（荒）401
水の表を　（や）163
水のごとく　（メ）19
水呑み鳥が　（や）158
水の面に
　首伸べて亀が　（日）633
　ふをまく我に　（荒）396
水の面の
　杭に止まれる　（風）484
　もやえるなかに　（荒）399

水の面を
　裏より舐むる　饗346
　濡らししずかに　饗343
水吐くを　饗338
水袋を　百509
水盈つる　後585
水雪を　饗348
水を買い　饗322
水を買って　風482
水を蹴り　百565
水を抱く　饗339
鳩尾《みぞおち》の　荒377
溝蕎麦の　華262
みぞれ雪
　重き日暮れを　華265
　重く濡らせる　荒409
　避けて立つ軒　風441
霙《みぞれ》より　風495
身丈より　百504
見たことは　日720
乱るると　や172
道の辺の　後608
道のまえ　日701
道端に　風472
密雲小さき　無122
見つからぬ　百525
密度濃き　華257
見て過ぎる　後621
水戸黄門を　華236
ミトコンドリア　荒371
ミドリガメに　日634
ミドリガメや　華239
みどり濃き　華282
緑濃き
　アダムの像は　メ50
　薩摩切子は　饗309
嬰児《みどりご》を　風478
みどりの火　饗324
漲《みなぎ》りて　風458
漲《みなぎ》ろう　饗313
水底に　黄65
水無月の　饗330
南半球
　冬のシドニー　百550
　水をたたえて　華261
見抜かれて　メ55
身の内に　黄88
水張田に　風479
みひらきて　荒374
蚯蚓腫れの　メ27
耳だけが　風454
耳立てて　メ41
耳たぶの　華276
耳たぶほどの　や171
耳遠く　日689
耳のあらぬ　華270
耳のある　饗332
耳のしずかな　日645
耳の遠きは　百541
耳のなかから　日701
耳二つに　メ38
耳もとの　メ27
耳をもて　日641
突然変異株《ミュータント》を　華203
ミュンヘンの　荒382
ミラーハウスの　や180

見ることの （黄）83
みるみるに （黄）85
身を支うる （黄）80
身をよじる （メ）50
民間へ （日）686
眠剤の （日）641
明朝《みんちょう》に （荒）409

む

向い家の （日）650
迎えてものを （後）572
昔から （風）495
昔なら （後）591
昔風に （や）164
むかしむかし
　おそらく君を （華）262
　そんな小槌の （饗）348
昔むかし （後）621
むきあえば （メ）44
麦熟れて
　喘ぐがごとく （黄）95
　さながら光と （メ）54
　穂のいちめんの （日）651
麦畑に （日）651
椋の木の
　大き一樹を （荒）428
　黄葉のしたの （百）503
椋の葉は （百）504
向こうには
　妻と娘の （日）647
　麻酔の醒めぬ （風）488
むこうむきに （や）158
向こう山の （華）284
むさむさと （華）204
〈虫くい算〉 （メ）21
無瀉苦瀉と （や）185
無人駅の （や）178
息子など （華）262
息子へと （饗）339
息子らは （風）464
娘《むすめ》より （荒）421
無造作に （日）698
無駄なことには （風）485
むなしさは （饗）325
空しさは （無）109
胸乳も （や）175
胸の首夏 （黄）90
胸二つ （無）131
胸分けて （メ）38
村上重 （風）437
村ごとに （や）182
紫の （風）489
村のはずれの （後）581
村人らの （饗）328
むらむらと （無）117
むんずとばかり （や）185

め

明暗 （無）123
冥王を （荒）419
名画にも （日）680
名曲喫茶 （日）695
名東区 （荒）400
メールにて （風）480
眼鏡かけて （風）442
眼鏡の上から （日）690

眼鏡わずか （華）239
目川探偵の （華）230
目黒 （後）589
目覚めたる （風）477
飯食いに （後）588
滅茶苦茶の （饗）313
めつむりて （無）110
目の下の （百）558
目の前の （や）153
眼開かぬ （無）117
メモリーは （風）450
目を見ずに （饗）300
免疫療法の （風）478
綿棒を （百）519

も

もういいよ
　がんばらなくてもと （後）603
　もういいよなど （華）241
もう一度 （風）484
もう一軒 （饗）349
もう一冊 （日）648
もうこの辺で （饗）328
もうすぐ死なねば
　ならぬ人の歌を （後）610
　ならぬ人より （風）491
もう少し （後）617
もうそこが （華）283
もうたくさんと （日）723
もう誰も （後）615
もう月が （饗）353
もう疾うに （風）494
もうどうにでも （華）283
もうともに （荒）409
もう二度と （百）527
もうひと頑張りと （荒）379
もう百年 （日）697
もうやめたと （日）713
もうわれを （華）268
燃え上がる （華）248
燃えるゴミ （華）276
茂吉食いし （華）203
茂吉全集の （饗）303
木魚には （日）660
目的を （風）485
もぐらたたきの （や）164
木蓮は （華）279
百舌のように （荒）385
もぞもぞと
　ボストンバッグを （華）201
　わが尾のあたりが （荒）393
悶えるように （後）624
モチベーションの （後）617
もっと削れ （百）553
臓《もつ》の匂い （華）199
求めつつ （や）165
もとめて人を （荒）372
もどり橋 （無）106
戻橋 （無）120
モナ・リザが （日）680
モナ・リザの （華）217
もの言わで （や）149
もの言わぬ （華）260
ものわすれ （百）538
もはやこれまでと （日）652
紅葉《もみじ》一葉 （黄）76

紅葉《もみじ》黄葉《もみじ》　（黄）79
舫《もやい》とけし　（華）256
舫われし　（日）669
盛り上がる　（華）267
森がまだ　（メ）32
モルモットを　（華）203
門下生　（風）493
門灯に　（黄）89
門扉より　（荒）397
文部科学省　（日）721

や

やがてにくみ　（饗）339
やがて発光　（黄）74
八木一夫の　（日）663
約束は　（後）595
やけっぱちな　（日）710
優しくなき　（華）259
やさしさは
　罪と言うとも　（荒）427
　やさしさゆえに　（無）109
鏃《やじり》もろとも　（無）115
ヤジロベエの　（風）435
やすやすと　（メ）45
奴のため　（黄）73
宿り木の　（日）690
柳馬場《やなぎのばんば》を　（饗）345
屋根裏に　（饗）304
屋根裏の　（饗）310
屋根裏は
　不思議、隠れば　（華）284
　屋根打つ雨の　（饗）330
　わが部屋にして　（饗）304
屋根にまで　（風）442
屋根もたぬ　（後）575
夜半亭なら　（後）588
ヤブガラシが　（日）656
藪椿　（無）138
山芋も　（華）262
山陰《やまかげ》を　（風）479
山側の　（風）438
山の肩に　（後）585
山の辺の　（日）654
闇という　（華）269
闇に弧を　（メ）22
闇にわが　（黄）69
病む人は　（風）495
病むものの　（日）711
やめてしまえと　（百）563
やや斜めに　（華）208
やりなおしの　（後）581
やり直しの　（荒）429
槍投げの　（無）136
やわらかき
　気配のみ降る　（饗）366
　春の雨水の　（饗）295
やはらかに　（日）699
やわらかに　（風）473

ゆ

湯あがりの　（荒）405
遺言なれば　（風）492
夕光《ゆうかげ》に　（華）254
夕光の　（荒）375
夕風に
　薊の絮が　（百）526

キリンは首の （黄）70
ゆうぐれに
西瓜の種を （後）601
人を見舞えり （日）715
夕暮れに
出水の鶴を （風）458
小さく膝を （日）683
夕暮れにしか （饗）360
ゆうぐれの
大煙突より （華）233
焚火小さく （や）185
ドラム缶より （風）476
水より出でし （黄）67
廊下を這える （荒）402
夕ぐれの （日）650
夕暮の （や）168
夕暮れの
空より降れる （荒）386
ドラム罐より （華）286
把手はつかに （饗）359
水のおもてを （饗）342
路上に残る （華）231
ゆうぐれを （無）132
夕暮れを （華）285
夕ざくら
しずかに揺れて （百）536
花は吹雪けり （無）132
夕されば （華）257
友人と （百）519
ゆうすげが （黄）95
夕映えが （華）195
夕映えに （華）197
夕映えは （華）248
夕ひかり
衰うる頃 （華）215
低き角度に （華）235
夕光《ゆうひかり》の （饗）335
夕陽ぬくとき （や）165
郵便貨車 （や）181
郵便ポスト （百）518
夕焼けを （百）529
ゆうやみに （華）222
夕闇に
桜膨れつ （風）444
没せんとして （華）246
瞠かれたる （黄）95
夕闇の
安楽椅子に （黄）67
もっとも早く （荒）373
夕闇は （後）604
夕闇を （無）122
幽霊が （日）709
幽霊の
うわさもこの頃 （華）267
軸は冬にも （百）549
床下に （百）530
湯灌《ゆかん》とう （華）233
雪折れの （日）696
雪が積もりて （日）701
雪が積もれば （風）491
雪きしませて （メ）23
雪来れば （メ）21
雪積みて （日）645
雪積めば （荒）411
雪吊りの （風）479
行きなずむは （日）641

雪に落ちし (日)677
雪の畝 (荒)412
雪残る (風)442
虎耳草《ゆきのした》 (荒)417
雪の寺町 (風)441
雪の中より (饗)348
雪の斜面を (黄)70
雪の野に (華)248
雪の間を (饗)327
雪の夜の (日)696
雪はだら
　消えのこるなり (風)476
　残れる湖北の (荒)381
雪撥ねて (無)133
雪原《ゆきはら》の (荒)384
雪降れば
　雪が覆いて (荒)374
　雪を被りて (百)557
雪降れり (や)151
雪降れる (華)248
雪丸く (荒)385
雪虫が (日)715
雪虫に (日)664
雪虫の (日)664
雪やがて (メ)44
行き行きて (華)213
雪汚れ (饗)360
雪割草 (メ)52
雪を得て
　鋭くなりし (華)236
　野ははなやげり (饗)309
雪を踏みて (饗)340
行方知れぬ (饗)302
行く先を (饗)299
行く人の (饗)313
ゆくりなく
　島村速雄の (百)535
　ゆえなき笑い (や)170
ゆさゆさと (饗)364
湯島天神 (荒)428
ユダヤ乙女に (日)638
ユダヤ教会 (饗)322
ゆっくりと
　冷えたからだが (日)633
　膨らんでまた (百)565
ゆっさりと (華)268
ゆで卵が (風)436
油のような (饗)347
油のように (饗)362
指先に (日)634
指の跡 (百)561
指はその (饗)336
指触れて (華)278
弓なりに (メ)29
夢と現の (無)103
夢半ばに (華)264
夢に見るとう (日)706
夢のごと (黄)67
ゆらゆらと
　犬あらわるる (饗)318
　たつのおとしごは (荒)371
　路地から路地へ (後)618
揺り椅子に (日)640
揺り起こしたる (華)256
ユリカモメ (や)179
ゆりかもめの (荒)384

ゆりの木の　（華）274
百合の木の　（百）506
許されし　（黄）86
許し合いつつ　（無）124
ゆるみやすき　（メ）27
ゆれいたる　（華）255
ゆわゆわと　（華）209
湯を抱いて　（風）443

よ

酔いつつぞ　（荒）415
酔はさめつつ　（や）166
楊枝一本　（荒）411
幼児語が　（日）658
酔うために　（黄）64
用のなき　（華）223
羊皮紙色の　（や）186
養毛剤の　（日）665
ようやくに
　華氏で暑さを　（華）204
　日陰となりし　（饗）331
よおく見ておけと　（日）683
浴室に　（日）697
翼《よく》のある　（後）609
欲望へ　（饗）329
よく見れば
　狡猾そうな　（日）679
　モーニングを着ている　（饗）312
よく笑う　（華）202
夜毎酔いて　（や）163
夜ごと夜ごと　（日）716
汚れたる
　白衣吊さるる　（無）141
　白鳥の胸　（百）549
汚れても　（や）155
与謝野禮嚴　（百）514
吉田神社　（百）535
余人を以て　（日）725
余生また　（日）688
寄せきたる　（や）167
四つ辻の　（風）483
酔っている　（饗）366
四谷駅　（華）287
夜盗蛾《ヨトウガ》の　（饗）350
夜にうつる　（黄）65
夜の鏡に　（風）443
夜の雲の　（華）216
夜の竿に　（風）487
夜の新樹　（荒）397
夜の土を　（風）438
夜の沼に　（饗）336
夜の淵に　（饗）322
夜の窓に
　浮く顔疲れし　（無）116
　撓みて水の　（黄）74
ヨハネパウロ　（日）683
呼びかけて　（黄）70
呼び捨てに　（華）202
呼びとめん　（黄）66
呼び止めん　（華）270
呼び寄せる　（無）103
夜と朝は　（百）556
よるべなく　（饗）350
〈妖霊星《よろぼし》を　（や）160
酔わぬまま、　（メ）47
四十代を　（荒）400

四十年 (日)636
読んで読んでと (日)691
四百年に (荒)401
四四四首 (百)544

ら

雷雲が (饗)326
雷帯びし (や)168
来週は (風)452
雷とおく (無)128
雷遠く (無)134
来年の (華)272
ライバルと (日)710
落日庵 (後)588
駱駝のような (饗)308
ラクリモーザ (黄)68
埒もなき
　鯰のように (百)552
　憎しみに身を (や)150
落花尊と (後)583
落下点を (無)121
らりるれろ (華)229

ランゲルハンス島より (後)589

り

リアルタイムの (百)544
利害擲ち合う (華)242
理解など (後)607
利害のみを (華)242
利休鼠 (百)557
利酒騎士団の (後)587
理想流体とう (華)246
立体に (華)249
掠奪婚など (メ)34
硫化水素の (日)667
粒子荒き
　晩夏のひかり (荒)427
　晩夏の街よ (華)243
流木の (メ)24
りゅうりゅうと (無)120
隆々と (華)200
両腕が (や)180
両側に (日)701
両の手に (百)519

緑月《りょくづき》の (メ)54
理論的に (華)214
輪郭の
　うつくしい夜の (後)583
　緩みきたると (饗)302
輪郭のみと (風)458
輪郭は (饗)309
隣家より (荒)393
林檎の花に (黄)61
臨死体験 (日)656
臨終の (や)187
隣席に (華)214

る

涙壺《るいこ》とも (風)468
累々と (や)175
ルシフェリン (饗)316

れ

冷蔵庫の (日)717
礼拝の (風)447
叙述唱《レシタティーヴ》 (無)138

レスピーギ （華）243
レンタカーに （饗）304
レントゲン （黄）73

ろ

老眼鏡が （荒）383
老眼鏡を （饗）360
老人と （饗）359
老人も （後）598
蠟燭の （メ）46
臘梅が （荒）415
臘梅に （饗）308
老婆ひとり
　拝みいたるを （百）557
　奥へ引っ込み （荒）386
ロープにて （饗）317
ロールシャッハの （日）647
濾過されし （日）699
六十歳《ろくじゅう》に （日）688
「六〇兆の （風）460
6Bの （日）692
ロシアより （饗）302
路地を吹く （百）533
ロスチャイルド （風）447
肋骨軟骨 （日）635
露店にて （や）165
路面電車の （日）656
論駁の （無）142
論理など （華）260

わ

猥褻な （後）612
ワイルド的 （饗）330
わが愛の （メ）20
わが秋の （黄）62
わが肋
　いずこの土に （黄）86
　欲しくは獲りても （や）153
わが生れし
　その日茂吉は （饗）340
　日よりわれを知る （華）233
わが家の （風）437
わが意迎えて （華）204
わが歌を
　この頃読んで （荒）391
　ときには読みて （饗）307
わがうちに
　水平そして （日）674
　のみ母として （黄）72
わが裡に （無）102
わが腕を （黄）78
わが降りし （無）129
わが肩に （無）125
わが躰 （饗）362
若き笑顔に （饗）313
若き日の
　妻のノートに （華）259
　母も老いたる （日）707
若きより （百）532
若きらに （華）225
若きらの （日）675
若くして （荒）420
わが首に （荒）383
わが子色弱、 （華）253
わが子なる （華）212
若さゆえの （饗）339

わが死後も（黄）63
わが指示を（華）209
わが蝕と（黄）86
わが知らぬ
　母に繋がる（華）233
　わが母、娘の（荒）409
わが頭蓋の（黄）84
わが生活を（華）245
わがために
　髪を乱せし（メ）52
　みごもりしなどと（メ）44
頒ち得ぬ（黄）64
わが友の（荒）420
わが名短く（黄）93
わが庭の
　江戸柿はまず（百）555
　桜に蟬は（日）712
　多羅葉の葉を（後）609
わが眠る（黄）72
わが脳に（風）476
わが前に（黄）72
わが窓の
　日暮れの一部を（黄）64
　ゆりの木けやき（百）505
わが窓を（メ）44
わが見つけ（饗）329
わが耳の（や）152
わが椋よ（風）459
わが胸に（メ）27
わが胸を（黄）72
わき水を（饗）362
惑星の
　おもてに秋は（華）233
　影はしずかに（や）183
　冷たき道を（メ）22
湧くように（華）284
訳のわからぬ（華）217
鷲摑み（黄）90
わずかずつの（荒）385
わずかなる
　石の凹には（華）282
　凹凸に射す（百）507
　凹凸を縫い（後）619
　くぼみに光（荒）375
　言葉で用は（後）575
　残高記せる（荒）423
　父の蔵書に（風）454
忘れいし（華）241
忘れてしまう（百）552
忘れもの（日）701
忘れられたく（風）462
わたくしを
　置いて歩いて（日）709
　通過してゆく（風）471
「私が死んだら（風）494
わたしわたし（華）282
ワタスゲは（風）453
綿ぼこり（日）670
綿ぼこりの（日）670
綿虫の（華）276
渡りくる（饗）353
絮を運んで（日）712
笑いいる（華）253
笑いおさむる（黄）74
笑いつつ（華）228
笑い長く（や）165

笑うとき (や)159
笑わねば (荒)418
割り箸の (百)565
われが行かねば (後)618
われかつて (饗)347
我がみつけたる (後)574
割れし鏡の (黄)72
われのため (日)707
我の比較に (百)540
われのひと世に (後)620
われの見る (日)635
われのみを (無)134
われのものには (無)124
われは峠 (華)204
われはわれの (無)115
われよりも (華)238
われを奪いて (無)107
われを獲る (メ)24
われを狙う (黄)61
我をみつけ (華)277
ワンカップ
　大関開けて (日)676
大関を娘は (荒)422

ん

〈ん〉ではじまる (荒)392

A

AB型と (後)578
Au Revoir! (メ)35

C

CTに (饗)352

D

Duomo《ドゥオモ》を埋める (風)456

F

FAXを (華)261

H

"How to die" (や)178

M

Mt.Sinai《マウント・サイナイ》 (や)172

N

NATO軍 (風)465
Nieder noch (無)126

O

O'KEEFFE《オキーフ》の (華)284
「OTENBA KIKIが (後)607

S

Santa Maria《サンタ マリア》 (風)456

T

"Trick or treat?" (華)201

W

WANTEDの (華)211
William Welch《ビル ウェルチ》 (荒)419

塔21世紀叢書第291篇

永田和宏作品集Ⅰ

初版発行日　二〇一七年五月十四日
著　者　永田和宏
定　価　七〇〇〇円
発行者　永田　淳
発行所　青磁社
京都市北区上賀茂豊田町四〇－一（〒六〇三－八〇四五）
電話　〇七五－七〇五－二八三八
振替　〇〇九四〇－二－一二四二二四
http://www3.osk.3web.ne.jp/~seijisya/
装　幀　濱崎実幸
印刷・製本　創栄図書印刷

ISBN978-4-86198-382-5 C0092 ¥7000E